煮酒说水浒（升级版）

沈家仁 沈忱 著

中州古籍出版社

图书在版编目(CIP)数据

煮酒说水浒：升级版/沈家仁，沈忱著—郑州：
中州古籍出版社，2015.7
ISBN 978-7-5348-5423-1

Ⅰ.①煮… Ⅱ.①沈…②沈… Ⅲ.①《水浒》评论
Ⅳ.①I207.412

中国版本图书馆CIP数据核字(2015)第165554号

出版社：中州古籍出版社
（地址：郑州市经五路66号　邮政编码：450002）
发行单位：新华书店
承印单位：安阳市泰亨印刷有限责任公司
开本：710mm×1000mm　1/16　　印张：18.5
字数：255千字　　　　　　　　　印数：1—5 000册
版次：2015年7月第1版　　　　　印次：2015年7月第1次印刷

定价：28.00元
本书如有印装质量问题，由承印厂负责调换。

# 此书堪可"导读"《水浒》之奇
## ——代序

石 麟

研究中国古代小说名著《三国演义》《水浒传》的方法有多种，角度也有多重。但是，最常见的角度无非是文献的、文学的、文化的。沈家仁、沈忱父子合著的《煮酒说水浒》（升级版）一书，应该说是这三种角度的综合。

从文献的角度去考证《水浒传》的作者之谜、续书种种、外文译本等问题，可以看出作者的学术功底；从文学的角度去分析《水浒传》人物、情节、思想内涵、艺术成就，可以看出作者的理论素质；从文化的角度去辐射《水浒传》所描写的名物知识、典章制度、社会风俗，可以看出作者的生活视野。

读了《煮酒说水浒》（升级版）以后，对于以上三方面的感觉越来越强烈，带着这种强烈的感知，当我们进一步了解沈氏父子以后，就会更加深刻地认识到他们这种深厚的学术功底、高度的理论素质、广阔的文化视野的形成并非一曝十寒，也不是一蹴而就。

成功的果实，总是为勤奋者准备的。

沈家仁先生现年七十七岁，江西九江人。1963年毕业于江西师范学院中文系。是中国《三国演义》《西游记》学会会员，中国《水浒》学会理事。在学生时代及江西省话剧团工作期间，他就撰写了大量的电影、戏剧评论，并对《水浒传》《三国演义》《西游记》等古代小说名著产生了浓厚的兴趣，认真阅读原著并收集资料，写读书笔记。1978年，沈先生开始将他的笔记整理成短文陆续发表在全国数十家报刊上。《南昌晚报》《南宁晚报》《贵阳晚报》《健康之友》等报刊均曾为其开辟专栏。其中，他的短文《"水浒"人物知多少》曾被《文学报》《羊城晚报》等二十余家报刊转载。此外，还有一些论文发表在《争鸣》《宁夏教育学院学报》《大庆师专学报》《贵州教育学院学报》《甘肃社会科学》等刊物。其中，《金圣叹是封建反动文人吗》一文，于1986年被《文汇报》摘录，并被人大复印资料《中国古代近代文学研究》全文转载。如果要给沈先生的成果算一个总账，则他先后发表的中国古典小说研究文字接近一百万。

沈家仁先生的公子沈忱（灿烂海滩）出生于1967年，自小得益于父亲的熏陶，对《三国演义》《水浒传》等古典小说名著尤有兴趣，作研究笔记已近三十年。作为一位中年学人，他不求闻达，不计名利，潜心于研究，终成著名文史学者。自2006年至今，沈忱出版的著作有《煮酒品三国》《三国，不能戏说的历史·诸侯》《三国，不能戏说的历史·英雄》《告诉你一个真三国》《智者千虑诸葛亮》《那时英雄——正说三国名将》《三国不是演义》《我是曹操——乱世英雄的传奇经历》《三国谋士今日观》等。

看了沈氏父子的学术简介，我们才知道什么叫作冰冻三尺非一日之寒，也才知道什么叫作青出于蓝而胜于蓝。

这次出版的《煮酒说水浒》（升级版）是沈氏父子增订后再版升级的一部力作。由于作者深厚的学术功底、高度的理论素质、广阔的文化视野的综合作用，使得这部力作具有了学术性、知识性、趣味性三结合的特殊效果。

学术性体现在哪里？一个"新"字可以概括。新的观点、新的角度、新的统计、新的结论，如《〈水浒〉人物知多少》《李逵的真与假》《〈水浒传〉奇在哪里》《精彩的第一笔》《〈水浒〉心理描写四法》等篇足以证明。且看：《〈水浒〉人物知多少》一文："1981年，我曾用了三四个月的时间，对人民文学出版社1954年出版的一百二十回《水浒全传》，进行了全面、仔细地阅读，并做了详细的记录。在人物方面，我记录了每一回出场的人物及书中点到但未出场的人物。除去丫鬟、士兵、喽啰等'龙套'外，最后的统计结果是：有名有姓的人物577个；有姓无名的人物99个；有名无姓的人物9个；无名无姓，但对故事情节发展有一定作用的人物40个。加起来一共写了出场人物725人，另外书中提到但未出场的人物还有102人，总共为827人。"这样一种做法，似乎有点"笨"，但是，学术研究就是需要这样的老老实实的做法，而不能有丝毫的投机取巧。其实，中国历史上这样的"笨蛋"不胜枚举，从左丘明到纪晓岚，那名单，将是长长的一串。

知识性体现在哪里？一个"博"字可以概括。书本知识、社会知识、自然知识乃至于极其细微的日常生活的知识点，作者都不放过。这些，在《砒霜·水银·鸩酒》《神奇的蒙汗药》《〈水浒〉续书种种》等篇中均可窥其端倪。例如："蒙汗药乃是用曼陀罗花制成。曼陀罗又名风茄儿、洋金茄花、山茄子，产于我国西南各省。为一年生草本，高四五尺，茄叶互生，卵圆形，端尖，边缘呈不规则波状分裂。夏秋间开花，花紫色或白色，有漏斗形三合瓣花冠，边缘五裂，果实为卵圆形，有不等长尖刺，熟时四瓣裂开。叶、花和种子含莨菪碱、东莨菪碱等成分，具有麻醉、镇痛作用。现用曼陀罗制成的洋金花制剂，多用于手术麻醉。用曼陀罗制成蒙汗药，是何人何时发明，尚不知。但古书中有关此药的记载颇多。"明白了这样的知识点，读起《水浒传》来，是否会更加胸有成竹呢？更有甚者，作者还指明了"蒙汗药"的解法：

  解药之法，清人程衡在《水浒注略》中介绍"急以浓甘草汁灌下，解之"。这个说法，也是有根据的。孙思邈《千金方》中说："甘草解百药毒。"李时珍说得更清楚："果中有东莨菪，叶圆而光，有毒，误食令人狂乱，状若中风，或吐血，以甘草煮汁服之，即解。"孙二娘用的解药可能就是甘草汁。只不过《水浒》未点明，故弄玄虚而已。

具备这些知识，读《水浒传》就更为有趣了。说到一个"趣"字，我们不得不专门谈论一下《煮酒说水浒》（升级版）的"趣味性"。诸如《梁山六绝》《李逵有五怕》等篇，都是显得特别趣味盎然的。你看："黑旋风李逵是一位威丧敌胆的莽撞英雄。每次打仗，脱的赤条条，两手握两把板斧，大吼一声冲入敌阵，乱砍乱杀，不怕刀枪箭矢，不怕敌众我寡，无所畏惧，勇往直前，英勇无比。不过，就是这么一位莽汉，其实他也有五怕。"那么，据沈先生看来，李逵有哪"五怕"呢？曰：一怕戴宗，二怕罗真人，三怕张顺，四怕燕青，五怕焦挺。至于黑旋风为什么对这五个人产生恐惧感，那就请你自己去看沈先生的分析吧！总之，那是一个趣味盎然的知识天地。

其实，笔者以上将《煮酒说水浒》（升级版）中的学术性、知识性、趣味性分开来举例说明是很不科学的做法，在该书中，这三者之间往往是水乳交融的。笔者这样做，实在是为了说明问题的方便。

除了以上三大特点以外，这本专著中还有许多让我们不得不刮目相看的地方。譬如作者对《水浒传》中"小人物"（次要人物形象）陆谦、李小二、唐牛儿、郓哥、王婆、何九叔的评价，可谓洞幽烛微；譬如作者联系其他文学作品来评价《水浒传》，这就牵涉到了《金瓶梅》《说岳全传》《红楼梦》等书；譬如作者选择一些民间传说故事来补充评论《水浒传》的文化厚度，这在《宋江的哥哥和老婆》《阮氏三雄还有兄弟吗》等篇中卓有反映；譬如作者读书之细，堪称细入毫发，如《哨棒有多长》《〈水浒〉人物趣谈》等篇堪为代表，尤其是后者，竟然一口气说出了许多个《水浒》人物身上的"最"；譬如作者还善于从冷僻处发现问题，这在《梁山上为何没有赵姓》《梁山英雄排座次的原则》等篇中反映得非常明显。尤有甚者，作者还对《水浒传》成书过程中形成的某些不合情理的地方提出了质疑，读一读《梁山好汉的绰号》《北宋人怎么唱出南宋的曲》《吴用焉能不认识宋江》等篇，我相信读者是会深受启发的。

当然，沈氏父子也都是《水浒传》的读者，只不过他们比一般读者更细心、更认真，也更挑剔一些而已。其实，读书有两种最常见的方式，囫囵吞枣的吞咽式和斤斤计较的挑剔式，沈氏父子当属于后者。但有一点我们必须明白，挑剔式的阅读者在完成他们的过程之后，有感而发的一些文字，往往对更多的吞咽式阅读者就具有了一种"导读"的意味。

不读《水浒》，不知天下之奇！

有了《煮酒说水浒》（升级版），我们则可进一步领会《水浒》之奇！

**甲午年大雪节令于湖北黄石青山湖畔**

（本文作者为中国水浒学会副会长、中国三国演义学会理事、湖北师范学院文学院教授、湖北省有突出贡献中青年专家、湖北省属高校跨世纪学科带头人。）

# 升级版前言

《煮酒说水浒》成书于2007年,由中国工人出版社出版,当时是为了与吾儿沈忱的《煮酒品三国》一书配套,才将原定的《细说水浒》改成现在的书名。此次中州古籍出版社决定将本书作为升级版出版,回想这几十年研究《水浒》所经历的林林总总,心生诸多感慨,这里就多啰唆几句。

我也搞不清楚《水浒》怎么有这么大的吸引力抓住了我。回想儿时,好像没听过说书艺人说《水浒》,也没看过什么水浒戏或电影,顶多看了几本《水浒》的小人书,不知怎么就迷上了《水浒》。记得1954年下半年,新华书店到了几套三卷本的《水浒全传》,又是开架售书,于是每天放学我便一头扎进新华书店看《水浒全传》去了。我经常被书中的故事吸引而忘记了一切,待回到家中,晚饭早已吃过,为此挨了不少打骂。儿时,家里还算殷实,每天都有三分钱的早点钱,我硬是从嘴里省下来,买下了我平生以来第一套最昂贵的大书——三卷一百二十回本的《水浒全传》,时间是1955年2月4日。

俗话说:会看的看门道,不会看的看热闹。我属于看热闹的一类。当时书上都是繁体字,又是直行本。书上很多字不认识,也懒得查字典;很多诗词看不懂,就跳过去不看,反正看热闹。就这样饥不择食、囫囵吞枣地看了一两遍。那时记性好,两遍看下来,梁山英雄的绰号、姓名记下不少,还特地背下了排座次的顺序,便在同学、邻居面前炫耀,大有"水浒专家"的派头。特别是得到大人们的赞许后,更是飘飘然了。

随着年龄的增长,学习和工作的需要,我不得不钻研本职业务,但对《水浒》喜欢依旧。"文化大革命""破四旧"时,我烧掉了不少中外名著,就是舍不得这套《水浒全传》及搜集到的有关文章、剪报,并一直保留至今,这大概是我与《水浒》的缘分吧!

我真正研究《水浒》是从1980年开始的。首先是细读原著,往常是一部《水浒全传》看完只需一个多月,这次竟花了七八个月的时间。除读书外,我还分门别类编了水浒故事年表、梁山英雄小传,统计了每回出场及未出场的人物,记下了书中提及(包括出现过的)地名、山、河、酒楼、火等,还登记了书中所用的计策(包括内容及回目)以及趣事。如被捉的人,死里逃生的人,刺配文身的人,被蒙汗药翻倒的人及书中的错误,等等。另外还留下了三本读书笔记,这些东西虽说是从书中摘抄下来的或随读有感,算不上研究,但还是很有价值的,为日后我写作《水浒》文章提供了极大的方便。与此同时,我只要看到报刊上、出版通讯上登有《水浒》的文章或书籍面世,我就会马上汇钱邮购。业余时间我大多泡在省、市图书馆里,从报刊上摘抄《水浒》及相关文史方面的文章,时至今日已近三十本,数数也有百万字。我还订阅了常登有《水浒》文章的中国人民大学书报资料中心编的《中国古代近代文学研究》《湖北大学学报》及《上海师范学院学报》等,为研究《水浒》集积了大量资料,也从前辈的著作及论文中汲取了不少营养,激发了不少灵感。

　　做学问是一件苦差事,过去没有这方面的切身体会,这回算是领教了。就拿前面说的从书中分门别类编资料看,也不是件易事。首先书要仔细看,不能遗漏。有时为记一个内容,还要前前后后查对,不能重复。一回书有时是看两遍甚至三遍,记下了要记的内容,才接着看下一回。这还不算苦,仅是累一点而已。真正又苦又累的,是我抄写金圣叹评点的《水浒》。金圣叹的《第五才子书施耐庵水浒》,当时属于禁书,江西省仅省图书馆有一套线装本,不但不外借,就是内阅,审批手续也是相当烦琐,而且不是人人都能借到的。以前我只是听说过此书,从未见过其真颜。作为一个《水浒》的研究者,如果连这本书都没有看过,就谈不上是研究《水浒》了。说来也巧,在我的同事中有一位热心人,他的父亲在图书馆任职,答应帮忙借出此书供我一读。结果他没有食言,一个星期后便把书送到了我的手里,再三叮嘱:快看!时间不能太长,早日归还,免得麻烦。看来他也是冒了风险的。拿到此书,我已感激万分,哪敢怠慢!当晚就开始阅读。此书每回前有总批,字里行间还有眉批,要读也记不住,记不住就等于白读。虽然当时已有复印机,但因为此书是禁书,不敢拿去复印,就算有熟人愿意帮忙,我也印不起。它不是几页,而是有好几百页,经济上也吃不消。无奈,只有采取最原始的办法——抄。金圣叹的眉批、文中间批,我就抄在《水浒全传》上,便于阅读对照。总批和回批,则抄在另外的本子上。金圣叹的批文少说也有几十万字,当时正值酷暑,南昌的气温高达三十八九度,又有蚊子,没有空调,只有电扇不停地扇着,手上、身上还是不停地冒汗。又怕汗将书弄湿,只得抄一阵儿就洗洗脸、洗洗手,权当是休息。就这样没日没夜地抄,经常是抄得头晕目眩,食不知味。大概抄了一个多月,总算是完工了。这时我才知道什么是头悬梁、锥刺骨的滋味了。书抄完了,人也瘦了一圈,原本合适的老花镜已是视物模糊了。做学问不易呀!下不得功夫、吃不得苦是不行的。学问人人可做,做成者毕竟是少数。这里不光有个选题问题,而且还有个能不能吃苦的问题。俗话说:吃得苦中苦,方为人上人。这就告诉我,不但要吃苦,还要吃大苦、苦中之苦,才能干出一番事业来、做出学问来。

在这以后的二十多年里,我是不断地买书、看书、抄书、写书。虽说是个苦差事,但苦中有乐。特别是看书时的启发转而书写成文章时,那更是兴奋不已。这就像十月怀胎、一朝分娩一样,那种欢乐、那种喜悦是无以言表的。苍天不负有心人,我的刻苦钻研,终于有所回报。在这二十多年的时间里,我写了近两百篇关于《水浒》的长短文章。在此基础上,我与沈忱一起将其整理成书。这次又承蒙中州古籍出版社垂青,将拙作再版,在此表示万分感谢。感谢石麟先生在百忙之中为本书作序,同时还要特别鸣谢张弦生先生提出的宝贵修改意见及一丝不苟的编辑。

为了更加全面地向读者汇报这几十年来自己研究《水浒》的心得,本次再版时,对原书的内容也做了部分调整,总篇数增加了八篇,合计108篇,其中删除了《梁山上的江西老表》及《金圣叹是封建反动文人吗》两篇。增加的文章分别为是《文人还是文盲》《这梁山泊怎么不冻冰》《凭什么拉白胜入伙》《莫名其妙的重逢》《吴用有时也无用》《蒋门神的冤屈》《女汉子顾大嫂》《晁盖之死的几个为什么》。

由于本人水平有限,缺点错误难免,还望专家、读者指正。

沈家仁

2014.11.6 于江西南昌

# 目 录

## 开卷解谜

1. 《水浒》作者之谜 ……………………………… 3
2. 《水浒》续书种种 ……………………………… 4
3. 有趣的《水浒》外译本 ………………………… 6
4. 《水浒》人物知多少 …………………………… 8
5. 《水浒》人物趣谈 ……………………………… 10
6. 《水浒》里写了多少计 ………………………… 12
7. 《水浒》里的梦 ………………………………… 14
8. 《水浒》奇在哪里 ……………………………… 16
9. 梁山好汉的绰号 ………………………………… 17
10. 梁山为何只有一百零八将 …………………… 20
11. 梁山上为何没赵姓 …………………………… 22

## 百家争鸣

12. 王进老娘旅途为何患病 ……………………… 27
13. 阮氏三雄还有兄弟吗 ………………………… 28
14. 生辰纲在哪里被劫 …………………………… 30
15. 真正押送和劫生辰纲的人 …………………… 34
16. 吴用焉能不认识宋江 ………………………… 36
17. 宋江的哥哥和老婆 …………………………… 40
18. 武大、炊饼及其他 …………………………… 42

19. 西门庆也有好拳脚 ······ 44
20. 神奇的蒙汗药 ······ 46
21. 梁山六绝 ······ 48
22. 宋江装疯为何败露 ······ 51
23. 砒霜·水银·鸩酒 ······ 54
24. 江州的鱼宴为何使宋江腹泻 ······ 56
25. 安道全治痈疽 ······ 57
26. 无为军在哪里 ······ 59
27. 李逵生来非莽汉 ······ 60
28. 浔阳江张顺早生 ······ 63
29. 北宋人怎么唱出南宋的曲 ······ 64
30. "河北三绝"指谁 ······ 68
31. 南丰还是安丰 ······ 70
32. 闲话宋徽宗 ······ 71
33. 张天师及罗真人 ······ 73
34. 毒箭与二陈汤 ······ 74
35. 《水浒》里的酒器 ······ 76
36. 刺配与文身 ······ 78
37. 是文人还是文盲 ······ 79
38. 这梁山泊怎么不冰冻 ······ 84
39. 凭什么拉白胜入伙 ······ 87
40. 莫名其妙的重逢 ······ 91

## 煮酒说人

41. 梁山三寨主 ······ 99
42. 罪不当诛的王伦 ······ 101
43. 宋江与岳飞 ······ 103
44. 李忠的"啬" ······ 105

| | |
|---|---|
| 45. 小人陆谦 | 107 |
| 46. 说李小二 | 109 |
| 47. 柴进纳士也因人而异 | 111 |
| 48. 唐牛儿和郓哥 | 114 |
| 49. 王婆的"茶" | 116 |
| 50. 何九叔的"精" | 118 |
| 51. 武松性格试议 | 120 |
| 52. 一个不戴头巾的男子汉 | 124 |
| 53. 他就是会施恩 | 130 |
| 54. 施恩的"怕" | 132 |
| 55. 李逵的跪拜 | 134 |
| 56. 李逵有五怕 | 136 |
| 57. 李逵的真与假 | 138 |
| 58. 宋江与孔方兄 | 140 |
| 59. 宋江的跪拜 | 142 |
| 60. 闲通判不闲 | 144 |
| 61. 杨雄的"软" | 145 |
| 62. 石秀的"狠" | 147 |
| 63. 石秀的"精细" | 150 |
| 64. 石秀的"无畏" | 152 |
| 65. 扈三娘为何一言不发 | 154 |
| 66. 朱仝的气量 | 157 |
| 67. 《水浒》三淫妇 | 161 |
| 68. 吴用有时也无用 | 163 |
| 69. 蒋门神的冤屈 | 168 |
| 70. 女汉子顾大嫂 | 172 |
| 71. 晁盖之死的几个为什么 | 175 |
| 72. 连环马是施耐庵破的 | 179 |

73. 孙立为什么排出了天罡星 ········· 182

## 品酒赏艺

74. 鲁提辖的仗义 ········· 189
75. 鲁提辖的计谋与拳法 ········· 190
76. 鲁智深与酒 ········· 192
77. "风雪山神庙"之山神庙 ········· 194
78. "火"的艺术内涵 ········· 196
79. "风雪山神庙"中的巧合 ········· 197
80. 一刀一境界,一枪一精神 ········· 199
81. "智取生辰纲"前的准备工作 ········· 202
82. "智取生辰纲"中的山歌 ········· 204
83. 吴用与杨志斗智 ········· 206
84. 生辰纲为何被劫 ········· 208
85. 劫取生辰纲的动机何在 ········· 210
86. 施耐庵笔下的老虎 ········· 213
87. 武松的防身武器 ········· 214
88. 哨棒有多长 ········· 216
89. 李逵斗张顺:平手 ········· 218
90. 题字暗藏玄机 ········· 220
91. 全诗都是荒唐言 ········· 222
92. 韵文、诗词、山歌的妙用 ········· 224
93. 卢俊义的专横 ········· 226
94. 精彩的第一笔 ········· 228
95. 《水浒》中的同与异 ········· 230
96. 意境不凡的《水浒》 ········· 232
97. 《水浒》的人物语言 ········· 234
98. 写状写声之妙 ········· 236

99.《水浒》心理描写四法 ································· 238
100.《水浒》里的夸张 ···································· 240

## 随笔杂说

101. 金圣叹批改《水浒》功大于过 ·························· 245
102.《水浒》与《红楼梦》 ································ 247
103. 水浒英雄并非都是逼上梁山的 ·························· 248
104.《水浒》的隐退思想 ·································· 250
105. 梁山英雄排座次的原则 ································ 258
106. 梁山地区不可能成为宋江义军的根据地 ·················· 261
107. 梁山英雄全伙受招安责任在谁 ·························· 267
108.《水浒》改编的得与失 ································ 276

# 1.《水浒》作者之谜

《水浒》的作者是谁？凡是接触过《水浒》的人，都可以不假思索地回答是施耐庵，或曰施耐庵、罗贯中合著。可奇怪的是，施耐庵这位主要作者的名字却不见于正史。任何一本介绍《水浒》的书（包括文学史），在谈到施耐庵时，不是说"生平不详"，就是说"目前我们知道的不多"，或曰"缺乏可靠的记载"，等等。但是另一方面，现存的其他资料又是五花八门。所以，历代学者见解纷纭，《水浒》作者到底是谁，至今尚无定论。

正因为《水浒》作者是谁还是个谜，目前谜面答案就有多种：一种观点认为历史上本无施耐庵其人，古来《水浒》署名为施耐庵著，乃他人托名。胡适先生说施耐庵大概是"乌有先生"，是明代中叶一位文学大家的假名（见《中国章回小说考证》一书）；鲁迅先生在《中国小说史略》中说，《水浒》原为简本，明代有人演绎为繁本，遂托名施耐庵。谁托名？又有两种观点：《水浒》成书先后经历三百余年，它由民间流传、说书艺人及杂剧作者创作、文人加工而成，它是"经过很多人、很长时期、很多次修改才完成的"，"是世世代代书会才人和民间艺人的创造性劳动的结晶"，这就是说，《水浒》是由集体创作而托名施耐庵刊行的；另一种观点认为施耐庵是明代官僚政客、武定侯郭勋的托名，这是因为嘉靖年间郭勋的刻本，是《水浒》最早的版本。

另一种观点认为《水浒》作者是施耐庵和罗贯中两个人。这是因为现存古本《水浒》的作者大都是这样写的："钱塘施耐庵本、罗贯中编次。"还有一种说法是前七十回为施耐庵所写，后五十回为罗贯中续作。

1982年罗尔纲先生在《水浒真义考》一文中提出了另一种新见解：《水浒》的作者是罗贯中。又有人将《三国演义》和《水浒》对比研究，认为刘备像宋江、张飞像李逵、诸葛亮像吴用，等等，故此二书同出一人之笔。

前几年在江苏省兴化县找到一份施耐庵家谱，或许说明施耐庵是有其人的，是兴化人；而古本《水浒》上又说"钱塘施耐庵"，钱塘是今天的杭州，那么，施耐庵就应该是浙江杭州人；还有人认为他是江苏大丰县人。正因为籍贯分歧，论者相互抵牾，互难成立，所以这又是一个谜。

然而在民间，特别是在江苏苏州、兴化一带，有关施耐庵的传说特别多。说施耐庵是苏州人，是孔子弟子施之常的后裔，生于元成宗元贞二年（公元1296年），自幼聪明好学，才气过人。三十六岁进京应试，得中辛未榜进士，并结识了同榜得中的刘伯温，两人相处投契。后施耐庵调任钱塘县尹，由于不愿意昧心事权贵，两年后愤然辞官，回到故里开学馆教书，并开始创作梁山故事。刘伯温当了朱元璋的军师后，多次邀请施耐庵出来协助朱元璋。为了避开朱元璋的纠缠，完成自己写书的夙愿，施耐庵又搬到地方偏僻、交通不便的兴化隐居著书。元至正二十八年，施耐庵写完《江湖豪客传》（即《水浒》），很快被传抄到社会上去。明洪武元年（公元1368年）冬，抄本传到朱元璋手中。朱元璋因多次邀请施耐庵出山不从，看了《江湖豪客传》后很生气，当即批示："此倡乱之书也。是人胸中定有逆谋，不除之贻患。"施耐庵因而被捕入狱。由于刘伯温多方周旋，施耐庵才免于一死。但一年多的牢狱生活，使他在精神上、肉体上都受到了很大的摧残，回归途中又染疾病，只得暂住淮安。明洪武三年春病逝于淮安，终年七十五岁。施耐庵死后，其弟子罗贯中将施耐庵的遗作加以整理、增删成书出版。故后人曰：《水浒》是施耐庵本、罗贯中编次。

## 2.《水浒》续书种种

与《红楼梦》一样，《水浒》自问世以来续书纷纭，人们以各自的好恶增补这部名著。其中，有的续书写得很是不错，也算是"流芳千古"。

续书中的佳作要数明代陈忱的《水浒后传》。全书四十回，主要描写了宋江、吴用死后，其余幸存者在北宋朝廷的压迫和外族侵略下再度起义，一部分随混江龙李俊出海，一部分参加了抗金斗争，失败后，也都出海与李俊会合，据暹罗（即今泰国）称王、为官。小说继承原作中好汉们不畏强暴、为民伸张正义、敢于斗争的传统，歌颂了他们的英雄主义，同时还鲜明地表现了作者对农民起义的同情。《水浒后传》里的人物，大都保持了原作原有的性格和面貌，语言也通俗流畅。

续书中的主旨和原作截然不同的是清代俞万春的《荡寇志》及清代介石逸叟的《宣和谱》。《宣和谱》又名《翻水浒》，顾名思义，即推翻《水浒》，共二十回。主要写《水浒》中曾出现，但没参加梁山起义或与梁山好汉作对的人，如王进、栾廷玉、扈成等人。这些人被描述成响应朝廷号召的义士，他们自愿组织起一支武装，最后围剿梁山泊，杀尽水浒英雄。《荡寇志》又叫《结水浒》，是以《宣和谱》为蓝本发挥而成，意为"扫荡梁山贼寇记事"。全书七十回（附结子一回）。小说从原作排座次后写起，到朝廷派三路大军与地方武装一起荡平梁山贼寇为止。作者在小说中针锋相对地制造出一些能制服梁山好汉的官员、能人。比如梁山上有个神行太保戴宗，他就制造出了一个比戴宗走得更快、施法时脚踏风火轮的康捷；梁山上有打虎英雄武松，他就写了一个比武松还勇猛，能打死独角神兽的唐猛。反正他制造出的官员、能人，总比梁山某某好汉厉害得多，于是梁山好汉个个都惨死在他们手下。在我国小说史上，《荡寇志》可算是翻案文学的代表作之一。当然，《荡寇志》在人物塑造、行文布局、造语设景上都有可取之处。鲁迅先生曾评之曰："在纠缠旧作之同类小说中，盖差为佼佼者矣。"

此外续书还有：清代青莲室主人的《后水浒》，全书四十五回，写宋江、卢俊义死后，在南宋初年又转世为杨幺、王魔，在湖南洞庭湖仿效梁山好汉起义的故事。小说反映了官逼民反的社会现实，歌颂了农民起义战斗不息的精神。但小说中迷信、宿命的东西比较多，结构也比较松散。1986年年初，全国各报报道，有一部"湮没三百余年的古本《水浒》重见天日"。据专家们考证，这本书是梅寄鹤伪托施耐庵著的。此书前七十回为全本，后五十回为梅氏续书。全书歌颂了起义军的英雄气概，也弥补了原作中的缺漏，布局前后呼应，情节连贯吻合，均可看出续书者的水平。1933年出版的程善之著《残水浒》共十六回。此书写梁山一百零八将因其出身不同，最后分为几个派系，派系之间互相残杀。最后官兵进行围剿时，投降的投降，被俘的被俘，战死的战死，结果以宋江被戮、梁山终被消灭告终。这是继《荡寇志》后出现的另外一部翻案的续书。1938年出版的姜鸿飞著《水浒中传》共三十回，上接金圣叹本《水浒》，下连陈忱《水浒后传》，是一百二十回本《水浒》后五十回的修改本。今人褚同庆花费四十余年写成的《水浒新传》共一百七十回，作者不满悲剧结局，仅保留原作三十九回，改写四十回，新增九十一回，也是一部较为有趣的读本。新中国成立前还出版了几部续书，如张青山的《水浒拾遗》、谷斯范的《新水浒》、张恨水的《水浒新传》、刘盛亚的《水浒外传》。新中国成立后也出了一些续书，这里就不一一介绍了。

## 3. 有趣的《水浒》外译本

《水浒》在国内可谓是妇孺皆知、为世人所喜闻乐见的长篇小说了。在国外，它也是世界各国人民最为喜爱的作品之一。《水浒》现已翻译成英、法、德、意、俄、匈牙利、捷克、波兰、朝鲜、越南、日本、印尼及拉丁文等十多种文字在世界各地发行。

《水浒》传到外国，最早是日本。据日本汉学家白木直也先生《水浒的传日与文简本》一文中载："17世纪的后半叶，《水浒》得以传来为日人所见。"1728年，日本江户时期就翻刻了由李卓吾先生评点的《忠义水浒》中的二十回书。1757年，冈岛寇山依据李卓吾评点的百回本《忠义水浒》改编成《通俗忠义水浒》七十卷。以后陆陆续续又有二十余种，其中以前进座剧团翻译、改编成的话剧《水浒》及《续水浒》最为成功。它比较忠于原著，为日本人民所称道。但也有一些译本为迎合市民的低级趣味，歪曲了书中的人物形象，如把林冲和扈三娘写成了一对情深意笃的情人，矮脚虎王英倒成了情场上的失败者。据悉，日本保存了多种版本的《水浒》，甚至其中若干在国内早已失传的版本，在日本也被完整地保存了下来。

在西方，则以法文译本为最早。由法国汉学家巴赞翻译、题名为《水浒摘译》，在巴黎1850年第57期《亚洲杂志》上就发表了。到了1883年，意大利也出现了《水浒》的意文译本。译者是意大利人安德拉斯。他节译了鲁智深的故事，取名为《佛牙记》，在米兰出版。到了20世纪初，德国人又把《佛牙记》译成德文出版，书名又改为《鲁达上山始末记》。而另一个意大利人安德烈奥吉又把《水浒》中杨雄、石秀、裴如海和潘巧云的故事翻译成书，取名为《菩萨的人》。

到了1927年，柏林出版了一本专门说武松的译本，名为《强盗与兵》。译者是爱林斯达。这位译者并不懂汉语，他仅根据一位中国留学生的口述整理，又进行了大胆的加工，结果闹了不少笑话：比如把李逵的故事错安在武松的身上，变成了戴宗神行法整武松，武松还会摇头晃脑吟诵白居易的诗，等等，就是这么一本书，后来被翻译成英文，在伦敦一家杂志上连载，书名又改为《一个中国巨人的历险记》。《水浒》的德文译本是最多的，书名五花八门非常有趣：节译杨雄和潘巧云的故事，译名为《圣洁的寺院》；节译武大郎与潘金莲的故事，译名为《卖炊饼武大的不忠实妇人的故事》，另外还有《黄泥冈的袭击》《强盗们设置的圈套》，内容是晁盖、吴用智取生辰纲的故事。西方最早的七十回《水浒》译本是德文版的《强盗与士兵》和法文版的《中国的勇士们》。一百二十回本《水浒》有英文版的《梁山泊的强盗》、意大利文版的《匪徒》等。西方的这些译本，特别是节选本大都不完整，不太忠于原著，但也颇受欧洲人喜爱。

《水浒》在朝鲜及东南亚各国的流传也较早。在17世纪的李朝时期，朝鲜就翻译了《水浒》，还配编了一本《水浒小说语汇解》。越南前主席胡志明就是个《水浒》爱好者。20世纪50年代初就有根据七十回本《水浒》译本的六十七回本越文《水浒》。印度尼西亚也是在20世纪50年代初，在其《星期新闻一周刊》上连载《水浒》故事的，连载的书名为《梁山一百零八名英雄》。

《水浒》的外译本众多，译得比较好的要数1933年美国出版的《四海之内皆兄弟》了。译者是1938年诺贝尔文学奖得主、美国女作家珀尔·西登斯屈里克·巴克。她自幼来中国，与中国老师谈中文经典，精通中国文字，熟悉中国社会。她还取了个中国名字：赛珍珠。她根据金圣叹的七十回本翻译《水浒》，比较准确、生动、忠于原著。鲁迅先生在给友人的信中曾说："近布克夫人译《水浒》，闻颇好。"（《给姚克的信》）可见其译本之成功。

因赛珍珠的译本是用英文译成，又较忠于原著，故很快又传遍欧洲，使欧洲也有了比较完整、可靠的译本。

## 4.《水浒》人物知多少

在我国古典长篇小说中，塑造人物最多的恐怕要数《三国演义》《西游记》《红楼梦》《水浒》了。据《中国文学史》及其他资料记载：《三国演义》写了1183人，《西游记》写了400多人，《红楼梦》写了975人，唯独《水浒》写了多少人，这些资料大多没有一个比较准确的数字。有的说大约400多人，有的又说600人以上，这两者差距又如此之大，如果仅仅解释为误差，很难说得过去。

《水浒》人物到底有多少？1981年，我曾用了三四个月的时间，对人民文学出版社1954年出版的一百二十回《水浒全传》，进行了全面、仔细地阅读，并做了详细的记录。在人物方面，我记录了每一回出场的人物及书中点到但未出场的人物。除去丫鬟、士兵、喽啰等"龙套"外，最后的统计结果是：有名有姓的人物577个；有姓无名的人物99个；有名无姓的人物9个；无名无姓，但对故事情节发展有一定作用的人物40个。加起来一共写了出场人物725人，另外书中提到但未出场的人物还有102人，总共为827人。

在出场的725人中，男人有665个，妇女有60个。这725人如按其职业划分的话：官员88人，小吏56人，士兵4人，地主（包括土豪、富户）67

人，知识分子5人，艺人13人，僧道20人，奴仆14人，百姓58人，少数民族（包括辽国上下）74人，手工匠15人，娼妓4人，农民41人，绿林好汉33人，商贩30人，其他起义军203人。这些人物在书中大多有份小传，少则三言两语，多则洋洋万言（如武松的传多至10回书），使其有血有肉，性格鲜明。

　　正文写到此应该说已基本结束。但有一点说明、一点补充不得不啰唆几句。一点说明是原文付梓时，我写道"一共写了出场人物685人"，而今文却出现了出场人物725人，整整多出40人。这40人是原文中没有加上的无名无姓的人物。重写此文时，我翻阅当年的记录，又翻读了《水浒全传》的有关章回，觉得这无名无姓的40人非补上不可。比如"鲁智深拳打镇关西"一回中的店小二就是个无名无姓的人物。此人虽无名无姓，但在此一回书中绝非可有可无。书中写到他的文字前后仅200多字，分为接待鲁达、阻拦金老父女、遭鲁达痛打、报信未果及目睹拳打镇关西5处。字不多，但一个恃强凌弱、不知好歹，但又胆小怕事的人物形象跃然纸上。又比如"戴宗智取公孙胜，李逵斧劈罗真人"一回中的吃面老人，就人物形象而言，他没有前面说的店小二那么活脱鲜明，但对情节的发展、所产生的喜剧效果等方面都起了重要的作用。

　　《〈水浒〉人物知多少?》写成后，为了与广大《水浒》爱好者分享这一成果，《南昌晚报》1981年10月17日刊载了此文。没想到，此后不久《文学报》《天津日报》《羊城晚报》《贵阳晚报》《合肥晚报》等20余家报纸陆陆续续转载了此文。更没想到的是，这一统计数字得到很多《水浒》学者及爱好者认可。他们在论及《水浒》人物时，也多引用此数字（见汪远平先生著《水浒拾趣》一书）。就连江西省2006年小学二年级语文寒假作业中也有《水浒》人物有多少的题目，其答案也是我统计的数据。看到这些，我为之一喜，我总算是回报了《水浒》，为《水浒》作了一点点的贡献。

## 5.《水浒》人物趣谈

一部《水浒》，洋洋百万言，写了从宋徽宗即位、高俅发迹到宋徽宗梦游梁山泊、蓼儿洼前后 25 年之事，光出场人物就有 725 人之多。这么多人物一定有趣事可写，看我慢慢展示开来。

全书第一个出场的是宋仁宗，他派人请张天师祈禳瘟疫，最后一个露面的是为鲁智深坐化点火的六和寺大惠禅师。第一个出场的水浒英雄是九纹龙史进，最后一个上梁山的好汉是兽医皇甫端。

全书出场次数最多的是宋江，从第十八回私放晁盖开始至第一百二十回饮"御酒"身亡为止，全书有 70 回记载了他的行踪，把宋江这个出身小吏、熟知法度、同情晁盖等人，不敢造反却不得已造了反，造反后又求招安，最后惨遭毒害的形象，写得真实、有血有肉。水浒英雄中出场最少的是神算子蒋敬。记载有他的仅两回书。一是第四十一回黄门山下投宋江；另一回是第一百二十回，不愿为官，回归故里为民。武松的出场次数虽不及宋江，但他的传最集中、最长。从第二十回他在柴进庄会宋江开始，作者接连写了他打虎、遇兄、杀嫂、醉打蒋门神、大闹飞云浦、血溅鸳鸯楼、醉打孔亮、上二龙山等 10 回书，共 10 万余字，把武松这个路见不平拔刀相助、见义勇为奋不顾身、知恩必报的性格写得可爱可敬。

从《水浒》的回目看，林冲应该是第一个上梁山的。其实不然，梁山的开山大王应是王伦、杜迁。王伦因心地狭窄、妒贤嫉才，早就做了林冲刀下鬼。杜迁虽说资格老，但因本领低下，最后排坐在第八十三把交椅上。无论如何，上梁山的第一个好汉却是杜迁，林冲充其量算是第一个被逼上梁山的好汉罢了。最后一个上梁山的是被张顺捎上山的兽医皇甫端。他来得勉强，上山后毫无建树，除第七十回有段对他的介绍文字外，全书中没有关于他的任何一次行动的描述，也从未说过一句话。《水浒》中个头最高的是险道神

●神机军师朱武

郁保四,他身长一丈。个头最矮的是武大郎,身高不满五尺。武大郎形体虽猥琐,但心地善良,安分守己,是难得的良民,颇为读者同情。

《水浒》中出现的第一个"强盗"是神机军师朱武,早在上梁山之前,他已在少华山做了山大王。第一个被官府捉拿的好汉是白日鼠白胜,严格地说他算不得是条英雄好汉,被官府抓住后一拷问,他就出卖了晁盖、吴用等劫取生辰纲的好汉。第一个被水浒英雄俘获的官军是前来追捕晁盖等人的何涛。好汉们却不优待俘虏,虽放他回去,却割了他的耳朵。遇险次数最多的是宋江,前后九次死里逃生。俗话说"大难不死,必有后福",这仅是人们的一句祝福语,其实也不尽然。宋江九死一生,按说应是福气多多,最后他还是逃不脱朝廷的迫害。水浒英雄中亲缘最复杂的恐怕要数解珍、解宝兄弟了。孙立、孙新是其姑舅哥哥,而姑舅嫂子有乐夫人及顾大嫂,姑舅妻弟还有铁叫子乐和,粗略统计,这家亲戚光知名的就有7人。

开卷解谜

水浒英雄上山之前，都天各一方为生存忙碌着，他们大多是久闻其名、不识其人。他们中的一些人在江湖上名传海宇，能与之相见是大多数人"平生渴仰之念"。一旦相见，都觉得相见恨晚，不由分说便结为异姓兄弟。故此梁山之上就有了13对拜把兄弟：宋江与晁盖、林冲与鲁达、戴宗与杨林、李逵与汤隆、宋江与武松、鲁达与张青、宋江与扈三娘、关胜与郝思文、武松与张青、宋江与李俊、戴宗与李逵、武松与施恩、石秀与杨雄。这其中宋江一人就结了四对。更好玩的是这四对之中竟有一个扈三娘，不但是异姓，还是个异性。但也有费解之处，李逵对宋江是唯命是从，哥哥前、哥哥后的叫个不停，煞是亲热，可宋江竟然没有与他结拜为兄弟！《水浒》里还有12对嫡亲兄弟：武大郎与武松、宋江与宋清、阮氏三雄、解珍与解宝、李达与李逵、张横与张顺、穆弘与穆春、孔明与孔亮、童威与童猛、朱富与朱贵、孙立与孙新、蔡福与蔡庆。还有3对新婚夫妻：矮脚虎王英与扈三娘，霹雳火秦明与花荣之妹，没羽箭张清与琼英。这里就不展开论述了。

# 6.《水浒》里写了多少计

《水浒》是一部描写农民起义的长篇小说，除写了不少轰轰烈烈的战争场面外，敌、我、友三方为了战胜对手，也使用了不少计策。据统计：全书一共使用了166次计。其中梁山好汉用了121次，官吏及地主豪绅用了22次，田虎、王庆及方腊等农民起义军用了12次，普通百姓用了11次。这些计策大致可分为两大类：战争用计及非战争用计。

先说战争用计。比方说第十九回，水泊梁山第一仗就是即将上山的好汉与郓城县济州府缉捕使臣何涛的一场战斗。吴用用的就是"诱敌深入"计，一步步将何涛由岸上诱到湖边，由宽处引到窄处，再引至地形较为复杂的芦苇丛中，最后擒住何涛，全歼官兵。整个计策不但巧妙，而且简直是一场游戏。吴用这方参战者仅十来人，唱着山歌，划着小船，轻轻松松就解决了战斗。又比如"三打祝家庄"。毛泽东在《矛盾论》一书中说："《水浒》上宋江三打祝家庄，两次都因情况不明，方法不对，打了败仗。后来改变方法，从调查情况入手，于是熟悉了盘陀路，拆散了李家庄、扈家庄和祝家庄的联盟，并且布置了藏在敌人营盘里的伏兵，用了和外国故事中所说木马计相似的方法，第三次就打了胜仗。"毛泽东的这段话中就明确指出"三打祝家庄"就用了好几种计策，比如石秀、杨林化装侦察，"从调查情况入手，熟悉了盘陀路"，即是投石问路计；拆散了李、扈、祝的联盟，即合纵连横计；在敌营中布置了伏兵，即木马计，或叫里应外合计。正因为采用了这一系列连环计，最终拿下了祝家庄。

再说非战争用计。比如"智取生辰纲"就是计中之绝唱。吴用先派人在松林里一闪，探头探脑，引起杨志怀疑，待杨志提刀赶过来，七人惊叫，装出害怕的样子，这使的是反客为主计，迷惑杨志，使其打消疑虑。然后是买酒、喝酒故意麻痹他，勾引起众军将越发想借酒解渴的欲望，这就是引君入瓮之计。付钱时，讨价还价，抢酒、下药等等动作，用的是瞒天过海计。最终使杨志等经不起诱惑中计上当，丢了生辰纲。另外，像高俅陷害林冲所设的卖刀看刀计、纵火计，王婆说风情的"十分光计"，张都监陷害武松的美人计等都属此类，这里就不多说了。

梁山好汉所用的计策，智多星吴用最多，他机巧心灵、足智多谋，作为水浒英雄的军师，当之无愧。从第十六回定计智取生辰纲起至第一百二十回自缢于宋江墓前止，全书有48回记录了他的行踪。在这48回书中他一共用计62次，其中招安前30次，招安后32次。梁山好汉所用的计策中，有败计5个：其中吴用2个，史进1个，张顺1个，解珍、解宝1个。

吴用的两次败计是：第三十九回为救在江州因酒后吟反诗而下死牢的宋江，吴用让圣手书生萧让模仿蔡京字体写家书，又请玉臂匠金大坚仿刻蔡京印章。因一时疏忽，误盖上"翰林蔡京"四字的讳字图章，被黄文炳识破，致使戴宗也下了死牢。另一次是第一百一十五回，打方腊攻杭州城时，由于损兵折将，求胜心切，加之对杭州城防情况不明，又不作调查研究，贸然用兵，吴用设计诈败诱敌离城强攻之计，结果不但没有拿下杭州城，反而使梁山元老之一的赤发鬼刘唐丧命。

史进、张顺、解氏兄弟一生中仅用过一计。为配合宋江攻打东平府,由史进混入城中做内应,结果被旧相好娼妓出卖被捉,偷鸡不着反蚀把米。张顺为破杭州城不听劝阻,自恃有潜水绝技,潜水入城,放火为号,反被敌军识破,用乱箭射死。解珍、解宝兄弟俩也自以为猎户出身,善于爬山越岭,企图放火惊敌,结果是计拙兼疏事不成,一个被敌人砍断藤索从乌龙岭上摔死,一个被短弩弓箭射死。

## 7.《水浒》里的梦

有人说,中国古典小说都是"梦"。小说中的梦,是"梦"中之梦。写梦是中国古代文学家的拿手戏,这话一点不假。在中国古代文学中,写梦的作品是能随手拈来的:传奇小说有唐朝沈既济的《枕中记》、李公佐的《南柯太守传》,元代陈玄祐的《离魂记》;戏剧有明代汤显祖的《紫钗记》《牡丹亭》《南柯记》《邯郸记》等"临川四梦";长篇小说有清代曹雪芹的《红楼梦》,等等。梦,人皆做之,《水浒》里写了那么多人,也写了一些梦,这些梦虽说有些离奇古怪,但大多饶有趣味,也令人可信。

有人统计:《红楼梦》里的梦尤多,大梦小梦,梦中套梦,写了三十几个。《水浒》里的梦也不少。我统计了一下,一共有22个。而宋江一人就做了6个,可谓最多。写得最长的梦是宋江还道村梦受天书。洋洋数千言,描写了仙境美景及宋江受天书的经过。写得最短的梦是张清的梦,全书根本就未明写,而是由安道全补叙的,不上百字。梦的内容极为丰富的是李逵的梦,不但遇上仙道,闹了天池,杀了蔡京等四个奸臣,而且梦见了老娘,还得到灭田虎的十字要诀。做得最长的梦是鲁智深的梦,自二月下旬与琼英交战时,不慎落入缘缠井,到三月下旬打翻马灵,巧遇戴宗,前前后后整整一个月,然而文中竟没有一个梦字,却又实在梦中。写得最有趣的梦是琼英的梦,梦中跟张清学武艺，还相中张清为夫婿。更有趣的是，这个梦张清也同样做过，内容也雷同。这就是所谓"重叠梦"。"重叠梦"书中还有两个：一是宿太尉及宋徽宗都梦游梁山泊；另一个是吴用、花荣都梦到宋江、李逵二人鬼魂。此外，《水浒》还写了"预知梦"，如宋江梦见张顺鬼魂，醒后李俊前来报丧；宋江梦见晁盖鬼魂报灾，不久宋江患上痈疽病；还有武松在武大灵前梦见武大诉冤，等等。这"预知梦"，近乎神奇，并非迷信。当然，《水浒》里也有一些迷信色彩的梦，如宋江梦见神人授书及投胎梦，等等。

据医学书籍解释：人在睡眠的情况下，皮质某些细胞群可以在一定程度上摆脱抑制，并接受内外环境因素的影响而兴奋起来，这就是梦的生理学基础。梦其实就是人在睡眠时大脑皮质普遍抑制的背景下所出现的某些兴奋活动。俗话说："日有所思，夜有所梦。"说的正是这个道理。就拿张顺托梦，花荣、吴用梦见宋江、李逵鬼魂来说吧，读来觉得不可思议，其实也是有感情基础和可信度的。宋江与花荣、吴用、张顺等人生前朝夕相处，情同手足，兄弟幸存无几，奸贼加害之心更烈，兄弟之间相互担心、恐惧也是常系心头，故这种噩梦也就随之产生。医学实验证明：疾病过程也可能成为梦的原因。有人经常梦中觉得咽喉被鱼骨鲠住或被绳索勒住，事后一检查便发现喉头果有异物或肿块。宋江预知晁盖报灾的梦正是疾病的前兆。鲁智深的梦虽有迷信色彩，但这是"艺术的梦"，意在刻画鲁智深这个人物，是为他日后"圆寂"做铺垫。武松的梦也够迷信的，但它意在说明武松见兄长暴死的震惊及怀疑所生。总之，梦绝对不是什么灵魂活动，而是有思想基础的，是客观世界在头脑中的另一种表现。

《水浒》里的22个梦，从形式上可分为：直叙梦，也就是直接详细叙述梦境。如宋江还道村遇九天玄女授天书即是。这个梦，不仅抒发了作者爱憎分明的感情，同时九天玄女授天书及四句天言，还预示了今后事态的发展。补叙梦，梦已做，醒后向人倒叙梦的内容，如第九十九回"花和尚解脱缘缠井"即是。这个梦，反映鲁智深对红尘的厌倦，以后"圆寂"势在必然。预知梦，也就是提前做梦，梦中之事后成事实，如前面所说的即是例子。最后是连环梦，张清、琼英习武即是。《水浒》中这些梦境描写，不仅促进了情节的转折，塑造了人物，而且对整个作品的节奏和气氛也起到了一种调剂和补充的作用。

## 8.《水浒》奇在哪里

在明代，《水浒》与《三国演义》《西游记》《金瓶梅》被称为"四大奇书"。《水浒》的奇，奇在哪里？答案是：奇在新。

北宋末年，宋江所领导的农民起义在历史上并不引人注目，然而在民间却非同凡响。南宋开始，水浒故事即在民间流传，以致引起画家们的兴趣，为之作画配诗加以赞美；勾栏艺人说书，戏曲演员演唱，创作出不少精彩故事和生动的艺术形象。文人们在此基础上进行缀连、加工乃至形成长篇小说，又赋予了更高的典型性：集中地、多方面地反映了封建社会农民起义的发生、发展和最后失败的全过程；揭示出社会黑暗、腐败，残酷压迫、官逼民反是农民起义的社会根源，逼上梁山是农民起义的重要特征及必然结果。

就其思想性而言，《水浒》的新还新在对招安的历史悲剧做了认真的总结：统治阶级是残酷的，本性是难以改变的；招安是没有出路的，悲剧是必然的。同时还指出急流勇退是明智的选择。

在几千年的中国封建社会，帝王将相、才子佳人一直是文艺作品中的主要人物和歌颂对象。而《水浒》却是一反常规，把"造反的强盗"当作作品中的主人公来描写，当作英雄来歌颂，而把统治者、达官贵人、才子佳人作为配角来揭露、鞭挞。这种歌颂农民起义、赞美造反英雄的做法在那个时代的文艺作品中属于首创。也正因为如此，《水浒》对后世农民起义的影响极大。他们不但沿用水浒英雄的绰号或以水浒英雄的名字为绰号（如太平天国的翼王石达开就自号"小宋公明"、张汝金诨名"燕青"、王中孝诨名"宋江"），有的农民起义队伍还袭用"劫富济贫、替天行道"的旗号，采用梁山英雄的战略战术。如《贼情汇纂》卷五中就说：太平天国军队的用兵之道，

"截取……《水浒》为尤多"。《庄谐杂录》记载，胡林翼在讲到农民起义军中的计谋时，"全以《水浒》为师资"，等等。

《水浒》在人物塑造上也有不少创新之处。它刻画人物，或用浓墨勾勒，或用工笔细描，或让人物本身来显示性格特征，或从社会关系的各个方面来进行烘托。就是性格相似的人物，也都有其自己独特的个性，使人物的形象由类型化典型向性格化典型发展。特别要提出的是作者在创作人物时，有比较鲜明的阶级观，读者能从其造反精神的强弱，推断其出身的贵贱。

《水浒》的新还新在文学语言的通俗化、口语化。写人则如闻其声，如见其人；写境则如临其境，可观可感。通俗易懂，朗朗上口，形象传神，表现力强，亲切感人，可谓其特点。有人评曰：它没有《三国演义》那么雅致，却文采横溢；它没有《红楼梦》那么纤细秀丽，却清新自然；它不像《儒林外史》那么辛辣，却酣畅淋漓。它被称之为"我国第一部白话长篇小说"，实乃当之无愧。

《水浒》对后世作家及其文学创作影响极大，这也是其新、奇所在。著名女作家冰心说，她是在《水浒》《聊斋志异》这些古典名著的熏陶下开始小说创作的；著名作家周而复也说："给我影响较大的是《水浒》《三国演义》《红楼梦》。"《水浒》不但为中国广大人民群众和文学家所喜爱，也为世界各国人民所热爱，对其评价极高。日本学者称之为一部"伟大的中国小说"；苏联学者赞之曰，"中国人民极为丰富的文化遗产中一座伟大的纪念碑""小说中具有形象的画廊"。

# 9. 梁山好汉的绰号

在古今小说中，人物绰号最多的恐怕要数《水浒》了。梁山一百零八将，绰号就有一百零八个。这些绰号既生动形象，又使人感到亲切；既画龙点睛地体现出人物的个性特征，又符合人物的形体特征，令人难忘。

梁山英雄的绰号，有的是根据人物的某种特长或才能来取的。如戴宗有道术，日行八百里，故号"神行太保"；蒋敬因"精通书算，积万累千，纤毫不差"，人称"神算子"；吴用足智多谋，故叫"智多星"；凌振因善制造火炮，"石炮落处，天崩地陷，山倒石裂"，故号"轰天雷"，等等。

有的绰号则是根据人物的形体或外貌特征来取的。如青面兽杨志，因"面皮上老大一搭青记"，故称"青面兽"；史进身上有"一团花绣，肩臂胸膛，总有九条龙，满县人口顺，都叫他做九纹龙史进"；林冲生得豹头环眼，取号为"豹子头"；朱仝有一尺五寸长的须髯，故号"美髯公"；郑天寿因"生得白净面皮"，故号"白面郎君"，等等。

有的绰号是根据人物的性格来取的。如秦明"性格急躁，声若雷霆，以此人都呼他做'霹雳火'"；裴宣因"六案孔目出身……为人忠直聪明，分毫不可苟且"，故号"铁面孔目"；宋江因"济人贫苦，周人之急，扶人之困"，故号"及时雨"；李逵因一身黑肉，性急如风，故号"黑旋风"。

有的梁山英雄绰号是根据人物的职业特征来取的。为躲避官府的缉拿，武松后来一直以道家打扮出现，因此叫作"行者"；"船火儿"就是船伙计张横，他的职业就是浔阳江的艄公；"神医"安道全、"操刀鬼"曹正、"菜园子"张青皆是此类。

有的绰号是根据人物使用的兵器来取的。如关胜善用大刀，就名"大刀"；呼延灼善用双鞭，故号"双鞭"；董平用双枪，就叫"双枪将"；张清惯使飞石，像没有羽毛的箭一样，故号"没羽箭"，等等。

有的人物是仿古人来取的。传说三国吕布善使戟，又被封为"温侯"，吕方也用戟，又姓吕，故号"小温侯"；花荣箭术高明，可与李广媲美，就叫"小李广"，以示区别；郭盛使枪，故号"赛仁贵"，等等。

有的人物是借用鬼神之名来取绰号的。如"活阎罗"阮小七、"丧门神"鲍旭、"母夜叉"孙二娘、"险道神"郁保四，等等。这些绰号都没有什么实际意义，与人物的外貌、性格也挂不上钩。

还有的人物是以动物形象来取绰号的。如"玉麒麟"卢俊义、"扑天雕"李应、"插翅虎"雷横、"两头蛇"解珍、"出洞蛟"童威、"通臂猿"侯健

●小李广花荣

等。其中以虎为号的特别多,统计一下有7个:如插翅虎、矮脚虎、笑面虎、跳涧虎、中箭虎、花项虎、青眼虎。可惜这些都虚有其号,没有什么实际意义。

有的绰号含有两种意思。比如杨雄的绰号叫"病关索"。关索相传是三国人名,杨雄取此号是仿古人。但"病"字,又是根据人物形象特征取号的。《水浒》第四十四回介绍杨雄时写道:"因为他一身好武艺,面貌微黄",貌似病态,故号"病关索";孙立的"病尉迟"亦如此。当然也有的绰号取得莫名其妙,如扈三娘的绰号为"一丈青",青可以解释为其美如春色,冠以"一丈"就说不清楚了;笑面虎朱富,但书中没有描写笑面虎形象的只言片语,这个绰号就不得体了;另外还有霍闪婆王定六、铁扇子宋清。霍闪婆是什么意思,书中他自己介绍说:"因为走跳得快,人都唤小人做霍闪婆王定六。"这"霍闪"两字可以解释为"走跳得快",但这"婆"又是什么意思呢?把"霍闪"和

开卷解谜 19

"婆"放在一起取号,又该作何解释呢?还有就是宋清。他的"铁扇子"的绰号就更是莫名其妙了。《水浒》对宋清的介绍是在"阎婆大闹郓城县,朱仝义释宋公明"一回中,冷不丁出来了一句"原来这宋清,满县人都叫他做'铁扇子'"。为什么叫"铁扇子"?书中未提供任何可引以为证的文字。如果说宋清平常生活中手里老拿着一把扇子或是以扇子为兵器,叫他做"铁扇子"还说得过去,但书中没给他这个机会。《水浒注略》卷上曰:"扇子以铁为之,乃无用之物。"这个注释有失偏颇,说宋清无用也冤枉了他。在同一回书中,张三挑唆阎婆惜到公堂告状时就说"宋江实是宋清隐藏在家,不令出官"的,宋太公也说:"老汉自和孩儿宋清在此荒村,守些田亩过活。"这也说明了宋清还是有点用的。

## 10. 梁山为何只有一百零八将

梁山一百零八将,这是众所周知的事情。人们在谈论《水浒》时,也常会问:"梁山为何不能有一百零七将,或一百零九将或再多一点将呢?"产生这样的疑问不是没有道理的。梁山的开山大王王伦,由于德行不好,嫉贤妒能,把梁山据为己有,拒众好汉于山门外,最后被林冲杀了,死有余辜。不让他留在梁山好汉的行列之中,读者也想得通。梁山义军的首任领袖晁盖"做事宽宏,疏财仗义",深得江湖好汉爱戴。上山不久的举措就深得人心,把打劫得来的生辰纲及自家私人财物赏赐给山上兄弟;做了寨主之后,打劫的财物,一半储藏在库,一半同样分给众人,使梁山上下"交情浑似股肱,义气如同骨肉"。梁山事业兴旺发达,天下豪杰蜂拥而至,确实是一位合适的领头人。就这么一位梁山事业的开拓者,作者却让他在攻打曾头市时,被曾家教师爷史文恭毒箭射中,一命归西。还有韩伯龙,他诚心诚意要上梁山,追随众好汉,先投奔朱贵酒店,请朱贵引荐。当时因宋江生背疮,又忙于战事,不便见面,被朱贵暂时安排在梁山附近开酒店,伺机上山。李逵偷偷上山，在他店里白吃白喝不给钱，就因为韩伯龙说了句自己是梁山好汉，本钱是宋江哥哥的，又没干什么坏事，无缘无故让作者派李逵将他杀了。而此时梁山并未凑足一百零八条好汉。李逵杀了韩伯龙后，遇上没面目焦挺，挨了别人的打，最后还邀人家上山，而就是不让韩伯龙留在梁山之上，这也的确叫人有些想不通。

梁山好汉为什么只能是一百零八个，而不能有一百零七或一百零九个呢？我想原因大概有三点：

其一是素材的影响。《水浒》成书前，水浒故事从南宋开始就在民间流传，它经历了民间传说、话本、杂剧及文人加工成为小说这几个阶段，前后近三百年时间，最后才形成《水浒》一书。水浒英雄，由《宋史》中记载的"宋江以三十六人横行齐魏"为基础，增加了元杂剧水浒戏，如《黑旋风双献功》《燕青搏鱼》《李逵负荆》，这加起来就是一百零八这个数。以前的水浒故事就是这么说的，也是这么唱的，《水浒》当然也延续了这个说法，很自然地保留了一百零八这个数字。

其二是遵循旧俗。不知道大家注意没有，中国的很多旧俗都离不开一百零八这个数。例如：江苏苏州寒山寺大年除夕钟声敲一百零八下；和尚的佛珠是一百零八粒；一年十二个月，二十四个节气，七十二个气候，合起来也是一百零八数；佛教说人生的烦恼有一百零八种，念佛要念一百零八遍；甚至连贡品也离不开这个数字，比如康熙十三年题准：每年节，科尔沁等十旗进贡的羊是一百零八只，乳酒一百零八瓶；还有就连有名的中华大餐——满汉全席，上的菜肴也是一百零八种；古迹名胜中还有青铜峡的一百零八塔，等等。

其三是作者的反叛精神。梁山好汉一百零八将，其中天罡星三十六人，地煞星七十二人。三十六、七十二、一百零八恰好都是九的倍数，按过去的"阴阳"说法：奇数是阳，偶数是阴，而九又是阳数之最，称为"极阳数"。《易经》上说："九"含有除旧迎新、吉祥如意的意思；再者"九"这个数，在古代又常为天子专用，象征皇帝是至高无上的"天子"，阳之最。《水浒》的作者将梁山好汉定为一百零八这个"九"的倍数，享受"阳之最"这样的待遇，也反映出作者对这些造反精神的推崇，表现出作者的反叛精神。

## 11. 梁山上为何没赵姓

在《水浒》所写的725个人物当中，姓赵的有14人。他们是：当朝风流天子宋徽宗赵佶、宰相赵哲、谏议大夫赵鼎、监战官赵安抚、纳金翠莲的雁门县富户赵员外、押送杨志的公差赵虎、阳谷县开纸马铺的赵仲铭、捉宋江的郓城县都头赵能和赵得、田虎的部下赵能、方腊的部下赵毅、童贯的部下赵潭及东京名妓赵元奴之赵母，等等，人可谓不少。宋朝的第一大姓就是赵，赵姓可说是国姓，《水浒》的作者应该是很清楚的。然而在水泊梁山之上，一百零八将的77个姓氏之中，作者宁愿有7个姓李的：李逵、李俊、李应、李立、李云、李忠、李衮；4个姓朱的：朱仝、朱武、朱富、朱贵；4个姓张的：张清、张青、张横、张顺；4个姓杨的：杨志、杨雄、杨林、杨春，也不让一位好汉姓赵，这不能不说是一件怪事。

《百家姓》据说是宋朝初年原吴越国无名氏所编。因当时的天子是赵匡胤，赵姓便成了国姓，列为第一。因编者是吴越国人，吴越国王就是那位强弩射潮的钱镠，故钱姓放在第二。第三至第八位据说是后妃们的姓，当然也要列在前面，依次排列，无所争议。然而，《水浒》的作者偏偏藐视这些，一百零八将中的帝子龙孙却是姓柴，是周代世宗柴荣的后代、家有誓书铁券的柴进；有古代重臣的后代、东汉三国时关羽的嫡派子孙关胜，三代将门之后、五侯杨令公之孙杨志，河东名将呼延赞嫡派子孙呼延灼；富豪有独龙冈大财主李应、河北大名府"第一等长者"卢俊义，等等。诸此种种，但作者偏不让他们姓赵。第七十一回梁山英雄排座次后，作者写了一篇赞词，开头两句是"八方共域，异姓一家"。可是这一家异姓中，独无赵家，这是偶然的疏漏还是巧合呢？事实上，这是作者有心安排的。"黑旋风扯诏谤徽宗"一回书中，李逵就公开声明："你的皇帝姓宋，我的哥哥也姓宋，你做得皇帝，偏我哥哥做不得皇帝。"这很明显是作者有意安排的，借用李逵这个粗人、没文化的人说出这没文化的话来，大有调侃之意，也具有喜剧意味，令读者为之一笑，其实作者的潜台词就是要用宋姓代替赵姓。

文学作品中人物姓氏的选择，并不是作家信手拈来，而是有意安排的。一百零八将中没有赵姓，正反映了作者强烈的爱憎感情，反映了对重用奸佞、误国害民的赵氏王朝的极大不满。故不愿让梁山英雄与他们同姓同祖，玷污清白。

但是也有些研究者不同意此说，他们认为梁山好汉中之所以没有赵姓，是因为受《大宋宣和遗事》的影响。因为《水浒》中的故事很多都是从《大宋宣和遗事》中移植、演义过来的。《大宋宣和遗事》中列举了以宋江为首的三十六人的绰号及姓名，这三十六人之中就没有赵姓，所以七十二地煞中就不宜塞进一个赵姓；再说梁山上的这些好汉，上山后都是"强盗"，在"强盗"中安排一个赵姓，有辱国姓。出于对国姓的尊重，作者才有意不安排的。我认为这个说法没有道理。如果说三十六人中没姓赵的，七十二地煞中就不会塞进一个赵姓，那么我们能否这样理解：凡三十六人中没有的姓氏，在七十二地煞中就不宜出现，或者说七十二地煞中的姓氏必须是三十六人中有的。一言而喻，这种说法太武断。至于说"强盗"中安排一个赵姓就有辱国姓，则更难说得通了：难道在田虎手下的赵能、方腊手下的赵毅这些"反贼"和妓女赵元奴都安排为赵姓，这就是尊重国姓吗？所以我认为：在梁山好汉中没有赵姓英雄，只能是作者有意安排的。

## 12. 王进老娘旅途为何患病

王进乃东京八十万禁军教头出身，出身微贱，拿高俅的话来说："你爷是街市上使花棒卖药的。"因病在家半月，"见有病状在官，患病未痊"，也就是说已经办了正式请病假的手续。这说明其处事谨慎、循规蹈矩，就因为高俅新官上任，王进因病未去参拜，被高俅认为是"推病在家"，立即差人"捉拿王进"并"喝令左右教拏下王进"，"加力与我打这厮"！高俅为何发如此大的淫威呢？王进道出其中原因：高俅曾经被王进之父"一棒打翻，三四个月将息不起，有此之仇。他今日发迹，得做殿帅府太尉，正待要报仇"。现在王进又突然变成了高俅的部下，那不正好吗？无奈之下，王进只能是三十六计，走为上计了。五更天色未明，王进便带着老母亲离开东京，去投奔延安府老种经略相公。但是在王进到达史家庄第二天，王进的老娘突然病倒了，得了什么病呢？王进说是"心疼病发"。为何发病？王进说是"鞍马劳倦"。

其实，王进说的"鞍马劳倦"，只是得病的原因之一。王进老娘得病的原因是多方面的。为了说清楚这个问题，不妨回过头来，根据《水浒》中的有关情节来谈谈这个病及其病因。

王进老娘得的这个"心疼病"，其实就是胃病。理由有三：一是古人认为心在胸正中，故有平日生活中"把心放在正中"之说；二是中医书上所说心口痛即是胃痛，这是外证；另外，《水浒》中交代王进老娘得病的细节，也提供了内证。《水浒》这一回的回目是"王教头私走延安府"。既是私走，就是被迫潜逃，又怕高俅派人追捕，精神处在高度紧张，心内愁思郁积，外急内忧，这是致病的一个原因。母子二人"自离了东京，免不了饥餐渴饮，夜住晓行，在路一月有余"，这几句虽是一笔带过了一个多月的旅途生活，但却也道出了一系列致病的原因。"免不了饥餐渴饮"，说明饮食无规律，饱一餐、饿一餐、渴一餐，使肠胃不能正常运动；而当时的时令又是阴历三月天气,一个六旬的老人"夜住晓行",这就免不了在旅途中备受风寒,加上一个多月的鞍马生活,肠胃一直处在颠簸状况,食物不能正常消化。到达史家庄后,史太公热情款待。先温了热酒、搬出了牛肉菜蔬。史太公又亲自陪酒,劝饮了六七杯酒,又吃了饭,才引王进母子到客房中安歇。这次热情的招待也是王进老娘致病的一个重要原因。书上写道:因离延安府不远,"母子二人欢喜,在路上不觉错过了宿头,走了这一晚,不遇着一处村坊"。既然如此,也说明是饿了一夜。到了史家庄一顿热酒,热酒刺激着空腹,造成了胃痉挛。中医书上曰:"病日大多由于纵恣口腹,饮食不定,或饮热酒,或食生冷;或忧思郁结,日积月累,致脾胃中和之气升降失常,脾胃为肝木所克,气机淤滞,遂成本病。"

人到中年,消化器官也会发生老化的现象。它可以反映在脏器外形的萎缩,重量减轻,消化液分泌减少,消化道动力的减退等方面。尽管有上述种种生理性的变化,但应付一般日常消化所需要的各种消化液的分泌以及传送食物和残渣所需要的胃肠运动都还是能满足基本需要的。值得注意的是,它的储备应急能力有限,往往经不起额外的负担和打击,包括精神上的过度兴奋和抑郁、饮食或药物方面的过度刺激,甚至一般的伤风感冒或感染都可能导致老年人产生一系列的消化症状,而影响整个机体的健康。

由此观之,王进老娘的"心疼病",是由于旅途忧思淤积、饮食无规律、外感内寒、鞍马劳累产生,热酒刺激促成的胃病。

## 13. 阮氏三雄还有兄弟吗

每次看《水浒》,读到《吴学究三阮撞筹》一回时,老有个疑窦:阮氏三雄到底有兄弟几个?既有小二、小五、小七,那就也应该有小一、小三、小四和小六。往下读下去,总想在字里行间找出答案。但随着故事情节的发展,疑窦却一直没有解开。最后自然而然得出了一个结论:这是《水浒》的

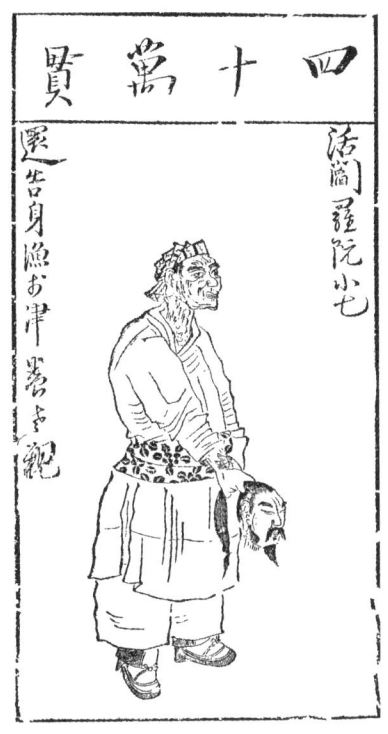

●活阎罗阮小七

作者漏掉了。

最近读了几篇有关三阮的民间传说,虽然说法不一,但是对于弥补《水浒》的这个遗漏还是有所裨益的。一个传说提道:山东省梁山县银山公社的石庙村,即当年的石碣村。村东有个四坟坑,当地老乡讲述,这就是阮氏另四位兄弟的埋葬地。老乡们说,阮氏兄弟原是七人,以打鱼为生,又具有豪侠的性格。兄弟七人不堪渔霸的残酷剥削和官府的横征暴敛,联合众渔民进行反抗。结果遭到官府、渔霸的镇压。于是他们铤而走险,抗官府、杀渔霸、劫富济贫,同前来清剿的官兵展开对抗。在一次鏖战中,七兄弟中四人战死,只有小二、小五和小七逃脱。事后,渔民们便把牺牲的阮氏四兄弟葬在四坟坑里。这个传说的可信程度还是有的,不过却有一个疑点:虽有四兄弟战死,那三个活口,官兵是绝对不会放过的,会时时前来缉拿的。后来这三兄弟又怎能在石碣村待下去,直到吴用撞筹才上梁山呢?

百家争鸣　　29

另一个传说曰：阮氏三雄原是一胎所生的孪生兄弟。母亲早丧，家境贫寒，长到十几岁还没取个名字。一次老父患病，听郎中说要吃一种叫"泥里钻"的鲇鱼才能治好。三个儿子听说此事，冒着严寒，潜入水底各摸来一条鲇鱼。阮老汉要三个儿子将鱼都称一称。结果是一条二斤，一条五斤，一条七斤。老汉就按鱼的重量为这三个孪生的兄弟取名字，因此他们三人也就分别叫做阮小二、阮小五和阮小七。这则传说虽然有些离奇，但是颇有趣味。不过这里面还是有点问题。《水浒》第十五回"吴学究三阮撞筹"中吴用在阮小二、阮小七的陪同下找阮小五时，书中这样写道：

    划到一个去处，团团都是水，高埠之上有七八间草房，阮小二叫道："老娘，五哥在么？"那婆婆道："……出镇上赌去了。"

这一段就说明阮氏三雄的母亲还健在，而且一直跟着阮小五生活，这就有矛盾了。传说中说父亲健在，《水浒》里根本未提阮氏三兄弟父亲之事，这又平添了些是非了。

## 14. 生辰纲在哪里被劫

1989年4月，我参加了在山东省召开的全国第五届《水浒》学术讨论会。会议期间，组织者为了让全体与会代表对山东境内所发生的一些水浒故事有个全面的了解，并熟悉一下山东的民风、民情、民俗，特意组织大家在全省的十一个县市进行了实地考察。由于水浒故事发生在北宋年间，距今已有近千年的历史，岁月流长，沧桑巨变，今日的故地早已面目全非、今非昔比了。代表们在看过不少地方之后，纷纷感叹难以置信。

智取生辰纲的发生地黄泥冈，就是其中最为典型的一例。晁盖、吴用等智取生辰纲，是做了充分的调查研究的。首先是公孙胜来入伙时就"已打听知他的来路数了，只是黄泥冈大路上来"。容身之地，晁盖也找好了，就在黄泥冈附近安乐村的白胜家。这样，晁盖、吴用等七人可事先隐身于白胜的家

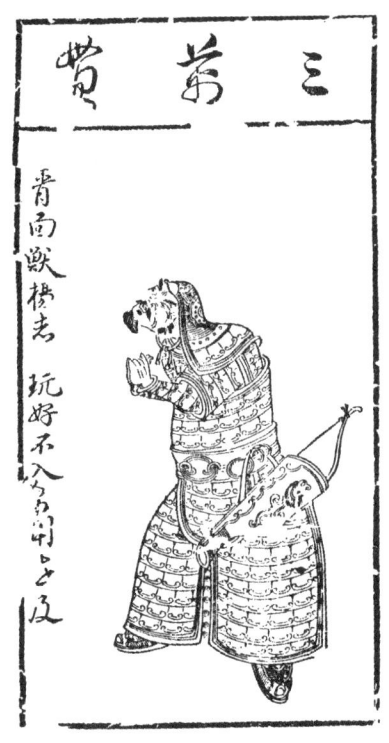

●青面兽杨志

中,以逸待劳(但不知为什么晁盖等人后来又没有这么做,而是住在了王家客店里。为什么改变事先的安排呢?作者也未做任何说明,这不但说明事先的安排多余,而且也给读者带来了疑惑,不能不说也是个小错误)。其次是,吴用设下了"力则力取,智则智取"的一条好计策。最后是为防"隔墙有耳"引起他们怀疑,吴用仍旧回村子教学,阮氏三兄弟回石碣村,该干什么干什么,到时间"不可有误"就行。一切安排就绪,只等杨志等人前来。

而杨志呢?为了确保生辰纲万无一失,也是绞尽脑汁,想尽办法。一是不用车辆,把生辰纲分成十一担,扮作商人的行货;二是早起晚歇,因为当时正值炎天暑日,趁早凉快便行,中午热时便休息;三是根据不同的地理环境采取不同的行走时间。真可谓考虑周到,用心良苦。

走了十几日,杨志一行终于来到这是非之地黄泥冈了。对这个黄泥冈,《水浒》第十六回中有几句韵语写得很具体,曰:

> 顶上万株绿树，根头一派黄沙。嵯峨浑似老龙形，险峻但闻风雨响。山边茅草，乱丝丝攒遍地刀枪；满地石头，磕可可睡两行虎豹。休道西川蜀道险，须知此是太行山。

这段韵语虽然不长，翻译起来比较啰唆，也没这个必要，我认为概括起来其实就八个字：林深叶茂、山势险恶。不然的话在生辰纲被劫之后，杨志也不会想着从黄泥冈上跳下去寻死。不知道是历史的变迁还是《水浒》作者的夸张和渲染，现如今的黄泥冈完全不是《水浒》中写的那么一回事儿了。如今的黄泥冈基本上是一马平川，不远处虽有山冈，其高度也仅有一人多高而已，简直就是个土堆。冈上也有树木，稀稀拉拉的，既挡不住人们的视线，也难以遮阴纳凉。平川已成为当地农家的晒场。如果不是在晒场边竖有一块"黄泥冈"的石碑，你真想象不出生辰纲怎么会在这么个地方被劫。

我们实地考察的这个"黄泥冈"，在山东省郓城县境内。《水浒》书中也说它是在郓城县境内。既然如此，我为什么会发出"黄泥冈到底在哪里"这么一个疑问呢？读者一定觉得很奇怪、很新鲜，也很想知道这个问题的答案。

我之所以会提出这个疑问，问题还是出在《水浒》里。具体说就出在我前面提到的那段形容黄泥冈林深冈险的韵语中。《水浒》前前后后都说黄泥冈是在郓城县境内，可是，在那段韵语的最后一句写的是"须知此是太行山"，这真把人闹糊涂了。为此，我特地找出了《中国地图册》进行翻阅。我们都知道，郓城县在山东省的西北部，紧靠着河南省，而太行山在河北省西部、河南省的北部及山西省东部之间。两地虽不能说相差十万八千里，但至少也有六七百里的距离。这黄泥冈怎么变成了"此是太行山"呢？答案只有一个：这是《水浒》的作者在地理上的一个错误。

《水浒》怎么会出现这种常识性的错误呢？原因是多方面的。作者毕竟是闭门写书，手头又没有完整而准确的相关工具书，又无法亲自出门实地考察一番，只能是道听途说或者凭主观推测来写，这是其一；第二个原因是与宋江起义故事的演变有着密切的关系。历史上的宋江起义时间并不长，前后仅二三年的时间，因为没有固定的根据地，只能到处游动。所以无论是正史还是野史中有关他们的记载是一会儿出没于山东，一会儿又出现在河北、河南等地，当然也就有可能在河北与山西之间的太行山地区活动（这仅仅是我个人的推测，正史与野史当中并无这方面的明确记载）；其三是，宋末元初时期，有位画家叫作龚圣与，又叫龚开的，曾为宋江等三十六人作画，画名为《宋江三十六人赞》，并给每位人物都配有赞语。有趣的是很多人物的赞语中都有"太行"两字。比如卢俊义的"风尘太行"、燕青的"太行春色"、张横的"太行好汉"、穆弘的"出没太行"，等等。这些明明是梁山好汉，怎么被冠以"太行"两字呢？这又与元代无名氏写的《大宋宣和遗事》有关了。

《大宋宣和遗事》是《水浒》成书前很重要的一部作品。在这本书里，写到杨志押送花石纲，不幸遇到风暴翻船，使花石纲沉入水底，因而遭到通缉（这个故事后来演变成了《水浒》第十二回"汴京城杨志卖刀"中的情节）。所不同的是，在《水浒》里，杨志遇到朝廷大赦，挑着金银到京城买官，而在《大宋宣和遗事》中，杨志因卖刀杀人被拘，充军途中，他又杀掉防送军人，与其他兄弟同往太行山落草为寇去了。晁盖、吴用等人劫取生辰纲后，也不是马上就上了梁山，而是上了太行山梁山泺落草而去。宋江怒杀阎婆惜之后，《水浒》中写到宋江与兄弟宋清亡命江湖，后来去了柴进庄、孔亮庄，最后落脚于清风寨花荣之处。而在《大宋宣和遗事》中却不然。宋江杀了阎婆惜之后，又杀了阎婆惜的姘夫，并在杀人现场留下了四句诗，最后的两句是"要捉凶身首，梁山泺上寻"，然后也上了太行山梁山泺。当时，晁盖已死，吴用等兄弟就推举宋江坐上了第一把交椅。

前辈们留下了这么多与太行山有关的人和事，这一点《水浒》的作者们比我们更清楚，他们在搜集、整理、编写《水浒》时，不自觉地就把黄泥冈放在了太行山，这种张冠李戴的错误也就在所难免了。

正文写到这里，应该说基本上是结束了，但在写作本文时，我一直在思考另外的一个问题，这就是宋江、晁盖等人的故事为什么一定要把太行山搬到水泊梁山呢？手头上缺乏这方面的资料和证据，很难做出准确一点的答案。但我一直在想，大概有这几个方面的原因。一是太行山有个梁山泺，济州府有个梁山泊，"泺"与"泊"都是湖的意思，意思相同，容易混淆；二是梁山一百零八将中，山东人就有三十位，特别像晁盖、宋江、吴用这样的大头领及阮氏三兄弟、朱仝、雷横、李逵、李应、解珍、解宝这些重要的头领也都是山东人，他们各自在自己的家乡做事、生活，其乐融融，何必让他们一个个远离故土，去异乡为寇呢？何不让他们生活在自己的家乡，自觉或不自觉地到梁山泊这个是非之地更为合情合理，更加顺其自然；其三，太行山是个山区，峰峦叠嶂，写来写去都离不开山，而水泊梁山却是有山有水，描写的对象及空间更加开阔、自如，这就多了几分情绪，多了一分想象。这些，仅仅是我个人的一孔之见，可能完全不是这么回事儿，望广大读者指教，以便解惑。

## 15．真正押送和劫生辰纲的人

写罢《生辰纲在哪里被劫》一文后，觉得文章仅提出劫取生辰纲故事在地理上的错误，而原故事的详情却鲜为人知，广大读者可能没读过《大宋宣和遗事》，更不了解故事的原貌。这样，笔者认为应写此文作为补充。

看过《水浒》的人都知道：押送生辰纲的人是杨志，劫走生辰纲的人是晁盖、吴用、公孙胜、刘唐、阮氏三兄弟及白胜等八人。生辰纲事发后，是济州府缉捕使臣何涛到石碣村去捉拿阮氏三兄弟的。但读者都不知，这个故事的雏形不完全如此。

水浒故事虽说北宋末期已开始流传，但一直未有文字记载，只是处于口头传说阶段。而记载最早的要数元代初年无名氏写成的《大宋宣和遗事》一书。据该书记载的劫取生辰纲的故事是这样的：宣和二年五月，北京留守梁师宝（即《水浒》中的梁世杰），将十万贯珠宝等物，差县尉马安国押送往京师为蔡京上寿。马安国一行行至五花营堤上田地里，巧遇八个大汉挑着酒来，因天热口渴，马安国主动买酒，并令随人都喝，谁知酒刚下肚便不省人事，珠宝皆被八人劫走。待酒醒后，现场只留下一对酒桶。后面追查得知此八人是晁盖、吴加亮、刘唐、秦明、阮进（即阮小二）、阮通（即阮小五）、阮小七及燕青。后来宋江私放晁盖。郓城县差董平引手下三十人至石碣追捕，未获。只得把晁盖之父押解到县城，押解途中又被晁盖等人劫回。董平无奈，只好回县受责。

《水浒》一书中，虽然保留了雏形的大概轮廓，但又做了大量的加工和润饰。更有趣的是，加工后的故事中，原来押送生辰纲的马安国不翼而飞了，由杨志这个时乖运蹇的人当了替罪羊。劫取生辰纲的秦明、燕青变成了公孙胜、白胜。董平再也不当郓城县都头那个苦差事，而到东平府去当了兵马都监。燕青也不住石碣村，而成了北京土居民、大名府第一富户卢俊义的心腹人。秦明也不当劫贼，改邪归正去当了青州指挥司总管本州兵马统制。这是押送与劫取生辰纲人员的变动。

劫取地点变化也大。《水浒》里的黄泥冈，是偏僻崎岖小径，南山北岭。从描写看，这黄泥冈真是个强人出没的险恶林子，也正是智取的好场所。而《大宋宣和遗事》中被劫之地，却是"五花营大堤田地里"，显然是一马平川之地，在这里劫取就没有什么悬念了。也很难像《水浒》里，"松林里影着一个人在那里舒头探脑价望"那么神秘、紧张，又难让杨志提刀赶去，让众人惊叫恐慌，更难因此而达到麻痹杨志等人的效果，以至于后面讨价还价、抢酒、下药一系列好戏在大堤田地就无法演出了。正因为这场地的变换，才使黄泥冈的智取更合情合理，顺理成章，天衣无缝了。还有《大宋宣和遗事》中是马安国主动买酒，"并令随人都喝"。这就说明马安国与押送人员的关系是融洽的、友好的，内部是团结的，马安国是体贴下属的。这样的话，吴用计策再好，生辰纲可能也难得手。而《水浒》中，吴用劫取生辰纲之所以成功，对吴用一方来说，是"天时、地利、人和"的结果；杨志押送生辰纲失败，就失败在他与军健、与虞候、与老都管矛盾重重，失去了"人和"，人齐心不齐，人虽一处，心为二心。俗话说："人心齐，泰山移。"这心不齐，是失败的主要原因，加之天气、地形等，又失去了"天时""地利"，失败在所难免。《水浒》这么一加工，情节就更惊险错综，个性就更鲜明突出，故事就更合情合理。令读者读之，如临其境，心情与书中人物一张一弛，同呼吸共悲欢，这效果多好！

## 16. 吴用焉能不认识宋江

任何人第一次见到宋江，都像今天的超级粉丝们见到偶像一样，兴奋不已，忘乎所以，此时此刻恐怕连自己姓甚名谁都忘记得一干二净了。古人亦是如此，甚至于比今人更加亢奋，有下跪的，比如武松之于柴进庄。宋江为避酒借故上厕所，只顾走路，加上步履蹒跚，没看清走廊上有人在烤火，一个不小心踩到火钳柄上，火钳一翘，把火掀到了正在烤火的武松脸上。武松起身抓住宋江就要开打，这时柴大官人及时赶到，喝住武松，并告诉武松被其抓住要打的人便是及时雨宋江。武松一听，"纳头便拜……跪在地上，那里肯起来"（见《水浒》第二十二回）。又如宋江在路过清风寨时，被小喽啰抓上山去，准备为大王做醒酒汤。就在小喽啰们正要下手时，宋江自叹道："可怜宋江死在这里。"山大王一听"宋江"两字，"吃了一惊，便夺过小喽啰手内尖刀，把麻索都割断了，便把自身上披的枣红纻丝袄脱下来，裹在宋江身上，抱在中间虎皮交椅上，唤起王矮虎、郑天寿快下来，三人纳头便拜"（见《水浒》第三十二回）。还有的人一见到宋江便高兴地称其为"爷"。比如宋江刺配到江州府后，与戴宗在酒楼喝酒时，听到楼下吵闹，一问，闹事者是黑旋风李逵，于是叫上楼来。当戴宗告诉李逵，眼前这人是宋江时，李逵先是不信，后来得知真是宋江，像小孩子一样拍着手，叫道："我那爷，你何不早说些简，也教铁牛欢喜。"然后是"扑翻身躯便拜"（见《水浒》第三十八回）。至于下拜、作揖的就更多，就不一一列举了。

不过，在《水浒》中，也有例外，这就是宋江与吴用的见面。怎么例外呢？请看《水浒》第十八回"美髯公智稳插翅虎，宋公明私放晁天王"这一章回。

宋江与吴用的第一次见面，是在生辰纲案发之后。宋江为救晁盖等抢劫生辰纲的疑犯，匆忙赶到东溪村晁盖家中报信。因事情紧急，不便久留，交代几句之后就急匆匆要赶回县里，免得别人生疑。宋江来晁盖家报信，晁盖顺便介绍了一下留在家中的吴用、公孙胜、刘唐三人。只报其名，可能宋江连这几人长得什么样子都来不及看清楚。这便是吴用第一次见宋江。两人第二次见面是在《水浒》第三十六回。宋江在清风寨看灯时，被清风寨知寨刘高抓获，黄信设计又抓住了花荣，并将他们押往州府。在押送途中，囚车被劫，宋江和花荣被燕顺、王英、郑天寿救下。大家都意识到，囚车这一劫，事情就闹大了，官府兵丁会派大军来围剿，而清风山不是久留之地。于是，大家一致同意上梁山去。可在上梁山的途中，宋江又收到石勇送来的家书，说是父亲病故，要他立马回家奔丧。宋江不得不急急忙忙回到郓城县，谁知一到家就遭到官府缉拿，并刺配到江州城。当他们从梁山山边路过时，又被梁山好汉截住，在山下与吴用第二次见面。第三次见面是在江州城，梁山好汉劫了法场，救了宋江、戴宗。宋江为报黄文炳陷害之仇，率领众兄弟智取了无为军，杀了黄文炳之后，终于上了梁山。晁盖坐了第一把交椅，宋江坐了第二把交椅，吴用则紧随晁盖和宋江之后变成了第三号的头领，大家都成了兄弟。

奇怪的是这三次见面，宋江和吴用二人都是冷冰冰的，毫无半点热乎劲儿，也不知是前世有仇还是大家原本就是老朋友，都是名人，不需要那么客套了。

说他们前世有仇，《水浒》中没有交代，不好胡乱猜测。说他们是老朋友，就更不像。因为《水浒》中有明证。生辰纲案被破，宋江到晁盖家中报信，并建议他们尽快逃走，此时，晁盖抽空带宋江来到后院，将吴用、公孙胜、刘唐三人介绍给宋江。宋江走后，吴用忙问："若非此人来报，都打在网里。这大恩人姓甚名谁？"晁盖告诉他们此人便是宋江。吴用此时的回答是："只闻宋押司大名，小生却不曾得会，虽是住居咫尺，无缘难得见面。"这就充分证明，吴用与宋江不是老朋友。在此之前，他们二人根本就不认识。这就奇怪了。从《水浒》里所提供的线索看，吴用应该认识宋江。说他们不认识，能叫人相信，能叫人不生疑吗？

为什么这么说呢？因为我有这方面的生活体验。新中国建立前，我随父母在类似郓城县这样的小县城生活过。这个县，连城、镇、乡的人口加起来也就三四万，县城人口只有几千人。一条一百来米的商业街，商铺虽一家挨着一家，但不像现在的超市从早到晚都人满为患，商业街上人挤人，而是零零星星的顾客，稀稀拉拉的路人。那时交通也没现在这么发达，外来人口及流动人口几乎等于零。特别是冬天寒冷之时，街上的行人可以用一句土话来概括：鬼打得人死。生意旺季，我随父母上街，耳边只听得商家或路人喊："沈先生""沈师母"。满街的人是人是鬼都认识。在宋代的郓城县，吴用能认识晁盖，怎能不认识大名鼎鼎的宋江呢？我们先来介绍一下这三个人。

吴用乃是郓城县乡下的一名教书先生，家境也不宽裕，也无余钱拿出来去做善事，想乐善好施也有心无力。因此，吴用这方面在江湖上没有什么名声。但此人足智多谋，号智多星，在当地大小也算得上是个名人。晁盖因把镇鬼用的青石宝塔独自夺来在东溪村放下，就被人称作"托塔天王"，江湖上都因此闻其名字，连远在蓟州的公孙胜、山西的刘唐都来投奔他。加上晁盖是个富户，接济过不少的江湖人物，因而名声大噪。宋江就更厉害了，号称"及时雨"，"平生只好结识江湖上好汉，但有人来投奔他时，若高若低，无有不纳，便留在庄上馆舍，终日追陪，并无厌倦。若要起身，尽力资助。端的是挥霍，视金似土。人问他求钱物，亦不推托。且好做方便，每每排难解纷，只是赒全人性命。如常散施棺材药饵，赒人之急，扶人之困"。（见《水浒》第十八回）真是个大善人。正因为如此，他的名字几乎传遍天下了。综上所述，这三个人，都可说是名人。

再说说他们的籍贯。晁盖、宋江、吴用都是土生土长的郓城县本地人。宋江虽在衙门工作，但家还是在郓城县的宋家庄。县城离晁盖住的东溪村也不远，骑马只要半个时辰。书上说吴用是"本乡人氏"，那就是说他也是东溪村人或者东溪村邻近的乡村人氏。三个人都是同一县的人，住得又如此之近，又都是当地的名人，连外地人、外省人做梦都想认识或投奔晁盖、宋江，想与他们相识，近水楼台先得月的吴用为什么竟然不认识宋江呢？这让我们很难相信。

再听听吴用的自述。在《赤发鬼醉卧灵官殿》一回书中，刘唐赴东溪村

●赤发鬼刘唐

途中,多喝了几杯,不便到晁家庄上去,便赤条条地睡在灵官殿的供桌上,被前来巡查抓贼的郓城县都头雷横抓了个正着。因当时是五更天,天色较暗,一行人抓着刘唐便前往晁家庄。到了晁家庄后,晁盖一听雷横说抓到贼人,也觉得好奇,想知道是谁被抓。一问此人才知道是专程前来找自己的,说有一套"富贵"要告诉他。于是晁盖以舅甥的关系救下了刘唐,并送出十两银子给雷横以表谢意。刘唐认为自己又不是小偷,竟被雷横当作贼给绑了一夜,晁盖还白送了雷横十两银子,心中觉得不忿,于是在枪架上拿了把朴刀,赶了五六里地,追上雷横去索要银子。话不投机,没说上几句,双方便动起手来。这一打一闹,吵醒了吴用。吴用拿着铜链隔开二人,询问缘由。雷横说刘唐是晁盖的外甥,赶来追要晁送给自己的"礼物"。吴用一听便寻思道:"晁盖我都是自幼结交,但有些事,便和我相议计较,他的亲眷相识,我都知道,不曾见有这个外甥,亦且年甲也不相登,必有些跷蹊。"请注意"亲眷

百家争鸣 39

相识，我都知道"这八个字。为什么"知道"呢？这是因为他们"自幼结交"的缘故，说白了就是发小。晁盖遇事又喜欢找吴用"相议计较"，特别是这个"都"字，是对"知道"两字的进一步强调，是无事不知的意思。吴用与晁盖是"自幼结交"，而晁盖与宋江又是"心腹相交，结义兄弟"。既然如此，吴用怎么单单又不知道晁盖有宋江这个拜把子的兄弟呢？这不是很离奇吗？这不是矛盾重重叫人一再生疑吗？

## 17. 宋江的哥哥和老婆

《水浒》第十八回在介绍宋江时是这样写的：

> 那押司姓宋名江，表字公明，排行第三。祖居郓城县宋家村人氏。为他面黑身矮，人都唤他做黑宋江；又且驰名大孝，为人仗义疏财，人皆称他做孝义黑三郎。上有父亲在堂，母亲早丧；下有一个兄弟，唤做铁扇子宋清。

这段文字说得很清楚，宋江排行老三，那么他就应当还有两个哥哥。而书中对此却是只字不提，不能不说是阅读者的一个遗憾。

最近看山东省《牡丹》杂志编辑部的《水浒外传》中"宋公明乡里扬孝义，毛头星大路惩凶神"一章，就觉得弥补了《水浒》里的这个遗憾。这回书开宗明义：

> 话说济州郓城县城西有一宋家庄，庄上居住一个宋太公，已是花甲之年，妻室早丧，膝下有四个儿子：长子宋海、次子宋河、三子宋江、四子宋清。

这几句交代既与《水浒》相吻合，又说明了宋江排行老三的情况，免得读者生疑。这回书还介绍宋江不但有两个哥哥，还有两个嫂子。大哥二哥性情宽厚，且又孝顺，在家协助老父操持农事，兄弟之间是兄宽弟让，而且乡邻相处甚好。大嫂俞氏性情泼辣，受不得闲气，动辄撅嘴使气。嫁到宋家后，性子便使到丈夫头上，经常吵闹不休，而且对宋太公宠爱三子宋江非常不满，对宋江的仗义疏财更是气得要命，多次闹着要分家，宋海高低不答应。最后她想以假上吊来逼丈夫与兄弟分家。谁知她机关算尽，反而弄巧成拙，真的把自己给吊死了。这就是大嫂的结局。二哥及二嫂以后又如何呢？这回书中也是漏掉交代。虽是如此，但是对宋江的家世，特别是宋江两个哥哥的情况有了交代，宋江为何排行老三也比较清楚。

作为水泊梁山大头领的宋江是没有老婆的，仅仅娶过阎婆惜为"外宅"。但是不到两个月，因阎婆惜抓住宋江私通梁山好汉的把柄要挟宋江，结果被宋江所杀。此后宋江就一直没有再娶，更谈不上什么明媒正娶的老婆了。

从《水浒》中看，宋江第一次露面是在劫生辰纲事发后，何涛到郓城县下捕公文之时。根据书中提供的时间，是在宋徽宗政和五年（公元1115年），此时的宋江已经"年及三旬"。而宋江死于宋徽宗宣和七年（公元1125年），年纪有四十。按理说这么大的年纪，加上母亲早丧，父亲也没有再娶，弟弟宋清又未成家，三条光棍操劳家务、农事，有极大不便。古人云："不孝有三，无后为大。"宋江又是个大孝子，这无后又哪能算孝子呢？故此，宋江应当有老婆。最近翻元人诗文偶得数据。元人陈泰在其《所安遗集·补遗·江南曲》序中云："余童卯时，闻长老言宋江事，未究其详，至治癸亥秋九月十六日，舟过梁山泊，遥见一峰，嵯峨雄跨。问之篙师，曰：'此安山也。昔宋江议事处，绝湖为池，阔九十里。皆蘋荷菱茨，相传以为宋妻所植。'"陈泰所述说明历史上的宋江是有妻子的。宋江的妻子姓甚名谁呢？明人许自昌的传奇《水浒记》里有交代。书曰：宋江的妻子姓孟。夫妻和谐融洽，宋江希望有所作为，但又记挂妻室。孟氏通情达理，要他以事业为重，不要以家庭为念。宋江上梁山后，梁山好汉把孟氏请上山与宋江团聚。

施耐庵在写《水浒》时不写宋江有妻室是为什么呢？一来可能是情节发展的需要；二来恐怕也是有意借此突出其不念女色的英雄本色吧！《水浒》里衡量一个男子是不是条好汉，"不近女色"也是一条极其重要的标准。在书中，作者通过宋江的口正式宣布了这条标准。第三十二回中宋江就说过："原来王英兄弟要贪女色，不是好汉的勾当。"作者也公开出面说："原来宋江是个好汉,只爱学使枪棒,于女色不十分要紧。"(第二十一回)卢俊义也是"平昔只顾打熬气力,不亲女色"(第六十二回)。故此梁山泊一百零八将,大多数是没有家小的光棍。这显然是作者的妇女观造成的。不写宋江有妻室,则是理所当然了。

## 18. 武大、炊饼及其他

武大即武大郎,是武松的哥哥。这兄弟俩虽是一母所生,差别也太大了。武松"身长八尺、仪貌堂堂,浑身上下,有千百斤气力"。而武大郎,"身不满五尺,面目生得狰狞,头脑可笑,清河县人见他生得短矮,起他一个诨名,叫做'三寸丁谷树皮'"。武松是个顶天立地、嚼齿戴发男子汉,赤手空拳就打死猛虎,为报仇敢杀西门庆、蒋门神、张都监全家,杀后居然敢写下"杀人者打虎武松也"。八个血字,堂堂正正,表明他是敢作敢为的好汉。而武大呢,是个本分、隐忍、懦弱的人。连潘金莲都说他"忒善人,被人欺负"。不是吗?某大户把潘金莲白白送给了他,这本是对潘金莲的惩罚,却给武大郎招来了"横祸"。就因为这老婆有几分姿色,一些好色之徒常来打扰,逼得他在清河县无法安身,只得"逃"到阳谷来避一避,希望能过比较安安静静的日子。谁知到阳谷,也难逃色网。就是捉奸都被西门庆踢成重伤,在求生不得,求死不能的情况下,说他是可怜兮兮地吩咐,不如说是苦苦乞求更为准确:"我死自不妨,和你们争不得了!我的兄弟武二,你须得知他性格。倘或早晚归来,他肯干休?你若肯可怜我,早早扶侍我好了,他归来时,我都不提……"这话显得他多么厚道、老实,又多么窝囊、忍让;屈辱到如此田地,最后还是被害死。由此足见,在弱肉强食的社会里,光靠老实、安分是不能守己的。武大郎是值得同情的。然而就是这么一个可怜的人,死了人们还不知其名,《水浒》中其死后灵牌上也只写"亡夫武大郎之位"几字,真是可悲。

武大郎的故事集中在《水浒》第二十四回至第二十六回里。这三回书里写了他遇弟、捉奸、被害三件事。叫什么名字，书中从未交代。武大郎有没有名字呢？有。电视连续剧《武松》里，他死后的灵牌上就写着"武植"，可惜仅短短的一个镜头，又一晃而过，未能引起观众注意。武植这个名字从何而来呢？来处有二：一处是我国另一部古典小说《金瓶梅》，书中就明写他叫"武植"；另一处来自武大郎的故乡，河北清河县。《湖北青年》的一篇剪报，说了武大郎的身世。虽然离谱，不妨照抄一段，以娱读者。剪报上云：大郎武植系清河县武家村人。据传，他自幼崇文尚武，人力超群，因而，少年得志中了进士，在山东阳谷做了知县。曾资助过武大郎的一位同窗好友因怀才不遇，家境日渐贫寒。于是，千里迢迢来投武大郎欲谋一官半职，摆脱困境。开始，他受到盛情款待，可过了半年也没听其提及做官之事，他便认为"武大郎真乃忘恩负义之辈"，一气之下，不辞而别。在回家路上，他编写了许多谩骂讽刺武大郎的小故事、歇后语，见村贴村，逢店贴店，于是乎，沿途传遍了有关武大郎的粗俗之词。谁知，待他回到家中，武大郎早已托人送来了银钱，帮他修房盖屋，置买良田。这时，他才发现武大郎绝非知恩不报，而是不搞以权谋私。他发疯似的返回原路去撕自己贴的纸条。但是，悔之晚矣。这些东西就像泼出去的水，再也收不回来了。加上一些文人墨客借题发挥，因而一传再传。这毕竟是传说，不足为据。武大名武植仅供参考。

在《水浒》中武大郎是个卖炊饼的。炊饼如何做，书中没有交代，但从武松出差前对哥哥的叮嘱，我们可知一二：哥哥"假如你每日卖十扇笼炊饼，你从明日为始，只做五扇笼出去卖"。这炊饼是用笼屉蒸出来的，所以又叫"蒸饼""笼饼"。饼乃古代面食的通称，炊饼既是蒸制而成的面食，就可能是类似今日的馒头、发糕之类食品。据宋人顾文荐《负暄杂录》中考证：炊饼因蒸制而成，宋叫蒸饼，即今之馒头。到宋仁宗时，因宋仁宗叫赵祯，这"祯"与"蒸"谐音，为了避讳，宋人就把"蒸饼"改叫"炊饼"了。

## 19. 西门庆也有好拳脚

《水浒》里写到腿功的地方不少，但最精彩的莫过于鲁达、西门庆和武松的几脚。

鲁达的腿功出现在《鲁提辖拳打镇关西》一回书里。因回目上冠名"拳打"二字，论者多对鲁达这三拳津津乐道，而忽略了鲁达那关键的一脚。鲁提辖拳打镇关西实际上是一脚定乾坤的。鲁达是赤手空拳去"消遣"郑屠的，当郑屠得知鲁达是特意来找麻烦，并把剁好的两包细肉末像肉雨一样洒在自己脸上时，"两条忿气从脚底下直冲到顶门，心头那一把无明业火，焰腾腾的按纳不住"。郑屠毕竟是条汉子，在状元桥一带大小也算是个人物，遭鲁达如此羞辱，怎能不火？于是"从肉案上抢了一把剔骨尖刀，托地跳将下来"，"左手便来要揪鲁达"。空拳对利刃，稍不留神，便性命难保。面对这亡命之徒，鲁达先就势按住郑屠的左手，防止被郑屠揪住难下手脚。然后是"赶将入去，往（郑屠）小腹上只一脚"，踢中要害，使郑屠疼痛难忍。俗话说"十腿九凶"，鲁达这一脚又准又狠，结果郑屠"腾地踢倒了在当街上"，毫无还手之力，鲁达这才"提着醋钵儿大小拳头"，将郑屠打死。可见这一脚之重要，没有这一脚，就难打出"咸的酸的辣的，一发都滚出来"。

武松的本领给人的印象是他的拳头厉害，赤手空拳居然打死了一只吊睛白额猛虎，真是了不得。其实，拳头并不是武松的真本事，景阳冈上用拳头打虎，也是没有办法的办法，因为没有武器可用。"玉环步鸳鸯脚"才是武松的看家本领。醉打蒋门神时用的就是这种功夫。《武松醉打蒋门神》中写道：

> 武松先把两个拳头去蒋门神脸上虚影一影，忽地转身便走。蒋门神大怒，抢将来，被武松一飞脚踢起，踢中蒋门神小腹上。双手按了，便蹲下去。武松一楂，楂将过来，那只右脚早踢起，直飞在蒋门神额角上，

踢着正中，往后便倒。武松追入一步，踏住胸脯，提起这醋钵儿大小拳头，望蒋门神头上便打。原来说过的打蒋门神扑手：先把拳头虚影一影，便转身，却先飞起左脚，踢中了，便转过身来。再飞起右脚。这一扑有名，唤做"玉环步鸳鸯脚"。

这是武松平生的真才实学，非同小可！打得蒋门神在地下叫饶。武松的手只是在蒋门神眼前晃了一晃。一是激怒他，二是转移蒋门神的注意力，引起蒋门神的误解，以为武松以拳来攻击他。就在这节骨眼上，武松迅速地飞出了两脚。而且在踢这两脚时，同样都用了"飞"字。这"飞"字说明武松出脚速度之快、脚力之猛，形象地描写了武松"玉环步鸳鸯脚"的武姿。一般来说，以腿击人，不宜过高，主要是因为一高，自己重心就不稳，容易被对方抓住反扑的机会。武松深知此理。你看他的第一腿（左脚）是后挑腿，踢得比较矮，踢中蒋门神小腹，蒋门神双手护痛，蹲下身子，重心较低，上身又前倾。紧接着武松的第二腿（右脚），使的是难度较大的"飞转身回旋踢"，才踢中蒋门神的额角。武松这一脚，是以左脚为轴，向右转身，借转身腾跃，右腿循弧线旋踢，力量较大，出人意料，角度刁钻，令人防不胜防。而且这两脚踢中的都是要害部位。踢中小腹，疼痛不已，双手捂痛，已失去了手的战斗作用，因身体下蹲，双脚又难发挥作用；加之这第二腿又击中额角，蒋门神已经是头晕目眩，眼冒金花，东西南北都分不清楚了，哪有不败之理呢？

西门庆也有好拳脚。狮子楼上，当"武松左手提了人头，右手拔出尖刀，挑开帘子，钻将入来"时，西门庆知道情况不妙，立即跳在凳子上，一脚跨上窗台，做两手打算：一是想寻找退路；二是逃之不得，占据有利位置，居高临下，以应不测。武松跳上桌后，西门庆见武松来势凶猛，先用手虚指了一指，转移武松视线。加上武松刚刚跳上桌，立足未稳，出刀时又必须向前探身。西门庆知道脚比手长、击人力猛。于是抓住这个时机，"早飞起右脚"，很准确地踢中武松手腕，使武松手中的利刃飞出，落到一楼街心。西门庆这两招，既有套路，又恰到好处。"西门庆见踢去了刀，心里便不怕他，右手虚照一照，左手一拳，照着武松心窝里打来"，西门庆这一拳也是致命的一拳。可见西门庆还是有好拳脚的。当然拿西门庆与武松相比，大官人毕竟是大官人，纨绔子弟如何能同打虎英雄相提并论呢？最后西门庆死在武松手里，也是必然的结果。

术语云"脚打七分手打三""手出腿不动，打人不能胜；腿踢手不出，打人必负输"。从以上几脚看，鲁达、武松、西门庆都是用的手脚并用，以脚取胜的方法。

## 20. 神奇的蒙汗药

《水浒》里的趣事莫过于蒙汗药，而且还神奇得很，无论是谁，只要吃下有蒙汗药的食物或酒，没有不倒的。黄泥冈上，吴用、晁盖等八人巧妙地把蒙汗药放在白胜的酒桶里，精明、谨慎的杨志最后还是中计。虽说自己只是喝了半瓢，但还是"软了身体，挣扎不起"。而其他人，更是头重脚轻，一个个面面相觑，眼睁睁看着吴用等人把生辰纲装上车，起不来、动不得、说不了。而晁盖等人不慌不忙地，搬下枣子，装上生辰纲，推着车子，很滑稽地叫了声打扰了、多谢之类词话便下冈了。蒙汗药是晌午喝下的，杨志他们到二更才醒，麻醉时间长达十多个小时。李逵在沂岭杀死四只老虎，惊动了当地村民，同时也惹来了麻烦，被李鬼之妻告到县衙，因而被沂水县衙抓捕。为救被抓的李逵，朱富知道沂水县来押送的都头李云是不喝酒的，于是把蒙汗药拌在肉里，李云勉强吃了两块，肉刚下肚，眼见随从纷纷跌倒，自己口中急叫"中计了"，不待上前，身不由己也瘫倒在地，软做一堆，眼看着李逵被救也无力去管。

更有趣的是，《武都头十字坡遇张青》一回书里，武松因杀死西门庆、潘金莲，被发配到孟州。途经十字坡时，因天热找口酒喝，便来到孙二娘开的酒店。对这家酒店，武松早有耳闻，知道是家黑店，于是格外谨慎，故意找茬儿戏弄孙二娘，逼她使出蒙汗药酒来。两个公人因饥渴，端起酒来便喝，而武松乘孙二娘不备,将酒泼在暗处,口中还故意喊:"好酒!还是这酒冲的人动!"孙二娘拍着手喊:"倒也!倒也!""两个公人,只见天旋地转,强禁了口,望后扑地便倒。武松也把眼来虚闭紧了,扑地仰倒在凳边。"待孙二娘来抬人时,武松突然将孙二娘放倒在地,压得鬼叫。这时菜园子张青赶到求情,武松才放了她。孙二娘于是调了一碗解酒药,张青扯住耳朵灌将下去。没半个时辰,两个公人如大梦初醒一般,看着武松说道:"我们却如何醉在这里?这家甚么好酒,我们又吃不多,便怎地醉了!记着他家,回来再问他买吃。"武松、张青、孙二娘都大笑起来,两个公人如云里雾里,不知笑从何来。去鬼门关转了一圈又回来,还要夸奖孙二娘酒好,可见这蒙汗药的作用!

《水浒》里的蒙汗药是种什么迷幻药?解药又是什么配成的?《水浒》毕竟不是医书,所以没有介绍。正因为《水浒》是小说,故不少读者以为是作者想出来的东西。其实不然,据辞书载:蒙汗药乃是用曼陀罗花制成。曼陀罗又名风茄儿、洋金茄花、山茄子,产于我国西南各省。为一年生草本,高四五尺,茄叶互生,卵圆形,端尖,边缘呈不规则波状分裂。夏秋间开花,花紫色或白色,有漏斗形三合瓣花冠,边缘五裂,果实为卵圆形,有不等长尖刺,熟时四瓣裂开。叶、花和种子含莨菪碱、东莨菪碱等成分,具有麻醉、镇痛作用。现用曼陀罗制成的洋金花制剂,多用于手术麻醉。

用曼陀罗制成蒙汗药,是何人何时发明,尚不知。但古书中有关此药的记载颇多。如宋代司马光在《涑水记闻》中载:"五溪蛮汉,杜杞诱出之,饮以曼陀罗酒,昏醉,尽杀之。"对其制法,明人魏浚在《岭南琐记》及清人吴其浚在《植物名实图考》中都有同样记载:"用风茄为末,投酒中,饮之,即睡去,须酒气尽以寤。"

蒙汗药为粉末状,下在酒里,成悬浮液,酒色显得浑黄。蒙汗药与酒配伍,真可谓"珠联璧合",麻醉效果更佳,药力见效快,真是出门便倒,倒头便睡。

解药之法,清人程衡在《水浒注略》中介绍"急以浓甘草汁灌下,解之"。这个说法,也是有根据的。孙思邈《千金方》中说:"甘草解百药毒。"李时珍说得更清楚:"果中有东莨菪,叶圆而光,有毒,误食令人狂乱,状若中风，或吐血，以甘草煮汁服之，即解。"孙二娘用的解药可能就是甘草汁。只不过《水浒》未点明，故弄玄虚而已。

## 21．梁山六绝

《三国演义》中有三绝：诸葛亮的智绝、关羽的义绝、曹操的奸绝，《水浒》中却有五绝。这五绝由《水浒后传》的作者陈忱提出来，即：戴宗的神行法、张清之石子、花荣之射、燕青之厮扑、安道全之医。这五绝算不算绝呢？看看《水浒》的介绍便知分晓。

戴宗的神行。戴宗的绰号是"神行太保"，"神行"点出其绝技，"太保"本为官名，大多为辅助国君或太子的官，无实权，用在戴宗身上只是个尊称而已。他的绝技绝在哪里呢？书上说："但出路时，传书飞报紧急军情事，把两个甲马拴在两只腿上，作起'神行法'来，一日能行五百里；把四个甲马拴在腿上，便一日能行八百里。"戴宗"神行"的时候，"只听耳朵边风雨之声，两边房屋树木一似连排价倒了的，脚底下如云催雾趱"。正因为他有这一惊人道术，在飞报紧急军情、救人危难等方面立下了奇功。打北京时，宋江患了背疮，病入膏肓，如果不是戴宗用神行接回安道全，宋江就一命呜呼了。戴宗奉蔡九知府之命去东京下书，又错走梁山被朱贵用蒙汗药麻倒，上梁山报信后，又为吴用请到济州城劝萧让、金大坚上山，接着又返回江州，来回数千里，短短几天完成许多事，不是"神行"，又何能为之？其实我们算一算，戴宗日行八百，一天二十四小时，一小时仅走三十三里左右，比现代马拉松速度还慢一点。现代马拉松全长是四十二公里多一点，最好成绩是两小时多一点，也就是说一小时要跑四十二里左右，比戴宗快多了。只不过书中对速度有夸张的描写，加上又用道术，所以有点神化。

没羽箭张清，这个绰号就取得形象。箭是由箭头、箭杆、箭羽三部分组成的。张弓射出羽箭速度很快，张清使用的是石子，虽然没羽，其速度之快

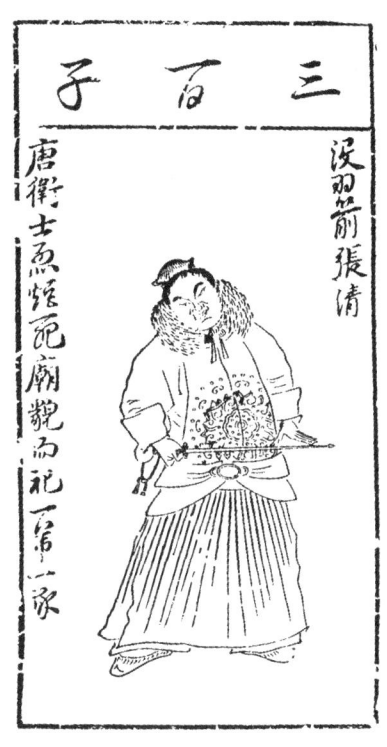

●没羽箭张清

似箭。张清是一员猛将,他的石子百发百中,而且准确率很高,想打哪里就能打到哪里。对阵中,张清的石子令宋江等人大惊,尽皆失色,吓得"杨志胆丧心寒";关胜出马迎战,张清只一石子,打在青龙刀上,迸出火光,关胜便"无心恋战,勒马便回"。宋江手下的好汉为什么如此怯阵呢?无他,实在是张清的飞石太厉害了。打东昌府时,卢俊义带领二十五员头领,马步军兵一万,兼有关胜、呼延灼、朱仝、索超、杨志等上将,却无奈何张清。两战告败,郝思文、项充还被击中在船中养伤。宋江打下东平府,亲自率军助战,也被张清打得落花流水。首次交锋,就有十五员战将被张清飞石打伤,使宋江军马闻之胆寒。第一个上阵的金枪手徐宁,战不到五回合,就被飞石击中眉心,"翻身落马";接下来燕顺是"伏鞍而走";韩滔鼻凹被击中,"鲜血迸流,逃回本阵";接下来宣赞、呼延灼、刘唐、杨志、朱仝、雷横、关胜,一个个都败在张清手下,准确地说都被张清的飞石打败,这张清的飞石不绝才怪！这飞石绝就绝在它百发百中，防不胜防，而且还绝而不神，没有神化的因素，贴近现实，叫人可信。

　　花荣的神箭也是威震一时的。《水浒》对他的箭术有几句描写："百步穿杨神臂健，弓开秋月分明，雕翎箭发迸寒星。人称小李广，将种是花荣。"这是实写，毫无夸张之辞。在清风寨救宋江时，他已是小露锋芒，刘知寨听说花荣如此装束就已"惊的魂飞魄散……那里敢出来相见"，怕的就是那支箭。救出宋江后，刘高不甘心，派人去花荣寨中夺人。花荣坐在正厅上，"左手擎着弓，右手挽着箭。众人都拥在门前。花荣竖起弓，大喝道：'……看我先射大门上左边门神的骨朵头。'搭上箭，拽满弓，只一箭……正射中门神骨朵头。众人看了，都吃一惊。花荣又取第二枝箭，大叫道：'你们众人再看我这第二枝箭，要射右边门神的头盔上朱缨！'飕的又一箭，不偏不斜，正中缨头上"。由此可见，花荣箭术着实精准。初上梁山，众人夸花荣的神箭，晁盖大有不信之意。游山时，花荣听到天上雁叫，取箭说要射第三只大雁的头。大雁落下时果然不假。晁盖和众头领看了，尽皆骇然，曰"此梁山无一个不钦敬花荣"，可谓一箭定乾坤。打田虎时，连射四贼将，使贼人望风而逃，不战自退。对影山一箭射断绒条，分开两杆结在一起的方天画戟，不能不使人叫绝。吴用说："休言将军比小李广，便是养由基也不及身手。"这样评价也不算过分。

　　浪子燕青的厮扑也是一绝。燕青在梁山好汉中算是个矮子，身材瘦小，身高仅六尺余。但是在泰山放对时，面对身长一丈、貌若金刚、约有千百斤气力的任原，燕青能发挥自己矮小灵活的优势，抓住任原转身不便的弱点，两次从任原肋下钻过去，从而扰乱了任原的步法，燕青趁势使出绝招鹁鸽旋，把任原直撺下献台，夺取胜利，难怪人称其为"小厮扑天下第一"。还有高俅攻打梁山被俘上山后，在宋江的盛宴上喝得大醉，他那泼皮无赖的本色又显露出来，并口出狂言道："我自小学得一身相扑，天下无对。"宋江、卢俊义命燕青与之一扑："高俅抢将入来，燕青手到，把高俅纽摔得定，只一跤，掀翻在地褥做一块，半晌挣不起。"摔高俅这样的酒囊饭袋，还看不出燕青本事，就是李逵也摔了个脚朝天。

神医安道全，这绰号已经给他定了性，既是神医，必有神技。他医术之高超，笔者将在《安道全治痈疽》一文中详述，这里就不再啰唆了。

陈忱所言的梁山五绝到此就介绍完毕。不过，笔者以为梁山上还有一绝——浪里白条张顺的潜水和游水功夫。他在"水底下伏得七日七夜"，"两条腿踏着水浪，如行平地；那水不过他肚皮，淹着脐下"。第六十五回为宋江到建康请安道全，渡江时因熟睡被强人绑住手脚，缚成"粽子"推入江中。张顺就凭这潜水的绝招，在江底咬断绳子，浮水过江活命。浔阳江上与李逵的一场水中搏斗，更是无比精彩。不但"惹得江边三五百人观看，没一个不喝彩"，而且连"宋江看得也呆了"。不是水上功夫高超，何能取得如此之效果呢？特别是"水底下伏得七日七夜"的功夫，更是绝上加绝。伏在水底实际上就是现在的潜水或潜泳。不过现在都要借助工具，如潜水服及氧气装置或潜泳用的呼吸器具，借助这些工具现在的潜水员在水下待上几天的事也是有的。而张顺的那个年代，什么辅助工具都没有，还能够"水底下伏得七日七夜"，不但绝，而且有点神了。

这梁山六绝，有的虽然有点神，但神而不怪，都比较贴近现实。现实生活中这类奇人也确实存在。就像我们看中央电视台的《想挑战吗》栏目的节目一样，不是亲眼目睹，我们会相信吗？这就说明现实生活中真有不少身怀绝技的奇人。而梁山六绝说不定也是当时的奇人吧！

## 22. 宋江装疯为何败露

宋江在江州浔阳楼醉吟反诗后，戴宗问他在浔阳楼写了些什么，宋江的回答是："醉后狂言，忘记了，谁人记得。"当戴宗告诉他知府正要捉拿题反诗的人时，宋江不知所措，连连叫苦。无奈之下，戴宗只得要宋江"披乱头发，把尿屎泼在地上，就倒在里面，诈作疯魔。我和从人来时，你便口里胡言乱语，只做失心疯便好"。事已至此，也只有此法。当戴宗带着公差前来提

●呼保义宋江

拿宋江时,见此情景,又听宋江满口胡言乱语,众公差便说:"原来是个失心疯的汉子!我们拿他去何用?"一下子就骗过了众公差。等到宋江被抬到知府公堂,宋江照葫芦画瓢,又来了这么一出。蔡知府见状,也"没做理会处",相信宋江此时已经是个真疯子了。唯独黄文炳不信。

宋江装疯为什么瞒不过黄文炳呢?黄文炳又根据什么识破宋江是装疯呢?翻阅《水浒》第三十九回,我们不难发现,黄文炳根据宋江的诗词内容及咏诗时的表现,来判断宋江是装疯。黄文炳在浔阳楼看了壁上题诗后,从酒保口中打听到反诗是昨日所题,这就判定题诗人当时神志清醒。对反诗,黄文炳是边读边评:从诗词内容得知题诗人对昔日怀才不遇充满悲愤,对如今屈辱的囚徒生活强烈不满,打算效仿黄巢展凌云志。黄文炳认为诗词内容顺理成章,逻辑结构严谨。另外,黄文炳是从精神病人的临床角度来考查的。精神病人一遇到刺激或其他原因就会发作。既是充军犯人,如果是真疯,来时肯定必会发作。所以黄文炳便叫来管营、差拨一问，马上得知宋江充军来江州时没有疯症，而是今日去抓捕时才疯的，故此黄文炳断定宋江一定是装疯。因此，当戴宗回禀知府说宋江是个疯子时，黄文炳马上要知府"休信这话"，并明确指出："此人作的诗词，写的笔迹，不是有疯症的人。其中有诈，好歹只顾拿来。便走不动，扛也扛将来。"这说明黄文炳是很有眼力的。结果一抓来，尽管宋江在公堂上胡言乱语、装疯弄傻，蔡知府叫来衙卒把宋江一捆，一连打了五十大板，宋江装疯就败露了。

  精神病人有多种，不同病人又有不同的症状，缺乏这方面知识的人一般是难以鉴别的。各种精神病又都有其关键性或核心性症状，这些症状是难以伪装的。如器官性精神病的神经反射改变，精神分裂症的心理过程的"分裂"，躁狂症的持续、独特的情绪高潮与精神运动性兴奋，都是极难装出来的。再说装疯者不可能精通各种精神病的核心症状，装起疯来，往往装得过头，使症状互相混杂，以致"出格"，反而露出了马脚。戴宗说宋江得的是"失心疯"，古人云："心为思之官。"既然失心，则属思维破裂的精神分裂症，这种病人说话言语凌乱，没有中心，东一句西一句的；写文章大多杂乱无章。而宋江装疯，恰恰没有了解这种关键性的症状，诗词不用多说，公堂之上大喊："我是玉皇大帝的女婿！丈人教我引十万天兵，来杀你江州人。阎罗大王做先锋！五道将军做合后！有一颗金印，重八百余斤，你也快躲了我。不时，教你们都死。"听起来是狂言，但仔细分析一下，此狂言逻辑性很强，顺理成章。首先是质问对方是什么人敢来问我。为什么不能问"我"呢？下面是答案："我是玉皇大帝的女婿。"不颠不倒，思维清晰得很，只不过言语有些夸张而已。这当然就不符合真正精神病患者的症状，破绽露出来就难免，被黄文炳识破也在情理之中了。

## 23. 砒霜·水银·鸩酒

砒霜、水银、鸩酒是《水浒》中写到的三种毒药。分别写在书中的第二十五回"王婆计啜西门庆，淫妇药鸩武大郎"及第一百二十回"宋公明神聚蓼儿洼，徽宗帝梦游梁山泊"中。

第二十五回书中写道：武大郎在郓哥的帮助下，捉住了正在偷奸的西门庆与潘金莲。不幸的是在捉奸的过程中，武大郎被西门庆踢伤了心窝，一病五日。要汤没汤，要水无水，求生不得，求死不能。就在这个时候，王婆设了一条毒计，用砒霜毒死武大郎。于是王婆设计、西门庆出药、潘金莲下手毒杀武大郎的故事就发生了。砒霜中毒的情景，王婆说了一遍，书中又描写了一次，是"他若毒药转时，必然肠胃迸断，大叫一声，你却把被只一盖，都不要人听得。预先烧下一锅汤，煮着一条抹布。他若毒药发时，必然七窍内流血，口唇上有牙齿咬的痕迹"，等等。砒霜即是三氧化二砷，为白色粉末，因易溶于水，故潘金莲把它放入治心痛的汤药里。据医药书籍记载：口服5到60毫克即可中毒，60毫克以上便可使人致死。西门庆是药铺老板，用药多少可致人死亡，他是知道的。潘金莲的用量肯定是大大超过60毫克，所以武大郎喝下后即刻身亡。但临床反应，大剂量的砒霜中毒，只会出现中枢神经系统麻痹，发生四肢疼痛性痉挛、意识模糊、昏迷而死，不会出现《水浒》里所说的"肠胃迸断""七窍流血"的症状。武大郎死时的惨状，笔者认为：一是砒霜中毒，二是因武大郎喝下毒药后，潘金莲怕其大叫惊动四邻，露出破绽，便"扯过两床被来没头没脸只顾盖"，使武大郎窒息而死。这里可以看出，《水浒》的作者只知砒霜的毒性，而对中毒的临床反应却不甚了解了。

水银中毒和鸩酒中毒，都出现在第一百二十回。宋江兄弟征剿方腊后，战死大半，幸存者虽授官就任，蔡京、高俅等奸佞还是不肯放过。诬告卢俊义招兵买马、蓄意造反，招至京师"安抚"。卢俊义吃下奸佞放了水银的御膳、御酒后不久，便"觉到腰肾疼痛，动举不得"，最后落水身亡。卢俊义死后，奸佞们怕宋江心内疑惑，别生他事，便以皇帝的名义，送给宋江两樽"御酒"。宋江喝下一樽，知道这是毒酒，担心李逵知道此事，"再去啸聚山林，把我等一世清名忠义之事坏了"。于是连夜差人去润州把李逵叫来。宋江亲自下手，哄骗李逵喝下鸩酒。不久，毒性发作，宋江、李逵双双死于皇帝"恩赐的毒酒"之下。

水银即汞，是易流动、呈银白色的液态金属。汞中毒确如《水浒》所言，腰肾疼痛，慢性中毒而死。这是因为从消化道进入人体的汞，主要是通过肾脏和胃肠道排泄。因汞的比重是 13.595，故积累在肾脏最多，以致引起坏死性肾病，最后因血钾过高而引起心律紊乱，常为急性肾功能衰竭而死亡。这里还要强调几句，汞有金属汞和非金属汞的有机汞和无机汞之分。金属汞即上面所说的呈银白色的液态金属。这种汞，它既不溶于水及醇、醚等有机溶剂，也不溶于稀酸和盐酸。所以卢俊义中毒的水银绝非此类，再说金属汞也不会中毒。《水浒》中所说的水银中毒，那肯定是指非金属的有机汞或无机汞。这非金属的汞又是怎么加工处理成毒物，又怎么渗入御膳、御酒之中，就不得而知了。

鸩酒据说是用鸩的羽毛泡酒制成的。鸩是传说中的一种毒鸟。在当今鸟类学专著中尚未有此鸟之记载，但在我国古籍中却是言之凿凿。古书云：鸩的雄鸟叫"运日"，雌鸟叫"阴谐"。药物学家陶弘景说，古代"鸩状如孔雀，五色杂斑，高大，黑颈赤喙，食蛇，人误食其肉立死……昔人用鸩毛为毒酒"。《朝野佥载》一书中也云："鸩鸟饮水处……百虫服之立死。"可见其毒性之大。《水浒》等古代文艺作品中，常有鸩酒毒人之事，可能与这些记载有关。

## 24. 江州的鱼宴为何使宋江腹泻

江州，古称柴桑，近叫九江。它东临鄱阳湖，面对长江，周边河湖交错，物产丰富，素称鱼米之乡。因水多鱼也特别之多，江州渔民还有一套活鱼保鲜之法。那大江里渔船船尾开半截大孔，放江水出入，养着活鱼，却用竹笆篾拦住，以此船舱里活水往来，养放活鱼。因此江州有好鲜鱼。故此九江的鱼宴更是久负盛名。加上琵琶亭酒楼"畔临江岸，四围空阔，八面玲珑，栏杆影浸玻璃，窗外光浮玉璧""端的是景致非常"。大概是这个缘故，宋江充军到此，在琵琶亭酒楼和戴宗、李逵、张顺吃了一顿还不够，回家后还将张顺送的一条金色鲜鲤鱼烧吃了，真可谓大饱口福。谁知半夜四更，肚子绞肠刮肚样疼，天明时，一连泻了二十来遭，昏倒在房中。宋江也懂些医道，张顺来时，说要请医人调治，宋江却叫他买了副"止泻六和汤"来吃吃便好了。这"止泻六和汤"是古之良方，今还常用，主治夏季饮食不调，内伤生冷，外感暑气，胸膈满闷，头眩目昏，全身酸懒，恶寒发热，口微渴，小便黄赤或吐泻等症。由藿香、厚朴、砂仁、杏仁、半夏等中药组成，煎服。

江州的鱼宴为何使宋江腹泻呢？读者不难发现，《水浒》中两次提到腹泻的原因。一次是作者叙述，一次是宋江自述，原因都是因见鱼新鲜，贪爱爽口多吃了一些，坏了肚腹。那么，多吃鲜鱼怎么会腹泻呢？这是因为鱼中含蛋白质高。据营养学资料介绍：每百克鲤鱼含蛋白质 17.3 克。宋江吃了大量鲤鱼，使体内蛋白质剧增，而大量的蛋白质在体内不易分解，致使消化功能发生障碍。中医书上曰："饮食不节，起居不时以至脾胃多伤，则水反为湿，谷反为常，精华之气不能输化，致合污下降，而泻痢作矣。"（见《景岳全书》）说明宋江是因为饮食过量而引起腹泻的。

宋江是否完全是因饮食过量而引起腹泻的呢？我看不尽如此。施耐庵忽视了造成腹泻的主要原因：宋江、戴宗、李逵三人在琵琶亭酒楼是先要了三份加辣红白鱼汤。宋江只"呷了两口汁，便放下箸不吃了"，同时觉得这鱼汤"不中吃"。戴宗也说："已定这鱼腌了，不中仁兄吃……便是小弟也吃不得，是腌的，不中吃。"而戴宗要酒保另做两碗鱼汤时，酒保答道："不敢瞒院长说，这鱼端的是昨夜的。今日的活鱼，还在船内，等渔牙主人不来，未曾敢卖动，因此未有好鲜鱼。"宋江等在琵琶亭饮酒正值阴历"五月半天气"，"一轮红日，将及沉西"之时。阴历五月半合阳历七月初，气温一般高达20℃到30℃。这个温度，正适合一些使食物腐败的微生物和中毒性细菌的繁殖。再说鱼打捞出水后，对鱼体起保护作用的黏液中的氮，逐渐被细菌耗尽，各种细菌便于侵入鱼体，加速鱼体变质。昨夜打的鱼，留到第二天下午吃，加了辣椒等作料，仍然有腌味，可见鱼变质腐败的程度。宋江喝了此鱼汤，哪有不因食物变质中毒导致腹泻之理？而施耐庵将宋江腹泻说成是饮食不节所造成的，这就有所偏颇了。

## 25．安道全治痈疽

《水浒》第六十五回载：宋江攻打大名府时，突然患病，一卧不起。起初是"神思疲倦，身体酸疼；头如斧劈，身似笼蒸"，"背上好生热疼"，以致"鏊子一般赤肿起来"，最后是"神思昏迷，水米不吃"。"鏊子"是烙饼器具，圆形中凸。从介绍看，宋江有发热、头痛、背部红肿、焮热疼痛等表征，这是什么病呢？吴用说得对：非痈即疽。对于这类病的善恶，中医有句顺口溜，叫"五善见三则吉，七恶有二即凶"。宋江最后是"神思昏迷，水米不吃"，可见是恶疾，如不及时治疗，性命攸关。故此，梁山寨先后派出张顺去请、戴宗去接，这个"肘后良方有百篇，金针玉刃得师传"的祖传内科、外科尽皆医得的神医安道全，几经周折，终于及时赶到梁山。

在返回梁山途中，安道全就问戴宗：宋江"皮肉血色如何？"戴宗回答："肌肤憔悴，终夜叫唤，疼痛不止。"虽然戴宗说是"性命早晚难保"，安道

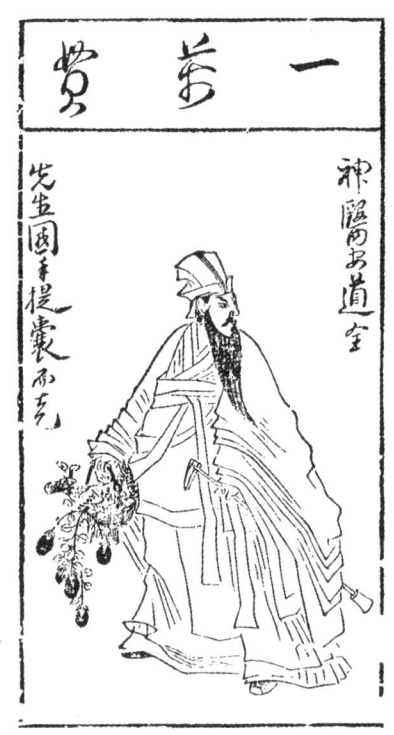

●神医安道全

全却认为"可医治"。一到梁山,宋江口内只有一丝气息了,一诊脉,安道全便断定"脉体无事。身躯虽是沉重,大体不妨",并当众夸口道:"不是安某说口,只十日之间,便要复旧。"果然如其所言,"五日之间,渐渐皮肤红白,肉体滋润,饮食渐进。不过十日,虽然疮口未完,饮食复旧",不久就完全康复了。

安道全用什么办法治病呢?他的医法有无道理?《水浒》里只说了两句:"先把艾焙引出毒气,然后用药:外使敷贴之饵,内用长托之剂。"所谓"艾焙",是灸法,起到疏通气血、开结拔毒作用;所谓"外使敷贴",即用外科常用膏药,用来消肿、提毒、去腐、止痛、生肌、收口。如加味太乙膏之类,即能清火消肿,又能提脓生新,故为肿疡和溃疡通用方。《水浒》虽未点出药名,也无非是此。"内用长托之剂",更是中医之常法。中医书载:"外科痈疽等症的内服药的运用,原则上分为消、托、补三法。"安道全是"内用长托之剂"，书曰"托法，施用于肿疡化脓时期和溃疡初期，能托毒外出，防止毒气深入扩散"，便于生肌收口。因用了艾培、外敷、内托三法，使脓出痛减，脾胃之气渐复，故宋江不过十日虽疮口未愈，饮食却恢复如常，真是药到病除，医道高明，神医安道全，真是名不虚传。

安道全"神"就"神"在宋江病重时承诺的"只十日之间，便要复旧"上。安道全一上梁山刚诊脉，就敢当众夸口，这与其医道高明有关，因此他胸有成竹地打了保票。这因为他已经从戴宗嘴里了解了宋江的病情，几套医疗方案在旅途中早已形成。上山后一望、一闻、一问、一切、一触，正确的方案已经出来了，对症下药，也就立竿见影了。

## 26. 无为军在哪里

宋江在江州浔阳楼吟的反诗，是被无为军的闲通判黄文炳发现的，加上他的"曲解"、告密，使宋江下了死牢。戴宗为救宋江，从梁山带回的"家书"，虽说瞒过了江州知府蔡德章的眼睛，却又被黄文炳识破，反使戴宗也下了死牢。后来梁山好汉劫法场救出宋江、戴宗，打下无为军，放火烧了黄文炳家。关于这火，《水浒》第四十一回有具体描述：因为这火是用芦苇油柴点的，烧着以后是"黑云匝地，红焰飞天。烨律律走万道金蛇，焰腾腾散千团火块，狂风相助，雕梁画栋片时休。炎焰涨空，大厦高堂弹指没"。可见这火焰之高，火势之猛。不仅如此，由于火大，《水浒》中还说："黄文炳谢了知府……望无为军来。看见火势猛烈，映得江面上都红。"

正是这几句描写，使读者产生了一些疑惑：这里所写的"无为军"究竟在何处？有人说在九江新港附近有一小地方也叫无为。如在这个地方很容易说得通。因为新港在九江东侧，距九江仅十多华里，又在长江边。从九江去新港可坐船也可走旱路，火烧起来的确可映红江面，江州也许可见其"蒸天假红"。但是，它却在江南，更不是宋代"军"的建制，显然不是《水浒》

中所说的无为军。军是宋地方行政区划名。有两种：一与府、州同级，隶属于路；一与县同级，隶书于府、州。据何心先生《水浒研究》中解释："北宋时，无为军属淮南西路，领无为、巢、庐江三县，故治在今安徽省无为县。"又据清人程穆蘅《水浒注略》中介绍："无为军、无为州，巢县地，宋置无为军于此。"不管无为军故治是在巢县还是在无为县，反正这两个地方离江州都有数百里之遥，而且这个地方都不靠长江，离长江都有三十至五十公里不等的距离，火势就是冲天也无法映红长江江面，在江州更望不见无为军火起。

《水浒》第三十九回介绍无为军时还这样写道："这江州对岸有个去处，唤做无为军，却是个野去处。"这就更是错上加错了。如在江州对岸，绝非是无为军；如是无为军，不管它是与府州同级还是与县同级，绝不是个野去处。再说宋江等在攻打无为军前，再三派人去无为军"城中探听虚实，也要看无为军出没的路径去处"。如果是个很小的野去处，这也就多此一举了。攻打无为军时，宋江安排了五只大船、两只小船装载张顺、李俊、三阮等会水的好汉及宋江、晁盖等人，又叫"侯家兄弟引着薛永并白胜"藏做内应，又派石勇、杜迁扮乞丐混入城中埋伏。从宋江布兵攻打无为军的情况看，是动用了梁山来江州劫法场的全部好汉，再加上江州地面上的英雄，像李逵、张顺、李俊等十条好汉，以及梁山带来的八九十个悍勇壮健的喽啰，数数拢近二百号人。江州这样的大府梁山好汉都敢劫法场，大闹一阵，如果无为军是块弹丸之地，宋江派这么多人去攻打，岂不是小题大做了吗？这些显然是《水浒》作者在地理知识上的又一失误。

## 27．李逵生来非莽汉

《水浒》中的李逵，出生于社会最底层，没有文化，目不识丁。他对宋江可以称得上是赤胆忠心，万苦不辞。他朴直豪爽、疾恶如仇，同时又莽撞急躁、不讲策略。这是《水浒》作者所赋予他的艺术形象。读者读后觉得可爱、可笑，有时又觉得可气、可恼。

众多《水浒》专家、学者在论及李逵这个人物时，大多认为李逵完全是一个艺术形象，他与历史上真正存在的人物——李逵只是姓名相同而已。那历史上的李逵是个什么人物呢？这在《宋史》《三朝北盟会编》《建炎以来系年要录》中都有记载。这个李逵是南宋初年人，密州的一个军卒。开始时他随另一个军卒杜彦谋反，杀死守将赵野，杜彦自称知军州事。后来杜彦领兵救安丘，与宫仪大战，败北，回密州后被李逵杀死，李逵夺了杜彦的地盘，遂领州事。最后金人攻打密州，李逵降金，做了汉奸，结果被他的同伙吴顺杀死。这个谋反、降敌的李逵绝不是《水浒》中李逵的原型。那么，李逵的"原型"又是谁呢？《水浒》中李逵的"原型"应该来自元明杂剧中。也就是说他是从元明杂剧中慢慢演变过来的，完完全全是作者们所创作的一个艺术形象。

在元明杂剧中，李逵的形象、性格并不是《水浒》里那样，也不是个莽汉。

康进之《李逵负荆》里，李逵下山路上，他觉得梁山的一草一木都那么美，哪怕是一片花瓣，他都倍加珍惜，生怕落花遭到践踏，特意轻轻地拾起放入水中，让它与别的落花为伴。这哪里是黑旋风李逵，简直是《红楼梦》中的林黛玉；这哪里是铁牛，简直是一个文人雅士。特别有趣的是，酒醉时，李逵竟然还唱出了美词佳句：

和风渐起，暮雨初收。俺见杨柳半藏沽酒市，桃花深映钓鱼舟。更和这碧粼粼春水波纹绉，有往来社燕，远近沙鸥。

《黑旋风仗义疏财》中，李逵说："我写下四句诗，便有人知道，不敢来赶我。'都巡倚势攒家私，卖免官粮娶艳姿。要问夜来端的事，梁山寨上唤山儿。'"（山儿是元杂剧中李逵的另外一个绰号）这里不但可见李逵有文化，而且还是个细腻风流的才子，既能咏景，又能题诗。

在高文秀创作的《黑旋风双献功》里，李逵一见孙孔目之妻郭念儿，便知其不是好人。郭念儿与白衙内通奸私奔，孙孔目到衙门告状反被监禁。李

●黑旋风李逵

逵听之不服，扮成庄家后生混进监狱，用蒙汗药麻倒狱卒，救出孙孔目，放走满牢囚犯，又伪装成随从混进衙门，杀死白衙内及郭念儿，还蘸血在白粉墙上写下自己的大名。这哪里是大字不识一个的李逵，他那敢做敢当的英雄气概，简直可与武松相提并论了。他的智谋，简直可以和吴用相媲美。

在高文秀及杨显之创作的一系列李逵的戏中，我们还可以看到李逵居然能"乔教学"，能"乔断案"，能"穷风月"，能玩"诗酒丽春园"。这当然不是那个鲁莽粗野的黑旋风，完全是一个有教养、有心计、文武双全的好汉，也是一个逗人喜欢的喜剧角色，不过与《水浒》里的李逵判若两人，李逵生来非莽汉。

综上，《水浒》的作者对于之前在杂剧中的李逵做了一个大幅度的整理、丰富和再创造，使之更符合其所在的出身、又有别于其他水浒英雄，使之更加鲜明、生动、丰满、完美。他就是李逵，一个着墨不多，却又写得有血有肉、栩栩如生、光彩夺目的李逵。

## 28. 浔阳江张顺早生

《水浒》里的浪里白条张顺，在历史上是实有其人的。他的身世与《水浒》里完全不同：既不是江州的鱼牙贩子，也没有能在水底伏七天七夜的本事；既不是死在杭州涌金门下，更不是水泊梁山上的一员头领。如果寻求其共同点的话，唯一相同点就是都死在战场。

历史上的张顺，是一位农民出身的南宋爱国将领及民族英雄。他的英雄事迹，在南宋确实轰动一时，像《宋会要辑稿》《齐东野语》《西湖二集》等书中都有记载，而且有些神化，就连《宋史》第四百五十卷还单独有《忠义张顺传》。综合这些史料，张顺的事迹是这样的：南宋咸淳三年（公元1267年），元军围困襄阳，一围五年，使襄阳城军民弹尽粮绝、危在旦夕。为解襄阳被破之急，朝廷出重金征募得敢死将士三千人，张顺及张贵自告奋勇率队，乘轻舟百艘，深夜三更出发，径犯元军重围。行至磨洪滩，遇敌船数百艘拦住江面，而且敌船船船铁索相连，水中又载木桶无数。欲救襄阳，首先必破此封锁线。张顺见状，一舟当先，斩铁索、拔木桩，转战百二十里，抵达襄阳城下。城中军民闻援军到达，人人振奋，内外夹攻，苦战多日，打破重围，击退元军。战斗结束清理战场时，独独不见了援军主将张顺。几日后，江中漂出一具浮尸，披着甲胄，手执弓矢。大家才发现是张顺，打捞上岸，只见他身中四枪六箭，怒气勃勃如生。人们为了纪念他，把他葬在襄阳城外，立庙祭之。这些记述虽有神化之处，但大体如实。

有趣的是，《水浒》的作者施耐庵却以历史上的张顺故事为原始素材，移花接木地处理为梁山上的水军头领，又添加了许多故事。比如全身肌肤雪白、水性最好、战功卓著，活捉过挑拨是非、陷害宋江的闲判官黄文炳，生俘过围剿梁山泊的死对头高俅。打方腊攻杭州时，他从水中摸过西湖，欲从水底潜入城去。不料却中了方腊军队的埋伏，"只听得上面一声梆子响，众军一齐起。张顺从半城上跳下水池里去，待要趁水泛时，城上踏弩硬弓、苦竹枪、鹅卵石，一齐都射打下来。可怜张顺英雄，就涌金门外水池中身死"。后来作者也将张顺神化，被西湖震泽龙君收做金华太保，留在龙宫为神。这点又与历史上的张顺有相似之处。历史上的张顺殉国于公元1272年，而按照小说时间的推算，《水浒》中的张顺牺牲的时间则是在公元1123年，整整让他早出世了149年。

## 29. 北宋人怎么唱出南宋的曲

《豫章城双渐赶苏卿》，是元曲中一段很有名的爱情故事。豫章城即今江西省南昌市。过去之所以叫作豫章，是因为赣江古称豫章水之故，经南昌流入鄱阳湖。另外因为城内生长着很多茂盛的豫章树。豫章树，又叫樟树，现如今是南昌市的市树。所以，汉代时便将此地定名为豫章郡。双渐、苏卿实无此人，只不过是两个虚构的文学人物，其故事梗概大致如下：

双渐原在间江县当个小吏，是县衙里的一个小公务员。双渐颇有几分文采，人长得又帅，与知县大人的千金苏小卿相爱。但双方家庭地位相差悬殊，门不当户不对，这婚姻遭到女方父亲（也就是知县）的强烈反对。于是，双渐不得不离开间江，远去他乡求学，待学成考上科举为官之后再向苏小卿提亲。两年后，苏小卿父母不幸双亡，孤苦伶仃，无法生活，流落到扬州，沦为娼妓。双渐回间江，得知苏小卿的不幸之后，便到扬州寻访，终于相见。当时苏小卿已是当地官员薛司理的小妾。尽管如此，两人依旧相爱，秘密往来。

当时双渐已经成功学成，并被任命为临川知县。这扬州当然不能久留，不久之后，双渐走马上任去了。大概是双渐与苏小卿秘密的恋情被薛司理知晓，薛司理便将苏小卿卖给了一个五十多岁叫作冯魁的茶商。这冯魁便是豫

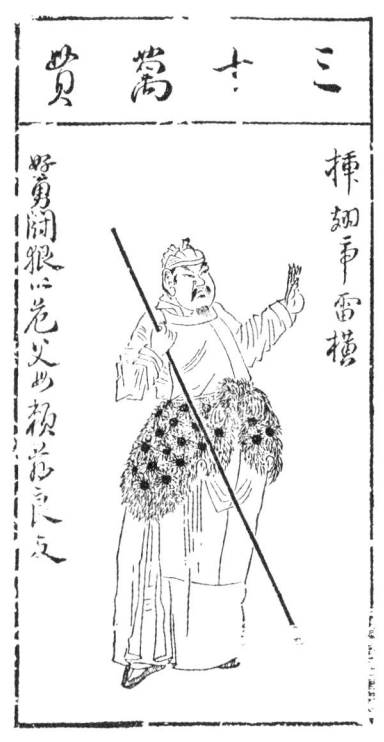

●插翅虎雷横

章人,他带着苏小卿回豫章途中,经过镇江金山寺。苏小卿在金山寺的墙壁上留下诗句。后双渐为寻找苏小卿再次来到扬州并借宿于金山寺,发现了苏小卿留下的诗作,得知其随冯魁回豫章城,于是便赶到豫章,最终有情人终成眷属。

大概这个故事感人、执着、纯真的缘故,元代及后代文人们都根据原作写下了不少双渐苏小卿的故事。如宋方壶的散曲《醉花阴》套数《走苏卿》、王氏《粉蝶儿》套数《寄情人》及王实甫《苏小卿月夜贩茶船》,等等。

写了这么多,这《豫章城双渐赶苏卿》与《水浒》到底有什么关系呢?没有看过《水浒》的人当然不知道。看过《水浒》的人,粗心一点的也不明了这两者之间的关联。我提醒一句,这个谜底在《水浒》第五十一回"插翅虎枷打白秀英"这一回书里。这插翅虎雷横是一名执法人员,他用枷去打白秀英,岂不知违法吗?他为什么要打白秀英?不是没有理由的。为了让读者们对这个故事更加清晰，免得到处去寻《水浒》看个究竟，我在这里简单地介绍一下这个故事的来龙去脉。

一日，雷横在街上行走，碰上了一个熟人，此人告诉他，戏园子里来了一个女艺人。这个女艺人的演、唱俱佳，受到不少粉丝的热捧。雷横也是个戏迷，听此人一说，立刻便进了戏园子，并坐进了贵宾席。雷横在郓城县当的是步兵都头。这是个多大的官儿呢？是一个县里捕快的头儿，相当于现在县公安局刑侦大队大队长或更高一点的职务，分管社会治安，当然这其中也包括戏园子这样的娱乐场所。他可说是娱乐场所的安全保护者，也是娱乐行业首先要孝敬的对象。也正如此，他一进戏园子二话没说就坐进了贵宾席，这可能是一条不成文的规矩。至少在郓城县，雷横听戏大概就是如此。

古代听戏不像现在是先买票，凭票入场，而是唱完一段之后，便到观众席里去收钱，多少不一，给就行，但不能不给。雷横坐的是贵宾席，首当其冲，是戏子们首先要钱的对象。故此，白秀英先走到雷横的面前讨赏钱。这行动本来再正常不过了，哪个又在乎这几个小钱，这艺人一来，肯定赏脸，艺人们高兴，贵宾自然显得特有派头、有面子。过去戏班子来演出，首先要拜会的是当地的公安部门，请求保护，并备上厚礼一份。都头来听戏，戏班子求之不得，是赏脸。坐贵宾席也是理所当然的事情。这回这白秀英来了个突然袭击，也不知道是班主忘记与白秀英打招呼还是《水浒》作者忘记了这档子事儿，让白秀英去向雷横讨赏钱，这大概也是雷横万万没有想到的事情。还真是无巧不成书。这天雷横又偏偏没带钱（这当然是作者有意安排的情节，让故事合理发展下去），尴尬得很，很丢面子，当时连脸都羞红了。他一个劲儿地表示：以后一定赏她三五两银子。这白秀英仗着与知县有暧昧关系，不依不饶，讽刺道："官人今日见一文也无，提什三五两银子，正是教俺望梅止渴，画饼充饥。"这白秀英的父亲白玉乔就更加猖狂了，先是讽刺雷横不懂事，然后便开骂了。骂雷横"狗头上生角……三家村使牛的……驴筋头"，等等。过去戏班子的人巴结都来不及，今天完全反过来了，敢骂都头，这面子真是丢大了。

父女俩是你一句我一句，又引来满戏园子观众起哄。雷横毕竟是条汉子，又是这方面的主管,哪丢得起这个人。一怒之下,给了白秀英父女一拳一脚。之后,白秀英便去县衙内向知县告状,吹"枕头风"。知县也不询问,叫人把雷横就抓来了,带上枷锁当街示众。吃饭时分,雷横的老母亲前来送饭,看到儿子被示众,一边骂一边给雷横解掉身上的绳索。白秀英一见,便动手打了雷横的母亲。雷横本是个孝子,哪容得白秀英如此猖狂,走上前去,扯起枷来望白秀英脑门上打下来,当场就把白秀英打死了。

杀人偿命,欠债还钱。雷横这一打,可闯下大祸。知县毫不手软,派朱仝押送雷横去济州府听候知府的最后判决。朱仝与雷横既是同事,又是好哥儿们。他也知道事情的来龙去脉,非常同情雷横。在押送雷横离开郓城县十来里时,朱仝借机把雷横放了。雷横死罪在身,逃到哪里都无法脱身,只得上梁山落草去了。

读者看到此,一定会说,雷横枷打白秀英的事情说了这么多,没有看出这与《豫章城双渐赶苏卿》有什么关系呀。就雷横个人而言,的确与《豫章城双渐赶苏卿》这出戏没关系,而只是与唱戏艺人白秀英有关系。写这些的目的,无非是交代故事的前因后果,让大家知道故事发生的诱因及其结果。直接关系虽说与雷横及白秀英都没有,但间接关系他们俩都逃不掉。

雷横和白秀英,一个听戏的,一个唱戏的。这天,白秀英唱的就是《豫章城双渐赶苏卿》。这听的也好,唱的也罢,错就错在这两个人都不可能听到或者唱到这出戏。

为什么这么说呢?据我掌握的资料看,《豫章城双渐赶苏卿》的作者是两个人,即张五牛、商政叔。张五牛,临安(今浙江杭州)人,本身就是个说唱艺人,事迹不详。而这商政叔,名道,大约生于宋光宗绍熙元年(公元1190年)。张、商两位是同时代的人,不然无法合作创作出《豫章城双渐赶苏卿》这出戏。公元1190年就是宋光宗绍熙元年,这已经是南宋了,距离北宋灭亡的公元1126年已过了六十四年。而梁山故事发生在北宋宣和年间,即公元1119年至1121年之间。张、商两位剧作家创作出《豫章城双渐赶苏卿》,与宋江起义相差有九十多年。白秀英即使没被雷横打死,也不可能活到南宋去,并等张、商二位的作品问世,去演唱此曲。话说俗一点,等张、商两位创作出此曲，白秀英早就不在人间了。一个是北宋的艺人，一个是北宋的都头，他们怎么能唱出、听到南宋人的作品呢？这不又是一出"关公战秦琼"的笑话吗？这不明显是《水浒》作者的又一个错误吗？

## 30. "河北三绝"指谁

三绝之称古已有之。东晋画家、文学家顾恺之，多才而痴呆，故世传其有三绝：才绝、画绝、痴绝；唐代的李揆，"美风仪，善奏对，帝叹曰：'卿门第、人物、文学，皆当世第一，信朝廷羽仪乎！'时称三绝"；唐代张旭的狂草，李白的诗歌与裴旻的剑舞，也号称"三绝"；南朝诗人谢瞻曾作《喜霁诗》，由谢灵运手书、谢混朗诵，也为当时人称为"三绝"。

《水浒》的《公孙胜芒砀山降魔，晁天王曾头市中箭》一回，宋江与北京大名府龙华寺僧人大圆交谈中，猛然想起卢俊义说道："你看我们未老，却怎地忘事！北京城里是有个卢员外，双名俊义，绰号玉麒麟，是河北三绝，祖居北京人氏，一身好武艺，棍棒天下无对！"卢俊义何称"三绝"呢？是属于顾恺之、李揆一人具有三种特征的"三绝"呢，还是属于张旭、李白、裴旻及三谢三人各自的一个特征而合称为"三绝"呢？如果如宋江所说的卢俊义"一身好武艺，棍棒天下无对"算一绝的话，其他二绝又指的是什么？或说又是谁呢？历来无人谈起。笔者认为《水浒》乃古典名著，施耐庵乃小说大家，绝不会虚置一笔，书中一定有蛛丝马迹。

细细寻查，我发现在第六十八回卢俊义活捉史文恭后，宋江为实现晁天王的遗言，建议卢俊义为山寨之尊。其理由有三：一是卢俊义堂堂一表，凛凛一趣，有贵人之相；二是卢俊义出身豪杰之家，又无至恶之名；三是力敌万人，通今博古，天下谁不望风而降。这就是仪表、出身和本领。这三点能否算是卢俊义的"三绝"呢？本领无须多说，仪表勉强可算。为什么说勉强呢？因为梁山之上，仪表堂堂的不少。武松也"身躯凛凛，相貌堂堂"，宋

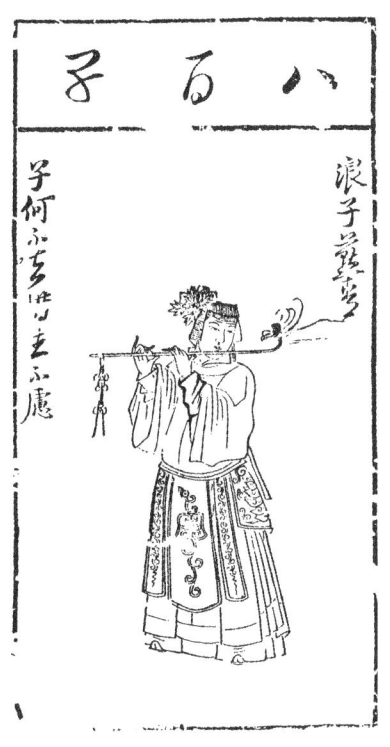

●浪子燕青

江一见武松这类人物,心中甚喜。还有卢俊义家仆人——燕青,《水浒》里还专门有一篇《沁园春》词夸燕青:"唇若涂朱,睛如点漆,面似堆琼。有出人英武、凌云志气、资禀聪明。仪表天然磊落,梁山上端的驰名。"虽说身材矮了一点,也有六尺以上,一身雪练似的白肉,加上长相是人见人爱。书中有表述,连京城名妓李师师见了他也动春心,"亲与燕青回酒",以致最后"把谚语来调他","把尖尖玉手,便摸他身上"。燕青不是仪表堂堂,有这等艳福?宋江见了李师师,加上多喝了几杯,这平日里不太近女色的人,此时也春心躁动,花了大把大把的银子,李师师也不买账。换了卢俊义,我看李师师也不买账。因此这个仪表作为一绝实在是勉强。这个出身就更难说是一绝了。梁山之上,出身比卢俊义显赫的大有人在。凤子龙孙的柴进,他没法比,就是杨志、关胜、呼延灼,他们的出身也远比卢俊义显赫。故此笔者认为这"河北三绝"非指卢俊义一人,而是指三人。

那么，另外的二绝又是谁呢？要搞清楚这个问题，首先要解决"河北"的范围。河北乃宋代的路名，是宋至道十五路之一，治所在大名府，辖境相当于今河北省易水、雄县、霸县和海河以南及山东、河南两省黄河以北的大部。《水浒》中能数得上"绝"的，除卢俊义以外，还有戴宗的神行、张清的飞石、花荣的箭、燕青的厮扑、张顺的潜水及安道全的医术。在这六人中，戴宗是江西人，花荣籍贯不明，张顺是安徽人，安道全是江苏人，张清是河南彰德（河南安阳）人，燕青是河北大名府人。前四人完全可排除在外，燕青是地道的河北人，张清的彰德在黄河以北地区，正属于当时的河北路，故张清也是河北人。

燕青"小厮扑天下第一"，又有鹁鸽旋的绝招。别说李逵怕他三分，就是天下无对的任原也败在他的手下，不可不说是"一绝"；张清凭手中飞石，连打宋江手下十五员大将，令梁山军马见之胆寒，也可称得上"一绝"。这样，"河北三绝"的谜底终见天日。他们应是：卢俊义的棍棒、燕青的厮扑、张清的飞石。

## 31．南丰还是安丰

《水浒》自一百零五回起，多次提到南丰这个地名，并说王庆在两个月内集聚了两万余人，打破邻近上津县、竹山县、鄢乡县三个城池，不久又打破了南丰府。王庆拿下南丰后"遂于南丰城中建造皇殿内苑宫阙，僭号改元"，可见这南丰绝非是个小地方。据何心先生《水浒研究》中考实："北宋时无南丰府，只有南丰县，属江南西路建昌军，即今江西南丰县。"从《水浒》中所述之南丰看，显然不是江西南丰，那么真正的南丰在哪里呢？

《水浒》第一百一十回为我们寻找提供了些线索，书曰："那淮西乃淮渎之西，因此宋人叫宛州、南丰等地是淮西。"《水浒》中称王庆是"淮西王庆"。自宣和元年作乱以来，至宣和五年春，王庆占据了南州、荆南、山南、云安、安德、东川、宛州、西京等八座军州。从历史资料看，荆南，即今湖北江陵、公安、监利、松滋诸县；山南，即山南东道，治所在今湖北襄阳市，辖地包括今四川涪陵、陕西洋县以东一线。何心先生在《水浒研究》一书中说：宋朝无此区域；云安，唐时云安郡，宋时称"夔州"，州治在今四川达县，北宋时已无云安军了；安德，北宋时，属河北东路德州，即今山东德州；东川在今云南会泽县；宛州即今河南南阳；西京即今山西大同一带。从王庆所占的八个军州及上津、竹山、鄢乡等三个湖北境内的县看，王庆活动范围充其量在湖北、安徽、河南、山西，甚至四川一带。宋江消灭田虎后，奉命到淮西征剿王庆，战斗一直发生在湖北、河南、安徽三省接壤的淮西地区。淮西即淮南西路，治所在寿州，即今安徽省凤台县，辖境相当于今安徽凤阳、和县以西，湖北黄陂，河南光山以东的江北淮南地区。而在这一地区根本就没有南丰，更没有南丰府了，只有安丰。据史书载，安丰为郡名，三国魏黄初元年（公元220年）分庐江郡置，治所在安丰（寿县南，安丰塘北），辖地相当于安徽寿县、金寨、霍金西南部及河南淮河流域以东地区。安丰塘为我国古代淮河流域著名的水利工程，春秋时楚相孙叔敖所造，古来为人重视，再说安丰又是个郡，王庆在此建行宫，僭号改元，也理所当然。故此，我们认为《水浒》中的南丰即安丰之误。

## 32. 闲话宋徽宗

宋徽宗赵佶在中国历史上是个有名的昏君。他的品行，正如《水浒》里所描述的那样："这浮浪子弟门风帮闲之事，无一般不晓，无一般不会，更无一般不爱；即如琴棋书画，无所不通，踢球打弹，品竹调丝，吹弹歌舞，自不必说。"在治国上，他昏庸腐朽，重用奸邪，实属庸碌之才；在外交上，他软弱无能，屈辱忍让，最后当了俘虏；在生活上，他挥霍无度，穷奢极欲，他笃信神灵，多次向第三十代天师张继光问道，以求长生不老之术，还自号为"教主道君皇帝"。身为国君，还偷鸡摸狗，从皇宫挖了一条地道直通妓院，去私会名妓李师师。宋徽宗还喜欢踢球，爱好古玩玉器，等等。这些在《水浒》里都是有所表述的。

其实，宋徽宗赵佶倒也不完全像《水浒》里所说的那样一无是处，他是个颇为有名的画家、书法家。在发展美术事业方面，他是有成就和贡献的。他创造的"瘦金书"，颇得书法家重视，用这种字体书写的崇宁大观等钱币是收藏家至爱的珍品。《书史会要》评价说："徽宗行草正书，笔势劲逸，初学薛稷，变其法度，自号瘦金书，意度天成，非可以形迹求也。"他的绘画重视写生，尤善画花鸟画，极强调细节，以精工逼真著称。

据说，一次宣和殿前的荔枝结果了，孔雀在树下啄食落下的荔枝。赵佶一看心血来潮，命画师们画一幅荔枝孔雀图给他评赏。他看完画师的作品后不满地说："你们虽画得不错，可惜都画错了，孔雀上土堆，往往是先举左脚，而你们却画成了先抬右脚。"起初画师们不信，反复观察后，果如赵佶所言。还有一次他去龙德宫品画，看到一幅月季花连连叫好，众画师莫名其妙，请万岁爷赐教。宋徽宗说，百花之中，唯月季花少人画，其原因是此花每月开一次，一年四季以及清晨黄昏，它的花瓣、花蕊、花叶的形状和颜色都会发生变化，很难掌握得准确，此画上之花是春季正午时分盛开的月季花，准确得同真花一样。众画师不信，找来画作者一问，画作者道：此画画的正是春季正午盛开之花。可见其观察之真之细。故此他的传世作品《芙蓉锦鸡》《四禽》《雪江归棹》等画，都可称为珍品。他还发展了宫廷绘画，广集画家，创造了宣和画院，培养了像王希孟、张择端、李唐等一批杰出的画家。还亲自出题，留下了"踏花归来马蹄香"的佳话。他组织编撰的《宣和书谱》《宣和画谱》《宣和博古图》等书，是美术史研究中的珍贵史籍，至今仍有极其重要的参考价值。

他崇奉道教，干了不少蠢事，也做了不少好事。他多次下诏搜访道书，设立经局，整理校勘道籍，政和年间编成的《政和万寿道藏》是我国第一部全部刊行的《道藏》，对研究道教历史和经典，都是不可多得的宝贵史料。他下令编写的"道史"和"仙史"，也是我国历史上规模最大的道教史和道教神化人物传记。宋徽宗还亲自作《御注道德经》《御注冲虚至德真经》《南华真经逍遥游指归》等书，使我国道籍研究有了完备的资料。

## 33. 张天师及罗真人

张天师及罗真人是《水浒》里的两个"神人"。张天师"虽然年幼，其实道行非常。他是额外之人，四方显化，极是灵验。世人皆称为道通祖师"。"这代祖师，号曰虚靖天师，性好清高，倦于迎送，自向龙虎山顶，结一茅庵，修身养性"，"能驾雾与云，踪迹不定"；而这个罗真人是个老道，不但法术通天，能呼唤天神，亦能知卜未来，葫芦在他手里也能变成人，真是人间天仙。

历史上是确有张天师及罗真人的。但是两个人都是凡人。由于被后世统治者有意加以神化，因此也就分别成了仙、神，而脱离了人世间。说他们升了天，似乎又太脱离广大民众，让他们夹杂在民众之间又太俗气，于是让他们都隐居在深山之中，过着半人半仙的生活，就更能迷惑人了。据《龙虎山·张天师传》记载：第四十四代天师张宇清，就是在宣德元年（公元1426年）中秋夜，极欢酒阑之时，被雷电击死的。如果天师真是活神仙的话，岂能被雷电击死呢？这不是大水冲了龙王庙，自家人不认自家人了吗？历代张天师之所以如此走红，有两个原因：一是其道义提倡"忠孝"和"佐国护民"，这个道义有利于当权者的统治。自东汉张道陵创立道教以来，这个道义越来越受当权者青睐，故此道教的负责人，封之为"天师"，既冠以"天"字，身价就高了，神秘的色彩自然而然浓厚了。而且此尊号其后代可以世袭，就出现了各代的"天师"。只要有此尊号，理所当然就是半仙半人了。二是宣扬学道可以长生不老，得道可以升天，这更颇得历代帝王所崇奉。他们巴不得自己可以长生不老，永坐江山。像唐玄宗、唐僖宗及宋徽宗都笃信神灵，想求长生不老之术，于是就大肆信奉道教，大封张天师。元顺帝为挽救元朝灭亡,幻想张天师能祈神明保佑,也求助于张天师。朱元璋称帝前,因杀人太多,心有所愧,恐上苍降罪,也求张天师替自己发了"上天奏词",了却心病。宋徽宗自称是"教主道君皇帝",命人编写了不少道教经典分发至全国,并在福宁殿侧专门建造了玉清和阳宫,在全国各地兴建了不少道观。历代帝王如此重视、推崇道教,谬误重复千遍反成真理,张天师才会由人被吹成神了。

那么,张天师是何许人也?据《笑道论玄》一书载:东汉顺帝时,张道陵在四川鹤鸣山创立"五斗米教道",奉老子为教主,自己奉为"天师",其子张衡为"嗣师",孙子张鲁为"系师"。张鲁的儿子张盛游方至江西信州(今江西贵溪)龙虎山,就在山上建道观,成为天师们的永驻之地。道教认为天中之尊者为三清:即玉清宫道法天尊、上清宫灵宝天尊、太清宫道法天尊。因上清宫是道教崇敬的仙居之所,故上清宫作为道教宫观名称,也成为历代"天师"们世居之地及祀神之所。历代"天师"在此繁衍,因可世袭,这样一代代就成了"天师"。

罗真人也是个凡间老道,亦是道教门人。大概也是宣扬道教教义有功,颇得统治者器重。但是因为其不姓张,就不可能成为天师,只有被"委屈"地当上了"真人"。据宋人黄休复《茅亭客话》中云:"绵州罗江有罗瑱洞,昔罗真人,名瑱,修道上升之所在,祷之,灵无不应。后太平兴国五年,洞上时闻音乐之声,时见车辙之迹。地方官吏奏闻于上,诏赍香设醮。"可见罗真人,原是四川罗江县一个修道之人。《水浒》里说他是宋徽宗时人,居蓟州九宫山二仙山,显然又是张冠李戴之事了。

## 34. 毒箭与二陈汤

《水浒》的《晁天王曾头市中箭》一回说的是,段景柱献给梁山的照夜玉狮子马被曾头市曾家五虎所抢,并扬言要与梁山誓不两立。晁盖听罢心中大怒，发誓要铲平曾头市。谁知出征时狂风吹折认军旗，搦战三日又无人应战，第四日盲动大军又中计被围，晁盖脸上中了史文恭一箭，退回梁山时已"水米不能入口，饮食不进，浑身虚肿"，当夜三更，叮嘱宋江报仇后，便愤然而逝。

狂风吹折认军旗乃自然现象，梁山好汉认为这是不祥之兆，这完全是迷信，而晁盖脸中箭身亡是真。这是支什么箭？《水浒》说是一支"毒箭"。毒箭在古小说中常见，过去民间猎手打虎豹下的窝弓，箭头上也是涂有毒物的，这大概是古代毒箭为今所用吧！

箭上涂的什么毒物？关于鸩，在《砒霜·水银·鸩酒》一文中已经说过。而乌头确有此物，据《辞海·乌头》介绍，此物为多年生植物。医书介绍，其主根为乌头，旁根称为附子，附子变形而无分根者称天雄，都是常用中药材，主要产于四川、贵州、云南、陕西等地。乌头碱的结晶体 2 至 4 毫克即可置人于死地。据《国语·晋语》载：晋国的骊姬为了让自己的儿子奚齐取代嫡出太子申生，就在酒中放入乌头，在肉里搋上乌头，让申生献给打猎归来的晋献公。献公饮前祭地时发现狗吃后死去，让小臣喝酒，小臣也死去，一怒之下要杀掉申生，正中骊姬之计。《水浒》里的毒箭，也是含有此物。这箭又飞中晁盖面部，乌头碱随血液循环扩散全身，导致肢体不能运动，言语不清，心率缓慢及房室传导阻滞，最后迷走神经、中枢神经及神经末梢麻痹而死。

二陈汤主治咳嗽胀满、呕吐恶心、头晕心悸等痰饮征候。可是《水浒》里却用它来醒酒。如第二十一回载：宋江被阎婆惜拖回家后，与阎婆惜喝了几杯闷酒，阎婆惜又一夜不理他，使宋江憋气，挨到五更便离家，在县衙门前遇到卖汤药的王公。王公听说宋江"夜来酒醉"，便要宋江喝一碗醒酒二陈汤。

二陈汤不能醒酒，但是酒醉后喝一点还是有好处的：陈皮利气，甘草、生姜补脾和胃，乌梅生津，对治疗醉后呕吐恶心、头晕心悸大有裨益，这也仅是对醒酒起一些间接作用。《水浒》作者用它来醒酒是否搞错了呢？细心的读者大概注意到了，施耐庵在"二陈汤"前冠以"醒酒"二字，这也就是说在二陈汤里加了可醒酒之药,加了什么?加了葛花及枳椇。葛花有解肌退热、利尿作用;枳椇,功能是清利温热。两者都有解酒之功能,在二陈汤中加葛花和枳椇,可谓锦上添花,既可醒酒又可健脾。

## 35.《水浒》里的酒器

《水浒》里提到的酒器很多。大概常用的有杯、碗、角、盏、镟、桶、壶、樽等几种。

杯是古人常用的酒器,大小形状多种,与现代人所用的大致相同,都属于小型酒器。樽也属此列。《水浒》中多见此两种酒器,大多是文人、官僚、富豪、妇女及酒店所用。除了显示斯文,用此酒器也限制了酒量,不过也切合了这些人的身份。比如京师名妓李师师在与宋江、燕青饮酒时用的就是这种杯,而且是金杯,这就反映出她的气质和风度。

碗是盛菜饭的食器。用碗盛酒喝,大多是酒量较大的汉子所为。《水浒》里武松最爱用碗。景阳冈打虎如此,快活林打蒋门神亦如此。武松出身平民,又爱喝酒,酒量又大,用杯当然不过瘾,用碗喝酒正符合其海量,又显出英雄豪气。平日,我们在电视里、生活中常见用碗喝酒的场面。

角这种酒器定名于商代,它是由盛酒器发展为饮酒器的。角腹圆平底,口部呈前后两只尖角形,前脚略高,后脚稍低,旁有把手,下有三足。整体形状与爵相似。古书曰"一升曰爵……四升曰角"(《周礼·考工记·梓人》),可见角比爵大。用角饮酒者,大多是酒量大的豪爽之客,又不显俗气。《水浒》里大多是拿角当盛酒器用。如渭州城鲁达与史进、李忠相见,邀至潘家酒楼一次要了四角酒,不过角只用来盛酒,最后酒还倒在碗里。鲁达等三人是用碗喝,落落大方,又不失豪爽。

盏,是一种浅而小的酒器,大多是有钱人家所用。《水浒》里鲁达在代州雁门县大财主赵员外家,金翠莲父女就用盏待客,既文雅,又显出身份。

正因为盏小，三人只有"慢慢地饮酒"，也真难为鲁达了。又比如"武松大闹飞云浦"里，张都监、张团练、蒋门神三人很得意地在饮酒作乐，用的就是盏。因为他们安排了不少杀手在僻静处伙同押送公人一齐去杀掉武松，正等着报喜呢，他们用这种盏饮酒，慢慢消耗着时间。

镟是温酒的器具，内外两层。内层盛酒，外层盛水，为酒保温或降温。鲁智深离开五台山来到桃花庄刘太公家吃饭时，"庄客镟了一壶酒"。时间是阳春三月，天较冷，喝冷酒伤人，故用热水保温。而武松发配到孟州时间是七月，正是暑天。施恩派人送来"一大镟酒"，正是用冷水放在镟中降温。这里提到壶，壶是盛酒用的。日常生活中也常见，这里不多赘述。

桶在《水浒》中出现了三次。一次是鲁达出家后，一下子在庙里住了四五个月，"口中淡出鸟来"，想找酒喝，刚下山就碰到卖酒人，一脚踢倒卖酒人，一会就喝下了一桶酒；第二次是在五台山下小镇，用狗肉蘸蒜泥下酒，先喝了十来碗，还不解馋，又喝了一桶才回山；第三次是吴用说三阮撞筹时，在石碣村小酒店里，吴用及三阮兄弟也是打了一桶酒放在桌上吃。这桶酒能放在桌上，想必就不太大。再说，我们也不要以为这桶就像水桶那么大，如跟水桶一般大小，这一桶酒卖也不好卖，拿也不好拿。所以《水浒》里所说的桶，只能是能放在桌子上的这种小桶。据悉，浙江至今还盛行一种叫作"催桶"的酒器，用铁皮和锡加工制成，有一斤桶、二斤桶、五斤桶和十斤桶等规格。《水浒》里的桶大概就属于此类。

水浒英雄们喝的是什么酒呢？从书中看，提到的酒有"白酒""清酒""浑酒""老酒""水酒"五种。可以肯定地说，这些酒的度数都不高。这与当时的酿造工艺、水平有关，大多是榨制的。何以为证呢？《水浒》"鲁智深大闹五台山"一回里就有答案。鲁智深第二次下山打了禅杖后，到处买酒喝，人家都不卖，然后看见"远远地杏花深处，市梢尽头，一家挑出个草帚儿来。智深走到那里看时，却是个傍村小酒店"，这里有八句诗描写这小酒店，其中两句曰："破瓮榨成黄米酒，柴门挑出布青帘。"榨制酒是让原料发酵后榨成，水分含量高，酒的度数相应就低，实际上是水里多了几分酒味，绝不像现在的酒，是经过糖化发酵，利用蒸馏方法制成。蒸馏过程中，绝大部分的水被蒸发，剩下的是酒之精华——酒精了，其纯度自然高。如果武松、鲁智深喝的是这种酒，早就酒精中毒了，那还闹什么五台山、打什么虎？特别是武松，喝那十八碗，如果是纯度高的酒，上山后必然醉倒，早成了老虎的口中餐了。

## 36. 刺配与文身

刺配与文身都是用工具在人的皮肤上刺上永久性的记号或图案。两者之间的不同之处是：刺配是被逼迫的，而文身则是完全自愿。刺配是我国古代的一种刑罚。凡是判有流配（也就是俗话说的充军）的犯人，发配前都要在脸上刺上字，美其名曰"打金印"。所刺的内容，除写上发配的具体州府地名外，有些还刺上所犯案件的性质、服役种类、服刑年限，等等。这些犯人又多发配到边远部队中服劳役，故又叫"配军"。刺配的部位，《水浒》里多次提到：在面上的两颊，一边一个。这个"金印"是用针刺的，又加上了染料，不易褪去。宋江发配到江州时打上的"金印"，在等到安道全上山后，用药物治疗，慢慢磨去，前前后后花了三年时间。

《水浒》里刺配的有十四人。他们是：高俅、林冲、杨志、何涛、唐牛儿、武松、宋江、裴宣、雷横、朱仝、卢俊义、董超、薛霸、王庆等。高俅是在未发迹前在京城当混混时，由其亲生父亲告发，被开封府刺配出界发放的；林冲是被高俅陷害刺配到沧州的；杨志是因为杀泼皮牛二被刺配到河北大名府的；何涛是因生辰纲被劫，查办不力，被刺上两行金印，但金印上没有刺上发配的具体地点，属于刺而未配的，留着他继续办案，"戴罪立功"；唐牛儿是因私放宋江，当了替罪羊而被刺配的；武松是因杀潘金莲、西门庆而被刺配的；宋江是因杀阎婆惜而被刺配的；朱仝是因私放雷横而被刺配的；卢俊义是因私通梁山而被刺配的。最有趣的是董超、薛霸，本来在京城当差，因未按高俅旨意杀掉林冲，被高俅刺配到北京大名府来。王庆被刺配也因杀人，这里就不多说了。

文身是自愿的，多是兵士和游侠少年所为，借此表示自己的剽悍勇健。《水浒》里文身的英雄有史进、鲁智深、阮小五、杨雄、燕青、龚旺六人。史进刺一身花纹，从肩臂到胸膛，总共有九条龙，故号"九纹龙"；鲁智深叫"花和尚"，不是因风流放荡，而是因身上刺有花纹、后来又削发为僧之故；阮小五胸前刺着一只豹虎；杨雄刺有一身蓝靛色的花纹；燕青一身雪练似白肉，卢俊义叫来个匠人在他身上刺了一身遍体花纹；龚旺浑身刺着虎斑，颈项上刺着个虎头，故号"花项虎"。

刺配和文身的历史谁长谁短，难以考证。据司马迁《史记》载：汉初猛将英布，又名黥布。黥布就是古代在犯人脸上刺刻、涂墨的一种刑罚，英布在秦时因犯罪而被在脸上刺过字，故得此名。可见，刺配远在秦朝时就存在。而外国人类学者认为，文身是由原始人在面部和身体其他部位描绘图案的习惯演变而来的。考古学家曾经在四千年前的埃及木乃伊身上找到文身图案。刺配在我国早已禁止，而文身至今尚存。

文身是件很痛苦的事情，全身性文身往往要断断续续刺上几年，局部性的也要几个月，要在皮肤上刺几百针、几千针。在刺的同时，还要将一些颜色（如蓝靛或朱砂）挑入皮内，这些不易溶解的颜色微粒，在皮肤内引起异物反应，使组织细胞无法吞噬，也不能清除，于是就使皮肤上呈现出终身不易消失的带色图案。文身时，常因文身器械消毒不严或颜色里混有细菌，发生感染化脓，形成难以治疗的斑痕疙瘩，影响肢体伸屈及其他健康发展。文身器具因交叉使用而易成为传染乙型肝炎的媒介。因此，文身之风不可长。

## 37. 是文人还是文盲

《水浒》在未成书前，有关鲁智深的故事就很多了。早在元代杂剧中，就有《豹子和尚自还俗》《鲁智深大闹消灾寺》《鲁智深喜赏黄花峪》等三部。在这三部大戏中，无论鲁智深是当和尚还是上梁山做了强盗，他都是一个地地道道的文化人。特别是在《豹子和尚自还俗》中，他从张善友家中吃斋回家，走在崎岖的山路上，看着夕阳西下的壮丽景象，情不自禁地唱出"我则见碧澄澄、青湛湛，远天边高岭上渐渐地彩霞收。翠巍巍，光闪闪，暮云端西山凹唵唵地红轮坠"的佳句。前句是写太阳落山前彩霞满天，五色斑斓。这彩霞随着夕阳西下，在不停地变幻，在不停地收敛；下句承接前句，写夜色随着这夕阳的坠落渐渐地黯淡，以致越来越阴暗不明。这几句诗，不但准确地展现了山上看夕阳西下的壮丽美景，而且对仗工整，错落有致。说明鲁智深是个文化人，而且是一个文学功底比较厚实的文化人。另外，在这部杂剧的《调笑令》一曲中，鲁智深觉得在寺中做和尚清静，免去了是非场上无休止的争斗。整天一心向佛，"看经念佛"。这"看""念"两字，充分说明鲁智深不但识字，而且是手不释卷，是个好学之人。这就完全不像《水浒》中的那样，是个武夫、粗人，是个"救人须救彻"的义士。《调笑令》中说"经""佛"两字，意在强调鲁智深是个学问很深的文化人。佛经大多是文言文写成，哲理深奥，很难读懂，是门很深的学问。鲁智深能整天去看去念，可见他的理解能力、文化程度非同一般。正因为如此，他才能在回家的路上，看见夕阳西下的美景，触景生情，灵感迸发，出口成章，唱出如此美好的诗句来。

在《水浒》中，作者对杂剧中已经出现的鲁智深这个人物进行了一个一百八十度的改造。作者将鲁智深变成了一个粗鲁的军人不说，同时为了符合这个职业的性格特点，还将其变成了一个文盲，这在《水浒》中处处可见。

为帮助金氏妇女教训欺人太甚的郑屠，鲁智深出手太重，不慎将郑屠打死。鲁智深不怕坐牢，只怕"没人送饭"，于是决定潜逃。俗话说慌不择路，鲁智深又无亲朋好友，只能四处流窜，不知到底该去向何方。逃了半个月左右，先后走过了几个州府。一日，来到了代州雁门县（即今山西省代县）。关于鲁智深进城之后的细节，第三回"史大郎夜走华阴县，鲁提辖拳打镇关西"中是这样描述的："鲁达看见众人看榜，挨满在十字路口，也占在丛里听时。"请注意这个"听"字。他是在听而不是在看。这就充分说明鲁智深

●花和尚鲁智深

在此之前完全是个文盲。作者为了强调他是个文盲，文章接下来又补充了"鲁达却不识字，只听得众人读"。作者之所以一再强调鲁智深是个文盲，目的是让其更加符合这个人物的性格与身份。

这里就有一点让我想不通了。这文化与性格有什么必然的联系呢？这识字与身份又有什么必然的关系呢？如按照作者的这个模式，是不是说有文化的人就有涵养，脾气就好，遇事就会冷静，不会轻易暴躁，对人对事就会讲个分寸？如果是这个思路，那就进入了一个误区。文化与性格、识字与身份其实都没有什么必然的联系。

《水浒》接下来写到，鲁智深"听榜"之时，被金氏父女发现，当即便把他拉回了家，并因此结识了金翠莲的丈夫赵大员外。这赵大员外又是个爱侠士、讲义气之人，热情接待并收留了鲁智深。不过，双方心里都明白这并非长久之计。为了鲁智深的安全，在征得鲁智深的同意之后，赵员外出钱让鲁智深在五台山出家，做了一个和尚。而鲁智深哪里耐得住寺院里的清规戒律，时间不长就惹出祸来。他两次喝醉，大闹了山门。虽然在五台山待了近一年，鲁智深却完全没有像一个正经和尚那样念经学法，也丝毫没有借机多认几个字、多学点文化的念头。那么，他这近一年的时间都干了些什么呢？第四回"赵员外重修文殊院，鲁智深大闹五台山"中有详细的交代。一是"扑倒头便睡""不学坐禅""要起来净手，大惊小怪，只在佛殿后撒尿撒屎，遍地都是"。此外就是一个不高兴就打人。在五台山期间，鲁智深从来没有一次会静下心来学学文化。所以当他离开五台山时，仍然是个文盲。在此后他出场的每回书中，"文化"和鲁智深完全是绝缘的。

梁山是个大集体，文盲也居多数。梁山头领们以义气为重，一心想着如何设法扩充势力，去干些"劫富济贫""替天行道"的事情，哪有闲心去认认字、学学文化。不信？翻一翻整部《水浒》，没有一处提到这学学文化的事情（这不像我们的现代的军事单位，不但要苦练职业技能，同时还要下功夫学习文化，为了能适应未来战争的需要）。故此，可以推断：鲁智深在上了梁山之后直到接收朝廷的招安，他仍旧还是个文盲。不过，种种状况却在后来发生了令人意想不到的变化。

《水浒》在第九十回中写到，在梁山好汉征辽胜利之后，鲁智深向宋江提出，想请几天假，回五台山文殊院去看看师父智真长老。宋江一听认为很有必要，立即批准了鲁智深的申请并当即表示，要与鲁智深同往五台山，向智真长老"求问前程"。等到了五台山，宋江问了前程后，智真长老便把鲁智深叫到面前，给了他四句偈语"逢夏而擒，遇腊而执，听潮而圆，见信而寂"之后，怪事便发生了。书中写道："鲁智深拜受偈语，读了数遍，藏于身边，拜谢大师。"请注意，这里作者写的是"读了数遍"，表明鲁智深认识字了，这不是很奇怪吗？从之前的介绍我们可以发现，原本作者已经明确地表示鲁智深是个文盲，而且中途也没写过一句他学文化的事情，怎么突然就由文盲变成了识文断字的文化人了呢？不仅如此，等到了《水浒》第一百一十九回"鲁智深浙江坐化，宋公明衣锦还乡"中，他就更神了。小说中是这样描述的：征讨方腊胜利之后，宋江人马回京师途中，在杭州六和塔驻扎。

当晚，钱塘江潮起，似战鼓之声，将鲁智深从睡梦中惊醒。他猛然想起师父智真长老的四句偈语，终于领悟了"听潮而圆，见信而寂"的真谛。于是，鲁智深请寺内僧人烧水洗澡净身，又向僧人要了笔墨纸砚，当即写下了一篇颂子，曰："平生不修善果，只爱杀人放火。忽地顿开金绳，这里扯断玉锁。咦！钱塘江上潮信来，今日方知我是我。"且不问这颂子写得如何，对仗是否工整，至少我们可以知道此时鲁智深的文化程度已经非常不错了。由不识字的文盲到能读通偈语，领悟其净身内涵，并由能读通偈语进一步发展到能写颂子。短短几年时间，又是在战事连连的前线作战，一边战斗还一边学问渐长，进步如此之快，真是神了。

你相信鲁智深能从文盲突然之间变成文人吗？我是坚决不相信的！这肯定是《水浒》作者的失误。他把元代杂剧中的鲁智深搬到了《水浒》中，对这个人物进行了改造，但在改造的过程中出现失误，先是将鲁智深描绘成一个粗鲁的军人、一个文盲，依此来塑造人物性格。但是在写作的后期又忘记了自己之前的设计，将杂剧中鲁智深是文化人的面目又写进了《水浒》中。这种失误出现后，让读者莫名其妙，也使得鲁智深这一人物形象在《水浒》中显得突兀，难以理解。

其实，我个人认为把鲁智深这个元杂剧中已经定型的人物搬进《水浒》里，没有必要删掉他"看经念佛"、触景生情、吟诗颂词的情节，也没有必要一定要让他成为一个文盲。让他变成文盲，无非是想让他在代州雁门县听别人念出抓捕自己的榜文，造成读者阅读时的一种紧张气氛而已。其实，设计这个情节时并非一定要将鲁智深变成一个文盲才能达到目的。再一点就是，作者把鲁智深变成文盲，是为了铺垫他不读经文、耐不住寂寞，结果闹出两次大闹五台山的祸事。其实我觉得这没有必要如此设计。大闹五台山不是因为鲁智深没文化所致，而是因酒而生。就算是写鲁智深有文化，平日念经向佛，但却非常贪酒，抽空下山偷着买酒喝，加之上山之后已很久没喝过酒，很快便喝高了，喝醉了，回五台山又无法控制自己的酒后兴奋，大闹了一下又有何不可呢？何必把鲁智深由原本设计成一个文盲到后来稀里糊涂又变成了一个文人而因此出现如此巨大的失误呢？喝酒闹事本属正常之事，普通得很，常见得很，这与是文盲还是文人都没有关系。文盲喝酒，文人也喝酒，都有在喝醉的时候失态、闹事的可能，这很正常，没什么大不了的。

## 38. 这梁山泊怎么不冰冻

梁山泊，梁山泊，梁山泊就是个湖泊。

这梁山泊是个多大的湖呢？不妨查查有关资料看一看。梁山泊起源于梁山之东北。元人于钦《齐乘》一书记载："梁山寿张县东南七十里，东平州西南五十里，东接汶上县界。汶水西南流，与济水合于山之东北，汇合而成泊"，"北宋时期的梁山泊，号称'方圆八百里'，史载'绵亘数百里'……南自今巨野县城北二十余里，北抵梁山县斑店一带，东南达嘉祥县梁宝寺附近，东北到小安山东部，西逾合之黄河二十余里，形状为南北狭长，方圆约四百余里，面积达一千五百平方公里左右……梁山泊属堆积湖泊，湖水一般不深"（山东梁山一中王衍用、王学真《北宋梁山地区地理环境探考》一文，载《水浒争鸣》第5辑）。这湖中还有梁山、凤凰山及龟山三座连为一体的小山，占地面积达10余万平方公里。其中梁山最大，占地面积3.54平方公里，海拔高度为197.9米。

1989年，我参加在山东菏泽聊城召开的全国第五届《水浒》学术讨论会。会议期间参观两地的部分遗迹，有幸去了《水浒》里所写到的水泊梁山。汽车把与会代表送至一山脚下，导游曰：这就是《水浒》中的水泊梁山。当时一望大跌眼镜。山不高，爬几步便至山梁。往下一看，此山乃孤山一座，四周与陆地相连，无水。登至山顶，极目远眺，也不见水影，扫兴得很。导游说：几百年来，由于黄河改道，泥沙堆积，此处早已不见水泊梁山旧日的英姿了。这话我半信半疑：就这么座矮山、小山，岂能容下《水浒》中写到的几万人马再次安营扎寨呢？由此我更加坚信我的观点：梁山地区不可能成为宋江义军的根据地。

我不但不信梁山是义军的根据地，我还不信梁山泊是个不冻的泊。

《水浒》中虽未公开写出梁山水泊是个不冻的泊，但处处都点名了这个事实。不信看看《水浒》便知分晓。从林冲雪夜上梁山开始，到宋江全伙受招安为止，前后八年时间。这八年当中，具体写到冬天发生在水泊梁山故事的有三四回书。分别为：第十一回的"林冲雪夜上梁山"、第五十七回的"宋江大破连环马"及第八十回的"张顺凿漏海鳅船"。其中"宋江大破连环马"一节，我在《连环马是施耐庵破的》一文中有详述，这里只想重点谈谈第十一回和第八十回两回书。

林冲从到草料场上任开始，作者就设置了一个特定的环境——漫天风雪。关于这风雪，前人述之备矣，无在下插嘴发挥的余地，不过这也不是本人要叙述的重点，本文只是想借此说彼而已。林冲风雪山神庙之后，是"提着枪，只顾走，那雪越下的猛"。但见"凛凛严凝雾气昏，空中祥瑞降纷纷。须臾四野难分路，顷刻千山不见痕。银世界，玉乾坤，望中隐隐接昆仑，若还下到三更后，仿佛填平玉帝门"，可见雪之大。林冲冷不过，坐在焰焰地烧着的柴火面前烤火，都扛不住这寒气，便沽酒御寒，可见天之冷。后来，林冲在柴进的推荐下去了梁山。书中这样写道："上路行了十数日，时遇暮冬天气，彤云密布，朔风紧起，又早纷纷扬扬下着满天大雪。"也就是说，林冲一直在雪地里行走。

到了朱贵酒店，但见酒店"被雪漫漫地压着"。喝酒时，见一人在门前看雪。这一细节，说明这雪下的之大，连朱贵都很少见，故在门前看着。林冲问酒保求觅船只，酒保回答："这般大雪，天色又晚了，那里去寻船只？"这回答向我们透露出亮点：一是雪大少见，二是天晚难寻船。这也就是说，白天可以找到船，用船是可以进梁山的。后来的发展也正是如此。朱贵见林冲后，得知林冲是由柴大官人推荐来的，热情款待了林冲。第二天一早，朱贵射出一支响箭，"没多时，只见对过芦苇泊里，三五个小喽啰，摇着一只快船过来"。请注意这个"快"字。这个"快"字，足以说明这梁山水泊上空虽然飘着满天大雪，但泊子里风平浪静，没有冰凌，故这只小船才能"快"得起来。

这就奇怪了！梁山水泊只是个泊，而且水又不深，又有那么多的芦苇，地气又重，天冻成这样，林冲烤火都扛不住，才会去抢酒喝。冬日里，连滔滔黄河、咆哮的壶口瀑布都封河、断流，这梁山水泊居然还"山排巨浪，水接蓝天"而不会冻，这岂不是件怪事？

下面说说第八十回"张顺凿漏海鳅船"。这又是怎么回事呢？容我慢慢道来。

梁山已成气候，朝廷多次派兵进剿都惨遭失败。派去的主帅大多被俘并变成了梁山上的山贼。童贯亲自率兵征讨，中了梁山的十面埋伏，只能落荒而逃，带领残兵败将连夜赶回东京。高俅不服，夸下海口说："若还太师肯保高俅领兵，亲去那里征剿，一鼓可平。"之后便选了十路兵马，由高俅亲自挂帅来到梁山。这高俅原本是京城里的一个小混混，靠着傍上了宋徽宗才跃居高位，他哪里懂得什么战略战术和排兵布阵，只知道争强好胜，其结果当然是可想而知了。开战不久便一败二败，等到第三次兴兵攻打梁山的时候，高俅找来了造船的高手叶春，造了大小海鳅船去出征。

这海鳅船是什么船呢？书上有介绍，不妨摘抄几句供读者了解："大海鳅船，两边置二十四部水车，船中可容数百人。每车用十二个人踏动，外用竹笆遮护，可避箭矢。船面上竖立弩楼，另造划车摆布放于上。如果要进发，垛楼上一声梆子响，二十四部水车一齐用力踏动，其船如飞，他将何等船只可以拦挡？若是遇着敌军，船面上伏弩齐发，他将何物可以遮护？"（见《水浒》第八十回）这个大家伙，宛如水中坦克，既半机械化动力（二十四部水车）推动前进，又有竹笆防护，犹如坦克的外壳装甲，攻防自如，大有"搅海翻江冲白浪，安邦定国灭洪妖"之势。可这梁山泊的人也不是吃素的。兵来将挡水来土掩，梁山也有破敌之策。战斗打响之后，只听得大海鳅船内的军士一齐惊慌地喊道："船底漏了！"这才知道梁山水军已潜入水中，将船底凿漏，使高俅水军不战自乱。高俅也如瓮中之鳖被梁山好汉给抓住，成了俘虏。牛皮吹破了，不学无术的小混混终于显出了原形。

这大海鳅船是谁凿漏的呢？这回书的书目已做了回答：是张顺。这张顺的水中功夫在梁山好汉中堪称一绝。他在水底能下伏七日七夜（这当然也过于夸大其词了)。这水中凿漏大海鳅船，对张顺来说是小菜一碟。书中对他凿漏大海鳅船写得非常精彩，写得也合情合理，但却不合时令季节。张顺是安徽人，生长在江西九江浔阳江边，又是个鱼牙子，天时地利人和，也让他如鱼得水，练就了那一身的本领。可是，那毕竟是南方，冬天再冷，气温也在零度上下。而这水泊梁山是在北方，在山东。书中还一再交代"此是十一月中时"，这十一月是旧历，按阳历算，应该是十二月下旬了。此时梁山水泊已久未结冰，一个南方人，在冬至前后还下水凿船，也算是奇事，神了！

这里，我还有一个疑问：书中介绍这大海鳅船"船上可容数百人"，再加上它的伪装，再加上它自身的重量，这船的吨位就不小了，吃水也浅不了。梁山的朋友说过，这梁山"湖水一般不深"。若果真如此，这船在这浅水的湖中能走动自如或曰动弹的了吗？书中还说"茫茫荡荡，都是芦苇野水"。即使这船能浮于水，芦苇到处都是，这大海鳅船又怎么前进、转弯、调头呢？

我以为：这浅浅的湖水到冬日没有不冻之理。攻打梁山，何须这大海鳅船、连环马呢？只要一冻，大军跨冰而进，岂不是更加方便、直接？何劳《水浒》作者如此辛苦，花这么多的笔墨，吃力不讨好，还留下不少的疑问和漏洞出来，何必呢？

## 39. 凭什么拉白胜入伙

白日鼠白胜这个人物，也是在"智取生辰纲"这个大故事中出现的。不过，这个人物一出场，我就对其疑问多多，意见也颇大，有哪些呢？下面分别说说。

"智取生辰纲"里为什么要拉白胜入伙？这是我的第一个疑问。

从《水浒》中看，作者提供的理由主要有三个：一是如晁盖所言"黄泥冈东十里路，地名安乐村，有一个闲汉，叫做白日鼠白胜，也曾来投奔我，我曾赍助他盘缠"；二是如吴用所说"只这个白胜家，便是我们安身处"；三是应了晁盖的梦，晁盖告诉吴用说："我昨夜梦见北斗七星，直坠在我屋脊上。斗柄上另有一颗小星，化道白光去了。"吴用一听，认为这是上天安排，梦中白光正应白胜此人，于是就把白胜拉进了夺取生辰纲的队伍当中。（见第十六回）

联系整个"智取生辰纲"的故事，如果您细细品读，慢慢思索，或许您就会觉得以上三点理由其实都难以成立，一驳即倒。

我们先说说这第一条：白胜曾来投奔过晁盖，晁盖也曾资助过白胜。这言下之意就好像是白胜原本就应该来为晁盖卖命似的。晁盖也不好好想想，这夺取生辰纲是十恶不赦的大罪，万一被抓住了肯定是要砍头的。就这样把白胜拉进这支犯罪的队伍，就等于是断送了白胜的性命，值不值呢？为了这几两银子，晁盖要白胜去干这随时都会丢掉性命的活儿，这是不是有点缺德？白胜敢不敢还是个问题，晁盖就这么轻率地定了下来，这也过于简单、草率了吧？而吴用与阮氏三兄弟是故交，只不过是近几年未见，但相互之间是比较了解的。即便如此，吴用想邀请他们入伙也不敢掉以轻心，而是亲自去石碣村找阮氏三兄弟摸摸底、探探口气。开始还不敢单刀直入，以买鱼为名引出阮氏三兄弟对官府的不满及对梁山好汉生活的羡慕，由问他们为何不上山入伙引出梁山头领王伦嫉贤妒能不识货，再由有人愿意结识他们引出晁盖，可谓是不慌不忙，循序渐进，这才让他们心甘情愿入伙的。相比之下晁盖就太轻率了，既不调查也不研究，对白胜此人也不是很了解，单凭个人主观想象就定了下来，最后出事也就成为一种必然了。

再说第二条。是吴用说白胜家是他们安身之处。因为白胜家所在的安乐村离黄泥冈仅十里，去劫取生辰纲前或劫取之后，这里都可以作为休息、准备、计划的地方。但从《水浒》书中的描述来看，他们后来并没有去白胜家安身。作者在前面不但写了，而且又通过吴用之口说了，但后面却没有兑现，这就成了另一个疑问或漏洞（既然白胜家没有成为安身之处，其实把这个人物拉进来的作用也就完全消失了）。书中说晁盖、吴用等人在行动之前是在安乐村王家客店过夜的。这一点，负责追查此案的何涛之弟何清说得很清楚：六月初三日，有七个贩枣子客人，推着七辆江州车儿来歇，他并认识其中一人，即晁盖。登记姓名时，吴用告诉他，他们七人姓李，从濠州来，贩枣子去东京卖。第二日便发生了生辰纲被劫案。明明姓晁的突然变成了姓李，现场又留下了这七辆江州车儿，这不等于是不打自招吗？这案子不破才怪呢！

再说第三条。吴用一听晁盖的梦，一口咬定梦中白光正对应着白胜，这就太可笑、太武断了。吴用并不认识白胜其人，他对故友阮氏三兄弟尚且如此谨慎小心，不惜亲自登门拜访一探虚实，为什么对白胜这么个陌生人却如此大意呢？这不太正常，或曰太反常了。这很让人想不明白。再说晁盖在向大家介绍白胜时，也仅仅说其是个闲汉，并不是好汉，自己曾资助过他，至于其他的情况就再也没说，这说明晁盖对于白胜也不是非常了解，对其能力几乎也没有什么认识。如果说白胜是条好汉话说得过去，古语云，士为知己者死，可这白胜不但不是好汉，却是一个闲汉，一个无业游民，一个小混混，这样的人加入到劫取生辰纲的队伍当中能发挥什么作用呢？而吴用在听完晁盖对白胜的介绍之后，不但没有提出丝毫的质疑，反倒是好像很有把握地说道："自有用他处。"怎么用白胜呢？无非就是让他在抢劫生辰纲的时候充当一个卖酒人，让吴用等人在酒中下蒙汗药，蒙倒了杨志等一干人等。当时活儿干得的确利索，但案子破得更是利索。坏事就坏在白胜身上。他毕竟不是好汉，是个无业的闲汉。这是晁盖、吴用等人用人不当造成的必然结果。吴用可不是平凡人，是梁山泊的大军师，是个很有智慧的人，心灵机巧，号称智多星。但在使用白胜这个问题上，他的机巧体现在哪里呢？他的智多又表现在何方呢？作者这样写吴用是有损于这一人物形象的，对我们认识吴用这个人物是有害无益的。

第二个疑问是，为什么一定要把白胜拉进这夺取生辰纲的队伍当中？在除了《水浒》以外的水浒故事里并没有白胜这个人物形象。九天玄女的天书里也没有白胜的名字，龚圣与的《宋江三十六人赞》中也没有白胜，就连夺取生辰纲故事的原始祖本中也不见白胜的踪迹。原始祖本中参与夺取生辰纲的分别是晁盖、吴用、刘唐、阮小二、阮小五、阮小七及秦明、燕青。而在《水浒》中，秦明、燕青被拿下了，换上了公孙胜还有一定的道理，但换上白胜就莫名其妙了。其用意可能是认为白胜是个混混，官府一抓一拷问，白胜势必招供。这一招供，才有了后来宋江、朱仝私放晁盖和吴用，晁盖和吴用等人才上梁山，才有了后面发生的一系列故事。如果用原始祖本里参与劫取生辰纲的原班人马，这个故事就不易展开。因为祖本中的人物都是响当当的英雄好汉、硬汉，他们当中任何一个人在逼供面前招供都会对人物形象产生消极的影响，因此，作者特意对这个故事进行了改动，这里面加入了一个软骨头，让官府顺顺利利地从他的身上找到了突破口。其实这个设计是非常值得商榷的。因为原始祖本里的故事设计其实就非常精妙，值得借鉴。

在祖本当中，劫取生辰纲的案子，并不是官府抓住了参与者严刑逼供而破案的，而是在案发的现场发现了一对酒桶。官府顺藤摸瓜找到了"酒海花家"这间酒店，拿下了酒店的老板，老板供出了借酒桶的是晁盖、吴用等八人，案子因此才出现了突破口，之后破案，之后就有了与《水浒》几乎相同的故事。这个情节设计既合情又合理。《水浒》的作者为什么不保留原故事中这么好的情节设计呢？偏想另辟蹊径，但辟得又不新奇，反而招来了诸多疑问，这何苦呢？真是吃力不讨好，不值！

再说，白胜这个人物在《水浒》中分量最重的故事就在夺取生辰纲当中，但结果却是文不出彩，反而丑化了这个人物形象，又带来了诸多的问题，还不如不写，甚至不如在一百零八将中挂个空名为好。其实梁山好汉中挂个空名的人物不少，像宋江的弟弟宋清、兽医皇甫端、孟康、龚旺、吕方、郭盛、曹云、邓飞、郁保四、李立、欧鹏、蒋敬等。他们出场极少，又没干过任何的事情，别说广大普通读者，就连我这个《水浒》读过无数遍的研究者也说不出他们的故事来。不过即便如此，我们也不会因为他们没什么故事而否认他们是梁山好汉当中的一员。白胜虽然有故事，参与过劫取生辰纲这样的大事，但在这个过程中，是他搞砸了整个行动，又是他出卖了朋友，这种行径还算是个好汉吗？能进入梁山吗？好汉的标准是什么？好汉，勇敢坚强之男子也。白胜够格吗？显然是不够的。之所以出现这种现象，始作俑者不是别人，而是《水浒》的作者。这不知道白胜哪里得罪了作者，也不知道作者如此设计白胜居心何在。

白胜是个混混，混混最仰仗的就是坑蒙拐骗，见人说人话，见鬼说鬼话。

可《水浒》中的白胜并没有这些混混的典型特征,他体现出来的却是一个低能儿,一个白痴,连谎都不会撒。在去黄泥冈的路上,他挑的明明是一担酒,当客店的店主问他到哪里去时,如果他回答"去村里财主家"就可以了,可他还非要没事找事的加上了一句,挑的是一担醋。这谎就撒得太离谱了点吧。也不知道是白胜本人当天严重感冒还是有鼻炎。挑的明明是酒偏要说成是醋。这一担酒一走一晃,酒气早已挥发出来,一闻便知,为什么非要说成是醋?这不是白痴是什么呢?而且,当店主问话时,何清也在场,难道他也分辨不出酒与醋的区别来吗?这不是太奇怪了吗?《水浒》的作者在这个细节问题上不知道为何这么处理,是不是也是个酒、醋不分之主,连谎都不会撒的人呢?这样的处理和安排,不能不说是个错误或者疑问了。

晁盖对白胜的认识并不全面,只知道他是个闲汉,但不知道他还是个赌徒。赌博的恶习一时半会儿是改不了的。白胜参与劫取生辰纲之后,分得一笔可观的金银,他哪会因此在家里好好过日子,这金银正好成了他的赌资。而这金银并不是小面额的铜板,而是一大锭一大锭的。他又不会去换零带进赌场,而是大锭大锭地就进去了,这势必会引起其他赌客的追问或者好奇,无形之中就带来了危险和不安定因素。可是《水浒》作者不知用什么方法让白胜不去赌了,而且还晓得将这分来的金银藏在地底下,一下子变得聪明了,前后判若两人,叫人难以相信。作为混混的白胜,最怕的是官府,也许是做贼心虚,一见公人便吓得"面色红白",慌了神,等挖出赃物,他已"面如土色",等于认了一大半罪了,再一打,更扛不住了,只有"竹筒子倒豆子",一五一十全招了。作者竟然安排了这么个角色参与劫取生辰纲这等大事,真不知道他在创作的时候是何种思路。

## 40. 莫名其妙的重逢

九纹龙史进初会鲁提辖是在关西渭州城(今甘肃省陇西县西南)。

史进为何要去渭州呢？此事还得容我介绍一下。史太公死后，史进当了史家庄的庄主。为了防止少华山强人的骚扰，史进组织了三四百户庄民的保安队伍来保障村庄的安全。事情往往就这么凑巧。没有这支护村队伍没什么事儿，有了这支队伍反而惹出了事情。这不，也不知是少华山周边太穷，还是兔子不吃窝边草，这少华山的强人为了生存，不得不舍近求远，决定去富庶的华阴县筹粮。而要想去到华阴县，史家庄又是必经之地。虽然朱武和杨春都认为史进"是个大虫，不可去撩拨他"，但是少华山上的另外一个头领陈达却不信这个邪，认为朱、杨二人这是"长别人志气，灭自己威风"。他不听二人的劝阻，非要去会会史进这个"大虫"。史进年轻气盛，正巧又是武艺学成，一直没机会施展。陈达这么一来也就遂了史进的意，正好小试牛刀。这陈达本是个无用之辈，哪里是史进的对手，两人一来一往，一上一下，没几个回合，史进卖了个破绽，轻舒猿臂，只一挟，就把陈达拉下马给生擒活捉了。

陈达被俘的消息很快传回了山寨。朱武知道来硬的绝对不行，于是使出了苦肉计，与杨春一齐下山来到史家庄，双双跪倒在史进的面前，垂泪求死。朱武的这一招果然奏效。史进不但没有为难他们，反而放了陈达并与三人成了好朋友。随着关系的逐渐升温，双方的来往更加密切。俗话说世上没有不透风的墙。猎户李吉在一个偶然的机会得到了史进与朱武等人来往的信件并上交给县衙。很快县官便派出县里的都头领了三四百士兵将史家庄团团包围，要求史进交出少华山的这几位头目。史进毕竟是条江湖好汉，这不仁不义、出卖朋友的事情岂是他会干出来的？于是他放火烧庄，抗拒官兵，杀开血路，上了少华山。

上少华山后，史进担心"把父母遗体来点污了"，不肯落草。在少华山住了数日之后，史进便决定去延安府寻找师父王进。

行了半个多月，史进来到渭州，到处打听师父王进的下落，在一家茶坊碰巧遇上了喝茶的鲁达。两人互通姓名之后，一见如故，鲁达挽着史进的手，便要去酒楼喝酒。途中又巧遇史进的启蒙师父李忠，三人一起来到酒楼。喝的正浓、谈的正兴之时，一女子的哭声大扫了鲁达的雅兴，鲁达气急，把酒

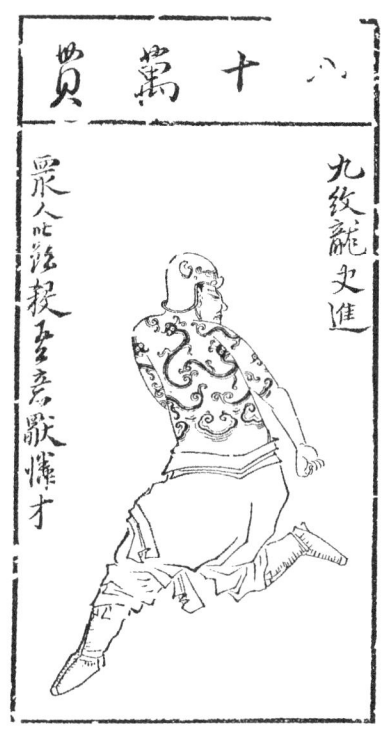

●九纹龙史进

楼的碟儿、盏儿抛在楼板上,叫酒保将女子带来。鲁达问清楚缘由之后,当即解囊相助。第二日送走女子后,鲁达又去找祸害女子的郑屠,不巧手重,失手打死了郑屠。因怕坐牢便逃之夭夭。史进也因听说鲁达打死了人,害怕官府追究自己会受到牵连,很快离开了渭州。

这就是两人第一次见面的前后经过,写得合情合理,丝丝入扣,水到渠成,自然的很。

可是,两人第二次重逢却是莫名其妙,错误重重。不信?咱们接着往下看。

先说鲁达。他在打死郑屠之后,"忙忙似丧家之犬,急急如漏网之鱼,行过了几个州府。正是逃生不避路,到处便为家……饥不择食,寒不择衣,慌不择路,贫不择妻。鲁达心慌抢路,正不知投那里去的是",走了半月以上,来到了代州雁门县,被赵员外搭救(见《水浒》第三回),不料此时抓捕的

百家争鸣　93

告示已经张贴到了雁门。为避免出意外，赵员外安排鲁达去五台山当了和尚。鲁达是个粗人，散漫惯了，哪里受得住寺庙的寂寞及清规戒律，两次大闹了五台山，打坏了金刚，拆了山门，打伤了和尚。众怒难犯，长老也留他不住，只有把他打发去开封相国寺。

再说史进。史进离开渭州后，直奔延安，又寻不到师父，回到北京，住了几日，盘缠用尽，想寻些盘缠然后回到少华山去投奔朱武等人。但是，这盘缠如何才能寻得呢？史进既无熟人可借，又无值钱的物件可变卖，又不愿当街卖艺。怎么办呢？只有去打劫了。

鲁达是从山西五台山到河南开封的，史进是从赤松林打算回陕西华阴县少华山的。五台山在山西省五台县东北，开封在河南省豫东地区。从五台山到开封，只要向南偏东直下即可。赤松林这个地方是何处不详，不过《水浒》第五回的一段介绍可以推测出大致的方位。该书载：

> 再说鲁智深离了桃花山，放开脚步，从早晨走到午后，约莫走了五六十里多路，肚里又饥，路上又没个打火处，寻思："早起只顾贪走，不曾吃得些东西，却投那里去好？"东观西望，猛然听得远远地铃铎之声。鲁智深听得道："好了！不是寺院，便是宫观：风吹得檐前铃铎之声。洒家且寻去那里投斋。"

这个去处是瓦罐寺。瓦罐寺附近便是赤松林。据桃花庄的刘太公说："桃花山上的强人打家劫舍，此间青州官军捕盗，禁他不得。"由此可知，这赤松林应该在青州地界上。这就非常奇怪了！这青州在鲁西北，陕西与山东之间还隔了河北省、山西省。鲁智深到河南开封相国寺，是往南走，怎么绕到山东去了呢？鲁智深虽说没什么文化、不识字，但还有一张会说话的嘴呀！为人又比较直爽、开朗，不至于连问路这么简单的事情都不会做而瞎走一气吧？

同样，史进这么个年轻人，也奇怪得叫人不可理解。史进十八九岁的年纪放火烧庄，离家西去寻师。这是他第一次出远门，他自己说寻师不着，便"回到北京"。这北京呢即今天的河北省大名县。史进在大名无亲无故，又不是他的老家，怎么能说是"回"呢？再说他"回"北京干什么呢？《水浒》中毫无交代，也使人不可理解。大名府当世商贾云集，是富裕之所，大富豪卢俊义便生活在此。史进即使是盘缠用尽了就地打劫，或者在回华阴县中途打劫，也能很快解决问题，又何苦向东去山东，到那个穷乡僻壤的赤松林去打劫呢？

鲁智深虽是个文盲，不至于不辨东西南北；史进是个年轻人，又有文化，也不至于不知贫富之乡的差别。让这两个人在赤松林重逢，实在是有点滑稽。但是，仔细想想，这"九纹龙剪径赤松林，鲁智深火烧瓦罐寺"这回书的设计实属多余。即使是为了表明史进和鲁智深两人疾恶如仇性格的话，也大可不必如何设计，因为这两人的品德在之前的章节中就已经一览无余；如果说是为了交代史进离开少华山之后的去向的话，也没有这个急迫性和必要性。反正史进离开了少华山之后，也不知去向，此时书中的故事主要集中在鲁智深的身上，与史进其实毫无关联，也无人会去追究史进的下落；再说按照书中的设计让史进和鲁智深莫名其妙地重逢，其用意无非是补叙一下史进离开少华山之后的情况，接下来说的还是鲁智深的故事，史进昙花一现，很快便不见踪影，没有下文了。读者的注意力，随着作者的设计而动，只了解鲁智深的所作所为，哪里还顾得上史进的去向。所以，让他们重逢不但没意思，反而是太过突兀，显得多余。

联系《水浒》前后故事来看，史进在赤松林与鲁智深重逢，似乎是作者为以后史进的故事埋下伏笔。宋江攻打东平府时，史进曾主动要求去城中做内应，其理由是"小弟旧在东平府时，与院子里一个娼妓有染，唤作李瑞兰，往来情热敬我。如今多将些金银，潜地入城，借他家里安歇。约时定日，哥哥可打城池。只待董平出来交战，我便爬去更鼓楼上放起火来。里应外合，可成大事"。（见《水浒》第六十九回）关于史进嫖妓之事，我则认为这又是《水浒》作者的又一处败笔和错误。

书中曾说，史进寻师不着之后便回到了北京，盘缠用完便到赤松林打劫。从北京到赤松林，就一定要经过东平府。既然到了东平府又与李瑞兰有染，这问题已显而易见了。在北京时，史进的盘缠已经用尽，在赤松林巧遇鲁智深之后，还是鲁智深给了史进一点盘缠。鲁智深是个和尚，身上的钱也仅仅够自己花，还要给史进，这数量自然是少得可怜，最多也只够吃上几顿饱饭的，既然如此，史进去嫖娼的钱又是哪里来的呢？史进在与鲁智深重逢之后，去打了瓦罐寺，杀了淫道僧丘小乙及崔道成，得了些银两，他就踏上了回少华山的征途。我想史进也不至于如此荒唐，钱一到手不去少华山而是先去东平府去嫖李瑞兰了。从《水浒》对史进这个人物的整体描述看，史进不是个好色之人。虽说重逢为后来宋江攻打东平府的情节做了铺垫，但这铺垫既不合情又不合理，还出现了明显的漏洞，实在不是一个好的情节设计。

总之，这次重逢，疑点太多，莫名其妙得很。

## 41．梁山三寨主

水泊梁山前前后后换了三个寨主，他们是白衣秀士王伦、托塔天王晁盖和及时雨宋江。这三个寨主由于出身、地位、经历的不同，在待人接物、处理问题上又各有不同。

白衣秀士王伦是梁山寨的第一任寨主、梁山事业的开拓者，出身是个落第的秀才。虽说有些文化，不过离满腹经纶还差了很多，又没有什么本事，只不过是有些胆量。俗话说"秀才造反十年不成"，他却造成了，好不容易占据了山头，坐了第一把交椅，从此结束了遭人白眼、寄人篱下的局面，过着秤金分银、颐使众人、成瓮喝酒、大碗吃肉的生活。这种美滋滋的好日子谁不想过呢？因此他就特别害怕比他强的人来投奔自己。心胸狭窄、嫉贤妒能就成为他致命的弱点。林冲来投奔，又持有柴进的介绍信，连朱贵都认为："既有柴大官人书缄相荐，亦是兄长名震寰海，王头领必当重用。"坏事就坏在这"名震寰海"上，林冲乃东京八十万禁军教头，本领当然比王伦高出许多，而这正是王伦最害怕、最嫉妒的，他当然不敢接纳林冲，想方设法要拒林冲于山门之外。因此，连杜迁、宋万都觉得他"忘恩背义"，不够江湖义气。也正因此，晁盖等人上山，他更加不敢接纳，这就必然引起林冲的不满，最后火并了王伦。

王伦的不义，还表现在对待老百姓方面。对过往客商，只要有钱，他从不放过。轻则用蒙汗药麻倒，重则要人性命，既谋财又害命。对山寨周围的群众，也经常骚扰。阮小五说："在先这梁山泊是我弟兄们的衣食饭碗，如今绝不敢去！"阮小七补充说："这个梁山泊去处，难说难言！如今泊子里新有一伙强人占了，不容打鱼。"这两个"难"字，说尽了王伦的霸道，也表达了阮氏三雄一类的渔民们的痛楚和无奈。由此观之，王伦占据山头，是地道的强盗行为。

火并王伦后，晁盖被推举为梁山第二任寨主。晁盖的为人，从《水浒》里分析大概有四点：一是仗义疏财；二是好结交江湖人士；三是不懂得体察人情；四是有勇无谋，没有什么雄才大略，却有些家长作风。正因此，他做了山大王后，虽也拦路打劫，但强调"只可善取金帛财物，切不可伤害客商性命"。这就比王伦有仁慈之心，但没有完全摆脱强盗的品性。不过，晁盖的手段毕竟比王伦高明了许多。晁盖一即位，便把打劫来的生辰纲、财物及自己家里的金银财帛赏赐给众人，体现了他仗义疏财的一贯作风。做了梁山老大后，他又安排修理寨栅，打造兵器，命令手下喽啰加紧操练，准备迎敌。这既稳定了军心，又对梁山事业的巩固起到了一定的作用。他的霸道和不体察人情，书中有很多这方面的例证。比如投奔王伦，晁盖明知王伦的为人，但初会王伦还是被他的"热情"所迷惑，而未察觉到王伦毫无收留之意，还对人说："此恩不可忘报。"花荣上梁山投奔于他，人夸花荣神箭，唯独晁盖不信，使花荣很不开心。还有杨雄、石秀上山，讲起时迁偷鸡使祝家庄誓与梁山为敌之事。晁盖不分敌我，不恨祝家庄人，反而责怪杨雄等人有辱山寨，盛怒之下，就要"孩儿们将这两个与我斩讫报来"。作为梁山上的一把手，晁盖处理事情也未免太轻率了一点。从他开口"孩儿们"的语调看，也完全是一副强盗的口吻，不免有类似王伦之嫌。他有勇无谋，没有什么雄才大略，表现在对一些突如其来的事件的处理上。他总是惊慌失措，束手无策，只讲"齐立同心，共聚大义"，对山寨前途无具体打算，这"大义"是什么也不明确。他的这些弱点，书中也披露了不少。比如生辰纲事败露后，他就慌张得不知所措，竟不知"走那里去好"，一点主意都没有。每当官兵来进剿，他都是"大惊"，问吴用："如何迎敌？"关键时刻如此恐慌，缺乏主见，这怎能当好这一山之主呢？特别是曾头市中箭之后，立下了这么个荒谬、令人不可理喻的遗嘱："若那个捉得射死我的，便叫他做梁山泊主。"他这不就成了第二个王伦了吗？他公开的把水泊梁山当成了他晁盖的私有财产，前途命运由他如此轻率安排。这一切充分说明晁盖目光短浅、胸无大志、缺乏领导能力。

晁盖身亡后，宋江做了第三任寨主。宋江礼贤下士、仗义疏财，与晁盖相比，他强在礼贤下士上。正因此，他以他那杰出的领导才能和江湖威望，赢得众好汉的推崇和爱戴，使得山寨十分兴旺。加上他指挥得当，众弟兄精诚团结，奋力拼杀，取得了一个又一个反围剿的胜利，扩大了梁山力量，建立了一个巩固的根据地。他的局限在于：对上山造反始终认为是"灭九族的勾当"，暂住水泊是"专待朝廷招安"，"早招安，心方足"。宋江在将梁山事业推向顶峰的同时，忠君报国的观念在头脑中日趋严重，并主导了他的行动，故梁山事业之兴兴在宋江，亡亦亡于宋江。

宋江当了山大王后，对周围的群众、过路的客商所采取的做法大大不同于前任，他的政策是：赈济、安抚，让他们过着和平、安宁的正常生活；对于客商是任从经过；对官宦、富户的不义之财是定夺不饶。这就脱离了强盗身份，有点造反、正义的品性了。在梁山的这三个寨主中，宋江算是最豁达大度、最有才干、又最受人尊敬的寨主了。

## 42. 罪不当诛的王伦

"这梁山便是你的？"这是林冲怒斥王伦时的一句话。这句话一针见血地指出了王伦所犯的错误：他把梁山当成了自己的私产，唯恐有失。生怕别人占了他的第一把交椅。故此，他在心理上、品性上那嫉贤妒能的特点就油然而生，行动上他就实行了"关门主义"的政策，把"有本事"的英雄一概拒之门外。林冲来投奔，并持有他的恩人柴进的引荐信，他硬是不收，以种种借口，要把被"逼上梁山"的林冲"逼下梁山"。他为什么这样做呢？《水浒》第十一回"林冲雪夜上梁山"中，他的内心独白做了很好的注释："我又没十分本事。杜迁、宋万武艺也只平常"，而林冲却是"京师禁军教头，必然好武艺，倘若被他识破我们手段，他须占强，我们如何迎敌"？说穿了就是怕林冲抢了他的宝座。林冲一上山，他就如此之担心，晁盖等八个好汉要求入伙，他当时的反应是"骇然了半晌；心内踌躇，做声不得；自己沉吟，虚作应答"。拿吴用的话说就是王伦脸上的"颜色变了"。这惶惶不安的心态已表露无遗，他哪敢接纳呢？最后当然又是故伎重演，拒之门外。

王伦为什么要嫉贤妒能、实行"关门主义"呢？关键在于他深知自己"没十分本事"。没有本事的人在现实生活中大概有三种表现：一是夹着尾巴做人，老老实实做事，与世无争；二是明知自己没本事，但能虚心求教、求才若渴，虚心听取他人意见，团结他人，集思广益，正确决策，宋江就是此类；三是明明自己不行，又喜欢诽谤别人，挑别人的错，排斥、压制强于自己的人。一般说来，嫉贤妒能的，大都是这类没有本事的人，甚至可以这么说，没有本事的人坐上了第一把交椅，那更是"武大郎开店，不准有比自己高的"，王伦就属此类。

尽管王伦有这样那样的缺点、错误，但罪不当诛。这些缺点错误，充其量是个品质和认识上的问题，属于义军内部的矛盾。用我们今天的做法，只能用批评教育的方法去处理。付之武力，处以死刑，未免过分。如果说王伦阻碍梁山事业的发展，那么，吴用、林冲等则犯了离间队伍的罪责，错误尤为严重。这不是扣帽子，上纲上线，而是有事实根据的。《水浒》中云：晁盖等与王伦在大寨聚义厅的对话，吴用是早已看出端倪：王伦是"颜色变了""心中好生不然"，杜迁、宋万是"不省得"，只有林冲"有些不平之气"。他的做法是"略放片言，教他本寨自相火并"！而且为火并做了具体部署：用言语刺激林冲，促使其坚决火并，安排自己弟兄控制王伦手下，以防不测，最后导致王伦做了刀下鬼。晁盖等梁山夺泊，本是一场内部争斗，解决的办法有很多种，再说王伦又是个没有本事的人，他哪里是晁盖等好汉的对手，随便"逼宫"，他就非下台不可，何必杀之？吴用采用这种极端做法，不能不说是个严重失误。再来看看林冲杀王伦，那是蓄谋已久的。林冲上山"怄尽他的气"（阮小五语），先是不接纳，在杜迁等人一再劝说、林冲苦苦哀求下，王伦又提出要个"投名状"。一切办妥后，王伦只让林冲坐了第四把交椅，这林冲哪里会心服呢？这点从林冲与吴用的对话中可以找到答案。林冲对王伦这个"落第腐儒"做山寨之主不服，对其"嫉贤妒能"、百般为难自己极为不满，早有弑杀王伦之心，火并机会来了，又有晁盖等人撑腰，这一杀，就不免有报私仇之嫌。

其实王伦这个人并不是一无是处的，还有不少优点。王伦是个"落第秀才"，"因鸟气合着杜迁上梁山落草"，这就很不简单，需要很大的勇气。在那"万般皆下品，唯有读书高"的年代，王伦能认清社会，冲出牢笼，选择了连"下品"都够不上，而且还配死罪的行当——上山落草当上强盗，就很不容易。宋江是绝对没有这个胆量和勇气的。王伦是自觉自愿上山的，他没有被逼，更没有犯罪前科。而宋江呢？杀了阎婆惜，他已是被通缉的逃犯，大闹清风寨、浔阳楼后，他是罪上加罪，成了死罪犯，路过梁山他还是坚决不落草，说穿了，他就是认为这是个掉脑袋的勾当，是个不忠不孝的事情。而王伦做了，建立了梁山根据地。而且是"好生兴旺，官军捕盗，不敢正眼儿看他"。连三阮兄弟都多次商量要去入伙。杨志失了生辰纲，也欲投梁山去。这些事实至少证明王伦造反影响之大，令人向往，这是一。第二是短短一年，王伦就使梁山根据地颇具规模，兴旺发达，使官军不敢正视。过去官府下乡是扰民害民，如今是不敢下乡，被迫下乡都吓得"尿屎齐流"，周围群众"省了若干科差"，客观上起到了保护群众的效果。第三是王伦为梁山根据地的开创做了不少有益的工作，比如他把朱贵安排在李家道口酒店当耳目，一为打探过往客商情况，二是"招接四方好汉"（吴用语）、"做下弥天大罪的人，都投奔那里躲灾避难，他都收留在彼"（柴进语），这都说明他还是接纳好汉的。宋万来投，他不是接纳了？朱贵来，他不也接纳了吗？只不过私心太重，怕强者夺了他的寨主宝座，所以林冲、晁盖等要求入伙，王伦很担心，也是有的。但因此把他杀了，就很不妥。再说这持刀杀人者又恰恰是他整过的林冲，报私仇之嫌是逃不脱的。

王伦有罪，罪不当诛。

# 43. 宋江与岳飞

《水浒》里的宋江，在历史上是确有其人的。关于他，《宋史》所载寥寥无几，只知"江以三十六人横行齐、魏，官军数万无敢抗者，其教必过人"（《侯蒙传》），结果张叔夜在海州举火烧毁宋江战船，使之无斗志，最后"擒其副贼，江乃降"（《张叔夜传》）。《水浒》里的宋江，是经过宋元两代民间传说、艺人加工及文人创作，最后而形成的艺术形象。这个艺术形象的原型是谁，很少有人探究。在《水浒》里宋江这个艺术形象写得如此丰满，如此复杂，仅凭作者凭空想象是很难完成的，故此有人提出，宋江有点像岳飞，岳飞的故事不少都移植到宋江身上了，仔细读一下有关岳飞的书籍，再对照一下宋江，结果完全明了。比如《水浒》中宋江征辽、平寇为国立了大功，尔后，被奸贼用鸩酒害死，宋徽宗梦游蓼儿洼后，给他昭雪，立庙封侯。这点与岳飞的经历极其相似，岳飞也是在大破金兀术、为国立功后，被秦桧在大理寺狱中用毒酒鸩杀，宋孝宗即位后，也给其平反，立庙封侯。

《水浒》里的宋江被招安后，就去征辽，平田虎、王庆、方腊等其他农民起义军，与岳飞追剿过张用、曹成，平定过江西的虔寇及湖南的杨么，抗击过金人也很相似。《水浒》里称宋江为"退虏平寇征西正先锋"，这又正是岳飞的头衔。

《水浒》说宋江仗义疏财，极其大方，所以天下归心。这又与岳飞的招贤纳士极其相同。岳飞当时每打一胜仗，朝廷即送来几万赏银。宋高宗还拨了湖北一带许多赋税给他做军饷，岳飞就用这些钱赈济百姓，颇得民心。在武昌时连远在太行山的梁兴、山东的李宝都赶来投靠，可见其真是闻名天下。

《水浒》里宋江临死前怕李逵造反坏了忠义，把李逵也骗来喝了毒酒身亡。而《岳飞传》中岳飞怕岳云、张宪不听圣旨，而亲手绑缚他们接旨，又何其相似。

以上数例，虽不敢说宋江的原型就是岳飞，但是至少可说，作者们在创作宋江这个艺术形象时，借用了岳飞的不少事实，这一点大概无疑问吧！不然的话，这些相似之处又作何解释呢？

## 44. 李忠的"啬"

在梁山好汉当中,打虎将李忠恐怕是最小气的人了。吝啬应该是他性格上的主要特征。《水浒》对这个人物着墨不多,但这个主要特征却表现得淋漓尽致。

李忠出场较早,是《水浒》中第六个出场的梁山好汉。一出场即在渭州街头使枪卖药,巧遇他的徒弟九纹龙史进及提辖鲁达。故人相逢,一饮为快,既有鲁达尽地主之谊、做东埋单,李忠应欣然同往方尽人情,而他却以要卖药相推,无非是怕破费。直到鲁达急了,又是推人又是骂,并以打相威胁,把看耍把势的观众们轰走,"李忠见鲁达凶猛",敢怒不敢言,无奈之下,赔笑同往,真是敬酒不吃吃罚酒。

潘家酒楼,鲁达为资助金氏父女,史进拿出十两银子相帮,声明不要鲁达还,而李忠却无动于衷。鲁达第二次发话,"看着李忠道:'你也借些出来与洒家。'他才慢吞吞摸出二两银子来",可见多么吝啬、小气。这"看着李忠道"五字,虽未明写鲁达此时的语气及面部表情,但字里行间流露出对李忠吝啬的不满。待李忠摸出二两银子时,鲁达终于按捺不住说话了:"也是个不爽利的人。"这"不爽利"三字道出李忠的"啬"来。正因为其"不爽利",鲁达最后将这二两银子丢还给他。

李忠是个使枪卖药的江湖艺人,从经济上看是远不及史进富裕、鲁达大方,拿出二两银子也的确不易。我们是不能从出钱的多少来评价英雄的。出钱或多或少,只能是根据出钱者的情况而定,能量力而行就可以,但前提是自愿。从李忠对解囊相助的态度、摸钱的动作看,他完全没有这点心意,不是自愿的。摸出二两银子还是鲁达催促下拿出来的,这就没有江湖好汉的"义"了。此无他,正是他吝啬的本性所致。李忠好歹也算是好汉一条,好汉在江湖行走,讲究的就是"义气"。为了这"义气",命都可以舍弃,钱又算什么呢？史进为"义气"，烧了庄园，离家出逃，一路上的花费是只出不进。当鲁达借钱时，他毅然拿出十两银子。李忠远不及史进富有，但他在江湖上卖艺卖药，虽收入不丰，但毕竟是有出有进，日积月累也有些盈余。这济贫之举都如此小气，不是吝啬又是什么？

认为"说李忠小气吝啬就有点失之偏颇了"，并举鲁达、史进、李忠三人去酒店前李忠的两段话"待小子卖了膏药，讨了回钱，一同和提辖去"和"小人的衣饭，无计奈何"为证，说明"李忠身上确实没有什么钱，他摸出二两银子后已是囊空如洗了。所以鲁提辖错怪了李忠，使他受了委屈"。这一观点，看来也似乎有些道理，不过，如果我们读一下《水浒》中有关李忠的章节，对李忠性格做一个全面的分析后，相信会自然得出一个结论：李忠的确小气吝啬。

卖艺的李忠，生活有时可能会拮据。做了桃花山大王后，他的生活地位应该有了极大的提高。作为桃花山二大王的周通到桃花庄定亲，一下就"撇下二十两金子，一匹红锦为定礼"。作为大王的李忠，富有程度虽不能说强过周通，至少应与周通差不多。鲁达又是李忠请上山来住的，住了几日，鲁达发现李忠还是那么小气巴巴的，"不是个慷慨之人，做事悭吝"，于是决意下山。打发鲁达下山的盘缠李忠应是绰绰有余的，可是李忠不是拿出自己的钱来相送，依然是吝啬小气，提出"我等明日下山，但得多少，尽送与哥哥做路费"。果然第二天下山打劫为鲁达赚路费去了。正如鲁达评价所说："这两人好生悭吝！见放着有许多金钱，却不送与俺，直等去打劫得别人的，送与洒家！这个不是把官路当人情，只苦别人？"正是如此，李忠的吝啬不是一时一事，而是其本性如此。

当然，李忠也有好的一面。当他打劫归来，发现鲁达"盗"走金银酒器逃走后，他也不让周通吃亏，将打劫应分给自己的一份给予周通作补偿，小气里又见一点点义气。桃花山遭呼延灼攻打抵挡不住时，李忠提出向二龙山鲁达等求援。周通以小人之心，度君子之腹，怀疑鲁达会记前仇。李忠笑道："不然，他是个直性的好人，使人到彼，必然亲引军来救我。"可见他却识得英雄。

## 45．小人陆谦

中国民间有句俗话，叫作"朋友妻，不可欺"。这句话的意思是说：对待朋友的妻子，就要像对朋友一样真诚、尊重、友好，绝不能欺辱。作为朋友，如果对朋友的妻子都欺辱的话，必定被世人所唾弃，视之为小人。《水浒》中的陆谦，虽然自己并没有对朋友的妻子有所欺辱，但他协助他人欺辱朋友之妻，以致发展到要害朋友，因此他也是小人，读者恨之入骨，是被认为不杀不解恨的小人。

陆谦者，高俅门下虞候也，"他和林冲最好"，被林冲称为"如兄若弟"的好友。他怎么协助他人欺辱林冲之妻呢？这还得从头多说几句。高俅有个干儿子，人称高衙内，在东京倚势欺人，专干淫辱人家妻儿的勾当。一日在岳庙看中林冲的妻子，调戏不成，回到家里一直郁郁不乐。他手下有个叫富安的奴才，深知主子的心事。为讨得主子的欢心，富安设计，利用"门下知心腹的陆虞候陆谦，他和林冲最好"这层关系，约林冲出来喝酒。乘这个机会，自己去骗林冲的妻子到陆谦家，让躲在陆谦家的高衙内以成"美事"。对富安这条毒计，陆谦的反应如何呢？书中写道："虞候一时听允，也没奈何，只要衙内欢喜，却顾不得朋友交情。"这几句话很重要，我们可以清楚地体会到陆谦当时复杂的内心活动。一面是主子的安排，不听后果不堪设想；一面是朋友之妻，听之，则为人所耻。"没奈何"三字充分写出了他矛盾重重的复杂心理。陆谦权衡利弊后，迅速拿定主意，做出决定："只要衙内欢喜，却顾不得朋友交情。"陆谦就这样地屈从权势，迈出了卖友求荣、为虎作伥的第一步。

正因为这一步的迈出，才使林冲认清了这位"朋友"的真面目，"这陆谦畜生，我和他如兄若弟，你也来骗我"。这一句话，又让我们进一步了解到林冲、陆谦这两个人物。林冲是"知人知面不知心"，对陆谦了解不深，被陆谦平日言行所迷惑，视之为兄弟。一句"畜生"写尽了林冲的愤恨，一个"也"字，表现出林冲对陆谦来害他的出乎意料。而陆谦呢？城府很深，善于伪装自己，常以某些小恩小惠来笼络人心，易使人觉得他平易近人，善解人意。谁知他暗地里是一肚子坏水，满脑子坏主意。为讨得主子欢心，他出的计策更狠更毒。富安的计策破产后，陆谦家也被林冲打得粉碎，但陆谦不以此为戒，迷途知返，反而变本加厉地由原来的替人施计，变成了主动出计。当他看到高衙内"容颜不好，精神憔悴"时，便安慰道："衙内且宽心，只在小人两个身上，好歹要共那妇人完聚；只除他自缢死了便罢。"这句话一说，陆谦那卖友求荣的嘴脸已暴露无遗了。求荣是他的目的，卖友是他的手段。为达此目的，他不择手段，什么朋友、友情都全然不顾。为了让衙内与林冲妻子"完聚"，正是他逼死了林冲的妻子，使林冲家破人亡。鲁迅先生在《准风月谈·帮闲法发隐》中说得好："帮闲，在忙的时候就是帮忙，倘若主子忙于行凶为恶，那自然也就是帮凶。"陆谦正是由一个帮闲，瞬间就变成了帮凶。当高俅召见陆谦说出"救得我孩儿好了时，我自抬举你二人"时，陆谦看准了效忠的时机，死心塌地地当上了主子的帮凶，主动献出了恶毒的"卖刀""看刀"之计，使林冲带刀误入军机重地白虎堂，被高俅借此以行刺罪抓捕，要以死罪问斩。林冲岳丈买上买下，处处使用金钱，使开封府当案头目孙定在府尹面前揭穿事实真相，认为不能判林冲死罪，"只可周全他"。府尹接受了他的建议，将林冲刺配沧州。"杀人须见血，救人须救彻"，陆谦不但是个小人，而且是个恶人。这恶就恶在他不达目的不罢休上。于是他从幕后走到前台，由帮凶变成了主要凶手。是他主动找到押送林冲的公差，先以银子贿赂，后以自己是"高太尉心腹"压人，最后明确指令两公人"不必远去，只就前面僻静去处，把林冲结果了"。这哪有一点"如兄若弟"的情分，这完全是一副刽子手的嘴脸。

陆谦要公人就近结果林冲性命的阴谋，被鲁智深阻止了。鲁智深跟踪林冲、保护林冲，使林冲安全到达了目的地沧州。陆谦还是不肯罢休，亲自追踪到沧州，买通牢营的差拨、管营，密谋新的毒计：火烧草料场，用火烧死林冲。即使烧不死林冲，"便逃得性命时，烧了大军草料场，也得个死罪"，非要置林冲于死地不可，这不可不说是歹毒之极了。最后是老天爷帮了林冲大忙，因大雪压塌草屋，林冲只得躲进山神庙御寒，也就是在这山神庙内听到陆谦等人的对话，林冲才幡然醒悟，杀人上山，完成了性格上的巨变。而陆谦这个所谓"朋友"，也得到了被杀的下场。可笑的是，临死前他还乞求林冲，"不干小人事，太尉差遣，不敢不来"，完全是一副癞皮狗的丑态。"太尉差遣"固然不假，罪魁祸首应是高俅，"不敢不来"就错了。陆谦不是"不敢不来"，而是主动前来，是赤膊上阵，生怕错过了被"抬举"的良机，此人不杀不足以平民愤，此人不死不足以解众恨。

陆谦死了，他的故事也结束了，戏虽不多，但形象突出、性格鲜明。归结一下：陆谦是个城府很深、善于伪装、俯首听命、卖友求荣、阴险毒辣、卑鄙无耻的小人。

## 46．说李小二

演艺圈里有句话："戏份有轻重，角色无大小。"德国诗人海涅说得更好："每一个人物在自己的地位上都是主角。"无所谓次要人物或小角色。一个小角色，虽然他的戏份不重，作者写了他，就自有他的安排，自有他的道理，自有他的目的，自有他的作用。他绝不是一个可有可无的角色。再说，作品中主角的性格总是通过情节来展示的，而小角色就是构成情节的重要因素，是结构上不可缺少的一个环节。没有小角色，就不会有完整的故事情节，主角的性格就无从表现，小角色的一切都是围绕着作品的中心事件进行、为突出主角性格服务的。《林教头风雪山神庙》中的李小二就是这样一个很重要的小角色。他在整个故事中的作用就非同小可：没有他，以后的情节难以展开；没有他，林冲的性格难以鲜明。描述这个人物文字不多，但形象突出，可信、可爱、可敬。

李小二原是东京一酒楼伙计，因与主人不和，偷了店主钱财，被捉住要送官问罪,多亏林冲赔话相救,又与他赔了些钱财,才免吃官司。后在东京无法安身,又亏林冲资助他盘缠,流落到沧州,找到一家姓王的酒店当伙计。他做事勤快、麻利,兼有一手烹调的好手艺,博得食客好评,因而生意顺当、兴隆,加上他为人谨慎,深得店主家钟爱,被招为女婿。店主家死后,小两口继续操持着酒店,自食其力,有一个美满的家庭,过的是小康生活。也正因此,当他在沧州巧遇充军来的林冲时,他不忘旧恩,不嫌林冲是个罪犯,不怕因此受人奚落,真心实意地把林冲请回家中,又是拜谢恩人,又是热情款待。说"今日的恩人到来,便是从天降人"。话语中饱含喜悦之情,毫无虚假做作之成分。此后又送汤送水,为林冲浆洗缝补,恭敬孝顺,尽力报恩,这一切,就把他勤劳、善良、本分、正直的品质刻画出来了。更重要的是通过这一切,宣扬了中华民族自古以来"知恩报德"的传统心理和素质,这一点在当今社会,特别是对年轻人来说,也有一定的现实意义和教育意义。

在生活上关心林冲仅是他美德的一面,更为重要的是他为林冲的性命、前途担忧。当他发现两个人一前一后闪进酒店,又操着东京口音,要请差拨、管营时,他马上就联想到了林冲。他先是怀疑后是警觉。当他发现来人迟迟不回答管营问话,又不让他进去烫酒,他更觉蹊跷。面对如此情况,他的精明就在于:一是要老婆在阁子里偷听来人和管营、差拨的谈话,了解内幕真情,不莽撞从事。二是他深知林冲是个急性人,弄不好杀人放火连累自己,又不同意老婆叫林冲来认人的建议。这又充分把他那胆小怕事的小市民性格写得合情入理。这两者同时说明,他做事稳重,精明能干,既同情林冲——多事,又怕殃及自己——胆小。

阁子里偷听,虽然效果不佳,但他的疑惑、担心并未解除。客人离去,林冲到来,出于关心,他还是把刚才了解到的情况如实转告。使林冲早有防备,保持清醒的头脑。可见他是视林冲为亲人,真心诚意报恩的。林冲买了尖刀,街前街后寻了几日,又叫他夫妻提心吊胆,捏了一把汗。仇人未寻着,又使他安了点心,一面安抚林冲"只是自放仔细便了,勿放松警惕"。你看这安心又担心的心态写得多自然、多实在!最后林冲向他征求去草料场管事的意见时,他首先从经济角度分析给林冲听:"这个差使又好似天王堂。那里收草料时有些常例钱钞。往常不使钱时，不能勾这差使。"你看这多么符合他作为生意人的身份、心理。当林冲提出："却不害我，倒与我好差使，正不知何意？"他又反劝林冲"休要疑心。只要没事便好了。只是小人家离得远了，过几时那工夫来望恩人"。这就反衬出他自己后悔前日失言之矛盾心理，又为不能经常照顾林冲感到遗憾、不安。这一切完全符合李小二这个人物的性格。因为他毕竟不是侠士豪杰，而是一个有小康之家，既心地善良、为人忠厚，又安分守己、胆小怕事的顺民。故此，李小二陷入了矛盾境地：行动上处处流露出对林冲的关心，而心理上又怕出事。他总是在周全两者之间努力，他的心态与他的身份紧紧地贴合在一起，写得真是惟妙惟肖。这个人物的设置，固然是故事叙述的需要，可是作者依然写出了他的个性，同时作者还用其知恩报恩来与陆谦忘恩负义、卖友求荣作对照。一言以蔽之，李小二这个人物是《水浒》中塑造得极其成功的一个小角色。

## 47. 柴进纳士也因人而异

柴进以"门招天下客"扬名海宇，深得江湖好汉的仰慕。石将军石勇就公开声言："老爷天下只让得两个人（即宋江、柴进），其余的都把来做脚底下的泥"，"只除了这两个，便是大宋皇帝也不怕他"；宋江的弟弟宋清也说："人都说他仗义疏财，专一结识天下好汉，救助遭配的人，是个现世的孟尝君。"从《水浒》中看，谁人有难都愿投奔到他门下。他接待过充军沧州的林冲，资助过落第秀才王伦，热情款待过亡命江湖的宋江，留住过投奔的武松，石将军石勇在柴进庄上住了四个多月，李逵也在庄上住过多时。但是，从书中所提供的文字看，柴进纳士也有三六九之分，也因人而异。

东京八十万禁军教头、豹子头林冲充军时投奔他庄，庄客是"托出一盘肉，一盘饼，温一壶酒；又一个盘子，托出一斗白米，米上放着十贯钱"，可见这是对一般来客的待遇。故柴进回家见了后便责骂庄客："村夫不知高下！

●小旋风柴进

教头到此,如何恁地轻意。"接着,命庄客"先把果盒酒来,随即杀羊相待","安排得食果品海味摆在桌上,抬在各人面前,柴进亲自举杯"陪之共饮。临别时,还以二十五两一锭大银相送,这又是一个档次。《水浒》中写道:"那庄客入去不多时,只见那中间庄门大开,柴大官人引着三五个伴当,慌忙跑将出来,亭子上与宋江相见。柴大官人见了宋江,拜在地下,口称道:'端的想杀柴进!天幸今日甚风吹得到此,大慰平生渴想之念!多幸!多幸!'……满脸堆下笑来。"柴进迎接,而且是"慌忙跑"出来"拜在地下",这些又是林冲享受不到的待遇。接着又请宋江兄弟洗浴,又送上两套新衣服、巾帻、丝鞋、净袜,请宋江兄弟更换,邀进后堂深处饮酒,而且还有"十数个近上的庄客并几个主管,轮替着把盏,服侍欢饮"。从这回书的描写看,接待宋江的酒宴是何等隆重、丰盛,规格又是何等之高。

武松虽说在柴进庄上住了一年,却享受不到宋江、林冲这样的礼遇。因为他的地位、声誉远不如他们。尽管《水浒》中一再交代，武松初来柴进庄时也受礼遇，只因武松脾气不好，喝酒生事打骂庄客，被柴进冷淡，使武松受到冷落。但是书中"也一般接纳管待"几字，就道出这"接纳管待"是低档次的。恐怕也就是林冲初到柴进庄时，庄客按常规端出的五个"一"及"米上放着十贯钱"那样的规格。武松在柴进庄住了一年，这一年的日子会怎样，便可想而知了。也正如此，武松在柴进庄身患疟疾却无人过问，只得自己在东廊前找地方烧火御寒。所以当柴进找宋江找到武松面前，谈到宋江时，武松才会直言不讳地说："他便是真大丈夫，有头有尾，有始有终！我如今只等病好时，便去投奔他。"这一席话，可看出武松的直率，同时也间接地数落了柴进的不是。武松说宋江是个"真大丈夫"，言下之意，不就是说柴进是个"假大丈夫"吗？说宋江"有头有尾，有始有终"，不就是批评柴进待人有头无尾，有始无终吗？还好武松初来接待的规格就一般，若一开始像林冲、宋江初来那样高规格，而后来改变了的话，真不知此时的武松要说出多难听的话来。说病愈后便投奔宋江，更是道出武松一肚子的怨气及不如意，也是对柴进待客因人而异的公开批评。结识宋江后，宋江大喜，抓住武松的手，一同到后堂酒席上，又让武松与自己一同坐上座。酒后宋江又留武松在"西轩下做一处安歇"。这些行动，看似平常，但对长久受人奚落的武松来说就倍感亲切。这些举动与柴进因人而异形成鲜明的对比。此后宋江拿钱为武松做衣服，可见武松的衣裳已经破旧。临别时，宋江又"取出一锭十两银子，送与武松"。这一切当然使武松这条硬汉感激涕零，反过来印证了武松所说的话："他便是真大丈夫，有头有尾，有始有终。"正因为宋江对其厚爱，武松才寻思道："结识这般弟兄，也不枉了！"言下之意，不又有贬柴进之意吗？可见像武松这样的平民，柴进对他的待遇又是另一样规格。这不同的接待方式，也充分反映出这位凤子龙孙待人也是有等级之分的。

## 48. 唐牛儿和郓哥

　　一部作品就好比是一盘菜，主要人物就好比是这盘菜中之主料，次要人物就好比是这盘菜中之辅料或调料。次要人物是为主要人物服务的。要炒出一盘可口的好菜，主料齐备了，没有这辅料或调料，厨师手艺再高，也难炒出这盘好菜来。同样，没有这次要角色，主要人物的性格无从表现；次要人物写不好，主要人物性格也展示不好；没有次要人物，主要人物的故事结构、性格发展就脱节，就难完成。这唐牛儿和郓哥就是这样两个次要人物。

　　唐牛儿和郓哥是《水浒》中仅有的两个少年形象，他俩年龄相仿：年方十五六岁。职位相同：都是小商贩，一个卖糟腌，一个卖果品。两人又各有一个靠山：唐牛儿常常得宋江资助，"但有些公事去告宋江，也落得几贯钱使。宋江要用他时，死命向前"。而郓哥，"时常得西门庆赍发他些盘缠"，常"赚得三五十钱养活老爹"。两人性格还有两点相似：乖巧、油滑。两人在《水浒》里所遇之事也大致相同，然而两人因经济负担，社会阅历有别，性格上也有明显的差异。

　　唐牛儿孤单一人，无牵无挂，又无人管束，"只是帮闲"，也正因此沾染了一些坏习气，如赌博。而郓哥家有老爹，他卖果品谋生是为了养家糊口，颇有孝心。两人都因寻靠山挨了打。唐牛儿明知宋江的"外宅"阎婆惜偷人养汉，虽说他对阎婆惜的行为大为不满，但并不愿揭发。就是挨了阎婆的打，他恨得咬牙切齿，发誓"我不结果了你，不姓唐"，也仅是吹吹牛、说说大话而已。就是在这种气愤的情况下，他既不打算去捉奸报仇，也不向宋江告发。最后宋江杀阎婆惜被阎婆在县衙门前揪住不得脱身，唐牛儿见此情景，想起自己被阎婆扭打的"一肚子鸟气"，才冲过去，"把婆子手一拆拆开了，不问事由，又开五指，去阎婆脸上只一掌，打个满天星，那婆子昏撒了，只得放手，宋江得脱，往闹里一直去了"。唐牛儿此时并不是有心救宋江，完全是报阎婆打他之私仇。不信，有言为证：当阎婆抓住他叫道"宋押司杀了我的女儿，你却打夺去了"。他这才慌了，忙说："我那里得知！"如果唐牛儿当时知道宋江杀人，宋江虽是他的"孤老"，我想他也绝不敢插手打阎婆，放走凶手。这就是唐牛儿在这复杂的社会里养成的"尖刁促狭"的帮闲性格。在这一回书中，平日里宋江是他的"孤老"，关键时刻他却成了宋江的"救星"。他之所以无意救宋江是因为他赌博输了钱，想找宋江要几个子儿，解决"喉急"。这阎婆不但断了他的财路，反把他打了。有了这个前因，才出现后面打阎婆、让宋江逃脱的后果。没有这个因果，这一出戏就难演了。

郓哥则不然。他寻找西门庆是为了"赚得三五十钱养活老爹"。为达到这个目的，他虽像唐牛儿一样，与王婆油嘴滑舌地纠缠，但是挨了王婆打后，他不是像唐牛儿那样说大话，吹牛皮，说什么要结果阎婆之类的话，而是下决心揭发王婆这"做牵头的老狗"。他说到做到，在街上寻找武大，用言语奚落、激将武大，然后又出计与武大一同去捉奸。郓哥的这个举动虽与唐牛儿一样，"也不为武大，也不为西门庆，只是要出王婆这口气"，报"一头大栗暴凿"之仇，完全是夹杂着个人意气的得失计较。但他比唐牛儿泼辣、果断、敢为。当武松找上门来，他"也瞧了八分"。他知道这个忙是一定要帮的，于是，提出了一个条件："我的老爹六十岁没人养赡，我却难相伴你们吃官司耍。"这真是大实话。如武松所言："你虽年纪幼小，倒有养家孝顺之心。"当武松拿出银子给他安家，解决了他的后顾之忧时，他顾不得个人的安危得失，又不像唐牛儿那样不问是非，也不考虑西门庆往日的小恩小惠，而是站在公正的立场上，如实地提供自己所掌握的奸情，最后还勇敢地为武松作证。郓哥虽有钻营、油滑、撒泼等小市民习气，但还是能辨是非、爱憎分明，坚持正义。更可贵的是不为小恩小惠所惑而颠倒黑白、好歹不分。这点，不但唐牛儿无法比拟，恐怕连人们喜欢、歌颂的好汉武松也望尘莫及。郓哥这个次要人物的设置，正像一根针一样，串起了激将、捉奸、作证及以后武松告官、杀人等情节，同时又展示出敢仗义执言的品质。没有他这个"辅料或调料"，武松这盘大菜也就索然无味了。

## 49. 王婆的"茶"

王婆是潘金莲的邻居，阳谷县一家小茶铺的老板娘。她的为人《水浒》中交代得很清楚，完全是一个反面角色，是一个卑劣、丑陋、凶残的三姑六婆形象。她凭着她所经营的职业所积累的"丰富经验"，善于观察，揣测人们的心理状态，以茶为武器，去挑逗、引诱、击中对手，使之服服帖帖掉入自己的陷阱。

王婆卖茶集中在《王婆贪贿说风情》一回书里。潘金莲放帘不慎，无意打中过路的西门庆。西门庆一见潘金莲便垂涎三尺，两日内五次蹓入王婆茶坊"喝茶"。王婆针对西门庆五次进门"喝茶"的心理，运用各种不同的茶招待，既介绍了各种茶汤的特点，又巧妙地扣住了对方的心理。这五次"喝茶"，使王婆这个奸诈狡猾、可恶可杀的虔婆形象活灵活现地展现在读者面前。

第一次进王婆茶铺，西门庆是迫不及待地想知道潘金莲是谁家妻小。而王婆是说了一大堆疯话：说潘金莲是"阎罗大王的妹子，五道将军的女儿，武大官人的妻"，等等，故意卖关子，吊足了胃口，促使西门庆心急如火，最后才道出潘金莲是武大郎之妻，让西门庆叫苦不迭。过了两个时辰，西门庆第二次走进王婆茶铺，此时王婆端出一碗梅汤给西门庆喝，意在点破西门庆醋意倍增的心理。又借"梅"与"媒"的谐音进行挑逗、表白。梅汤，即是在茶里放入几粒乌梅煎制而成。乌梅性平、味酸，有生津、解烦渴之功能。西门庆此时因色而烦，因欲而渴，喝此茶正是对症下药了，故慢慢地喝着，渐渐地入套，提出要王婆为自己做媒之事。

西门庆第三次入茶铺，是在天黑点灯之时，离第二次仅个把时辰之隔，色欲之切可见。王婆了解他的来意，刚坐下，王婆主动递上了一碗和合汤。这是甜茶，如何配制已经不得而知，有开胃舒心之功效。和合，是古代神话中象征夫妻相爱之神名，常画二人，蓬头笑面，一持荷花，捧圆盆，取和谐和好之意。此时王婆针对西门庆请她做媒之事，让他喝"和合汤"，是让西门庆放心、宽心，暗示此媒一定成功。

第二天一早，西门庆第四次上门，王婆一句："这个刷子跷得紧！你看我着些甜糖，抹在这厮鼻子上，只叫他舔不着。那厮会讨县里人便宜，且教他来老娘手里纳些败缺！"道出了王婆的计划：抓住西门庆求色之切，慢慢整治他，达到自己贪贿的目的。西门庆此来，王婆故作冷淡，置西门庆于欲罢不能、欲进无门的境地。待西门庆叫茶，王婆"便浓浓的点两盏姜茶"递给他喝。姜茶，即在茶中放入几片生姜，至今江南农村尚存此习俗。生姜能发表散寒。此时让西门庆喝此茶，一是点出时令，一早喝姜茶可破晓寒；二是以生姜性辛温，温中祛寒，回阳通脉的特点，激将西门庆。有煽惑、使之祛怯之意。暗示要西门庆趁热打铁，一鼓作气。

西门庆喝完姜茶离开茶铺后，一直在潘金莲门前转悠。这种色欲如饥似渴之状，急不可耐之情，又被王婆尽收眼底。当西门庆第五次进茶铺，王婆以一句"老身看大官人有些渴"点破西门庆之色渴，以吃个"宽煎叶儿茶"的茶名，暗示自己已经是胸有成竹，来宽西门庆之心。西门庆很快听出王婆的弦外之音，一拍即合，狼狈为奸，导演了一出伤天害理的丑剧。

有人说，《水浒》善于写酒而不善于写茶，并举了大量的例子，说《水浒》里处处可见酒店、酒楼、醉酒、因酒生事的描写也特别多，而写茶的地方仅三四处。就数量而言，此话只有一半对。不对的另一半是，尽管《水浒》写茶的地方少，但并不代表作者不善于写茶。就拿《王婆贪贿说风情》这一回书看，他不但善于写茶，而且写得精彩无比，这小小的几杯茶，我们不难看出西门庆好色，更不难看出王婆之阴毒，作者正是通过这茶展开故事、表现人物性格的，真是一箭双雕。再者，《水浒》是写男人的书，这些男人大多为英雄豪杰，这茶哪能壮英雄胆？显然，只有酒方能更好地显出英雄豪气。这大概就是写酒的地方特多，而写茶的章节很少的原因吧。

## 50. 何九叔的"精"

何九叔在《水浒》里是个小人物，写他的地方不多，集中在《王婆计啜西门庆，淫妇药鸩武大郎》及《偷骨殖何九送丧，供人头武二设祭》这两回书里，写到他的文字不上两千字，淡淡几笔，但性格鲜明突出，形象真实可信。

何九叔的职业是团头，专门处理地方上殓尸安葬之类的事情。他的出场是去为武大郎验尸，途中碰到西门庆之时，何九叔先是"心中疑忌"，但是很快做出了较为准确的判断："今日这杯酒必有蹊跷。"果然不出所料，这酒喝不到半个时辰，西门庆摸出了十两银子，莫名其妙要何九叔收下，而且言语中软硬兼施，这就使何九叔更加警觉，越发稳重从事。对于这十两银子，起初他不肯受，因"无半点效力之处"，待西门庆说出所求，他又不敢不受，因他"自来惧怕西门庆是个刁徒，把持官府的人"。与西门庆的初次交锋，何九叔的精明、警觉、圆滑、胆小的性格就得到了初步揭示，而且又使人可信。因为何九叔的职业决定了他的性格。他接触社会各阶层的人，工作中会遇到各种各样复杂的情况和矛盾，为了适应这个职业特点，他必然要磨炼出符合这职业特点的性格特征，不然他就难以在这复杂的社会中生存。故此与西门庆接触后，他就带着"这件事必定有蹊跷"的疑窦去验尸。作品中虽未写出他去验尸途中的心理活动，但是他的办法早已盘算妥当。当他看见"穿着些素淡衣裳从里面假哭出来"的潘金莲时，他马上得知西门庆"这十两银子有些来历"。当他"揭起千秋幡，扯开白绢，用五轮八宝翻着两点神水眼，定睛看时"，很快就辨明了武大郎的死因，于是："大叫一声，往后便倒，口里喷出血来，但见指甲青，唇口紫，面皮黄，眼无光"。你看他装得有多像，连妻子也被瞒过而痛哭不已。这一切不难看出，对事态发展的处理，何九叔早已成竹在胸，故此在一瞬间表演得如此逼真。

何九叔的为人、性格特征发展至此，应该说是一目了然了，但是作者并未辍笔,作者在完成了语言、行动上对他的刻画之后,又揭示了其复杂的内心,对其性格又做了极大的丰富,这就是他被抬回家对妻子的一席话:

> 我到武大家,见他的老婆是个不良的人,我心里有八九分疑忌;到那里揭起千秋幡看时,见武大面皮紫黑,七窍内津津出血,唇口上微露齿痕,定是中毒身死。我本待声张起来,却怕他没人做主,恶了西门庆,却不是去撩蜂剔蝎?待要胡卢提入了棺殓了,武大有个兄弟,便是前日景阳冈上打虎的武都头,他是个杀人不眨眼的男子,倘或早晚归来,此事必然要发。

这番话正是其验尸时假装中恶的思想表露。这里有正确的判断:武大郎是被淫妇、奸夫合谋所害;这里有对西门庆、武松的惧怕;这里有对事态发展、累及自己的痛苦;这里还有对如何处理下一步工作一筹莫展的烦恼、怯懦。所以,当他妻子献出骨殖、保留赃银之计时,他转愁为喜,道出:"家有贤妻,见得极明!"举火烧化时,他按照妻子之计,偷了骨殖,写下年、月、日、送葬人姓名,和银子包在一起,做一布袋装着。这又反映出他的精明、圆滑,必要时,这些可以作为他应急时开脱自己的"老大证见"。

事态的发展与何九叔的预料一样,武松一回来,事情就发作了:一日清晨,武松找上门来,一听吆喝,"吓得手忙脚乱,头巾也戴不迭",这反映出何九叔对武松这个"杀人不眨眼的男子"驾到的惧怕,他又"急急取了银子和骨殖藏在身边,便出来迎接",这又反映了其早有对策、精明强干。喝酒时,"武松更不开口,且只顾吃酒。何九叔见他不做声,倒捏两把汗,却把些话来撩他。武松也不开言,并不把话来提起"。这种场面,一个是气势逼人、杀气腾腾,另一个则是提心吊胆、心怀鬼胎。虽然作者的着墨不多,但是两人复杂、激烈的内心活动却已跃然纸上。待武松揭起衣裳,飕地掣出把尖刀来插在桌子上,指着何九叔质问时,何九叔先是"面色青黄,不敢吐气",但等到武松把话说完后,他反而镇定自若,何九叔说道:

> 小人并然不知前后因地。忽于正月二十二日在家,只见开茶坊的王婆来呼唤小人,殓武大郎尸首。至日,行到紫石街巷口,迎见县前开生药铺的西门庆大郎,拦住,邀小人同去酒店里,吃了一瓶酒。西门庆取

出这十两银子，付与小人，分付道："所殓的尸首，凡百事遮盖。"小人从来得知道，那人是个刁徒，不容小人不接。吃了酒食，收了这银子，小人去到大郎家里，揭起千秋幡，只见七窍内有瘀血，唇口上有齿痕，系是生前中毒的尸首。小人本待声张起来，只是又没苦主；他的娘子已自道是害心疼病死了。因此，小人不敢声言，自咬破舌尖，只做中了恶，扶归家来了，只是火家自去殓了尸首，不曾接受一文。第三日听得扛出去烧化，小人买了一陌纸，去山头假做人情；使转了王婆并令嫂，暗拾了这两块骨头，包在家里。这骨殖酥黑，系是毒药身死的证见。这张纸上，写着年、月、日、时，并送丧人的姓名，便是小人口词了。都头详察！

何九叔叙述了验尸的前后原委和武大身死的鉴定。一段话有分析、有看法、有证据、有表白，句句都是真情，字字间又暗示了自己的难处。当武松问奸夫是何人时，他明知却不敢说出，但是又怕武松的追逼，于是引出了郓哥和武大捉奸之事。待找到郓哥，郓哥自告奋勇表示"便到官府，我也只是这般说"时，何九叔又怕到官府去作证，提出"小人告退"的请求，打算一走了之。

如果说"受贿""中恶"，主要表现何九叔性格中的圆滑的话，那么与武松的接触，更多的则是他的胆小怕事，明哲保身。为了适应环境，保存自己，他是见风使舵，处处周旋，这是他的职业特点决定的。作者在塑造这个人物时，处处紧扣其职业特征来写，使得何九叔这个人物形象栩栩如生，真实可信。

# 51. 武松性格试议

提起武松，人们往往喜欢举出他景阳冈打虎、斗杀西门庆、醉打蒋门神、大闹飞云浦、血溅鸳鸯楼等精彩的故事，来讴歌这位刚强、勇武、坚决、无畏、受人敬仰的英雄，也正是这些故事，使武松成为人民群众最为熟悉和喜爱的人物，成为民间传说中勇敢和力量的化身。但是，人们很少思索过，恰恰就是这些精彩故事的本身，又暴露了武松性格中的弱点。本文拟就武松性格中的弱点做些有益的探索。

从武大卖炊饼可知，武松大概出身于城市贫民，略有文化，并无职业，是一个凭一身本事漂泊江湖的无业游民。也正因此，既有江湖侠士的"义气"：秉性刚烈、机智沉着、好打不平；又有城市贫民的"恶习"：个人意识强、私人恩怨观念重，又甘当顺民。武松的生活道路、性格的转变，是以上二龙山落草为寇为分界线的。上二龙山落草之前，虽然演出了景阳冈打虎、斗杀西门庆、醉打蒋门神、大闹飞云浦、血溅鸳鸯楼等一幕幕英雄赞歌，但仍然掩盖不了他那城市贫民的恶习，而这些恶习又支配着整个前期的性格。景阳冈打虎为民除了一大害，可说是侠士行为的反映。但这并不是主动为民除害，而是害怕被谋财害命和被人耻笑。打虎之后，颇得阳谷县知县的赏识，县太爷有心抬举他，提出："虽你原是清河县人氏，与我这阳谷县只在咫尺。我今日就参你在本县做个都头，如何？"武松面对这突如其来的恩赐，受宠若惊，毫不思索，忙跪谢说："若蒙恩相抬举，小人终身受赐。"这一跪一谢，就反映出这位英雄也存在着与宋江一样的"荫子封妻，光宗耀祖"的封建正统思想。做了步兵都头，他结束了寄人篱下、受人冷遇的生活，为此心里也很得意："我本要回清河县去看望哥哥，谁想到做了阳谷县都头。"行动上，他以知恩报恩的态度，忠心耿耿地为官府效劳，因此"上官见爱，乡里闻名"。可见他已成了封建衙门的有力的一员，也正因此，当知县让他把一担刮地皮得来的赃物送往东京时，他也满口应承，一心一意、诚诚恳恳去完成。

他从东京归来后，发现其兄武大郎已死，他从潘金莲的答话中理出了调查的线索，于是顺藤摸瓜，从何九叔那里取得了物证，从郓哥口里问明了奸情，得知武大郎确系恶霸西门庆和潘金莲所害。按照他那疾恶如仇的侠士性格，这杀兄之仇岂能慢慢来。但他却一反常态，循规蹈矩地按照法律办事。他满以为人证物证俱在，自己又得县太爷赏识，到县里告状，一定可以申冤雪恨。谁知县官及衙役们都接受了西门庆的贿赂，狼狈为奸，告状不准，反要他休听外人挑拨，"不可一时造次"，还斥责武松"不省得法度"。说什么

●行者武松

"但凡人命之事,需要尸、伤、病、物、踪五件事全,方可推问得"。这明明是贪官污吏贪赃枉法,可是武松还认识不清。既然官府不问,他就想凭借自己的力量,按自己的办法来为哥哥复仇,借此来获得官府的同情和支持。所以他杀死了潘金莲及西门庆,居然提着两颗人头到衙门投案自首。这投案自首的行动,一方面反映了他敢作敢为,不愿连累他人的"侠士"性格,同时也表现出他遵循封建道德,尊重封建法律秩序,甘当顺民的性格。最后他被脊杖四十,刺配孟州,他还认为"与哥哥报仇雪恨,犯罪正当其理,虽死而不怨",对官府与豪强勾结毫无抱怨之意。

刺配孟州之后,牢中的十多个囚犯出于好心,向他诉说了管营、差拨们的狠毒,他们对发配来的囚犯,如无人情相送,稍有不逊,便拉进土牢里用"盆吊""土布袋"等办法害人致死,自己又亲眼目睹一批囚犯,六月炎天在日头里担水、劈柴、做杂工受罚之事。身为都头的武松对管营、差拨们都是些残忍的酷吏，应是知道的。为了酬报施恩父子免打一百杀威棒及优礼款待之恩，他那知恩必报的所谓江湖义气又在作祟。他看人不分敌我，视事不究是非，被施恩父子利用，还乐意充当他们的打手，生怕施恩父子信不过，又以举天王堂前石墩来卖弄自己的武艺。当施恩装模作样，好像有口难言时，武松反而迫不及待训斥施恩，又是赌咒发誓："你要教人干事，不要这等儿女相！怎地不是干事的人了！便是一刀一割的勾当，武松也替你去干！若是有些谄佞的，非为人也！"就是这样，施恩父子还不放心，最后以与武松结拜兄弟，彻底完成了对武松的收买。而武松面对施恩父子对他的吹捧已昏昏然，与施恩结拜兄弟，更使他喜欢得大醉而回。报恩！报恩！武松再也按捺不住这种想法了，"巴不得天明"就去打蒋门神。终于为施恩父子夺回了快活林，帮施恩父子重霸了孟州道。为此武松也很得意，还说自己"从来只要打天下这等不明道德的人"。

其实这不讲道德的人，蒋门神虽是，施恩父子亦不例外。蒋门神与施恩父子之间的斗争实质上是强豪与酷吏间的斗争，他们是一路货色，武松并未认识到这一点。如果蒋门神也能像施恩父子那样待武松，武松未必会打蒋门神了。武松敢打"倚势豪强"的蒋门神，有一定的侠士气概，但他那被人利用，充当打手反不觉悟，也实在可悲。打了蒋门神，也正暴露了武松的弱点：武松这样的人，在横暴无理的恶势力面前，不愧是敢于两肋插刀、不畏生死的英雄，但在花言巧语、吹捧和抬举之时，他那个人恩怨、甘当顺民的飘飘然情绪，往往使他上当受骗，被人利用，充当恶势力的帮凶。蒋门神被打了，但是这场斗争并未结束。蒋门神的后台张团练不出面，张都监却出马请武松。初次见面，又是夸武松"大丈夫，男子汉，英雄无敌，敢与人同死同生"，又是要武松"做亲随贴己人"，又是与武松"彻里彻外做秋衣"。张都监的这些小恩小惠，又蒙住了武松的眼睛。武松的官瘾又上来了，报恩思想又发作了。自从跟随了张都监，他是"寸步不离，又没工夫去快活林与施恩说话"。可见，为了死心塌地为张都监效力，他连朋友都不顾了。中秋节张都监家"闹贼，我如何不去救获"。因此，提起哨棒献忠心，结果中计被擒，直到大闹飞云浦、血溅鸳鸯楼后，他才知道自己又上当了。

有人说"大闹飞云浦""血溅鸳鸯楼"是武松性格的飞跃，真正表现了他对豪强酷吏的仇恨，以及对封建道德和法律的蔑视。笔者认为，"大闹飞云浦""血溅鸳鸯楼"，与杀嫂、斗杀西门庆的性质相同，完全是为了复仇。正如他逃出孟州所言："这口鸟气，今日方才出得松。"是他"从来只要打天下这等不明道德的人"的侠义行为的反映。如果没有这一点，他就不能成为受人喜爱的英雄。在鸳鸯楼白粉墙上，蘸血写下"杀人者打虎武松也"八个字，与斗杀西门庆后投案自首一样，反映了他那敢作敢为、不愿连累他人的品格，不同的是，他不再投案自首了。他很清楚地知道，这意味着自取灭亡，于是只好亡命江湖。后来在张青的劝导下，他已决心投奔二龙山落草，似乎他已经清醒，有了对豪强酷吏的自觉的仇恨，可是在孔家庄遇见宋江后，宋江要他同投清风寨花荣时，却是武松在《水浒》里第一个提出"异日不死，受了招安，那时却来寻访哥哥未迟"，这又作何解释呢？武松此时还有心归顺朝廷，可见其并未觉悟，对统治者还寄予幻想，还想当顺民罢了。

## 52. 一个不戴头巾的男子汉

《水浒》里的潘金莲，给读者留下的印象是较坏的：她勾引武松，欺侮武大，与西门庆通奸，合谋鸩杀亲夫，真可谓心黑手毒。但是，仔细地思忖、冷静地分析一下，就会觉得潘金莲并非是个天生的坏人，她也是封建制度下的牺牲品。我认为对潘金莲，要赞扬她的反抗精神，同情她的不幸遭遇，鞭挞她的轻率狠毒。对她全面否定，实在有欠公允。

潘金莲是在《水浒》第二十四回出场的。出场前，作者对她的经历有段简单介绍："那清河县里有一个大户人家，有个使女，小名唤做金莲；年方二十余岁，颇有些颜色。因为那个大户要缠他，这女使只是去告主人婆，意下不肯依从。那个大户以此记恨于心，却倒陪些房奁，不要武大一文钱，白白地嫁与他。自从武大娶得那妇人之后，清河县里有几个奸诈的浮浪子弟们，却来他家里薅恼。原来这妇人见武大身材短矮,人物猥獕,不会风流;这婆娘他倒诸般好,为头的爱偷汉子。"从这段文字看,我们至少可以了解到,潘金莲是个贫苦人家的女儿,年轻美貌,具有反抗精神,深受主人迫害,在浮浪子弟勾引下,逐渐变得爱偷汉子。除此外,作者也赞扬她:"这婆娘倒诸般好。"事实也是如此,潘金莲是具备贫苦人家妇女的一切优点的。在清河县,武大被一班奸诈的浪荡子弟薅恼得不安,搬到阳谷县,她顺从夫意跟来了,而且在阳谷县她比较安分守己,可见她在清河县是被那些浪荡子弟薅恼、勾引的不安的情况下才偷人的;武大兄弟相会后,武大在武松面前从未说过她一句坏话,就连在清河县里住不牢被迫搬家,他也是把罪责推到那班浪荡子弟身上,毫无抱怨潘金莲之意,就连郓哥告诉他潘金莲与西门庆的事,他也是不信:"真有这等事?"这就说明,婚后潘金莲对他还是较好,并没有水火不相容、无法过日子的迹象,武大对潘金莲还是比较信任、满意的。捉奸被西门庆踢伤后,老婆偷人被证实,又明知老婆挑唆奸夫踢伤自己,自己伤后又"求生不生,求死不死",就是在这种情况下,武大还能原谅她,说出"你救得我活无事了,一笔都勾,并不记怀。武二家来,亦不提起"这样的话来。当然这里一方面揭示出武大善良懦弱的本性,另一方面也说明武大对潘金莲的爱恋之情,这爱恋之情是平日生活较和睦的结晶,潘金莲假意拿药归来,武大还以"生受大嫂"表示谢意,这一切都说明,武大对潘金莲是满意的。武大怎能对她不满意呢?她能干,料理得好家务,做得一手好针线活儿;她顺从,武松赴东京前叮嘱武大迟出早归,归来放帘闭门,免生是非口舌,武大照办了,虽说她为此骂了武大三四日,但并未违抗,几日过后,她还主动照武大样做;她老实又通情达理,从王婆家吃酒归来被武大发现后,她不隐瞒,如实向武大说明情况,武大告诉她,远亲不如近邻,不要失了人情,应买些酒食回礼,不要白食人家的,她照办了。这些都是她的优点。

另外,还有一点值得多说几句的是,潘金莲还具有强烈的反抗精神。这种反抗精神,在《水浒》妇女中是少有的。武松赴东京前,有几句话是专门说给潘金莲听的,武松是话中有话,潘金莲知道弦外有音,故"一点红从耳边起,紫涨了面皮",说明她还知羞。但她并不示弱,针锋相对回复了武松:

"我是一个不戴头巾男子汉，叮叮当当响的婆娘！拳头上立得人，胳膊上走得马，人面上行得人！不是那等搠不出的鳖老婆！自从嫁了武大，真个蝼蚁也不敢入屋里来！有甚么篱笆不牢，犬儿钻得入来？你胡言乱语，一句句都要下落！丢下砖头瓦儿，一个个要着地！"这几句话，说得虽有点言过其实，但基本反映了潘金莲强烈的反抗性格。而这种强烈的反抗性格，是忘恩负义、偷人通夫的阎婆惜，出身豪门、又有丈夫的卢俊义妻贾氏之类"淫妇"无法与之相比的，就是作为梁山好汉的扈三娘也远远不及。潘金莲是个贫苦人家出生的使女，无依无靠，无权无势，主人家要缠她，她坚决不肯依从，用禀告主人婆来揭露主人的无耻，以示反抗。潘金莲的这种反抗精神，还表现在对待武松的态度上。武松作为一条硬汉，使许多人害怕。西门庆上与官府勾结，下与人放刀把滥，"满县人都饶让他些过"，又"使得些好拳脚"，可谓是阳谷一霸。当他听说武松是武大的亲兄弟时，心里却似提在冰窑里，连声叫苦，毫无主见，慌了手脚。而潘金莲面对武松的警告，却敢大发雷霆，与之争辩，指桑骂槐，以骂武大来骂武松，表示自己对武松极大的不满。

  爱偷汉子，从封建伦理道德的角度上看是错误的，是不被允许的。但是，对潘金莲爱偷汉子，我们不能按常规而论，有她的特殊性。潘金莲爱偷汉子，是她对封建道德、封建礼教迫害的报复，是她对生活折磨的反抗，也是她强烈的反抗精神的一种具体的表现。她做使女时，并不是一个淫妇，也没有偷汉子的毛病。主人的勾引，她完全可以就范，像阎婆惜、金翠莲那样去享受"外宅"的富贵。但是她不甘心受人蹂躏，不屈从于主子的淫威，表明她有见识、有志气、有个性的追求。然而，她对封建社会必然缺乏认识，她以为禀告主人婆，揭露主人的无耻行径，就可以自身解脱。谁料主人婆并未因此欣赏她。在封建社会，男子是可以娶妻纳妾的。主人婆怕主人纳了潘金莲，自己遭受冷落，对丈夫的恼怒就不能不转嫁给潘金莲，主人就更是怀恨在心，更加残酷、毒辣地迫害潘金莲，倒赔了房奁，不要武大一文钱，白白地嫁给这个"身不满五尺，面目生得狰狞，头脑可笑"，被人称为"三寸丁谷树皮"的武大。封建时代，使女的一切是唯主人之命是从，绝对没有自由，婚姻上更无选择的权利，"嫁鸡随鸡，嫁狗随狗"，所以潘金莲只得服从，也因此给潘金莲的爱情带来了悲剧。这个不幸难道不值得同情吗？这悲剧正是清河县这大户一手造成的，但是他却置身处外，可以不负任何责任，读者对他也无过多的谴责，而对潘金莲却说三道四，进行苛求，我看也是封建的伦理残余在作怪。

潘金莲在武大那里，同样是得不到称心的爱情的，清河县那班浮浪子弟在武大门前叫喊"好一块羊肉，倒落在狗口里"这也是事实，面对事实，叫潘金莲不怒、不恨、不哭、不想是不可能的。潘金莲不满意这个"面目丑陋、头脑可笑"的"三寸丁谷树皮"丈夫，心中苦闷是必然的，是可以理解的。叫她与之美满地生活在一起，是不太可能的。这怨恨、这不满本身就是反抗，是潘金莲的权利。然而她深知，她的不幸命运是人为的，是主人故意捉弄、坑害，作为一个具有强烈反抗精神的女性，她能任其自然，俯首任人摆布吗？不能。她要抗争。公开反对封建礼教，她还没那么高的觉悟，与主人硬斗，她还没那个能力，她只能以性解放为手段，企求比较满意的爱情，来反抗封建道德，来与主人的迫害斗争。可惜的是她分不清反抗的对象（她也不可能分清反抗的对象），嫁给武大后，对武大这样本分、善良、懦弱的人，她同情得少，认为嫁给他，是自己"晦气"（但是也绝不会是幸福，也不可能有幸福）。为了嫁给像武松这等汉子，不枉为人一世，她不分好歹，不分对象，不考虑后果，把武大也当作反抗对象，为追求"幸福的爱情"她不顾一切，正因此，她易于为人引诱，上当受害，造成悲剧的结局。

潘金莲不满于命运的安排，企求比较满意的爱情，以性解放来反抗封建道德是应赞许的。但是她那轻率、狠毒的做法，又要受到鞭挞。她不顾公认的伦理道德，初见武松，便诅咒自己的丈夫"三分像人，七分似鬼"，认为嫁得像武松这样一个人"也不枉为人一世"！想想倒也罢了，她偏偏要动心，认为"这段姻缘在却在这里"。接着轻率地做出勾引决定，精心地安排起来：以亲兄弟情分为由，以免得别人笑话为理，名正言顺地诓武松搬来家住；以关怀拉拢，步步进逼，以致雪天挑逗，结果碰了武松一个硬钉子。虽说她当时也羞红了脸，但并没有认识到自己的错误，相反地做出了第二个轻率举动，倒打一耙。武松搬出后，她并未死心，十数日以后，是武松拿了酒肉来辞行，她还余情不断,想继续勾引武松,这种轻率之举,是为世人所不容的。

杀夫是潘金莲不可宽恕的罪过,使她成为千古罪人,是读者、论者所憎恨的原因所在。对这个问题,也要做具体分析,看看她是怎样犯罪的,她要承担的罪责有多少,只有这样,我们才能全面认识、评价潘金莲这个"淫妇"。潘金莲与西门庆相识,是在潘金莲放帘失手打了西门庆之后。当时初见西门庆这一表人才,潘金莲并没有产生初见武松时的那种心情,更无设计勾引之念头。只是赔了不是以后,"收了帘子叉竿归去,掩上大门,等武大归来",连想想西门庆的行为都没有。而西门庆是一见她便嬉皮笑脸、油腔滑调,一双贼眼"在这妇人身上,也回了七八遍头"。如果说潘金莲本性是坏的,很放肆的话,这里便可以与西门庆一见钟情一触即合,何必还要借用王婆出面,费那么多手脚呢?正因为潘金莲毫不动情,西门庆才死叮住不放,整天泡在潘金莲门口,等候相见,多次向王婆打听。如果潘金莲赔不是后,西门庆也就此了结,不步步紧逼,杀夫之事也就不复存在。王婆与西门庆,一个要钱,一个贪色,很快拍板成交。于是他们勾结在一起,暗地里精心设计圈套,迫使潘金莲落入陷阱,难以自拔。而这一切,潘金莲事先是不知晓的。潘金莲同意为王婆缝衣,起初她是考虑了武松临行前的叮嘱的,故此她提出"将过来做不得",待王婆按计行事,找出借口后,逼使她背违武松叮嘱,乐于到王婆家缝衣,不是为了去偷汉子,而是心地善良,替人着想,处理好邻里关系。这点武大也是赞同的。吃酒时,王婆与西门庆狼狈为奸,一唱一和,挑逗引诱,潘金莲并未搭腔,还是处于被动状态。当然潘金莲毕竟"爱偷汉子",面对西门庆这样的人,她不动心,也是不可能的。但是这里有主次之分,主动被动之别,王婆、西门庆是有意害人者,潘金莲是受害者。与西门庆勾搭上后,天天与西门庆厮混,乃王婆所逼。王婆现场"捉奸"后,她就是以"你从今日为始,瞒着武大,每日不要失约负了大官人,我便罢休;若是一日不来,我便对你武大说"要挟潘金莲的,当然,这里也有她甘心情愿的一面。因为西门庆此时对潘金莲还不错,潘金莲也对西门庆中意。以后如何打算,鬼迷心窍,此时此刻不会过多考虑,潘金莲也不可能考虑,但此时潘金莲对武大并未生异心,更没有厌弃、陷害之意。虽说天天约会,一还是瞒着武大偷偷干的，二是放帘，闭门等规矩，她还是恪守。武大捉奸，她也慌做一团，至于唆使西门庆踢伤武大郎，的确是她狠毒之处。最后药杀武大郎，计乃王婆所出，药乃西门庆所供，如何鸩杀，方法乃王婆所教，下毒前后，她多次表示自己手软，狠中还有片刻犹豫。她一步步走向犯罪完完全全是王婆、西门庆所逼致。如果没有西门庆无耻的勾引，没有王婆做就圈套，她是绝不会同谋杀人，也绝不可能造成最后被杀的悲剧结局的。

再说潘金莲毕竟是个贫苦人家出身的弱女子，虽说她具有反抗精神，但在王婆、西门庆这样的邪恶势力面前，她是软弱无力的。西门庆为非作歹，独霸一方，连老于世故的团头何九叔都害怕，认为"惹了西门庆，却不是去撩剔蝎"，所以在处理武大遗体问题上，处处提防他一手。而奸猾刁钻的王婆呢，更是手段毒辣，她善于察言观色，善于推测人们的心理，为了追求小利，不惜害人害己，连西门庆都被她算计，潘金莲就更不是她的对手了。他们正是利用潘金莲易于诱惑的弱点，使之成为罪人的。从根本上来讲，武大之死，并不是死于潘金莲之手，而是死于西门庆、王婆这班邪恶势力的迫害，真正的害人者、杀人者是他们，而不是潘金莲。潘金莲的性命也是被他们断送的。从这个角度上看，潘金莲的坠落、杀人、被杀，既应受鞭挞，又值得同情；既是罪人，又是可怜的人。

《水浒》的作者为什么一定要把一个出身下层的潘金莲写得一步步往死路上走呢？我想原因有两个：一是情节发展的需要，是为了武松杀嫂犯罪上梁山作准备；二是作者腐朽的封建观念在作怪。《水浒》作者们对妇女是轻视的，他们把妇女当作"祸害水"，不少英雄犯罪都因妇女而起。"不近女色"被当作梁山好汉的美德。水泊梁山一百单八将，没有几个有老婆，大多是单身一人。宋江虽说讨了阎婆惜为"外宅"，但"只爱学枪棒，于女色上不十分要紧"。在清风山听说矮脚虎王英抢了一个妇女到山后房里，便对燕顺等说："原来王英兄弟，要贪女色，不是好汉的勾当。"公开借宋江之口宣传"禁欲主义"。在作者的笔下，妇女都是有毛病的：梁山上的三女将，不是温顺过头，就是丑化过分；不是外貌丑陋，就是性格凶残。其他妇女，如林冲娘子张氏，作者虽热情赞颂，又"节女贞妇"味重。潘金莲、潘巧云等弱女子，试想冲破封建礼教的弥天罗网，向往美满幸福的爱情，作者又把她们写成"淫妇"而后置于死地，不得好终。特别是潘巧云只因得罪了石秀，最后硬是被石秀怂恿杨雄割腹碎尸，残忍至极。潘金莲最后也是被割胸断头而惨死。这一切说明：《水浒》作者的世界观，表现在妇女问题上是落后的、封建的，是根据男尊女卑、三纲五常的封建礼教来处理的。潘金莲为人所否定，也正是《水浒》作者定下的基调。

## 53．他就是会施恩

金眼彪施恩的名字取得好，不但有名有姓，而且有性格。他性格中最大的特点就是会施恩，用施展恩惠来笼络人心。《水浒》里对他的描写，主要集中在对待武松的态度上，不妨看看他是如何使用手段拉拢武松，使武松上当受骗、为其卖命的。

施恩与武松是截然不同的两个阶层的人，武松出身城市贫民，而施恩出身酷吏之家。其父为孟州牢城管营，也是一个作恶多端、心黑手辣的家伙。新来的犯人，如若没有人情相送，稍有不逊，就用"盆吊""土布袋"等办法加以杀害。施恩能独霸快活林，无非是借助其老子的淫威。如今快活林这块宝地被蒋门神夺去，他岂肯甘休。论武艺，他不是蒋门神的对手；论后台，其父是蒋门神主子的部下，故此施恩千方百计要物色一个对象为自己报仇。景阳冈打虎英雄的到来，他当然不舍得放过。点视厅上，只凭几句耳语，武松就免打了一百杀威棒。紧接着他就展开了他的施恩手段：先是叫家人送点心、送水给武都头；当晚又为武松挂起了纱帐，铺上了藤簟，放了凉枕；第二天一早，又请武松搬进了"干干净净的床帐，两边都是新安排的桌凳什物"的单人房来。这哪里是犯人，简直是客人！伙食也由头日的"一大旋酒，一大盘煎肉，一碗鱼羹，一大碗饭"改为"一注子酒""四般果子，一只熟鸡，又有许多蒸卷儿"。武松也由昨日自己动手吃，改为来人"把熟鸡

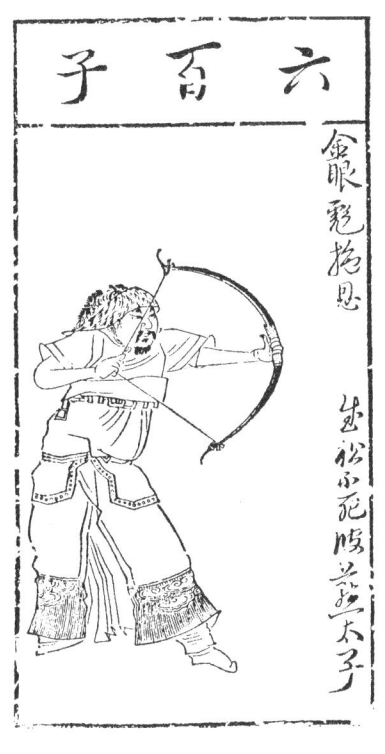

●金眼彪施恩

来撕了,将注子里好酒筛下,请都头吃"。招待逐步升级,武松地位也逐日提高,可见施恩用心良苦。每日如此,施恩手段高就高在自己还不露面,又不动声色,打发手下人礼待武松,以便察言观色,伺机行动,使武松自己也坐不住,自动上钩。而武松又是个肯为朋友两肋插刀的江湖好汉。当他知道厚待自己者,乃点视厅上救了自己免吃杀威棒的施恩时,感激万分,以不见施恩就不吃饭相威胁。施恩就在这个节骨眼上出场,又以礼贤下士之态,看见武松便拜,武松更觉得"寝食不安",在听了施恩几句奉承之语后,武松更飘飘然。几句对话,施恩了解到武松是个急性人,又喜欢托大、出风头,便用上了表面是关心、安慰,实际是激将之法,环环相接,使武松自愿上钩,愿为之报仇。

武松是否能赢蒋门神,施恩不摸底。武松又怕施恩信不过自己的武艺,以举天王堂前大石墩来卖弄自己的武艺,这就完成了施恩对武松的初次试探:

武松是可用之人。武松是否愿为自己出力？施恩又进行了第二次试探，先是故作忸怩之态，表示自己有难言之隐，当武松又是发誓，又是赌咒，表示自己"便是一刀一割的勾当，武松也替你去干"时，施恩还是不放心，又以蒋门神"三年上泰岳争交，不曾有对；普天之下没我一般的了"为由，提出要"等明日先使人去那里探听一遭，若是本人在家时，后日便去；若是那厮不在家时，却再理会。空自去'打草惊蛇'，倒吃他做了手脚，却是不好"来刺激武松，武松生性好打天下硬汉，又喜欢逞能，哪容得施恩如此长别人的志气，灭自己的威风之言，提出马上去打蒋门神。也就是在这个当口，老管营露面了，一句"老汉听你多时也"，道出父子俩沉瀣一气。他们父子使尽手腕，为了使武松死心塌地为自己卖命，老管营不顾武松是因犯，自己是管营的身份，让施恩和武松结为兄弟。父子俩一唱一和，使武松自愿充当打手，为他们打蒋门神，夺回快活林，重霸孟州道。

当然，施恩这个人物也有不少长处：如武松被捕入死牢后，施恩知道保住武松，就等于保住自己，因此三番五次冒死探牢，花钱贿赂，挽救武松，也尽了做兄弟的义务，这里就不多讲了。

## 54. 施恩的"怕"

俗话说："一朝被蛇咬，十年怕井绳。"此话的确不假，《水浒》里的金眼彪施恩就是这方面的典型代表。不信请看《水浒》中《施恩义夺快活林》《武松醉打蒋门神》两回书，字里行间处处可见分晓。

武松为什么要打蒋门神呢？为的是要帮施恩夺回快活林。这快活林是个什么地方呢？书中写得很清楚，读者一看便明：这快活林是孟州东门外一小市井，山东、河北客商都在此做买卖，有百十处大客店，三二十处赌坊兑坊。施恩在此开了个酒肉店，又把牢营里有八九十个亡命囚徒都分在其他店家及赌坊兑坊工作。每朝每日，都有闲钱，月终也有三二百两银子收入。

这快活林简直就是摇钱树、聚宝盆，谁见了不眼红？就是这么块风水宝地，却被蒋门神霸占，断了施恩的财路。施恩的父亲虽是牢城的管营，但没蒋门神的后台硬，施恩的本事又远不及蒋门神，因为不肯让出快活林，被蒋门神痛打了一顿，结果是"两个月起不得床"。起床后伤还未痊愈，依然包着头，兜着手，创痕一直未消。如此赚钱之处，施恩岂能甘心拱手让蒋门神抢去？要夺回快活林，自己没有这个实力，不是蒋门神的对手。好不容易物色到武松这条好汉，又怕武松不愿为自己效力。故武松一解押到牢营，他就亲临公厅说情免打一百杀威棒，让武松对他有个好感。又怕武松体力不支，借武松充军路上身力耗尽、"气未完，力未足"为由，打算要养息武松半年三个月。这也是进一步与武松拉关系、套近乎、联络感情，以便了解武松愿不愿为自己卖命、有没有夺回快活林的本领。他为什么这样做呢？说穿了，是他的"怕"在作怪。他怕什么？一怕武松目前体力不支；二怕武松不是蒋门神的对手，如贸然出手被蒋门神打败，那一辈子都别想夺回快活林了。俗话说：君子报仇，十年不晚。哪在乎这半年三个月呢？有了这段时间的休养生息，一切都揭晓了，能不能去打蒋门神，也有了明确的答案。这施恩怕还怕出了心计，怕出了经验。谁知这武松是个性急之人，知恩图报、好打不平，一句"看我把这厮和大虫一般结果他"，表达了武松愿为之卖命的决心。这时，幕后的策划者、施恩的父亲、牢城的管营走上了前台。他不管自己是牢城的管理者、武松是个囚犯，也不征得武松的同意，主动要施恩拜武松四拜，结为异姓兄弟，以坚定武松卖命的决心。第二日不给武松酒喝，是怕武松喝醉误了大事。第三日，与武松出城，武松提出见酒店就进门喝三碗，所谓"无三不过望"的建议。施恩一想，沿途十二三家酒店，"无三不过望"就是要喝三十五六碗，怕武松喝酒"如何使得"。当武松称害了三个月疟疾之后，还喝了十八大碗"出门倒"酒，照样打死一只猛虎，施恩还是坚持武松"再养几时"，此无他，还是一个"怕"，怕武松酒后误事。

陪武松去打蒋门神，施恩是忐忑不安的，精神高度紧张，"怕"字当先，时时笼罩在心头。在离快活林不远处，武松道："既是到了，你且在别处等我，我自去寻他。"施恩忙回答说："这话最好。小弟自有安身去处。"施恩的"这话最好"四字，多么形象地点出他对蒋门神的惧怕是何等之深。他怕出现在蒋门神面前，怕被打，又怕武松败下阵来，今后日子更难受。临分手时，他还再三叮嘱武松："望兄长在意，切不可轻敌。"恶斗在即，他这一叮嘱看似是对武松的关心，实际上还是道出了他"怕"的心理，特别是这个"切"字，更是他心有余悸的再现。

施恩被蒋门神痛打了一顿之后，产生这么多的"怕"是必然的。有了这些"怕"，就把施恩恐惧心理写活了。正因为被蒋门神打怕了，才有这种种后怕。这种写法，合乎人物心理，又合乎逻辑。

## 55．李逵的跪拜

在《水浒》中，李逵的跪拜前后仅七次，除了第九十三回梦游天池见宋徽宗跪拜，是已经变性的李逵外，其他六次皆因人而异，表现了李逵对不同的人和事所持的不同态度。真是跪出了性格，拜出了个性。

江州城初会宋江，他口口声声问戴宗："这黑汉子是谁？""莫不是山东及时雨黑宋江？"一口一个"黑"，全然不知礼貌。戴宗要他下拜，他竟口出粗言："若真个是宋公明，我便下拜；若是闲人，我却拜甚鸟！"最后，当他弄清楚眼前这个黑汉子真是宋江时，先是像孩子似的拍手，高兴地叫"爷"。紧接着是"扑翻身躯便拜"。这一言一行，不但充分显示李逵那粗鲁、憨直的性格，同时也生动、深刻地表现了他对宋江的满腔敬重之心，初见宋江兴奋之情。拜得真心，跪得实意。

梁山英雄劫了江州法场，救了宋江、戴宗。白龙庙前，宋江要李逵与晁盖相见时，李逵仅仅是"望着晁盖跪了一跪"，并说道："大哥，休怪铁牛粗鲁。"晁盖与宋江一样，在江湖上都是赫赫有名的人物，李逵与晁盖也是初次见面，其表现就没有初会宋江时那高兴劲儿。这一言一行来得简单、生硬。可见其对晁盖感情不深，跪得也勉强。而打下无为军后，宋江跪劝众好汉上梁山时，李逵见宋江跪、众好汉跪，也跟着跪下。这完全是受众好汉影响，出于礼貌。但当他弄清楚宋江下跪的缘由时，他是未等宋江说完，跳起身来又撒野道："都去！都去！但有不去的，我一鸟斧，砍做两截便罢！"可见这一跪是受蒙蔽，也是受人影响而为，并非出自内心。这一跪还可以看出李逵遇事的简单和率直。

沧州横海郡杀死小衙内，李逵完完全全是执行吴用"邀请"朱仝上山的命令。任务完成后，朱仝奈宋江不得，就拿李逵出气。逼得李逵有山难上，落难于柴进庄。柴进失陷高唐州后，李逵回梁山报急，朱仝还是不放过他，操起朴刀直奔李逵。晁盖等忙上前劝阻，宋江又逼着李逵向朱仝赔罪。为了顾全大局，以义气为重的李逵一再忍让，"只得撒了双斧，拜了朱仝两拜"，并说："我不是怕你；为是哥哥逼我，没奈何了，与你赔话！"可见这一拜完全不是自愿的，是宋江"逼"迫所致。这一拜一言充分表明李逵对朱仝的不满，一个"逼"字也道出李逵对宋江处事不公的不服，反映出其赔礼并非理亏，而是出于无奈的心理。

二清山跪拜罗真人及忠义堂负荆请罪，又有另一番情趣。戴宗、李逵奉宋江之命，经过连日辛苦，好不容易找到了公孙胜，可是公孙胜的师傅罗真人硬不让公孙胜返回梁山。戴宗把这个情况告诉李逵后，李逵是火冒三丈，先是骂罗真人，后是吼道："莫要引老爷性发，一只手捻碎你这道冠儿，一只手提住腰胯，把那老贼道直撞下山去！"他全然不知罗真人的厉害。星夜李逵摸上山，半夜斧劈了"罗真人"。顺手还砍死了罗真人的青衣童子。他以为大功告成，还觉得自己是"除了一害"。第二日，当他听说罗真人还在时，"吃了一惊，把舌头伸将出来，半日缩不入去"。后是罗真人罚他到蓟州大牢受了几日罪。从蓟州回来后，见到罗真人，他是只管下跪磕头，口里还说："铁牛不敢了！"这里他不敢拿大，又不敢粗鲁、冒失。这一跪一言，可见他真心、老实，服了罗真人。

负荆请罪是李逵弄清了是假宋江抢了民女之事后，为了赎罪，燕青为他出了这负荆请罪的计策。李逵老老实实依了。书中这样写道："只见黑旋风脱得赤条条地，背上负着一把荆杖，跪在堂前，低着头，口里不做一声。"这真是一个陌生的李逵，一个乖乖的李逵，一个从未见过的李逵。这一跪说明李逵知错悔过之真心。与前面为替民女做主报仇，打上忠义堂，撕碎杏黄旗，要把自己一向敬重的宋大哥抓住治罪，形成强烈对比，充分体现李逵疾恶如仇、刚正不阿、知错必改的优秀品格。

## 56. 李逵有五怕

黑旋风李逵是一位威丧敌胆的莽撞英雄。每次打仗，脱的赤条条，两手握两把板斧，大吼一声冲入敌阵，乱砍乱杀，不怕刀枪箭矢，不怕敌众我寡，无所畏惧，勇往直前，英勇无比。不过，就是这么一位莽汉，其实他也有五怕。

一怕戴宗。李逵是戴宗手下的一名狱卒。平日里与戴宗交往，因戴宗是他的上司，李逵以下属的身份总是服从他、听从他。故此在江州临街酒肆，宋江和戴宗喝酒时，楼下忽然喧吵了起来。酒肆老板连忙上楼对戴宗说："这个人只除非是院长说得他下。"戴宗一去，果然不吵了。但此举还谈不上是李逵真怕戴宗。李逵真怕戴宗，是在往蓟州请公孙胜的途中。戴宗作神行法必须吃素，李逵向来是个大碗喝酒、大块吃肉的人，要他吃素，他怎么能拿耐得住呢？于是背着戴宗偷吃荤菜，恰恰又被戴宗发现。第二天戴宗用神行法把李逵整得死去活来。行走时，耳边只听风声，两边房屋树木一闪而过，这脚好像有人推似的，点不着地。肚子饿了，看见酒馆饭店又不能进去吃。走到红日西下，又饥又渴，脚就是停不下来。李逵一生不知个"怕"字，但这回却被戴宗整怕了。且不说戴宗如何整李逵，我们只要听听李逵对戴宗的称呼，就知道其害怕的程度：起初是"好哥哥，等我一等"，后来知道戴宗有意在整他，便喊起"好爷爷，你饶我"，最后当戴宗问："你今番依我说么？"李逵道："你是我亲爷，却是不敢违了你的言语。"

二怕罗真人。李逵和戴宗千辛万苦，好不容易找到公孙胜后，罗真人硬是不让公孙胜下山。起初李逵不知罗真人的厉害，以为半夜偷劈了罗真人就万事大吉了。第二天一早去见罗真人，谁知罗真人还活着，李逵吓得舌头都伸了出来，半日都缩不回去。后来被罗真人罚到蓟州，从半空掉到蓟州府大堂，被马知府当作妖人捉拿，又是浇狗血，又是泼屎尿，然后又是一阵暴打，吃尽了苦头，才知道罗真人非同小可。从蓟州回来后，一见罗真人，他只管下跪磕头，口里还说："铁牛不敢了也。"对罗真人的叮嘱，回答是"敢不遵依真人言语"，称罗真人是"活佛"，可见他惧怕罗真人的程度。

三怕张顺。浔阳江边抢鱼，在岸上李逵虽占了赢手，后来张顺把他引上渔船，打翻在江里。岸上看热闹的为之担心，说："这黑大汉今番却着道儿！便挣扎得性命，也喝了一肚皮水！"李逵的确吃了大亏。张顺在水中，不骂他也不打他，凭自己的水上功夫，就把李逵淹个半死。被张顺拖上岸后，李逵还一个劲儿地吐白水。鲁迅先生在《集外集·序言》中说："又憎恨张翼德型的不问青红皂白、抡板斧'排头砍去'的李逵，我因此喜欢张顺将他诱进水里去，淹的他两眼翻白。"

四怕燕青。在《水浒》的《柴进簪花入禁院，李逵元夜闹东京》一回书里，李逵本来是满怀欢喜跟宋江到东京去看元宵灯会的，谁知一到东京，宋江却一头栽到妓院，去私会东京名妓李师师。"李逵见了宋江、柴进和那美色妇人吃酒，却教他和戴宗看门，头上毛发倒竖起来，一肚子怒气正没发付处。"正在此时，随皇帝宋徽宗来的杨太尉发现了李逵，便喝问："你这厮是谁？敢在这里？"于是，李逵便大闹了一阵，惹的京师大乱，官军如临大敌，四处搜捕梁山一伙。当时李逵从客店里抢将出来，手握双斧，要奔城边劈城门，被燕青及时抱住，只一交就把李逵扑翻在地。随即燕青把李逵拉起来就走，"李逵多曾著他手脚，以此怕他，只得随顺"。

五怕焦挺。李逵私下梁山，在去凌州的路上与焦挺相遇，就因为焦挺多看了自己几眼，李逵就火了，出口伤人，抢上前去动手打人。焦挺只一拳就把李逵打倒在地。李逵不服，爬起来要打时，又被焦挺踢了一脚。李逵知道自己不是焦挺的对手，再也不敢和他交手，算是服了爬起来。

李逵虽说鲁莽，但也有他怕的人。《水浒》正是因为写出了李逵的

"怕"，才为这个人物增添了不少喜剧色彩，也展示了人物性格的多重角度。

## 57. 李逵的真与假

《水浒》里的黑旋风李逵是个粗人，以憨厚、鲁莽闻名。他风风火火，天不怕、地不怕，一身豪气，不管是什么皇帝大王、王公贵族、官僚恶霸，他全不放在眼里，一贯野蛮；也不问平民百姓、娼女歌妓，不顺就骂，一火就打，全然是不顾一切、毫不讲理的粗人。

其实这仅仅是李逵的一面，他还有另外一面，这就是真。这个真尤其表现在对待宋江及梁山事业上。江州城，李逵第一次与宋江见面。他那高兴地喊爹喊娘、他的跪拜就是出自真心，反映出他见到思慕已久、敬重之人的兴奋真情。接下来，他撒谎从宋江那里借得十两银子，借银子是去赌，是想赢了钱请宋江吃一顿"也好看"，也就是尽地主之谊，面子上也过得去，这也是真心的。谁知事与愿违，赌输了，一切都泡汤了，不但请不成宋江，连借的钱都还不上，这多丢面子。于是李逵凶相毕露，撒野抢钱。抢钱时，又被戴宗、宋江发现，"李逵见了，惶恐满面"。一个从来不知道什么是"惶恐"的人，如今却"惶恐满面"，这才是羞愧的真情表露。赌钱是真，想赢钱是真，想请客是真，这抢钱也是真，处处体现了李逵的真心，毫无做作之意。还有，宋江想吃鲜鱼，他主动去讨，这也是真心。本来赌钱就是想赢钱请宋江一顿。无钱请宋江，讨几条鱼来请宋江，也算还了这人情。谁知又闯祸了。被张顺浸得眼发白，拖上岸来还"喘做一团，口里只吐白水"，说道："你也淹得我够了！"这都是大实话，一点假都没有。所以宋江才说："我倒敬他真实不假。"

他的真还表现在对待梁山事业上。当他听说宋江"强抢民女"时，李逵是"睁圆怪眼，拔出大斧，先砍倒了杏黄旗，把'替天行道'四个字，扯做粉碎"，然后"拿了双斧，抢上堂来，径奔宋江"。这回李逵又动了真格的。

尽管此事他错怪了宋江，但从中我们可以看出他对梁山事业的忠诚，维护梁山名声的真心。他坚决反对招安，多次抵制招安。闹了宋江的菊花会，扯坏了朝廷的招安诏书，打了前来宣诏的陈太尉，提出"杀去东京，夺了鸟位"。尽管他没有什么具体的措施，也不知道"夺了鸟位"以后该干什么，但是，他反对招安是真的，敢于骂皇帝老儿、反皇帝是真的。就是喝下了宋江给他的"御酒"，临死之前，他还说："哥哥，反了罢！我镇江有三千军马，哥哥这里楚州军马，尽点起来，并这百姓，都尽数起去，并气力招军买马杀将去！"他至死都提出个"反"字，可见其彻底的反抗精神，对梁山事业是忠诚的，这正是李逵可爱、可敬的一面。

有趣的是，许多假事又偏偏让李逵这位"真人"碰上。李逵接老娘上梁山途中，偏偏遇上假"李逵"。李鬼冒其名拦路抢劫，辱没了自己的江湖名声，按李逵往日的脾气非砍死不可。当李鬼谎称家有九十岁的老母时，李逵动了真心，平生第一次饶恕了一个干坏事，而且是以自己的名字干坏事的强人，还赠银相助，真是一片宽恕。蓟州道上，李逵历尽艰辛，好不容易找到了公孙胜，可是罗真人偏不让其下山。李逵又动了真情，平生第一次"不吃""哪里睡得着"。粗人、莽人也急得如此，真想不到。于是，李逵摸黑上山，砍掉了罗真人和道童的两颗假脑袋。有趣的是，李逵素来大大咧咧，但是为让公孙胜尽早下山，竟然干出了与自己粗鲁不相称的事情来，真是妙人妙事。

四柳村投宿，狄太公错把李逵当法师，要求李逵"捉鬼"救人。李逵又假道真吹，说自己是罗真人的高足，会腾云驾雾，专能捉鬼。骗得一顿好吃好喝，假戏真做，将假鬼——真人砍死；刘太公庄，又是他遇到假宋江抢夺民女之事，这下他可动了真气。大闹忠义堂，骂宋江是"畜生"，并警告："你若不把女儿还他时，我早做早杀了你，晚做晚杀了你。"李逵此举，虽说莽撞，但也表现出他爱护宋江之心，粗中见真情。

李逵还表演过一出滑稽戏，这就是寿张县坐衙。本来寿张县民提到李逵就谈虎色变，用李逵的名字竟能医好小孩子夜啼惊哭症，见到李逵，更是吓得手脚都麻木了。就是这么个"魔王"却穿着知县的官服，假装做起知县，在县衙大堂取乐：要两个衙卒假装告状。李逵的判词也别出心裁，打人者反而是被释放，被打者却是要戴上枷具在衙门前示众。因为这知县是假的，案子是假的，判决也是假的，故县衙外老百姓都敢来看热闹，而众人对判决也忍不住哈哈大笑。李逵真是个"趣人"。

《水浒》的作者不但正面写出李逵的"真"，而且通过所遇之"假"，来反衬其"真"。容与堂本批语道："只有假李逵，再无李逵假。"写李逵的"真"，正是为批判现实社会之"假"，奸佞之徒的"假"。有了这真与假，李逵的性格才见丰富多彩。

# 58. 宋江与孔方兄

"有钱能使鬼推磨"，这是古人留下的经验之谈。虽说不能算是放之四海皆准的真理，也不无几分道理。在梁山一百零八将中，宋江可是最懂得使钱、用钱的人了，深知"有钱能使鬼推磨"这个理。他"视金如土"，好"济人贫苦、周人之急、扶人之困"，有人投奔他，他是统统接纳，供吃供住，走时还可以得到盘缠，故此闻名山东、河北，得了个"及时雨"的美名，这是《水浒》上对他的赞美之词。事实果真如此吗？

据粗略统计，接受过宋江资助者有十七人。如果仔细分析一下，可发现如下相同之点：宋江的钱往往花在刀刃上，使人感恩不尽，激动涕零，故此收到意想不到的效果。比如阎公平一家三口到山东投亲不着，流落到郓城，不幸阎公平病死，留下孤儿寡母。宋江施舍了一口棺材并十两银子，结果再没花一文银子就娶来阎婆惜为"外宅"。柴进庄巧遇武松，又是请酒，又是拿出银两为武松添置衣物，临别时还十两银子相送。武松在柴进庄上被冷落多时，此时遇上宋江如此慷慨的主儿，怎叫武松不感激涕零呢！不但拜宋江为兄，而且分别多时还一再念叨："结识的这般弟兄，也不枉了！"你看这效果多好。江州城宋江初会李逵，也正是十两银子的相借，使李逵这个莽汉，对宋江崇拜得五体投地，多次为宋江冒死。对宋江的责骂毫不计较，就是被宋江用药酒毒死，也死而无怨。宋江花钱拢人真是绝了！

宋江有时也好显摆自己有钱，喜欢乱施舍，结果也常给自己带来不少麻烦。揭阳镇上，薛永使枪卖药，费了好一阵子力气，却无人喝彩，人们"白着眼看"，就是没有一个人肯施舍。身为囚徒，脸上还刺有金印，身后还有押送公人，宋江忘了自己犯人的身份，又"挥金如土"了，一伸手就赏给薛永五两大银，还说："量这些东西，值得几多。"好大的口气。也正因为这值得几多的东西，得罪了揭阳镇上的穆弘兄弟，拿穆氏兄弟的话说，就是"灭俺揭阳镇上的威风"。灭了人家的威风，加之穆弘兄弟本来就是镇上一霸，宋江会有好日子过吗？宋江不是有钱吗，可是在镇上，宋江是有钱买不到酒喝，有银住不上客栈，还被穆氏兄弟追得无处藏身，狼狈不堪。正在这万分危急之时，为逃命，浔阳江边，宋江又喊出用十两银子向艄公求救的要求。就是这个十两银子，使宋江虽逃出了穆氏兄弟的虎口，又跳进了艄公的火坑。艄公张横不但要钱，而且还要宋江的命，若非李俊来得快，宋江险些跳江自溺。

宋江花钱有时花得很"鬼"。比如刺配到江州，他深知牢城的黑暗，一到江州立马传公人到酒店喝酒，又拿出五两银子送与公人。公人得了好处，不但提供了单身牢房，而且还在管营、差拨面前为宋江美言，接着宋江还是以钱开道，让钱发挥"推磨"的作用。请差拨，送上十两银子，请管营加倍送上银子，牢城上上下下没一个没得到宋江好处，宋江因"钱"免了一百杀威棒，而且还谋得个抄事的工作。做了抄事以后他更是大把大把地花钱，不是请差拨、管营喝酒，就是常常送礼物给管营等人，所以"满营里没一个不喜欢他"的，真是有钱能使鬼推磨。然而当差拨提醒他：节级（指戴宗）"那人好生厉害"，不送些与他，"他明日下来时，很不好看，连我们也无面目"。而宋江的回答是：那人要钱，一文也不给他。这是为什么呢？这就是宋江鬼的地方。因为他手中握有吴用的引荐信，知道戴宗的底细，捏着戴宗的把柄。等戴宗上门来讨钱时，宋江以戴宗勾结梁山泊吴用为据相威胁，结果不但未花钱，反使戴宗慌了手脚，赔罪不起。

小事肯施舍，大事更不含糊。梁山泊招安也是宋江用钱买来的。得知京师名妓李师师与当今皇上宋徽宗有勾搭，宋江不惜重金打通李师师的枕头关节，得到了宋徽宗的招安诏书，又用钱贿赂宿太尉，促使招安顺利实现。对宋江来说，"钱"真是他达到一切目的的"及时雨"。

宋江乃郓城县里一个小小押司，俸禄并不高，家里虽说是个地主，但也不很殷富。然而他又养外宅，又到处使钱，少则儿贯，多则一二十两。特别是在江州牢城上上下下花钱。人们不禁要问：宋江哪来的那么多钱呢？书中对他的经济来源虽没有明确交代，但阎婆惜骂他的几句"公人见钱如蝇见血""做公的人，那个猫儿不吃腥"，作了有力的注释。宋江的钱，大部分也不太干净！

## 59．宋江的跪拜

李逵"一跪一拜见性情"，其实，宋江的跪拜也值得一书。同是跪拜，含义却截然不同：李逵的跪拜是跪出了性格，拜出了个性，是因人而异；而宋江的跪，更多的是突出在这个"拜"字上，大有"求"或"乞求"的意味。李逵的跪大多出于兴奋；而宋江的跪大多出于无奈、忍气吞声。所以看《水浒》的人，对宋江这一哭二跪三招安反感得很，议论也颇多。殊不知这些特点正是宋江这个人物所特有的，是人物个性的具体表现。

宋江的一哭二跪三招安，在《水浒》里的确不少。据统计：他哭过四十回，招安说过十二次，跪拜达四十次之多。这四十次跪拜略加分类，就可发现一些问题。招安后光向道君皇帝就跪拜过十四次。这里有面见天子之跪，有谢天子赐酒赐物之跪，有听诏书之跪，还有包括被皇帝鸩酒毒死后，跪拜梦游蓼儿洼的宋徽宗。从这十四次跪拜皇帝而言，不难看出宋江是比较忠君的，所以他始终不愿做"上逆天理""不忠不孝"的人。就是临死，他明知是皇帝御酒所害，他还是表示"我忠心不负朝廷"。试想这么个忠心耿耿于皇上的人，怎么能领导一支大军去造皇帝的反呢？他的"造反"是迫于无奈，是"暂住水泊"等待时机。一旦条件成熟，他自然而然地去接受招安，把好端端的一支起义队伍、一场轰轰烈烈的事业给断送了。

宋江的另二十六次跪是：向朝廷官僚跪拜七次。这七次中，令人最想不通的是两次跪拜高俅。高俅是梁山的大敌，是不少好汉的死对头，不少好汉是因高俅直接、间接迫害上梁山的。他极力主张围剿梁山，破灭这星星之火，并亲自率军进剿；他多次阻止招安，破坏招安，招安后又是他设计将幸存的梁山好汉一个个收拾掉。就是这么一个坏种，当了俘虏，还被宋江当成了座上客，并对其顶礼膜拜。这岂不是本末倒置、滑稽可笑吗？此无他，只不过说明宋江巴结、讨好、乞求招安的本质。还有向父亲跪拜三次，跪拜仙道两次，向被俘的朝廷命官、富豪跪拜过九次。其他五次是：清风山跪求王英释放刘高之妻，梁山寨跪倒地上宁死不入伙，攻打无为军杀掉黄文炳后规劝众好汉上梁山，黄门山跪求欧鹏等放行及排座次后跪拜宣誓。

综观以上统计数字可见，宋江是对皇帝、朝廷命官及卢俊义、柴进、关胜、李应、呼延灼这样的富豪、将吏才"纳头便拜"的。对皇帝更是五体投地，不然被皇帝"御酒"毒死，灵魂见到皇帝哪还那么服服帖帖呢？而对吴用、阮氏三兄弟、刘唐、武松、鲁智深这样的穷朋友，宋江是从来不跪拜的。李逵作为他的知己，在江州城初次见面，李逵是"扑翻身躯便拜"行大礼，而宋江也未出自礼节性的表示。别看跪拜这一小小的动作，从这个动作中也看出宋江待人也是有差异的。地位比他高的，他就俯首，显得毕恭毕敬；出身低微的，他就要摆摆架子托大。虽说在其跪拜中也有五次对象是比他地位还要低下的人，如拜王英、拜欧鹏、拜众人，这都是有所求，不如此则达不到目的。难怪鲁迅先生在《给姚克的信》中说："山泊中是并不将一切人们都看做兄弟的。"一针见血！从宋江的跪拜看，此语尤信。

## 60. 闲通判不闲

黄文炳是《浔阳楼宋江吟反诗》里的一个重要角色。之所以说其重要，是因为如果没有他，宋江以后的故事就无法展开了，是他硬将宋江"逼上梁山"的。黄文炳何许人也？黄文炳乃一闲通判。他为何丢官而闲居家中，《水浒》里没有交代，不得而知。但是有一点可以肯定，他并不像有些丢官者一样，或隐居山林，或消沉不振，而是闲通判不闲，照样关心国家大事。江州浔阳楼墙壁上那么多题诗，他偏偏看中了宋江的那一首，而且马上就嗅出了宋江诗词中的"反意"来，不能不说其政治嗅觉的灵敏。写反诗罪该绳法，黄文炳深知这一点，为了慎重起见，他又再读再品，一句一评得出题诗的是个自负不浅、不依本分的配军，最后才得出其造反的结论。事后，他又找来店小二打听写诗人的情况，借笔砚抄下藏在身边，吩咐保护现场，可见其颇有见识。反诗关系到国家安危，虽然家近在咫尺，却不回家，在船上过夜，可见责任心之强。第二日拜见蔡九知府时先打听"京师近日有何新闻"？当蔡九知府告知东京小儿歌谣，他马上分析出谣言所隐藏的祸端，这才抖出浔阳楼的反诗，建议知府立即捕人，以防意外，可见其颇有心计、办事干净利落。宋江被捕后深知死罪难逃，在戴宗授意下，他"尿屎秽污全不顾，口里胡言乱语，全无正性，浑身臭粪不可当"，装疯装得逼真，瞒过了众人，就是瞒不过黄文炳，可见有眼力。为救宋江，吴用绞尽脑汁，先用计把圣手书生萧让及金臂匠金大坚"骗"上山，然后请萧让模仿蔡京的笔迹写了家信，又请金大坚刻了"翰林蔡京"的图章盖在家书上，吴用自以为天衣无缝，结果被黄文炳一眼识破。从家书上过时的图章这个极不为人注目的地方，识出破绽，这的确不简单。这一切都说明，黄文炳缜密精细、敏锐善断，有着非凡的才干，同时还有着关心国事的忠心。黄文炳说得上是一个非等闲之辈。从这个角度讲，黄文炳揭发宋江的反诗，是尽忠尽责，并不是"害人"。

宋末社会有三个明显的特征：一是外族的侵扰，二是权奸专横误国，三是宋徽宗骄奢淫逸不理国事。在当权集团举世皆醉的昏聩中，要不就像方腊等农民起义领袖一样，举旗造反，推翻这腐朽的王朝，要不像一些开明之士一样去实现改革，去挽救这王朝。而黄文炳，要他去造反不可能，因为这事如宋江所言，是"上逆天理，下违父教"的勾当，要他去搞变革，他没有这个机会和权力。故此他只能干些力所能及的事，尽显忠心。身处去官闲居之境，处在外扰内乱之秋，黄文炳能如此，还是难能可贵的。

像黄文炳这样忠心的谋士干才，居然为官场不容，使之丢官，闲居在家，也反映赵宋王朝的腐朽。从黄文炳处理宋江案的一举一动、一言一行看，他并非是"心地匾窄""嫉能妒贤""阿谀谄佞"之徒。如果他真如作者所言的话，那也不会是个闲通判。至于宋江攻打无为军，杀掉黄文炳，完全是个人狭隘的复仇思想作祟。题反诗时的宋江是没有一点反意的。之所以题反诗，是"名又不成，利也不就，倒被文了两颊"的牢骚，他自己也承认是"狂言"。既是"狂言"，被人揭发，黄文炳又何罪之有呢？所以我认为：黄文炳有罪就罪在他断送了宋江的"功名"，迫使宋江不得不做出"上逆天理，下违父教"的事情来，上梁山为盗。只有杀掉黄文炳，宋江才能解心头之恨。从另外一个方面讲，黄文炳这么一个闲通判，他又不甘寂寞，时刻伺机表现自己，惹出事端，最后引火烧身，这也是他必然的下场。

## 61. 杨雄的"软"

"软"可以说是病关索杨雄性格中最大的特点。他不但手软，而且心还软，故遇事思索的少，贸然从事，往往上当。

杨雄是在《水浒》第四十四回"锦豹子小径逢戴宗，病关索长街遇石秀"中出场的。当时他行刑归来，身边带了三个牢卒，加上与他挂红贺寿的众人，居然在大街上被踢杀羊张保等七八个军汉拦住。他们素不相识，张保等人一要杨雄借钱给他们；二辱骂杨雄；三动手抢众相识贺喜的礼物；四是张保三人将杨雄逼得动弹不得。堂堂一条好汉如此受辱，杨雄是"施展不得，只得忍气，解拆不开"。这一个"忍"字就把那"软"的性格特征给以初步的揭示。

这种"软"的性格在以后的故事中越发突出。长街遇石秀后，为答谢石秀解救之恩，杨雄主动与石秀结为异姓兄弟。两人的关系，用石秀的话来说，那就是杨雄把石秀"当做骨肉一般看待"。既是这样，做弟弟的当然要为兄长分忧解难。出于对兄长的爱护，这位老弟发现了嫂子的奸情后，如实地向兄长做了汇报。这种丑事，作为丈夫谁听到都不舒服，特别是外人转告，更是脸上无光。杨雄听到此事，当然会顿时愤怒非凡。石秀一再叮嘱："且息怒，今晚都不要提"，"今晚且不可胡发说话"。而杨雄对石秀提供的奸情不调查，也不分析，对石秀的叮嘱听之任之。由此可见，杨雄耳根子特别软，是个很没主见的人。特别是在知府那里多喝了几杯酒，忘乎所以，回到家里见到潘巧云，酒话就出来了："你这贱人！这贼妮子！好歹我要结果了你。""你这贱人！肮脏泼妇！那厮敢大虫口里倒涎！我手里不到得轻轻地放了你！"一个劲儿地骂，酒后吐了真言，泄露了秘密。骂完后他呼呼地睡大觉了。俗话说：言者无意，听者有心。这潘巧云也不是个傻子。她知道，杨雄整天忙于公事，很少在家。她做的丑事，杨雄肯定是不知道的。现在杨雄既已说出，一定是有人告发。不用猜，这告发之人一定是石秀。她也深知这其中的厉害，于是她在杨雄脚后倒了一夜，实际上也是想了一夜。她了解杨雄，知道杨雄说她是"贱人"不假，说她是"泼妇"就错了。如果她像潘金莲那样"狠"、那样"泼"，杨雄烂醉，可能早就死于她的手下了。她和衣而卧，正如她所说的"只怕你要吐，那里敢脱衣裳……我夜来只有些儿放不下"。这是真心话，也说明她对杨雄的关心。第二日酒醒，潘巧云为保护自己，来了个先发制人，把昨夜和衣而卧想了一夜的计策实施出来：倒打一耙，嫁祸于石秀。石秀毕竟是外人，来杨家又不久，她又哪里知道这是个狠毒的"拼命三郎"。正因为她对石秀的不了解，以为嫁祸于人，就可以解脱自己。谁知最后惹火烧身。潘巧云嫁祸，杨雄又不假思索，听了潘巧云的话后，"心中火起"。便又骂开了，恨妻的怒火灭了，又转恨石秀，贸然把"亲骨肉一般"的兄弟石秀赶出了家门。

"石秀是个乖觉的人，如何不省得"，他又是条好汉，以"拼命三郎"号称，他哪里受得住这奇耻大辱、不白之冤。为了表白自己，石秀杀了裴如海及胡头陀。消息传来，自然也惊醒了杨雄。杨雄忙向石秀赔礼道歉，表示"我今夜碎割了这贱人，出这口恶气"！这也是句气话。当石秀问他："如何不知法度？"他又手足无措，软了下来。说真格的，杨雄的这句话倒是石秀想要达到的目的。你看下一步，不就是他为杨雄出主意，诓骗潘巧云及迎儿到"好生僻静"的翠屏山。首先是石秀飕地掣出腰刀，露出了要杀人的真相。迎儿把潘巧云与裴如海通奸的经过原原本本地叙述了一遍，石秀还不罢休，又逼着杨雄去问潘巧云，问题真相大白。杨雄听了迎儿的招供后，对潘巧云表示："把实情对我说，饶你这贱人一条性命！"这已经有念夫妻旧情、任其改过之意。当然这也是"软"的表现。潘巧云承认了错误，要求给机会改过。石秀却认为"含糊不得"，步步紧逼，抓住杨雄"软"的弱点，激怒杨雄，使杨雄听信他的言语，最后硬是碎割了潘巧云。之所以会出现如此结果，完全是杨雄耳根子太软，遇事欠考虑，又没主见，完全依照石秀的指使行事使然。如果杨雄硬一点、多一些主见，也不会造成赶石秀、杀妻这类事件的发生。

## 62. 石秀的"狠"

石秀的绰号叫"拼命三郎"。这个绰号的由来，石秀自己是这样诠释的："平生性直，路见不平，便要舍命相救，以此都呼小弟做拼命三郎。"书中还有首《西江月》词，其中有这么两句，单赞石秀的好处："身似山中猛虎，性如火上浇油。心雄胆大有机谋，到处逢人搭救。"正因为性急，又喜欢"拼命"，所以《病关索长街遇石秀》中，当他发现杨雄被众人逼得动弹不得时，便上前劝了一句。遭骂后，立即急躁起来，"将张保劈头只一提，一跤撷翻在地。那几个帮闲的见了，却待要来动手，早被那大汉一拳一个，都打的东倒西歪"，由此足见其"狠"。石秀的狠不光表现在对付张保这几个泼皮身上，而且在"杀嫂"这件事上，也处处突出一个"狠"来，而这个"狠"里还带有"毒"。《水浒》里写了两个杀嫂：一个是武松杀嫂，另一个就是石秀杀嫂。武松杀嫂是因为这个嫂子不守妇道，与人通奸，为了与人做长久夫妻，竟然亲手毒死自己的丈夫、武松的亲哥哥。武松在掌握了充分的证据、录下了潘金莲的口供后，依照程序告官，却被官府驳回。出于无奈武松才杀人，这一举一动是为复仇，虽然也狠了一点，但值得谅解。而石秀杀嫂可以说是多管闲事，而且凶残之极，狠毒之极。首先，他与杨雄不是亲兄弟，只是个拜把子兄弟而已；二是潘巧云与人通奸，只是损害了杨雄的名声，并没有危及杨雄的生命；第三点也是最重要的一点，他杀嫂完全是为了洗刷自己。

为了说清楚这个问题，我们不妨看看《水浒》第四十五、四十六回，回顾一下整个事情的来龙去脉，也看看这个拼命三郎的"狠"。石秀长街打抱不平，为杨雄解困后，杨雄非常感激，主动提出与石秀结为异姓兄弟。因石秀"自小吃屠家饭""省得宰杀牲口"，而杨雄的岳丈潘公正好也是屠夫出身，二人一拍即合，便开了个屠宰作坊，自屠自销。石秀也就住在杨雄家。在请报恩寺僧人做功德的法会上，潘巧云与和尚勾搭成奸，而且来往频繁。石秀发现后，看在眼里，气在心上。出于对杨雄的关心，他向杨雄告发了通奸的情况。不料杨雄酒醉失言，泄露了秘密，倒被潘巧云反咬了一口。潘巧云说石秀调戏她，杨雄一气之下，关了屠宰作坊，拆掉柜台和肉案。石秀是个精细之人，马上察觉到事情的变化，已猜到是"因杨雄醉里出言，走透了消息，倒吃这婆娘使个见识，拟定是反说我无礼他教杨雄叫收了肉店。我若便和他分辩，教杨雄出丑。我且退一步了，自却别作计较"。然后他知趣而退，离开了杨家。

石秀的这个猜测，尽管猜对了，但始终是猜的。因为这反咬一口的事情，只有杨雄夫妻知道，根本没有外传。再说他也有猜错的地方，不是潘巧云指使关了屠宰作坊，而是杨雄自己决定关的，这就冤枉了潘巧云。他离开杨家

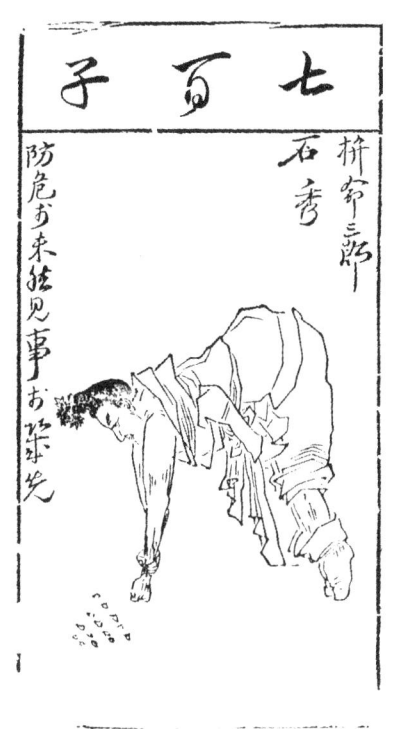

●拼命三郎石秀

不是避而远之,而是想法洗刷自己。武松也有同样的遭遇,潘金莲调戏他不成,也反咬他一口。武松不是想洗刷自己去杀人,而是搬出哥哥家,并多次当面警告潘金莲。石秀要为自己鸣冤也没有什么不可以的,他可以像武松那样当面警告潘巧云,也可以采取找证据、录口供的手段去完成。再说与潘巧云通奸的裴如海及通风报信的胡头陀,并没有伤及石秀,也没有反咬石秀,何必冒这么大的风险杀掉他们呢!杀人是要偿命的,这在任何社会、任何时代都是法定的。石秀为洗刷自己,故意杀人,只能说明他太狠太毒,气量还特小。仅凭猜测就杀人,不免太鲁莽了。

石秀的"狠",不光表现在杀裴如海、胡头陀上,更鲜明地表现在对付潘巧云身上。裴如海、胡头陀被杀后,他也亲自向杨雄说明事实,杨雄也相信石秀:"身上清洁,我已知了,都是那妇人谎说。"照说石秀的冤屈也洗刷了,此事也应该就此结束了,剩下的事情,是杨雄夫妻间的家事,是教育还是休妻，由杨雄自己来定夺。而石秀却不是如此，他没完没了，又出计将潘巧云骗到翠屏山一个偏僻之处，硬要对质。潘巧云面对事实，已"飞红了脸，无言可对"，杨雄也表示"再把实情对我说了，饶你这贱人一条性命"。而石秀不依不饶，硬是火上浇油，步步紧逼，激怒杨雄去杀了潘巧云。石秀道："哥哥，这个小贱人留他做甚么，一发斩草除根！"在石秀的煽动下，杨雄不但杀了丫头迎儿，连一直在苦苦哀求的潘巧云也被"把刀先斡出舌头，一刀便割了……一刀从心窝里直割到小肚子下，取出心肝五脏，挂在松树上……又将这妇人七件事分开了"。

石秀就是这样煽风点火、借刀杀人，使裴如海、胡头陀、迎儿、潘巧云这四人丧生。这不是太狠、太毒又是什么？武松杀人后，还敢于自首，而石秀杀人后，偷偷上梁山去了。自己也知道这不是个光明磊落的义事，只有逃之夭夭了。

## 63. 石秀的"精细"

在处理潘巧云与裴如海通奸一案中，石秀表现得既"狠"又"毒"。然而，这仅仅是石秀性格中的一面，石秀还是一个很"精细乖觉"的人。

在《水浒》里，有这么几件事，充分说明了石秀"精细乖觉"。他的"精细"，在与潘巧云的父亲开屠宰作坊时已见端倪。一次，他从外地赶猪回来，只见店门不开，肉案、刀仗家伙都收了。于是他就犯嘀咕："哥哥自出外去当官，不管家事，必是嫂嫂见我做了些衣裳，一定背后有说话。又见我两日不回，必有人搬口弄舌。想是疑心，不做买卖。"回到房中，"细细写了一本清账"，交给潘公，并表示"且收过了这本明白账目，若上面有半点私心，天地诛灭"！家中的细微变化没逃过他的眼睛，为了不让人留下话柄，他赶写了明细账目，然后知趣而退，这就是他精细之处。正因为太精细了，也就暴露出他的另一个弱点——疑心太重。比如说，店门不开，完全是因为邀请和尚在家里为潘巧云前夫王押司做功课，而石秀却认为是潘巧云在"搬口弄舌"。潘巧云在这个问题上是清白的，这完完全全是石秀乱猜测、乱怀疑，认为潘巧云是个"祸水"，为日后杀潘巧云就埋下了伏笔。以后当他蒙受不白之冤时，他首先想到的是潘巧云在"搬口弄舌"。其实他没有证据，仅是猜测，尽管猜对了，但还是说明他多疑。于是，他新账、"老账"一起算，潘巧云也就必死无疑了。

在这回书中，石秀的"精细"还表现在"暗杀"裴如海、胡头陀身上。石秀离开杨家不是避而远之，而是"在近巷内，寻个客店安歇，赁了一间房住下"，细细观察。当看见小牢卒取了铺盖出去，石秀道："今晚必然当牢，我且做些工夫看便了。"于是四更起床，走进杨雄后门巷内，藏在黑暗处。果然五更时，胡头陀挟着木鱼到来。石秀闪到胡头陀背后，将刀架在其脖子上，要胡头陀供出实话，并表示："你快说，我不杀你。"胡头陀哪里经历过这等场面，很快说出实情，石秀将刀就项上一勒，将胡头陀杀死。然后石秀敲着木鱼进巷，引裴如海就范。裴如海听到木鱼声，走进巷口，被石秀一跤放倒。石秀喝道："不要高声！高声便杀了你。"裴如海知道是石秀，哪里敢挣扎高声，结果也被石秀搠死。石秀将两人衣服卷做一包，再回客店，"轻轻地开了门进去，悄悄地关上了，自去睡"。就这样神不知、鬼不觉完成了杀嫂前的准备工作。这一切做得干净利落，又无人知晓。而这个过程又好像事先已经安排好的程序，在按部就班地实施似的，石秀的精细可见一斑。这里还想说几句石秀的坏话。作为一条好汉，应该说话算话、一言九鼎的，而石秀则不然。他对胡头陀说："你快说，我不杀你。"对裴如海说："不要高声！高声便杀了你。"结果胡头陀招了，裴如海也依言默然无语了，可石秀还是把人给杀了。诺言完全是骗人的，这不是好汉的勾当。再说为洗刷自己，可以像武松一样去取证就行了，何必杀人呢？一句话，虽然做得精细，但这精细里还是透出一个"狠"来。

石秀最"精细"之处，恐怕还是在打祝家庄中的表现。祝家庄地理环境利于防守，"路径曲折复杂，四下里弯环相似，树林丛密，难认路头"。也正因此，宋江前两次攻打祝家庄均以失败告终。正在一筹莫展之时，石秀归来，带回了最新的侦察信息,才使三打祝家庄获得了最后的胜利。石秀是怎样去侦察的呢?金圣叹说:"石秀探路一段,描出全副一个精细人。"这也就是说,石秀侦察的成功全在精细。怎么精细的呢?这是在与杨林的侦察行动对比中显出来的。杨林是个粗心大意的人,进庄以后,他"不管路径曲直,只顾拣大路走便了"。哪知祝家庄的秘密正在丁此,一走大路,结果被捉,当了俘虏。而石秀则不然。他感到"路头难认"时,不是"拣大路走",也不是东张西望,道听途说,而是不言不语地挑着柴担去打听,以自己是山东贩枣客人,亏了本回乡不得,只能流落他乡以卖柴为生来取得老人的同情。又以眼泪套出了盘陀路的秘密:"只看有白杨树便可转湾。不问路道阔狭,但有白杨树的转湾便是活路,没那树时都是死路。如有别的树木转湾,也不是活路。若还走差了,左来右去,只走不出去。更兼死路里,地下埋藏着竹签、铁蒺藜。若是走差了,踏着飞签,准定捉了,待走那里去?"同时石秀又了解到祝家庄以红灯为号,捉拿梁山好汉。他这里既不能像杨林那么大意,"闪入村里来。又不认得这路,只拣大路走了,左来右去,只走了死路";更不能像李逵那样鲁莽轻敌,认为祝家庄是"几个苍蝇,只要他带上几百个孩儿们杀进去,就能把这个鸟庄上都砍了"。石秀是用眼看、用心听,仔细观察,追问到底,多长了几个心眼,多提了几个为什么,极精细地了解到了重要的军事情报。石秀这次侦察,显得真实而自然,沉着而精细。在他的引领之下,宋江终于打下了祝家庄,石秀在这次战斗中,为梁山立了头功。

## 64. 石秀的"无畏"

写罢了《石秀的"狠"》和《石秀的"精细"》,石秀这个人物的故事,像过电影一样在脑海里演映。"狠毒""精细"仅是他性格中的两个特征,他性格上的主要特征应该还有一点,那就是无畏。他不是叫"拼命三郎"吗?就应有表现他"拼命"的地方。这正体现他那大无畏、勇于自我牺牲的精神。

这种精神集中表现在《劫法场石秀跳楼》一回书里。石秀、杨雄奉宋江之命,到北京大名府打听卢俊义的消息,正逢没有路费、在半路打劫的燕青。石秀、杨雄从燕青口中得知卢员外危在旦夕,救人要紧,当时决定由杨雄和燕青回梁山报信,石秀去北京继续打听。石秀一入城,"但见人人嗟叹,个个伤情"。石秀是个很细心的人,一见此情,便立即了解到是因卢员外"今日午时三刻,解来这里市曹上斩他"。石秀无人商量,也不及思索,毅然做出了破釜沉舟的英雄壮举:

> 人丛里一声叫道:"午时三刻到了。"一边开枷,蔡庆早纳住了头,蔡福早掣出法刀在手。当案孔目高声读罢犯由牌。众人齐和一声。楼上石秀只就那一声和里,掣出腰刀在手,应声大叫:"梁山泊好汉全伙在此!"蔡福、蔡庆撇了卢员外,扯了绳索先走。石秀楼上跳将下来,手举钢刀,杀人似砍瓜切菜,走不迭的,杀翻十数个;一只手拖住卢俊义,投南便走。

这是何等惊天动地之举啊!他单枪匹马,明知此举会凶多吉少,但却将个人安危置之度外。这毅然的一搏,正是他"拼命"的体现,正是他英勇无畏精神的体现。最后终因寡不敌众,石秀、卢俊义双双被俘。这里我们还要注意一句话——"卢俊义惊得呆了",连好汉卢俊义都被此举惊呆,而且是呆的都走不动了,可见此举之壮烈,此举之惊动人心。

你看那被抓的石秀,在梁中书的公堂上,是怎样表现在读者面前的:

> 石秀押在厅下,睁圆怪眼,高声大骂:"你这败坏国家,害百姓的贼!我听着哥哥将令,早晚便引军来,打你城子,踏为平地,把你砍做三截!先叫老爷来和你们说知!"石秀在厅前千贼万贼价骂。厅上众人都唬呆了。梁中书听了,沉吟半晌,叫取大枷来,且把二人枷了,监放死囚牢里,分付蔡福在意看管,休教有失。

书中这一节文字写得极为精彩。这"睁圆怪眼,高声大骂",一则充分表现了石秀对贪官污吏的憎恨;二则展示了他那视死如归的浩然正气。神情、语气在书中虽未细细描述,但那威武不屈的形象已是历历在目了。后面的话就更是厉害了。虽然石秀说的要打北京、杀梁中书之类均为假话，但"听话听声，锣鼓听音"，反倒弄得梁中书"沉吟半晌"，半信半疑，不知所措了。梁中书深知梁山好汉的英勇，队伍的浩大，只得吩咐蔡福："这两个贼徒，非同小可。你若是拘束得紧，诚恐丧命；若教你宽松，又怕他走了。你弟兄两个，早早晚晚，可紧可慢，在意坚固管候发落，休得时刻怠慢。"这回梁中书没有丝毫的喜悦，却像拿着两个烫手的山芋，咬又不敢，扔又不是。从言语之中我们更多的体会出其紧张、矛盾的心态。

在这回书中，石秀是绝对的主角，戏份虽然不多，仅仅两段："劫法场"和"闹公堂"，但已经把"拼命三郎"的个性张扬了出来。他的"拼命"，既不同于李逵，也不同于鲁智深。李逵劫法场，背后有众好汉的支持、援助，李逵才显得那么英勇、那么剽悍；鲁智深闹公堂，虽然到了最后也是破口大骂，但是却根本没有起到威慑作用，反而被暴打了一顿。气势不同，结果也就不一样了。这就是"拼命三郎"与他们二人的不同之处。

从全书来看，石秀所占的篇幅不多，但作者正是在这有限的篇幅中，通过他的行动、语言、气势的传神描写，展示出他丰富的内心世界。多角度、细腻地刻画出他那独特的个性，成功地塑造出又一个性鲜明的艺术形象。

## 65. 扈三娘为何一言不发

一丈青扈三娘是《水浒》中的女豪杰，座次排在地煞星第二十三位，专掌三军内探事马军头领。在《一丈青单捉王矮虎》一回书中正式出场。但是在此之前，她的名声已有两次铺垫：一是宋江一打祝家庄时，杜兴向杨雄介绍时就说："西边那个扈家庄……惟有一个女儿最英雄，名唤一丈青扈三娘；使两口日月双刀，马上越法了得。"第二次还是杜兴向宋江叙述三个庄子的情况时，提到扈家庄，再次说："他庄上别的不打紧，只有一个女将，唤做一丈青扈三娘，使两口日月刀，好生了得……若是将军要打祝家庄时，不须提备东边（指李家庄），只要紧防西路（指扈家庄）。"这两次铺垫，给人的印象是扈三娘乃一员猛将，武艺非凡，尤其是马上功夫更是了不得。杜兴说的是实话，她的武艺，在女将中首屈一指。在梁山众多男将中，也属中上水平。捉王英这等无能之辈，易于瓮中捉鳖，不用吹灰之力，双枪将董平、井木犴郝思文、天目将彭玘等名将，也是她的手下败将，而且还都被其俘虏。就连呼延灼这样的大将在与她交手时，也是暗中思忖："这个泼妇人在我手中斗了许多回合，倒戗的了得。"在与马麟的战斗中，"两个都会使双刀，马上相应着，正如这风飘玉屑，雪撒琼花，宋江看的眼也花了"，可见其本领高强。

论出身、修养、长相，扈三娘在梁山女将中都列上乘。庄主的女儿，也属大家闺秀，素有涵养，战斗中无论人家怎么叫骂，她从不回嘴，也不生气；长相也算得上是个美女：

> 雾鬓云环娇女将，凤头鞋宝镫斜踏。黄金坚甲衬红纱，狮蛮带柳腰端跨。巨斧把雄兵乱砍，玉纤手将猛将生拿。天然美貌海棠花，一丈青当先出马。

梁山上三个女将性格都有一个共同点，这就是"泼"。孙二娘的"泼"，泼在待人狠毒；顾大嫂的"泼"，泼在为人性急；而扈三娘的"泼"，泼在战斗中。我统计了一下，整个《水浒》写到扈三娘的地方有十回书。除三打祝家庄后，宋江主婚将她嫁给王矮虎外，其余九回书都是写她在战场上厮杀。在这九次战斗中，她就活捉了七人，杀死了一人，最后在征剿方腊的战斗中，被方腊的殿前太尉郑彪用镀金铜砖打死。对于她的死，作者极大惋惜，特地写了哀挽诗，抒发了这种情怀："花朵容颜妙更新，捐躯报国竟亡身。老夫借的春秋笔，女辈忠良传此人……"

令人费解的是，这么一位驰骋疆场、英姿飒爽的女中豪杰，在生活中却是另外一个人：感情内向、沉默寡言、麻木不仁。她被俘上梁山后，被宋江安置在宋太公身边。三打祝家庄胜利后，任凭宋江一句话，也无须征得她个人同意，就嫁给了王矮虎。王矮虎何等人也？王矮虎姓王名英，车夫出身，因半路见财起意，劫了人家钱财，事发被抓，后越狱逃上清风山，占山为王，成了强人。他形貌丑陋，五短身材，本领低下，又是个好色之徒。扈三娘嫁

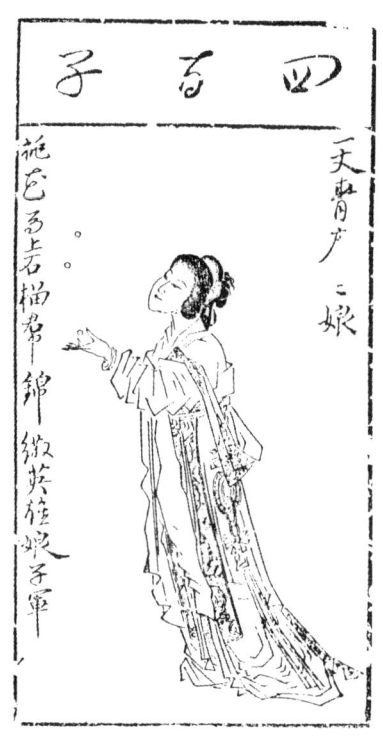

●一丈青扈三娘

给他,真是,"鲜花插在牛粪上"。对这样的婚姻,扈三娘一言不发,算作默许了。宋江打祝家庄时,李逵违抗宋江将令,只顾杀得过瘾,烧了扈家庄,将包括扈太公在内的一家人杀得一个不留。李逵杀了扈太公全家,扈三娘却无动于衷。对于这么个不共戴天的仇人,她还是一言不发,无所反应,好像什么事都没有发生过似的,毫无憎恨之情。就连丈夫王英在战斗中牺牲,她还是没有讲什么,只是要为丈夫报仇,"急舞双刀,赶过来与郑彪拼杀"。若不是在大战呼延灼时,喊了声"花将军少歇,看我捉这厮"及见王英受伤而大骂琼英"贼泼贱小淫妇儿,焉敢无礼",人们还以为她是个哑巴呢!

上面所提到的嫁给王英、家人被杀、丈夫战死三件事,都是人间大事,正常的人都会通过不同形式来表露自己的感情和意见。对于这些重大的事情,扈三娘为什么没有态度?为什么一言不发呢?这给研究者带来很多的猜想。为此,我也为她想出种种理由:是不是她不满嫁给王英,又无奈于宋江的指令？是不是她怨恨梁山好汉杀了她全家，因寄人篱下，以沉默代替反抗？是不是她知书达理，恪守传统，沉默寡言更符合闺秀特征？是不是她是女中豪杰，豪杰多以"义"字为重，故此她以"义气"相投，不记前仇，以示她开明豁达。仔细想想，又觉得这些理由站不住脚。想来想去，笔者认为她的一言不发、沉默寡言恰恰是作者写作上的一个败笔。作者在创作这个人物时，给予她概念性的、鉴定性的语言太多。虽然让我们看到了她的美、她的泼，但这都是静态的，是作者的旁白。这些美、泼可以通过事件来展开、通过情节来突出，更应该通过人物的语言来体现，这是关键。人物形象怎样才能鲜明地站起来，靠的就是"事"。人物在事件中行动，在事件面前表现出他们的秉性、脾气。在现实生活中，人不是静态的，他们时时刻刻都在干事，都在想事，都在说事。在处理每件事时，都有他们不同的想法、态度、行动及言论，只有把这些最本质的东西反映出来，这个人物才生动、才真实。《水浒》作者创作扈三娘这个人物时，提供了充分的事件（嫁人、双亲被杀、丈夫战死），本来可以借助于语言、行动、内心独白及其他种种手段来塑造扈三娘这个人物，可惜作者错过了这些。正是因为缺乏对扈三娘这个形象语言、行动上的描写，所以使扈三娘这个形象苍白，尽管作者给了她那么多溢美之词，也还是无力回天，她始终还是一个写得很失败的人物形象。

# 66. 朱仝的气量

《水浒》在称赞梁山好汉之间的关系时，常用"交情浑似股肱，义气真同骨肉"来表示，好像山寨之上真是"八方共域，异姓一家"、彼此之间无仇无怨似的。其实并非如此，朱仝与李逵就不是"异姓一家"的兄弟，并非"真同骨肉"，而是一对不共戴天的仇人。为什么会这样呢？问题的答案是：朱仝是个气量很小的人。

从《水浒》里看，朱仝与李逵正面仅接触过两次。这仅仅两次的接触，为什么会结下深仇大恨呢？朱仝原是郓城县马兵都头，与步兵都头雷横是同事、好友。雷横因打死卖唱女白秀英，被解押去济州。这解押的公差就是朱仝，出于仗义及友情（这仗义和重友情又是朱仝性格好的一面），朱仝私放了雷横，因此吃官司被刺配到沧州横海郡。谁知横海郡的小衙内与朱仝有缘，一见朱仝便要他抱。知府恩准朱仝随时"早晚孩儿要你耍时，你可自行去抱他耍去"，加上朱仝又有钱，为了讨得知府欢心，朱仝每次抱小衙内出去，在他身上都花了不少钱，朱仝实际上也就成了小衙内的"男保姆"。雷横被朱仝私放后上了梁山，在晁盖、宋江面前讲述了朱仝私放的前前后后。宋江也感谢朱仝私放自己之恩，与众头领商议，派雷横、吴用去请朱仝上山。朱仝坚决表态："我却如何肯做这等的事？你二位便可请回，休在此间惹口面不好！"认为雷横此举是"不义"。诚邀朱仝上山不成，吴用不得不使出最后的杀手锏：派李逵按计行事，杀死小衙内。这样，朱仝与李逵就结仇了。

　　他俩第一次见面是在沧州横海郡郊外的树林里。朱仝一见小衙内被杀，便"心火大怒"，"恨不得一口气吞了他（指李逵）"。当他追李逵追到一个庄园，碰到一个"气宇轩昂，资质秀丽"的人时，慌忙施礼，一口一个"小人"怎么怎么的。当他得知面前站着的是小旋风柴进时，"连忙下拜"，并说："久闻大名……不期今日得识尊颜。"这一段描述说明朱仝很知礼节，很有分寸，很有修养。接着柴进向他说明真相，是宋江"令吴学究、雷横、黑旋风俱在敝庄安歇，礼请足下上山，同聚大义。因见足下推阻不从，故意教李逵杀害了小衙内，先绝了足下归路，只得上山坐把交椅。"柴进这一席话说得够清楚了，一是奉宋江之命，礼请上山；二是朱仝不从后，才出此下策，教李逵杀小衙内，绝其归路。目的、责任很清楚。后来吴用、雷横又出来赔礼："兄长，望乞恕罪！皆是宋公明哥哥将令吩咐如此。"一再声明，朱仝还是不依不饶。李逵出来"唱个大喏"，算是赔罪道歉。朱仝一见李逵，"心头一把无明业火高三千丈，按捺不下，起身抢近前来，要和李逵性命相搏。柴进、雷横、吴用三个苦死劝住"，这场搏斗才没有进行下去。但是朱仝提出了一个极无理的要求："若要我上山时，你只杀了黑旋风，与我出了这口气，我便罢。"由此可见朱仝对李逵仇恨之深，已到了水火不容的地步。听到朱仝的

●美髯公朱仝

无理要求,李逵当然也火冒三丈,这时不火,那就不是李逵了。李逵大怒道:"教你咬我鸟!"一再声明"晁、宋二位哥哥将令,干我屁事"。也不知道朱仝是听不懂,还是气糊涂了,他还是要与李逵拼命,真是不可理喻。他不敢拿当大哥的晁盖、宋江问罪,硬抓住李逵这小弟不放,真是"阎王不敢找,专拿小鬼开刀"。经过柴进等三人再次苦劝,虽放弃了要杀李逵的念头,又提出另一个苛刻又无理的要求:"若有黑旋风时,我死也不上山去。"为顾全大局,李逵只有有山难回,落难柴进庄了。

他们第二次见面是在水泊梁山的忠义厅上,时间是在一个月以后。因高唐州知府高廉的妻弟殷天锡强占柴进叔叔的花园,柴皇叔一气之下就一命呜呼了。殷天锡又逼柴皇叔家人搬家,柴进与之理论反而被打。李逵见柴进被打,一气之下打死了殷天锡,因而导致柴进被捕入狱。柴进是梁山的大恩人,如今下大狱,这对梁山好汉来说是天大的事。李逵回梁山报急,而朱仝不顾

煮酒说人 159

这些,一见李逵,便"怒从心上起,恶向胆边生,掣条朴刀,径奔李逵",要与之拼命。经晁盖、宋江等再三劝阻,宋江再次重申:"前者杀了小衙内,不干李逵之事……今日既到山寨,便休记心,只顾同心协助,共兴大义,休教外人耻笑。"宋江这话表明李逵无罪,又指出要团结共兴,语气强硬,态度明确。然后宋江又叫李逵赔话,李逵被宋江所逼,"只得撇了双斧,拜了朱仝两拜,朱仝才消了这口气"。以后,两人毫无往来,书中也找不出两人说过话。

  朱仝为什么这么恨李逵呢?说穿了,李逵杀了小衙内,就断了朱仝的官路,逼他上了梁山做了"这等的事",成为"不义"之人。朱仝家是很富裕的,遵法守纪。但是,他又是一条好汉,所以又敢私放宋江、雷横。他知道这样做虽触犯法律,但终会有出头之日。特别是刺配沧州后,深得知府钟爱,使他看到了希望。如今小衙内被杀了,一切的一切都破灭了,怎叫他不痛恨呢?他也知道杀小衙内的主意是宋江等人出的,他又无奈他们何。一是同乡、同事;二是他们是梁山上的大头领,既不好也不敢和他们叫板。所以,只好拿李逵这个粗人来开刀了。再说了,朱仝与小衙内无亲无故,为了这么个小孩子,至于动这么大的肝火吗?杀小衙内这么个孩子,虽然是太毒了点,但这也是梁山好汉的无奈之举。这事柴进、吴用、宋江都解释清楚了。为这无辜的小孩,要去杀无辜的李逵,未免也太不讲"义气"了。此无他,只能说朱仝这个人物的胸襟狭隘了点,气量小了点。相比之下,他反而不如李逵。别看李逵是个粗人,在处理与朱仝的关系上,在对待朱仝的苛刻、无理的要求上,他都显得特别大度。为了顾全大局,完成请朱仝上山的任务,他宁受不让去梁山的屈辱;为了梁山的事业,以友情为重,对宋江不公的处置虽不满,他还是忍气向朱仝赔礼,不可不说是宽宏大量。李逵的气量非朱仝可比,这也是李逵性格上呈现出来的另一道风景线。

  本文虽说了朱仝的许多不是,但仅是一事一议,气量小仅仅是朱仝性格上的一个弱点。他富有正义感、重义气、能为朋友两肋插刀、细致精明,还是可亲可敬的。

## 67. 《水浒》三淫妇

《水浒》里的淫妇不少，但比较突出的有三个，这就是阎婆惜、潘金莲和潘巧云。虽说都是淫妇，都偷人养汉，但又有差异：潘巧云比较隐蔽，潘金莲和阎婆惜比较放肆。潘金莲与阎婆惜虽都放肆，但又有差异：潘金莲狠毒，阎婆惜狡诈。

阎婆惜随父母来山东投亲，不期父亲染病身去，母女俩又无安葬之资，在宋江的帮助下，总算渡过难关。为了报答宋江这个"重生的父母，再长的爹娘"，阎婆主动将女儿阎婆惜典给宋江做"外宅"。"没半月之间，打扮得阎婆惜满头珠翠，遍体绫罗。又过几日，连那婆子也有若干头面衣服，端的养得婆惜丰衣足食。"生活地位的改变，应该使阎婆惜感到极大的满足，正如阎婆所言，宋江是她们的"恩主"，是她们的买卖衣饭，表示应"做驴做马，报答押司"。可是阎婆惜毕竟是个唱曲女，"年方一十八岁，颇有些颜色"，不是个正经人。很快就忘恩负义，淫乱纵欲，并且公开化，白热化，完全视宋江为仇敌，只是抓不到把柄置宋江于死地。当她发现宋江招文袋里的书信时，她大喜："好啊！我只道吊桶落在井里，原来也有井落在吊桶里，我正要和张三两个做夫妻，单单只多你这厮，今日也撞在我手里。原来你和梁山泊强贼通同往来，送一百两金子与你。且不要慌，老娘慢慢地消遣你！"仅仅几句话，刻画出她的得意神态及狡诈。于是她以此为条件来苛求宋江：首先公开承认与张三的关系，这是向宋江示威；然后提出要宋江归还典身文书，任从改嫁，可见其刁滑老练；接着提出家中的一切归她所有，可见其心贪；最后硬要一百两金子。既不相信宋江的老实，又不相信宋江的诚意。宋江提出变卖家私，抵偿一百两金子。阎婆惜却认为这是"棺材出了，讨挽哥郎钱"，是宋江捉弄自己。硬要宋江"一手交钱，一手交货！你快把来两相交割"，不然的话就公堂上见。她就是掌握宋江胆小怕事的心理，处处以官府要挟，阴毒狡诈性格处处可见。

潘金莲的放肆，表现在她偷人的公开化。连亲叔子武松也不放过，比阎婆惜还有过之而无不及。她的可悲在于，她既是受害者，又是害人者。她出身使女，年轻貌美，不甘心受主人的勾引，不肯就范，以禀告主人婆来揭露主人的无耻，结果反遭迫害，把她嫁给一个"身不满五尺，面目十分狰狞，头脑可笑"的武大。可是她又不满于命运的安排，对武大的本分、善良、懦弱，潘金莲同情少，认为嫁给武大是自己的"晦气"。为了满足自己的欲望，潘金莲又把武大当成了反抗的对象，以偷人的方法来报复。武松来了，她认为"嫁得这等一个，也不枉了为人一世"。因此她不顾家庭伦理道德，主动向武松献媚，设酒勾引。遭失败后，她淫心不死，又落入圈套与西门庆打得火热，以致在武大捉奸时，她又以"闲常时，只好鸟嘴卖弄杀好拳棒。急上场时，便没些用，见个纸虎，也吓一交"的言语提醒西门庆去打武大，可见其狠。武大被踢伤后，口吐鲜血，面似蜡黄，一病五日，要汤不见，要水没有，只指望武大早死，可见其毒。最后竟与人同谋，毒杀亲夫，狠毒至极。

潘巧云没有阎婆惜狡诈，更没有潘金莲狠毒。虽也是淫妇，却来得比较隐蔽。虽说也有撒泼之时，但无狠毒狡诈之心。比如石秀看出奸情禀告杨雄，杨雄又因酒醉吐真言。她听后先是吃惊，后是"不敢回话"，杨雄醉后熟睡，她毫无歹意，和衣而卧服侍杨雄。对石秀也仅是利用杨雄心软耳软的弱点，使出反间计，倒打一耙，使杨雄信以为真，把石秀赶走了之。淫夫裴如海被石秀杀死的消息传来，她"目瞪口呆，却不敢说，只是肚里暗暗地叫苦"，说明奸情被揭后，她的害怕心理。翠屏山上，石秀把裴如海及胡头陀的衣服取出，问她是否认得，她是"飞红了脸，无言可对"，说明她知羞。当杨雄逼问时，她供认不讳，并承认是自己的"不是"，请求杨雄"饶恕了我这一遍"，可见其知错认错、老实，不是石秀的狠毒、挑拨，她也绝不会死于非命。

## 68. 吴用有时也无用

吴用，乃郓城县东溪村一乡学教师，《水浒传》中有首《临江仙》词，专赞他的好处："万卷经书曾读过，平生机巧心灵，六韬三略究来精。胸中藏战将，腹内隐雄兵。谋略敢欺诸葛亮，陈平岂敌才能，略施小计鬼神惊。名称吴学究，人号智多星。"这首《临江仙》虽有点夸大其词，有吹捧之嫌，但称其为"智多星"还是比较恰当的，在梁山一百零八将中，数他计略最多，智商最高。自智取生辰纲开始，到宋江墓前自缢身亡为止，前前后后用计高达六十二次，对梁山事业的初创、发展、壮大，对招安后历次战斗的取胜，是立下了汗马功劳的，坐第三把交椅，任梁山的首席军师，是当之无愧的。

吴用，毕竟不是神，神还有犯错的时候，何况他还是人，是人就没有不犯错误的。比如为救在江州吟反诗下死囚牢的宋江，他也是煞费苦心的。宋江被捕之后，在黄文炳的建议下，江州的蔡九知府便写了家书给父亲蔡京报喜请功，为争取时间，决定派神行太保戴宗，作神行大法直奔东京。从江州到东京开封，直接北上即可，也不知道是戴宗认不得路，还是《水浒传》作者的地理知识缺乏，却让戴宗过长江、穿湖北、入河南，又转向东北方，绕到了水泊梁山脚下去了。戴宗是为蔡九知府送家信的，又不是专程到梁山报信的，何必经过梁山呢？作者只考虑到让这封家书落入梁山人之手，却没有仔细设计这条路线的正确与否，这显然是一错误。这错误不点出，觉得可惜，故添上几笔，无非是作一趣事写入文中，以娱读者。

这家书马上被朱贵，连戴宗一起送上了梁山。吴用一见蔡九知府家书便计上心来，决定写一封假文书。这假文书谁来写呢？梁山之上没有这等人才，吴用马上想到圣手书生萧让"会写诸家字体"，还"知他写得蔡京笔迹"。于是请戴宗带上五十两银子送去，"请"他到泰安州岳庙写碑文，又烦戴宗带

煮酒说人　163

●智多星吴用

上五十两银子去"请"刻得好图书玉石印记的玉臂匠金大坚。戴宗是依计而行,一切顺顺当当地完成了,萧让、金大坚的家属宝眷也被"请"上了山,二人也无后顾之忧,可安心落草,按吴用的要求,假家书写好后,图章也盖上了,戴宗带着这假家书也回江州去了。这里,我又要写上几句题外话,来说说戴宗。这戴宗也不是省油的灯,在江州牢城当院长就没少黑囚犯的钱财,大概是黑惯了,不黑不行。作者安排他多走了不少冤枉路,他也没吃亏,还赚大了。吴用"烦请戴宗打扮作太保模样,将了一二百两银子,拴上了甲马,便下山的",吩咐他是给萧让、金大坚各五十两银子,戴宗照办了,多下来的银子不就落入戴宗腰包了吗?戴宗连句多谢也没说就回江州了。正是因吴用无用,在父亲写给儿子的家书上,盖上了玉著篆文的"翰林蔡京"讳字印章,不但没救出宋江,反把戴宗也赔进了死牢。

还有攻打杭州城时,宋江只知杭州城是由方腊大太子南安王方天定把守,手下四个元帅有二十四员大将，七万余军马，但对敌军的实力估计不足。首次交锋虽小胜，但第二次交战，金枪手徐宁便被毒箭射中身亡。郝思文被俘，让敌人杀了，并把头颅用竹竿挑起示众。张顺想潜入城中，放火为号，里应外合攻城，也都因为对敌人的防御系统不了解，冒险行动，白白丧了性命。且不说卢俊义那边战斗中还有周通、张清、董平、雷横、龚旺几位兄弟阵亡，与卢俊义会合中，又有索超、邓飞牺牲。面对这么多兄弟一个个离开，吴用也无计可施，显得特别无能，好不容易使了个佯输诈败，诱敌离城强攻之计，结果杭州城不但没拿下，反让梁山元老之一的赤发鬼刘唐惨死在城门闸门之下。吴用最后不得不承认"此非良法，这计不成，倒送了一个兄弟，且教各门退军，另作道理"。真是有点江郎才尽之感。

　　吴用的得意之作，可以说就是"智取生辰纲"了。仔细分析一下，也不见得高明。为什么这么说呢？在智取之前，吴用就说过："我已经安排定了圈套，只看他来的光景，力则力取，智则智取。我有一条计策，不知中你们意否？如此如此。"晁盖听了大喜，撷着脚道："好妙计！不枉了称你做智多星，果然赛过诸葛亮，好计策！"这个好计策无非就是后面用到的智取生辰纲了。晁盖既然是撷着脚叫大喜，这计策当然好得不得了，无懈可击。事实是否如此呢？非也。

　　可以这么说，智取这条计策，可疑之处太多，漏洞百出，细节的考虑太不周全。比如说首先地点的选择就是个问题，黄泥冈就在县城以东十来里，这么大笔财富，在离城如此近的地方，又是本县人在本县范围内作案，不是自找苦吃吗？再说杨志押送生辰纲，还要途经那么多山，只要在外县劫，劫了逃回郓城县，麻烦也就没那么大。二是人员的选择上也有问题，劫夺生辰纲的总共八人，除公孙胜、刘唐外，其余的都是当地人，晁盖更是闻名，为夺取镇鬼的青石宝塔而被天下英雄所知，在郓城县当地就更不用说了。吴用是个乡学教师，教学多年，学生无数，家长认识的也不少，多少也算个名人，你不认识人家，人家却认识你，这两个亲自上阵去抢劫，不是找死？三是在安乐村王家客店住店登记时问题更大，负责填写住客登记簿的何清问："客人高姓？"吴用抢着回答："我等姓李，从濠州来，贩枣子去东京卖。"人家只

●神行太保戴宗

问你姓什么，并没有问你是做什么买卖的，吴用说这么多废话，这不是不打自招了吗？生辰纲事发后，沸沸扬扬地传说是"一伙贩枣子的客人，把蒙汗药麻翻了人，劫了生辰纲去"，晁盖明明姓晁，非要说姓李，又正是个贩枣子的，推着七辆江州的车儿，事情就这么巧，给联系上了，何清不就是把这一系列巧合的事连在一起，告诉了其兄何涛，何涛不就很快破案了?！还有错用了白日鼠白胜，白胜就住在安乐村，晁盖等人又偏偏选中住在安乐村。吴用智取生辰纲时，又是请他挑了担酒，在黄泥冈上下蒙汗药的，挑的明明是酒，见人问，说是醋，酒是香的，醋是酸的，一闻便知，这也去骗人，这案子还有不破之理？

劫取生辰纲前，吴用一再强调，人多做不得，晁盖家的庄客一个也不能用，选择黄泥冈这偏僻的去处，也是认为越秘密越好。可是正因为吴用无用，只考虑大方针，忽视了小细节，也正是这些小细节的漏洞，使得劫取生辰纲很快就案发，白胜被捕，晁盖、吴用等逃之夭夭，最后无处可藏，只好上梁山。生辰纲虽劫到了手，案子也破了，这算哪门子妙计？如生辰纲劫了，又无人知道，案子永远破不了，那才叫高明！

有些朋友问，生辰纲为什么一定要智取呢？力取也完全可以取到。他们认为，劫取生辰纲的这八个人，除吴用、白胜外（其实他俩也有些武功），其余六人个个武艺高强，晁盖、刘唐更是了得。而杨志一方，人虽多，有十来个，都管、虞候、饭桶三个，吴用、白胜完全可以搞定。十来个军健也不是对手，杨志虽有本事，那也敌不过晁盖、刘唐、三阮等人，力取完全同样可得手。这个看法也是有理的，不能说不对，但从文艺作品的欣赏角度看，力取就没智取更有戏剧性，更精彩绝伦了。

劫取生辰纲事败露后，晁盖、吴用等唯一的选择就是上梁山避避。王伦的嫉贤妒能，在江湖上早已传开，吴用说三阮撞筹时，阮小二就对吴用说过："先生你不知，我弟兄们几遍商量，要去入伙。听得那白衣秀才王伦的手下人，都说道他心地窄狭，安不得人。前番那个东京林冲上山，呕尽他的气。王伦那厮不肯胡乱着人，因此我弟兄们看了这般样，一齐都心懒了。"阮小七、阮小五也接着说出王伦妒贤，不接纳人，吴用听了不会当耳边风吧？生辰纲事发，宋江向晁盖通风报信，又是吴用首先提出上梁山入伙。当时晁盖就提醒他："只恐怕他们不肯收留我们。"晁盖怕他们不收留的理由，虽未明说，实际上指的也是王伦嫉贤妒能之事。此时吴用还说："我等有的是金银，送献些与他，便入了伙。"吴用这话一说，说明他对王伦认识不足，另一方面他对王伦不收留他们一事，更无良策，而且又把问题看得过于简单了。

梁山水泊边，吴用又与追杀而来的官兵大杀了一场，闹了这么大的动静，上梁山，王伦敢不敢收就摆在眼前了。这么个大问题，吴用此时还未考虑，迟钝得很。他只是在王伦的接风宴上察言观色，才看出端倪，定下了火并之计，让梁山上的旧头领自相残杀，以坐收渔利。这里虽然有吴用聪明之处，但也有点缺陷，做得太损了点。聪明之处在于他通过宴上的交谈及人们的表情，看出问题，定出下一步的行动计划；缺陷之处是他借刀杀人，做了婊子，又立了牌坊。王伦拒好汉于山门之外，想独霸梁山的臭名早在江湖上风传，再说王伦、宋万、杜迁、朱贵等本事又不济，而且杜迁等三人对王伦的作为也有反感，何必要让林冲去火并呢？就凭晁盖等一班人用武力逼迫，王伦也只得乖乖让位，再说王伦虽有错，也错不该杀，这火并一计，也正说明吴用也有无用时。

## 69. 蒋门神的冤屈

《水浒传》里的恶霸、地痞、流氓等人特别多，因此也就生发出许多故事来。没有这些恶霸、地痞，看不出来宋代社会的黑暗；没有这些恶霸、地痞，也彰显不出英雄、好汉的仗义、爱打抱不平的本色。有了这些人物，《水浒传》里的故事才丰富多彩、曲折跌宕。可是，你仔细读读《水浒传》就会发现，作者在处置这些人物时，标准是双重的。

渭洲状元桥下卖肉的郑屠，因投靠在小经略相公门下，雇了十几个刀手，却敢自号"镇关西"，成了市井一霸。他强媒硬保、虚钱实契，便强占了金翠莲为妾，玩腻了，便把人家打出了家门，反而追要"当初不曾得到他一文"的所谓典身钱。没奈何，父女俩只得以卖唱的辛苦钱来还，钱少了，还被郑屠辱骂。父女俩苦楚无处诉，只能是以泪洗面，因而惊动鲁提辖。鲁提辖义愤不平，找郑屠算账时，失手将其打死。

东京街头的牛二，号称没毛大虫，"专在街上撒泼行凶撞闹……开封府也治他不了，以此满城人见那厮来都躲了"。这个地痞，也是一霸。杨志因生活无着，只得卖掉祖上传下来的宝刀，卖刀时又巧遇这泼皮牛二。牛二胡搅蛮缠，以致动手抢刀，杨志火起将他杀了，可谓替京城除了一害。

阳谷县开药铺的西门庆，也算是一霸。他"专在县里管些公事，与人放刁把滥，说事过钱，排陷官吏，因此满县人都饶让他些个"。他为了与潘金莲私通，不择手段，参与谋害了武大郎，还有那个"专一靠些杂趁养口"，说风情、做马泊六的女流氓王婆，贪财成性，专门糟残妇女，又害人，他们最后不是被武松杀了，就是被官府剐了。

还有蜈蚣岭下的飞天蜈蚣王道人，身为道门中人，干的都是无耻之勾当。投宿张太公家，借能识风水之名，看中张太公之女，杀死张太公全家，掠走太公之女，结果被武松杀了。另外还不能不提到另外的两个淫道、淫僧，这便是瓦罐寺的生铁佛崔道成及飞天夜叉丘飞。这两个主儿，"把这出家影占身体""都是杀人放火的人"。他们一出场，书中写道：丘小飞挑着鱼肉和酒，口里还唱着无聊的嘲歌："你在东时我在西，你无男子我无妻。我无妻时犹闲可，你无夫时好孤恓。"而崔道成是身边坐着一个年幼的妇人。这哪里是道佛之徒，完全是两个披着道袍佛袍、灵魂肮脏的酒色之徒，结果被鲁智深、杨志杀了。这是他们应有的下场，《水浒传》作者对这批社会渣滓的处置是深得人心的。这是一重标准。

《水浒传》里，还有一类的恶霸、地痞、流氓，他们的罪行，有的与上述之人不相上下，有的甚至还有过之而无不及。可是《水浒传》作者处置的办法却是大打折扣，不是严惩，而是宽容、放任。同是恶霸之类的坏人，一严一松，尺度不一，这就显得太不公允了。

孟州十字坡下开黑店的母夜叉孙二娘，是个十恶不赦的歹人。她把杀人当成儿戏，把人肉当成赚钱的资源，凶残至极。她丈夫菜园子张青跟她定的是"三不杀"的店规，可说是个最低的底线，她完全当成耳边风。过路的头陀，她杀了；鲁智深因长的肥胖，可冒充牛肉卖，她也下手了，鲁智深差点死于她的刀下；武松作为一个流配的犯人，就因为包裹比较沉重，她也下手了。她的狠毒，比郑屠、牛二、西门庆及淫道淫僧们还要毒十倍、百倍，杀她一百次都不嫌多。可是，《水浒传》的作者就让武松把她放倒在地，打都没打，就算是惩处了。

浔阳江两岸的店霸、山霸、水霸们，罪行也是不可饶恕的。比如揭阳岭上开酒店的催命判官李立，不就是看见宋江买单时交钱，发现宋江"包裹沉重，有些油水"，就起了歹心，放倒宋江三人，拖进人肉作坊准备开剥吗？这是书中公开写出来的，李立以此为业，他谋财害命的勾当，还不知干了多少回，杀的都是无辜的百姓。还有揭阳岭镇上的穆氏兄弟，不也是一霸吗？就因为病大虫薛永在镇上卖艺卖药,没有孝敬他们,他们便吩咐镇上人不准买药,不准给赏钱,宋江给了薛永五两银子,结果是在镇上买不到酒喝,住不上店,还遭他们的追杀,真是太霸道了。还有浔阳江上的艄公船火儿张横,就更凶狠了,接宋江等三人上船后,马上亮出了恶贼的面目,不但劫财,而且害命,完全是江上的悍匪,在浔阳江上,被他害的又何止宋江二人。像以上提及的这些恶霸们,除穆春被薛永教训了一顿外,其他人毛发无损,就这么算了,这又是一重什么标准呢?极不公正,又莫名其妙的标准。

最后,还要谈谈施恩与蒋门神。在这两个人身上,《水浒传》的作者所使用的标准就是典型的双重标准。他们俩的故事发生在同一件事情上,可比较性极强,比较明显。给读者的印象一般是这样的:施恩是好人,而蒋门神则是不折不扣的坏蛋,坏人就该杀。施恩被蒋门神抢了快活林,还被打成重伤,很值得同情。但是,这种印象完全错了,颠倒了是非,混淆了黑白。站在公正的立场上看,施恩与蒋门神都不是什么好人。他们之间的争斗,完全是两股黑势力之间的争斗,比较起来,施恩更坏,更霸道。施恩为什么要霸占快活林呢?原来这快活林是客商们云集的地方,每月都有二三百银子的收入。施恩靠什么霸占快活林呢?一是其父撑腰做后盾,二靠牢城亡命囚徒在那里跟他张罗,既是免费的佣工,又是卖命的打手。施恩怎样经营快活林呢?他自述,自己在快活林只开了一家酒肉店,这是收入的一小部分。收入的大部分,是将九十个亡命之徒强行分配到其他人的店里或赌场里工作,赚得工资,还收取保护费,就连过路的妓女想在那里落脚,首先要孝敬他,才有饭吃。这不是一霸是什么?再看看施恩父子的作为,就更可怕、可憎。施恩的父亲是牢城的主管,也是个杀人不眨眼的家伙。武松一进牢城,差拨就开口问武松要常例钱,态度蛮横,连骂带叫。如这常例钱拿到了,管营当然也有份。二是杀威棒,虽是大宋武德皇帝的旧制,但有钱就可不打,旧制就等于是空制、废制,这钱送给谁?大部分当然是给管营。无钱的犯人,就欠下"勾肠债"了。所以众囚徒便说:"记下这顿棒不是好意,晚上必然来结果你。"怎么结果呢?众囚徒说了两种:一是盆吊,一是土布袋压杀。这就说明这施家牢城经常是这样草菅人命的。对于父亲的劣迹,施恩不但不制止,反而助纣为虐，协助父亲干这些骇人听闻的罪恶勾当。他的建议往往得到父亲重视。武松本是一个杀人重犯，本该监禁在号子里，就他一句话，免了杀威棒，住进了单人房，有肉有酒，有人伺候，这哪里是坐牢，简直是住宾馆，这完全是他的主意，来收买武松充当他的打手。武松又是个盲目报恩、不分好歹的人，帮他夺回了快活林。快活林是夺回来了，施氏父子如愿了。可是武松却成了他们的替罪羊，是他们给武松带来了更大的厄运，杀了更多的人，罪恶更加深重，只得上山为寇去了。武松想安分守己当平民的梦，就毁在他们手上。

再说蒋门神，他之所以要夺回快活林，当然也是看中了它是个聚宝盆，目的与施恩相同。他夺取快活林一是有靠山，这与施恩也是一样；二是凭自己"使得好枪棒，拽掌飞脚，相扑为最"，"一身好本事"，这是施恩不及的；三是他有这点胆量，敢于去碰施恩父子这颗无人敢碰的硬钉子。夺取快活林后，他是夫妻两个带着一班小徒弟在店里店外打理（当然施恩订下的旧规矩，他也可能如法炮制）。但是他没有像施恩一样动用牢里的亡命之徒在那里横行。此外，从施恩口中及书上对他的描述中外，他没有其他的劣迹。他错就错在不该派人去截杀武松（当然这主意不是他一个人出的，张都监、张团练两个也有份）。他派人去截杀武松，与施恩找人去打他的目的是一样的，只不过性质不同。想要长期霸占快活林，唯一的办法也只有除掉武松，就跟施恩一样，在不停地物色武松这样的打手。结果是武松未除掉，还搭进了自己的小命，倒霉得很。如果说蒋门神是一霸的话，那施恩是一大霸，蒋门神该杀，施恩更该杀。可是作者就没让施恩死，这不是双重标准又是什么？

还有这回书的题目是《施恩义夺快活林》，作者的倾向性就太明显了。如说施恩是"义"的话，那蒋门神就是"邪"了。从施恩的所作所为看，他"义"在哪里？也许有人会说：武松遭张都监陷害，施恩是三进死囚牢，送酒送肉款待武松，并四处使银子为武松，这不是"义"吗？是"义"。武松是为他坐牢的，又是他的拜把子兄弟。如果这时施恩还是无动于衷，那也就成不了好汉了。这里说"义"是后话了。就夺取快活林一事看，他的行为算不得什么"义"，而蒋门神也"邪"不到哪里去！夺取快活林本身就是黑吃黑的事情，无"义"可言。作者硬要说施恩是"义夺"，这就误导了读者，把蒋门神完全当作个坏人，你说这蒋门神倒霉不倒霉？冤屈不冤屈？

## 70. 女汉子顾大嫂

大虫即老虎，母大虫即母老虎，老虎是凶狠的，是要吃人的。顾大嫂是否凶残，是否像孙二娘一样，也是开黑店吃人的呢？看看《水浒传》，我们就可以得出一个正确的答案了。《水浒传》第四十九回"解珍解宝双越狱"中，解珍请乐和带口信就介绍了顾大嫂：

> 我有个房分姐姐……见在东门外十里牌住……叫做母大虫顾大嫂，开张酒店，家里又杀牛开赌。我那姐姐有三二十人近他不得。姐夫孙新这等本事，也输与他。只有那个姐姐和我弟兄两个最好……把我的事说知，姐姐必然自来救我。

这一席话至少告诉我们：顾大嫂是开酒店的，但不是黑店，还是多种经营，卖酒卖牛肉、开赌房。只求财，不害命。顾大嫂很有本事，能与三二十人对打，与解珍解宝关系密切，最后是顾大嫂是个热心肠，"必然自来救我"，不但补充说明了与解珍兄弟最好，还透出她是个豪爽、性急之人。

在乐和的眼中，顾大嫂是个什么样的人呢？书中这样写道：

> 眉粗眼大，胖面肥腰。插一头异样钗环，露两臂时兴钏镯。红裙六幅，浑如五月榴花。翠领数层，染就三春杨柳。有时怒起，提井栏便打老公。忽地心焦，拿石碓敲翻庄客腿。生来不会拈针线，正是山中母大虫。

前面写的是她的装扮，与孙二娘有异同之处，比孙二娘美点，比孙二娘时兴，但没有孙二娘那副凶相。后几句是作者胡扯，她老公孙新此时还未出场，乐和怎么"用眼看"到她提井栏便打老公呢？乐和一进店便和顾大嫂交谈，怎地又看到她拿石碓敲翻庄客腿呢？别说是看到，就是听说都不可能，因为乐和过去不认识顾大嫂，这次是第一次见面，也没时间听到这些。《水浒

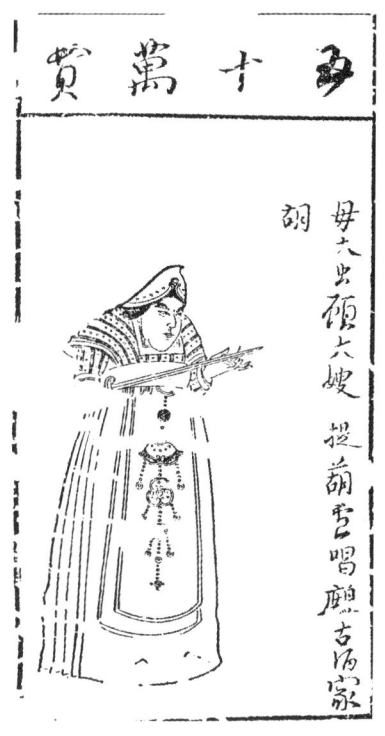

●母大虫顾大嫂

传》作者偏要通过乐和"用眼看"到，这就写错了，是胡说八道了。作者把这两句放在此处，无非想说明顾大嫂是个母大虫。其实这两句只能说明她有点粗鲁、性急而已。怒起时会打人，心焦时才会发火，很多人在这种情形下都会如此，更何况是顾大嫂这么个性急，又带点粗鲁的女侠呢！

性急是顾大嫂的性格特征之一。当她听完乐和的口信后，她是"一片声叫起苦来"，这是着急，接着叫伙计"快去寻得二哥家来说话"，这个"快"字，可见她风风火火的泼辣劲，写出了她心急。当孙新分析到毛太公有钱有势，怕解珍解宝出狱后报复，必然要置兄弟俩于死地，唯一的办法就是去劫狱时，顾大嫂马上提出："我和你今夜便去！"这是性急，既不计后果，又有点鲁莽，又证明她与解氏兄弟的关系。顾大嫂的性急还表现在要孙新连夜去请邹氏叔侄。邹氏叔侄说出救人之后，这里是容身不得，只有去投奔水泊梁山入伙，问顾大嫂意见如何。顾大嫂不假思索回答："最好！有一个不去的，

煮酒说人　173

我便乱戳死他！"一个"最好"，足见其豪爽、干脆利落；后一句泼辣，有点黑旋风李逵的风范，听起来耳熟。李逵在江州劫了法场、活捉黄文炳后，当宋江问大家请求众好汉一起上梁山时，宋江问大家意下如何，李逵不也是说："都去！都去！但有不去的，吃我一鸟斧，砍做两截便罢！"相互对比，真是英雄所见略同，也是性急之人之性急语，也可看出其态度之坚决。

急中有智，又是顾大嫂性格上的另一特征。要到大牢里去劫狱，光靠顾大嫂夫妇及邹氏叔侄带点庄客是势单力薄的，弄不好，狱未劫成，反成狱囚。孙新决定请在登州当兵马提辖的哥哥孙立来帮忙，硬请是不行的，只有智请了。临行前，顾大嫂再三吩咐伙计："只说我病重临危，有几句紧要的话，须是便来，只有几番相见。"顾大嫂本是个粗人，急性之人，想不到"大虫口中又能作此情语，奇妙无比……骤读此言，不觉泪下"（金圣叹语），真是粗中有细，急中生智。她也知道，孙立是兵马提辖，吃的是朝廷的俸禄，要他来干这劫狱的勾当，他是断然不肯的，顾大嫂早料到这一点。一句"只依我如此行"，便知瞬间她已有良策安排。孙立夫妇进屋看病人，"病人"顾大嫂却带着邹氏叔侄从外面进来，大有逼宫的架势。接下来没有客套，而是正面出击："我害些救兄弟的病！""救甚么兄弟？""伯伯！你不要推聋妆哑！你在城中岂不知道他两个是我兄弟？偏不是你的兄弟！"

这又急了，急中还带有责怪之意、蛮不讲理之意。接着她说明事由，"今日事急，只得直言拜禀"。因"事急"，才有所冲撞，一句"拜禀"，又有道歉之意。然后摆出劫狱的原因，劫狱后的打算，孙立上不上梁山的得失、厉害，她都说得是清清楚楚，分析得是有理有据，体现出她的智慧。当孙立表示不从时，顾大嫂等便兵刃相见。孙立毕竟是条好汉，又是孙新的亲哥哥，顾大嫂的兄弟遭难，如果不就，在"义"字上说不过去，也只有从命了。

敢作敢为是顾大嫂又一优点，劫狱的主意定了，她身藏贴肉尖刀，扮作送饭的妇人，只身进入狱中，等孙立来到监牢门口敲门，她便抽出尖刀，大叫一声："我的兄弟在那里？"叫得亲热，喊得威猛，这才有点大虫的威风，她带着解氏兄弟从监牢杀将出来，与孙立、孙新会合，又杀到毛太公家，报了仇，带领人马上了梁山。

说顾大嫂是女中豪杰，实不为过。她具有江湖豪杰的素质：敢打抱不平。解氏兄弟显然是遭人暗算了，听到口信后，她毫不犹豫，决意劫狱。当孙立说"待我从长计较，慢慢地商量"时，她斩钉截铁地表示，"既是伯伯不肯去时，即便先送姆姆前行，我们自去下手"，态度坚决，义无反顾。为救解氏兄弟，她放弃了家乡，放弃了她的酒店，毅然上梁山落草。她图什么呢？她什么也不图。她讲的就是"义气"。金圣叹在评点顾大嫂的作为时，一再写到"如火""胆志胜一丈夫""可号之为母旋风，意思实与李逵无二""活是黑旋风"等。我认为这些评价是比较中肯的。突出了顾大嫂性格上的主要特征：性急、胆大、热情、办事泼辣、具有男子汉大丈夫的气概。从金圣叹的评价中、从以上列举的事实中，我们看不出顾大嫂有母大虫的凶相，看到的倒是一个巾帼英雄的形象。

## 71. 晁盖之死的几个为什么

托塔天王晁盖，可以说是水浒故事中的元老了，《大宋宣和遗事》中就有不少有关他的记载。比如，智取生辰纲的故事就有他。但是这个智取生辰纲的故事与《水浒传》中的智取生辰纲相比，差别却是很大的。首先是押送者不是青面兽杨志，而是县卫马安国；其次是因天太热，马安国主动买酒喝，而被晁盖等用蒙汗药麻倒；再次是生辰纲被劫，作案现场留下了写有"酒海花家"字样的酒桶，官府顺藤摸瓜，问出了劫取生辰纲的主犯：为首的是在郓城县石碣村（不是《水浒传》里说的东溪村）居住、人号唤做"铁天王"的晁盖以及其他七人姓名（《水浒传》里，白胜只招出了晁盖一人，其他六人他都不认识）。由于宋江报信，私放晁盖，晁盖也就率领参加劫取生辰纲的另七人（《水浒传》里，白胜被捕，晁盖只带了吴用、刘唐、公孙胜及三阮、共七人上梁山），去太行山落草去了。这是一段故事。

另一段是，宋江杀阎婆惜，遭官府搜捕，躲进了九天玄女庙，官兵走后，宋江见供桌上有份天书，打开看时有三十六人姓名。这三十六人名单的最后一位，写的就是"铁天王晁盖"。到了宋代龚圣与的《宋江三十六人赞》中，晁盖的名字又向前移了几位。由《大宋宣和遗事》中的第三十六位升至三十三位。而在《水浒传》里，情况则发生了很大的变化。由于晁盖火并了王伦，被林冲推举做了梁山的第二任头领。晁盖当了梁山的山大王后，那真是"一从火并归新主，会见梁山事业新"，他取出打劫生辰纲的宝贝和自己家里的金银财帛当众赏赐给众头目和小喽啰，这既体现了他仗义疏财的一贯作风，又笼络了王伦旧部，深得他们拥护。接着，又安排整点仓库、修理寨栅、打造军器、操练士兵，这无疑对梁山事业的奠基起了夯实巩固的作用。然后又击溃官兵，活捉黄安，长途跋涉，远去江州劫法场救宋江，不但使梁山声威大作，而且也使梁山队伍得到壮大，由原来的十二条好汉一下子就剧增到四十人。由于这队伍的扩大，影响也越来越大。尔后，许多小山头的好汉也主动率部加入这支队伍，使之成为一支浩浩荡荡的大军，在梁山事业的奠基、创业、壮大上，晁盖是功不可没的。但是，在《大宋宣和遗事》里，晁盖等人劫了生辰纲后，便上了太行山梁山泺落草为寇，与卢俊义等押送花石纲的一班人结为兄弟，晁盖被大家尊为大头领。宋江得到九天玄女的天书后，"只得带领朱仝、雷横、李逵、戴宗、李海（注：即李俊）等九人，直奔梁山泺上，寻那哥哥晁盖。及到梁山泺上时分，晁盖已死"。由此可见，宋江与晁盖是没有在梁山泺上共过事的。晁盖因何而死，《大宋宣和遗事》里没有介绍。

到了《水浒传》里，情况就大不一样了。宋江大闹江州城后，知道自己罪恶深重、十恶不赦了。在他的动员下，大批江州劫法场的好汉纷纷跟随宋江上了梁山。梁山人马的结构也随之发生了重大变化：老头领十二人，新头领多达二十八人，这不可避免就存在派系。晁盖在江湖上虽然颇有名声，但远不及宋江的影响之大，很多人上梁山是冲着宋江才来的。晁盖手下贴心的，无非是劫取生辰纲的原班人马，顶多再加上林冲等王伦的旧部。可是宋江手下人才济济，势力宏大。因此，毛泽东在评《水浒传》时才会说宋江"屏晁盖于一百〇八人之外"。更有人说，宋江上了梁山之后，有意架空晁盖，想想也是有一定道理的，俗话说："一山不容二虎。"这梁山之上，岂能容二主呢？怎么办？只能让晁盖早点死掉，宋江才能名正言顺地当上老大。果然，《水浒传》作者安排晁盖在攻打曾头市时，不听劝阻，求胜心切，贸然用兵，结果被史文恭毒箭射中，医治无效，一命呜呼。

最近一段时期，因撰文需要，读了不少有关水浒故事的杂剧。在这些元明杂剧中，凡有宋江的戏，宋江一上场就会说："某，姓宋名江字公明，绰号顺天呼保义。某曾为郓州郓城县把笔司吏，因带酒杀了阎婆惜，送配江州牢城营，路打这梁山过，遇见晁盖哥哥，救某上山。哥哥三打祝家庄身亡，众兄弟推某为头领……"（见元代康进之《梁山泊黑旋风负荆》、元代高文秀《黑旋风双献功》、元代李文蔚《同乐院燕青博鱼》等等。）由此可见，在一些元明杂剧中，晁盖是死在三打祝家庄之时的。可是到了《水浒传》里，作者却让晁盖死于攻打曾头市时。这一改动，只是在时间上推迟了一点而已，我觉得并没有什么特殊意义。反正知道晁盖是早死了就行了。

为什么一定要晁盖早死呢？这原因也是多方面的。

首先，我认为是史料原因。《宋史》等诸多史料记载，都是"宋江三十六人横行齐、魏，官军数万，无敢抗者，其才必过人"。没有任何史料说有晁盖横行什么什么地方的。可见，宋江是这支起义部队的头头。即使宋江手下这三十六人当中，有个叫晁盖的，也不过是个手下而已，不可能是坐第一把交椅的人。《大宋宣和遗事》里虽然有晁盖，但是该书并不是正史，它所记载的事情，仅供参考。再说晁盖这一人物只是个艺术形象，前辈专家们的考证中，没有任何人说晁盖是个历史人物。

其次，我认为是受早期水浒故事的影响。在早期水浒故事中，晁盖都是宋江的手下（如前面提到的《大宋宣和遗事》和龚圣与的《宋江三十六人赞》）。而且在九天玄女的天书里，已经明确写道："天书付天罡院三十六员猛将，使呼保义宋江为帅，广行忠义，殄灭奸邪。"古人又信迷信，这天命难违。《水浒传》作者当然也只能顺从"天意"了，让晁盖死去，留下宋江来当一把手。

最后是现实比较。晁盖有不少的优点，但同时也存在不少的问题和缺陷。作为大头领的晁盖，首先是缺乏作为领袖的素质，在发生重大的突发事件时，往往是大惊失色、束手无策。比如生辰纲事发后，宋江来报信，晁盖的反应，首先是"吃了一惊"，接着问："却是怎地好？""事在危急，却是怎地解救？"一连两个问，他自己一点办法都没有。从这些言行、表情中，我们不难发现另一个问题：这就是劫取生辰纲并不是一件小事，一是生辰纲是十万贯钱财，二是把蔡京的寿礼给劫了，真是胆大包天，虎口里拔牙。这么个大动作，作为一个好的领导人，夺了这"不义之财"，不能光去图个"快活"，而是应该想到退路，想到事发的可能。对这些早应有思想准备和对策。而晁盖完全没有考虑。宋江通风报信，一再建议他走为上策，而晁盖却对走到哪里去，一脸茫然。还有些例子，就不多举了。作为一个领袖，在这危急时刻，更要镇定自若，处之泰然，这才能稳定军心、人心，才能激发士气。而这一切，晁盖都不具备。

　　晁盖当上了梁山寨主以后，这个人的性格也有了较大变化，变得霸道、骄横，说严重一点是变成了第二个王伦。王伦妒忌贤能只是拒好汉于山门之外，毫无杀害之心。可是杨雄、石秀来梁山投奔，晁盖听说时迁偷鸡，不问青红皂白就大怒，喝道："孩儿们，将这两个与我斩讫报来！"一副大头领的口气。吴用批评晁盖是"自斩首足"，戴宗说晁盖是"绝了贤路"，这不是绝贤路又能是什么呢？而且这绝贤路的做法比起王伦有过之而无不及。还有攻打曾头市，晁盖被史文恭毒箭射中，临死前留下遗嘱："贤弟保重，若哪个捉得射死我的，便教他做梁山泊主。"这一遗嘱就更成问题了。我们在评论王伦时，往往拿林冲的一句话，"这梁山泊便是你的"来做说辞，说明王伦错就错在把整个梁山事业当作自己的私有财产来处理。晁盖又何尝不是如此呢？领导权这件大事，他既没有与宋江、吴用等人商量，自己也没有做认真思考，就如此轻率地做决定，不但荒唐，而且霸道。他把他个人已经凌驾于整个梁山事业之上，梁山真成了他的家天下了。作为领袖的晁盖，他很少（或根本）没有考虑聚义后应该怎么办，更谈不上将梁山事业引向何方，当然他也无法考虑，因为他毕竟是个当将军而不是当元帅的材料。他目光短浅、思想狭隘，既没有高瞻远瞩的战略头脑，又没有组织指挥的才能，而这一切，宋江又都比他强。因此，《水浒传》的作者也就一定要让他早死，让宋江能够顺理成章地走上了梁山大头领的岗位。

## 72. 连环马是施耐庵破的

《水浒》第五十四回介绍：为营救入狱的小旋风柴进，梁山大军在宋江的亲自率领下，直扑高唐州。在公孙胜的帮助下，破了高唐州知府高廉的妖法。高廉被雷横砍死，官军大败。梁山大军也顺势占领了高唐州，救出了柴进，杀了"高廉一家老小良贱三四十口……再把应有家私并府库财帛，仓廒粮米，尽数装载上山。大小将校，离了高唐州，得胜回梁山泊"。

宋江等人是得胜回山了，可篓子也捅大了。这高唐州的知府高廉，原本是当朝太尉高俅的兄弟。这事儿要是就这么了了，高俅这面子也就没地方搁了。高廉被杀的消息传到京城后，高俅咬牙切齿。次日五更早朝时，高俅便在道君皇帝面前保荐一人担任主帅去剿灭梁山这股反贼。这个主帅便是"乃开国之初，河东名将呼延赞嫡派子孙，单名唤个灼字；使两条铜鞭，有万夫不当之勇；见受汝宁郡都统制，手下多有精兵勇将"的双鞭呼延灼。天子奏准，降下圣旨，呼延灼便领军前往梁山去征讨贼寇去了。

要说这高俅也不是一无是处，至少他对朝中将领的能力还是有了解的。他点的呼延灼就是一员虎将。呼延灼一到梁山泊便立即与宋江等人交战。呼延灼手下将领三员，面对的是梁山上的二十多个大小头领。梁山好汉们以多欺少，首战下来呼延灼吃了点亏，天目将彭玘被捉。而后，呼延灼便拿出了自己的看家本领——连环马，使宋江吃尽了苦头。林冲、雷横、李逵、石秀、孙新、黄信这六位头领中箭受伤人马损失过半，"宋江飞马慌忙便走"，侥幸逃出战场。梁山泊剩余的残兵败将只得撤回水泊边的鸭嘴滩安营扎寨，不敢轻易出战（见《水浒》第五十五回）。

这连环马到底是个什么装备？第五十五回有分晓：这连环马即"马带马甲，人披铁铠。马带甲，只露的四蹄见地，人挂甲，只露着一对眼睛……

（箭射过来）那里甲都护住了，那三千马军，各有弓箭，对面射来（非死即伤）"。

后来呼延灼又传下将令："每一队三十匹马，一齐跑发，不容你向前走，那连环马漫山遍野，横冲直撞将来"，势如破竹。宋江的队伍都是山贼土寇，游击战打惯了，哪里见过如此的阵势，别说打了，见了都心惊肉跳，大败也就必然了。

不能破连环马，梁山大军就难以出战，随时都有被歼灭的危险。吴用虽号智多星，但本就是小县城里的教书先生，哪懂什么兵法和阵势。公孙胜一个道人，有点妖法，驱鬼降魔还行，这等阵势，他也束手无策。正在大家一筹莫展之时，没想到金钱豹汤隆献上了一条好计策：连环马要用钩镰枪才可破。钩镰枪汤隆会打造，但不会使。若要会使之人，一定要请东京金枪班教师徐宁不可。好端端的一个金枪班教师，他哪里肯轻易上山为寇，与朝廷作对呢？于是，汤隆又献上一计："徐宁先祖留下一件宝贝，世上无对，乃是镇家之宝……是一副雁翎砌就圈金甲。这一副甲，披在身上，又轻又稳，刀剑箭矢急不能透，人都唤做赛唐猊……这副甲是他的性命，用一个皮匣子盛着，直挂在卧房中梁上。若是先对付的他这副甲时，不由他不到这里。"在吴用的巧妙部署下，一出时迁盗甲的好戏开始了。经过数次曲折，终于将徐宁骗上了梁山（见《水浒》第五十六回）。

徐宁被骗上梁山后，见到了镇家之宝——雁翎甲，家人也被诓上了梁山。徐宁无计可施，也只得死心塌地，去传授那钩镰枪的使法了。半月之间，已有五七百人学成。梁山上宋江等备战完毕，也要下山对敌了。两军再次对垒，一声炮响，便厮杀开了。不言而喻，有了徐宁的帮助，连环马被破，高俅大兴三路围剿梁山以失败告终。

钩镰枪真的能破连环马吗？值得怀疑。我认为钩镰枪难破连环马。为什么这么说呢？其理由是：这连环马是三十匹一连，用锁环连锁，马上还坐着兵士，"远用箭射，近则使枪"。这钩镰枪手如何才能拢身去接近这连环马呢？这是其一。其二，在连环马后，还有"五千步军在后策应"，即使有钩镰枪手，未被连环马上的兵士用箭射死、用枪戳死，侥幸活下来的也难逃被后面策应的步兵杀死。其三，即使有个别幸运者未死，挥动了钩镰枪，也只能砍断靠边马匹的腿，但这可是将三十匹马用铁环连锁的马队，马队还是会向前冲锋，两边受伤的战马，也只能被冲锋的马队拖走，更何况极少数的钩镰枪手，无法砍到位于中间的马腿（即有冒险者逃过马上马下敌军的枪杀刀砍，想砍中间的马腿，也极有可能被这些马撞死或踩死）。三十匹一组的连环马，只有两侧的马受伤，会影响到整体作战，但影响不会太大。书上说"先钩倒两边马脚，中间的甲马便自咆哮起"，马队照旧冲杀，钩镰枪手看不到中间的战马，这连环马怎么破呢？再说这连环马阵是呼延灼作战的制胜法宝，并不是第一次出现在战场上。他既是名将之后，就应该知道这连环马致命的弱点何在，怎么去防范这最易攻破的弱点。在这个问题上，他肯定早有良策。这么个致胜的法宝，就那么容易被破，这法宝也太脆弱了，也太不中用了，这还能称得上是"法宝"吗？连环马被破，不是梁山钩镰枪手所为，是作者施耐庵的错误造成的。

连环马被破的真正原因是什么呢？我也是在瞎琢磨。一是作者的主观意愿，二是书中的天气帮的忙。从书上看，呼延灼攻打梁山，时间应该是阴历一月份。可惜书上没有明确的提示，我们只能靠书中所提供的具体时间来推算。这几回书，有明确表明时令的地方，是第五十五回"高太尉大兴三路兵，呼延灼摆布连环马"中写到的"不勾半月以上，三路兵马，都已完足"。出兵时"此时虽是冬天，却喜和暖"。既是冬天，又有点暖和，时间是初冬十一月中旬。到第五十六回这回书中，时迁到达东京，在徐宁家附近土地庙后一株大柏树上观察时，书中写到此时已"是夜寒冬天色，却无月光"。为了进一步说明此时节，接下来书中写了一首诗，诗中有句云"云寒星斗无光，露散霜花渐白"，可见天已很冷，时间大概是十二月中旬。这一月中旬的天气正是北方最冷的时节。"林教头风雪山神庙"及"林冲雪夜上梁山"正是这个时节。这两回书中曾经写到"彤云密布，朔风渐起，却早纷纷扬扬卷下一天大雪来"，那雪是"三千世界玉相连，冰交河北岸，冻上十余年"。草料场的草屋都被压倒，寒冷难耐，因此林冲只得"雪地里踏着碎琼乱玉，迤逦背着北风而行"。

同是梁山水泊附近，同是严冬季节，这在北方早已冰天雪地了。可是在《徐宁教使钩镰枪，宋江大破连环马》一回书中，读者看不出故事发生在什么季节，似乎春夏秋冬，一年四季的任何时候都可以似的。《水浒》作者大概自己也忘了这是什么季节，于是就编出了汤隆献计、时迁盗甲、徐宁上山教授钩镰枪、大破连环马这一系列的故事来。看似合情合理，跌宕起伏，实属多余。如《水浒》作者还记得故事发生在北方，时间是在严冬，根据这天气、这时节进行创作，就会更精彩、更扣人，而且书中目前所出现的错误就都会避免了，何乐而不为呢？连环马虽是"铁环连锁"，那马掌毕竟是钉了铁钉的，马在坚如铁的冰雪面上行走，必然打滑，行走不便，那连环马队就无法上阵了。马不出阵，钩镰枪又有何用。即使出阵，马行走打滑，遇上钩镰枪手东风袭击，不战自乱。不说季节更好，这恐怕是作者的想法之一。

有细心的读者可能会说：作者虽未写出交战时的季节，但写出了作战的地点，这就是宋江说的"见军马冲掩将来，第一望芦苇荆棘林中乱走，却先把钩镰军士埋伏在彼……但见马到，一搅钩镰"。宋江这主意是不错，但呼延灼这位久经沙场的名将之后也不会那么傻，冰地里战马无法出阵，还硬要出阵。三十匹连环马锁在一起，其宽度大概也有三十米左右，在芦苇荆棘丛中，如何能行进？如宋江采用芦苇灌木用火攻，呼延灼都不去考虑，他算得上哪门子的名将之后？书上之所以写他出阵，完全是《水浒》作者的主观意愿，是作者的失误。连环马完完全全是施耐庵破的。

## 73. 孙立为什么排出了天罡星

在众多"水浒"故事中，病尉迟孙立可以说是个老角色了。《水浒》第十二回"汴京城杨志卖刀"中，当白衣秀才王伦问杨志"青面汉，你却是谁？愿通姓名"时，杨志的回答是："洒家是三代将门之后，五侯杨令公之孙，姓杨名志。"随后，杨志又提到自己与另外十个制使运送道君皇帝造万岁山用的太湖花石的故事。因为自己的运气不佳,船在行进至黄河途中,遭到风暴袭击,船被打翻,花石纲由此落入水中,自己也因此遭到朝廷的通缉,不得不流落江湖避难。

杨志说到的这十个制使都是谁?《水浒》中没有介绍。但在《水浒》成书之前,其他作品中却已经列出了名单。除杨志外,其他十人分别是:卢俊义、林冲、杨雄、花荣、柴进、张青、徐宁、李应、穆弘、关胜,还有一位就是孙立(见《大宋宣和遗事》)。

将《大宋宣和遗事》中的这份名单与《水浒》一对照,我们就会发现一个奇怪的现象:前者十一个人之中的十个,都被列入后来的天罡星,只有孙立被剔除了出来。

在《大宋宣和遗事》接下来的故事中,宋江走进庙门,拜见玄女娘娘后,见香案上放着一卷天书。打开看时,除了四句诗外,还有一个三十六人的名单。这个名单中也有病尉迟孙立的名和绰号,排在第二十四位。像小李广花荣、没羽箭张清、浪子燕青、鲁智深、武松、呼延灼、索超、石秀等等在《水浒》中的红人,都排在孙立之后,可见其地位之高、分量之重。

另外,宋代周密的《癸辛杂识》中记载了画家龚圣与的《宋江三十六人赞》。龚圣与不但给这三十六人分别画了像,而且还给画中人各配了一首赞词。在这三十六人当中也有孙立其人,其坐次排在第九。其赞曰:

尉迟壮士,以病自名。

端能去病,国功可成。

显而易见,这孙立在《水浒》未成书之前,他已经是水浒故事中的常客、主角之一,而且还是一位重要的名人。

大家都知道,《水浒》是根据北宋宣和年间宋江等三十六人起义的史实为基础写成的。他的祖本除去民间传说之外,更多的资料就是以上所提到的《大宋宣和遗事》《癸辛杂识》及龚圣与的《宋江三十六人赞》这样的文字素材。叫人想不通的是,这些素材里的绝大多数人物都纷纷排进了天罡星,而偏偏孙立这么个重要角色却被贬到地煞星里去了。也不知道《水浒》作者用心何在,难道与孙立有什么深仇大恨吗?

煮酒说人

俗话说不比不知道，一比吓一跳。我们就从多个方面，拿孙立与其他的梁山兄弟比一比，看看孰优孰劣。

先说官位。孙立可是个登州兵马提辖。天罡星中没当过官的平民百姓多了去了。像吴用、公孙胜、李应、李逵、阮氏三兄弟等等都是，与孙立无法比拟。就是像宋江、朱仝、雷横、武松、戴宗等人都是芝麻绿豆大的官儿，官阶都在孙立之后。孙立是宋代州郡的武官，官阶比花荣还高，与董平、张清不相上下。

再说武功。《水浒》第四十九回孙立出场时，作者对他有个介绍："射得硬弓，骑得劣马，使一管长枪，腕上晃一条虎眼竹节钢鞭，海边人见了，望风而降。"这不是好听的鉴定语言，是作者对他的评价。特别是"望风而降"四字，更写出了他的威风、杀气。孙立的武功也不一般，《水浒》中也是有表现的。比如呼延灼奉诏进剿梁山时，林冲首战呼延灼，斗了五十回合以上，不分胜负。接下来孙立迎战呼延灼，也斗了三十多回合，也不分胜负。可见其武功与林冲、呼延灼等人不相上下。在征辽的战斗中，孙立更是大显身手，大大地爽了一把。首战就打死了辽国的先锋寇镇远（九纹龙史进却是寇镇远的手下败将，见《水浒》第八十七回）；在征王英、田虎、方腊的战斗中，孙立也屡建奇功（分别见《水浒》第九十二、一百一十三回）。这也可以说，他的武功可列在梁山五虎将之中。

第三谈谈贡献。这贡献说两件事情就可知其大小了。一是解珍、解宝兄弟受朝廷指令上山捉虎。老虎中了兄弟俩的毒箭滚下山去，正好滚进了当地一霸——毛太公的园子里。解氏兄弟上门要虎，毛太公反诬兄弟俩上门闹事，于是将这兄弟俩抓到官府，并告了他们一状，将这哥俩打入了死牢，不日问斩。无奈之下，兄弟媳妇顾大嫂拿刀威胁孙立，孙立才毅然决定弃官不做，救出了解珍、解宝兄弟（见《水浒》第四十九回）。能做到这一点已经很不容易了。就孙立而言，不亚于牺牲了自己去成全别人。试想一下，一个毫无背景又无金钱的普通军人能一步步爬到州里当上兵马提辖（相当于现在的地区军分区司令员一职），是多么不易之事，还不知道要立下多少战功，身上留下多少伤疤才能换来。救不救解珍、解宝兄弟就决定了孙立的前途和命运。

如果救,那孙立来之不易的官职、地位就化为乌有,前途也没了,更重要的是从此他的身份会发生翻天覆地的变化,由一员朝廷的命官一下子就沦为了朝廷通缉的罪犯,上了梁山就变成了盗贼,成为了被抓被杀的对象。最后是解氏兄弟终于被孙立救了,可他自己的一切都变了,这是多么的不易!与宋江相比,宋江乃是郓城县的一名小吏,芝麻绿豆大的官,虽救了这个帮了那个,杀了阎婆惜不得不亡命江湖,但宁死也不上梁山落草为寇(见《水浒》第三十六回)。相比之下,孙立比宋江要开明多了,思想转变也比宋江快多了。

二是宋江打祝家庄时,带领了众多精兵良将,想尽了各种方法,都以失败告终。即便在吴用的帮助下,宋江二打祝家庄也无法取得胜利。就在这万般无奈、无计可施、一筹莫展之际,是孙立帮助了宋江,不但攻破了祝家庄,还得到了梦寐以求的可供水泊梁山上下几万兵马能吃上三五年的粮食。这功劳简直太大了,这里的细节不多讲,请看打祝家庄的几回书。

这里还有几句题外话要说。在孙立帮助宋江三打祝家庄的过程中,也看得出这人的德行是差了一点。为什么这么说呢?孙立与祝家庄的教师爷栾廷玉是同门师兄弟,往日无冤近日无仇。他的到来,栾廷玉是大喜,认为是"锦上添花,旱苗的雨",忙交出祝氏一家老小与之相见。在栾廷玉看来,孙立这次来真正是如虎添翼,是助自己一臂之力,齐心协力阻拦梁山人马,因此对孙立毫无戒心,真把孙立当作兄弟看待。可栾廷玉万万没有想到,结果适得其反。栾廷玉这是引狼入室,最后自己也丢掉了性命。而孙立呢?为拍宋江的马屁,作内应帮助宋江打下了祝家庄,出卖了师兄弟,做了敲门砖、见面礼,的确太损了一点。但对水泊梁山而言,他是立了大功的。

就是这么个武艺高强、功劳卓著的人,不但排不进天罡星,反而降入了地煞之列,孙立所救的解珍、解宝兄弟俩,无论从哪个方面去比都与其差之甚远,无法相提并论,却偏偏都进入了天罡星。真不知道这是凭什么。天罡和地煞有没有标准呢?

有人说这是宋江在有意提防孙立,说孙立这个派系中,有孙新、解珍、解宝、顾大嫂、乐和、邹渊、邹润这几人,而且他们之间有血缘连带关系,这在梁山之上是独此一家。而这一家之主,便是孙立。把孙立贬入地煞星,正是为了离间他们，削弱这个派系中的势力。我认为这个说法大有漏洞，而且是一点即破。宋江把解珍、解宝拉进天罡星，他们也不会感激宋江的。因为他们会认为这是天意，是老天爷安排的（见《水浒》第七十一回），是忠义堂前地下石碣上写明了的。要感谢就谢老天爷，与宋江并无关系。不仅如此，他们反会为孙立鸣不平。他们也知道自己处处不如孙立，却让孙立反比自己的地位低，会报以同情。他们更知道，孙立是自己的救命恩人，中国人素有"滴水之恩，当涌泉相报"的好传统，这救命之恩还没报呢，他们会跟宋江去防备、反对孙立吗？这亲情加恩情，是无法离间和削弱的。

　　孙立到底为什么进不了天罡星，书中虽说是天意，是老天安排的。但这老天不是别人，正是《水浒》的作者，这种安排还真叫人无法理解。

## 74. 鲁提辖的仗义

《鲁提辖拳打镇关西》是《水浒》中极为精彩的章回之一。这回书可由"解囊相助"及"拳打镇关西"两部分组成。"解囊"是因,"拳打"是果;"解囊"是"拳打"的前奏,"拳打"是"解囊"的必然结果。过去,人们对"拳打"这部分津津乐道,对"解囊相助"这部分却较为忽视。其实,这部分文字写得也很不错,作者以匠心独运的细节刻画,活脱脱写出了鲁达、史进、李忠三人鲜明的个性。

古人云:"惺惺惜惺惺,好汉惜好汉。"鲁达与史进最初是不相识的,初次见面通了姓名后,高兴得了不得,不由分说便"上街去吃杯酒",相互"较量些枪法",说到兴头上,谈话被外边的哭声所扰乱。别人毫无反应,鲁达却气得抛碗掷碟,这表明其性情急躁。鲁达的性情急躁和李逵又不一样。李逵在江州琵琶亭与宋江等人喝酒交谈时,也是被卖唱女打断,李逵是跳起身来用指头一点就把那女人点晕在地,粗鲁野蛮之极。而鲁达却不然,当店小二说明卖唱女人"自苦了啼哭"时,别人无动于衷,鲁达却道:"你与我唤得他来。"想了解其中的原因,这说明其好管闲事,关心他人。当金氏父女悲切地控诉镇关西横行霸道时,别人又是毫无怒色,鲁达却是喊着要去打死那个"腌臜泼才"。这表明其疾恶如仇的性格。都是好汉,史进、李忠为何一言不发呢?其中也是各有各的苦衷。史进虽说年少任性,血气方刚,好打抱不平,但此时,他已是勾结"强盗"、烧庄抗捕的逃犯,出头露脸多有不便。而李忠是个跑江湖的卖艺人,见多识广,熟知人情世故,加之本领又很低下、身居异地,既有当地的提辖鲁达出面,自己也就多一事不如少一事了。

鲁达虽是个粗人、急性子,但是遇事他又是粗中有细、莽而不笨。当他听完金氏父女受委屈的缘由后,先是打听金氏父女的住址,再是了解那"镇关西郑大官人"是何人。当听说这所谓的"郑大官人"即是状元桥下杀猪的郑屠时，更是怒火冲天，起身就要去打死那个"腌臜泼才"。史进、李忠再三劝阻，虽未马上去动手，但他那"杀人须见血、救人须救彻"的做法并未就此劝住。他立即做出了处置办法。提出要金氏父女"明日便回东京去"，并从"身边摸出五两银子"作金氏父女的盘缠。自己觉得五两银子太少，于是便开口向史进借钱，并声明："洒家今日不曾多带得些出来；你有银子，借些与俺，洒家明日便送还你。"史进道："借甚么，要哥哥还。"在包裹里取出一锭十两银子放在桌上，干脆、大方。而李忠见此情景，装憨不动，还要鲁达第二次开口向他借，他才"摸"出二两银子。李忠此举，鲁达极为不满，直率地指出他："也是个不爽利的人！"鲁达嫌李忠钱少，最后将钱丢回李忠。这个"丢"字用得很传神，准确有力地表现出鲁达对李忠轻蔑鄙视的情态。难怪金圣叹读到此时批道："胜骂、胜打、胜杀、胜剐，真好鲁达。"

"解囊"一节，鲁达豪爽、仗义、爱打抱不平、急躁、爱憎分明的性格得到了充分体现。史进出身阔少，仗义疏财，此时虽身为逃犯，解囊相助义不容辞，性格也很突出。李忠出身低微，全靠自己四处奔波卖艺为生，几个钱儿来之不易，故养成悭吝小气的本性。一个"摸"字，表示其碍于鲁达、史进的面子不好拒绝之意。同样是"摸"，但快慢不同、态度不同。鲁达的"摸"动作快，是想尽其所有，而李忠的"摸"，又活画出其吝啬、磨磨蹭蹭、舍不得的复杂心态。着墨不多，但在顷刻之间其性格得到了很好的表露。


## 75. 鲁提辖的计谋与拳法

鲁提辖在酒楼听完金氏父女对郑屠的控诉后，气得当时就喊着要去打那"腌臜泼才"。虽说被史进、李忠劝阻，但要打郑屠的想法已定。回到家中，"晚饭也不吃，气愤愤地睡了"。但如何去打郑屠，步骤已初步形成：用"激将法"去激怒对方，然后再给予惩处，做到"有理有据"。

第二天一早送走金氏父女后，他便直奔状元桥肉铺，找郑屠麻烦去了。

一到肉铺,看见郑屠正在柜台坐着,看伙计们卖肉。人家都尊称郑屠为"郑大官人",鲁达便偏要叫他"郑屠",这是一激。面对鲁达如此之不礼貌,郑屠不但不怒,反而满面赔笑,又是请鲁提辖"恕罪",又是"请坐",谦恭之态可掬。这第一激达不到目的,鲁达便使出了第二激:他明知郑屠是经略相公的铺户,却拿"经略相公钧旨"来压人,提出要十斤精肉不见半点肥的,十斤肥肉不要见半点精肉,并且提出要郑屠亲自动手。鲁达的有意刁难,郑屠是有所察觉的。他多次提出派人将切好的肉送去,就是想支开鲁达,派人去府上问个究竟。而鲁达回答是:"送什么?"本来就是有意找郑屠麻烦的,不是真来买肉的,当然也不要送。当询问切十斤肥肉剁成肉末何用时,鲁达睁着眼道:"相公钧旨吩咐洒家,谁敢问他?"其实鲁达自己也不知作何用,要肉是假,有意滋事是真。郑屠之所以要说要问,目的是在于讨好,更重要的是试探,心中有火又不敢发,小心谨慎,避免冲突。直到鲁达提出再剁十斤软骨,还要细细地剁成肉骨末,上面还不能有肉,郑屠终于忍不住了,但还是赔着笑脸说鲁达是"特意来消遣我"的。到此为止,郑屠那献媚的奴才相、市侩的小人气已勾画得淋漓尽致了。鲁达如此发难,郑屠还是有气不发、有火不怒,这就逼得鲁达不得不使出最后的一激,说出了自己是有意来消遣的,并且首先用手将已切好的肉末朝郑屠脸上打将过去。在鲁达这三激之下,郑屠才忍无可忍,持刀相拼。

鲁达乃经略府提辖,郑屠不过区区一屠夫,自不量力,以为手持砍刀就能打赢鲁达的赤手空拳。鲁达仅一脚三拳,就送郑屠一命归西了。关于这三拳,论者颇多,又多以三拳如何绘声绘色去介绍。其实除此之外,还有谈论之点。

比如这第一拳,"正打在鼻子上,打得鲜血迸流,鼻子歪在半边,却便似开了个油酱铺:咸的,酸的,辣的,一发都滚出来"。这是从人物的视觉、嗅觉入手来描写的,是从旁观者的角度来看这一拳的效果的。油酱铺货物五颜六色,这是从人们眼中所见的颜色。正因为是油酱铺,咸的、酸的、辣的当然都有。这一比喻形象逼真,贴切生动。

第二拳打在眼眶梢上,"打得眼棱缝裂,乌珠迸出",可见这一拳打得有多重。因为重,才出现"也似开了个彩帛铺的:红的,黑的,紫的,都绽将出来"。这是从视觉入手来写的。眼棱缝裂,不用说也知道出了不少血,再加上眼内乌珠都打出来了,眼白也出来了,红的是血,黑的是眼珠,白的是眼白,紫的是眼边的淤血,这不恰似个彩帛铺又是什么。

第三拳打在太阳穴上,"又只一拳,太阳上正着,却似做了一全堂水陆的道场:磐儿,钹儿,铙儿,一齐响"。这是从听觉来写的。两人搏击必有响声,这拳头的打击声、剔骨尖刀落地的声音、郑屠倒地的声音、鲁达对打中发出的吼声,这些声音汇聚在一起,不正是全堂水陆道场的声响吗?

这三拳的描写又是用通感修辞来突出人物性格、艺术效果及郑屠外形变化的。不仅如此,这三拳还透视出鲁达及郑屠情绪的变化。第一拳打得郑屠"挣不起来"却还嘴硬,说"打的好",这句话有点不服输、挑衅的味道,就像如今生活中两人吵架一样,一人硬是冲上前去喊:"你打!你打!"这必然更激怒对方。鲁达此时骂道:"直娘贼!还敢应口!"于是又打下第二拳。第二拳打下去,郑屠只得讨饶,口也软了,这更是火上加油。刚才还嘴硬,这么一会儿就求饶,使人觉得必是装的,显出一副可怜的熊样。所以鲁达此时喝道:"咄!你是个破落户!若只和俺硬到底,洒家便饶你了!你如今对俺讨饶,洒家偏不饶你!"于是就有了这第三拳。第三拳下去,郑屠已"挺在地上,口里只有出的气,没了入的气,动弹不得"。这三拳的细致描写,又把人物外形变化巧妙地糅合在一起。这三拳还含有奚落、调侃之意,郑屠原来开的是肉铺,现在一打又似开了油酱铺、彩帛铺、全堂水陆道场,终因恶贯满盈而亡命,讽刺意味十足。

# 76. 鲁智深与酒

在我国古代作品中,英雄与酒是密不可分的一对双胞胎,写英雄少不了写酒,写酒离不开英雄。描写中极力去渲染英雄的豪饮,借助英雄的海量来壮英雄胆，借酒放威、借酒来塑造英雄的壮举。在《水浒》里，差不多回回都写了酒，会喝酒的人也特别多，其中不乏像鲁智深这样嗜酒如命、无酒不勇的人。鲁智深喜欢喝酒，在《水浒》里交代得够清楚了。但他喜欢到什么程度，当了和尚怎么想酒喝之类情况，读者看书时是一读而过，很少去品味。笔者在阅读之中，作了一番研究，觉得颇有趣味。

在《水浒》里，作者写鲁智深喝酒的地方共有十四次。可分好酒、闹酒、夺酒、骗酒、戒酒五个过程。说其好酒，是因有酒必喝，《水浒》的前十七回，只要有鲁智深其人，就一定会写他喝酒。鲁智深喝酒那真是"大块吃肉、大碗喝酒"，他从不用杯盏，酒器小则用碗，大则用桶。特别是两次大闹五台山，第一次喝一桶，第二次先喝了二十来碗，还嫌不过瘾，买下只狗腿，边吃边喝，又喝下一桶。有人说鲁智深喝酒最"豪"，真是一点不假。鲁智深好酒，酒量又大，每次喝完又常闹事。渭州城与史进、李忠喝酒，引出了拳打镇关西，搞得提辖做不成，只能去当和尚；桃花村冒充"在五台山真长老处学的说姻缘"，赚的酒吃，结果大闹桃花村，痛打了小霸王周通；大相国寺菜园与众泼皮痛饮，倒拔了垂杨柳，虽结识了林冲这个好兄弟，又因护送林冲，大闹了野猪林，搞得和尚也当不了，只得上山落草做山大王去了。这其中闹得最凶的还要数两次大闹五台山了，结果在五台山无法立足，只有远走他乡。

五台山这两次闹酒又各有特色。第一次闹酒是当了和尚不久，又守不住佛门的清规戒律。加之赵员外多日未送东西来，"口中淡出鸟来"，游山之际恰逢卖酒汉，勾起酒瘾，出于礼貌先是问酒："多少钱一桶？"卖酒汉说，这酒是卖给寺中勤杂人员的，杀了他都不敢卖给和尚喝！鲁智深便放出强硬口气逼酒："真个不卖！"卖酒汉一看这口气不对，挑起酒担便走。鲁智深便演出了：赶下亭子，双手抓住卖酒汉扁担，踢倒卖酒人，提起两桶酒，抢酒喝。这一连串抢酒动作，不但直接写出鲁智深粗鲁性格，也刻画出其贪酒的馋相——抢。抢就抢吧，喝完了酒还闹事，"把皂直裰褪下来""露出脊背上花绣"，打了指责他喝酒的门子，"伤坏了藏殿上朱红槅子，又把火工道人都打走了"。第一次抢酒，大闹五台山，挨了长老训斥后，也使鲁智深长了心眼。第二次闹酒是在游五台山福地。路过酒店，闻到酒香，目睹酒家不进门，偏进了铁匠铺。是不是不想喝酒呢?否也!而是在思考如何买到酒喝,又不惹出麻烦。此时,他是思酒如渴。打禅杖付了工钱,还赏了铁匠些银子。赏银子干什么呢?"和你买碗酒吃。"赏人家钱,自己心里想的还是离不开这"酒"。走了几家酒店试探,讨酒不着后,便诈称自己是行脚僧骗酒喝。粗人使计,反衬其质朴可爱。俗话说:"酒能成事,亦能败事。"骗酒喝的后果是"乱了清规,打塌了亭子,又打坏了金刚"。长老岂能容纳这等酒徒,一纸"休书",便把鲁智深开走了。如果说第一次闹酒,作者着重写抢酒的外部动作的话,这第二次闹酒,则通过闻酒、睹酒、思酒、讨酒、骗酒,突出心理活动,这既显示了鲁智深率直的英雄豪气,又表现了与此相矛盾的忍让、守戒的心理。

鲁智深最后一次喝酒,是与杨志、曹正用计打下二龙山,做了山大王以后。在此之前他还多次喝酒,当了山大王,自二龙山置酒宴庆贺后,《水浒》中再也没提鲁智深喝酒的事了。鲁智深的酒,被《水浒》作者施耐庵无缘无故给戒掉了,不能不说莫名其妙。

## 77."风雪山神庙"之山神庙

《林教头风雪山神庙》真是经典名篇,写不尽,道不完。它写了雪、写了火、写了刀、写了枪、写了山神庙等等自然景物及武器,"骤看之有如无物",互不关联,细读读,则是"拽之通体俱动"。这几件景物及刀枪,无一不是紧紧相连又密密互扣的,可谓是:雪有雪韵,火有火影,刀有刀踪,枪有枪澜,庙有庙用。

山神庙在《林教头风雪山神庙》中先后仅出现两次:一次是林冲初到草料场,因天冷屋破无法御寒,到小市井沽酒途中所见,当时并未进门,在大门口林冲便顶礼膜拜,求神明庇佑;第二次是沽酒归来,发现草料场住房被雪压塌,无处安身,只得到山神庙过夜。后来发现草料场火起,隔门又听得陆谦等人对话，怒冲霄汉，在山神庙前杀死三人，割下头来，摆在山神庙供桌上，然后整装雪夜上梁山。

别看山神庙在这回书中仅出现两次，但对情节发展、塑造人物形象都必不可少。它不但构成了人物行动的契机，而且还是情节发展的线索和动因。从情节发展上看，山神庙的第一次出现，是为以后情节的发展做铺垫、准备的。有了这个铺垫，为林冲在草料场住房被雪压塌后，有暂时栖身之地找到依托。否则，以后林冲搬进山神庙，就有所突兀。金圣叹在评点《水浒》看到此处时写道："妙绝、奇绝，先安此一笔。"这"妙""奇"之"绝"处，我想正是以上说的这个意思。山神庙是古代山边道旁常见之建筑，这建筑在凡人眼中并不醒目，然而在这回书里却派上了大用场。山神庙后一次出现更为重要。有住房压塌无处安身之因，就有暂住山神庙过夜之果；有风雪太大寒气逼人之因，就有用石头顶门避寒之果；有推门不开之因，就有立在屋檐下避雪观火之果；有洋洋得意互相吹捧之因，就有自我暴露之果；有真相大白之因，就有破门杀人报仇之果。这样山神庙的设置就与人物行动产生了一定的因果联系，成为情节发展的线索，人物行动的动因。

山神庙的设置，还衬托了人物心理，表现了人物性格的变化。林冲第一次出现在山神庙前，第一个动作是顶礼膜拜，第一句话是求"神明庇佑"，第一个想法是改日来烧纸钱。此时林冲所祈求的是平平稳稳的当罪犯，是求神明帮他消灾了祸，不愿反抗求生。这个行动正说明林冲此时幻想逢凶化吉的精神状态，也是他那安分守己性格的具体体现。第二次出现在山神庙前的林冲，是一个从血泊恨海中爆发出来的、坚定造反的英雄。你看他大喝一声："泼贼那里去！"干净利落，铮铮有声，气势吓人。"杀人可恕，情理难容"八字写尽了高俅、陆谦等人的全部卑鄙和狠毒，也表达了林冲为此的极大义愤和造反决心。他把人头放在供桌上，不再是祈求、了愿，而是祭奠、示众，是表示自己杀人的行动理直气壮，可见得天地鬼神，是与旧林冲决裂，又是对山神的蔑视，因为他虔诚地祈求并未奏效，灾祸依旧降临。通过这个动作，更深刻地表现了林冲光明磊落、扬眉吐气的新的精神境界。就是这个山神庙，完成了林冲性格的彻底转换。故金圣叹看到此，又批道："行文如此，为之叹绝。"实在是心折之辞。

## 78. "火"的艺术内涵

　　《林教头风雪山神庙》写了两个最突出的景。一是雪，二是火。这回书在描述故事的过程中，前后多次写到雪。作品把雪的描写天衣无缝地嵌入了故事情节的发展之中，成了情节发展的重要线索和依据，可以这么说，没有这雪的描写，也就没有风雪山神庙这段精彩的情节，也就无法推动人物性格的发展，真是无雪不成书。如果说"雪"较多地用来突出人物的外部情绪的话，那在《林教头风雪山神庙》中的"火"则更多地渲染出人物内心世界的起伏变化。雪，人们历来称道，文章颇多，本文主要谈火。

　　林冲从李小二口中得知陆谦从京师赶来，企图谋害自己的消息后，勃然大怒，立即买了解腕尖刀，连日到处寻找陆谦报仇，始终不见仇家其人，不久"也自心下慢了"。这勃然火起的"火"是"心火"。说明此时林冲复仇心切，反抗性格在萌发，这为以后的"火"做了铺垫，为迸发埋下了伏笔。从草料场老军向火到林冲交割后生些火焰向火，这里一共写了三个"火"，这是"明火"。先是老军向火时的小火，读者不以为然，后是林冲向火时的大火，作者故意使读者疑心：以后失火是否与此有关？这火又是"假火"，不是失火之火。向火说明天寒，天寒正是林冲"心寒"。试想想，一个京城里的八十万禁军教头好端端的，却落得如此惨状，怎能不心寒。这天又寒，心更寒，这两个寒字加在一起，既突出了天寒的自然效果，更说明了林冲那凄凉孤寂的心理情绪。天寒难耐，烤火都不济事，只得出门沽酒。沽酒归来，发现草屋被雪压倒，这里一连写了林冲"盖火""摸火"等五个火字。盖火这一动作，一句结之，点明以后的火与此火无关；摸火，证明火盆中之火已浸灭，再次交代草料场着火与此火绝无关系。这一段火字虽多，却无一火星在内，这又是"假火"。说其假，是与前面林冲买刀复仇对比而言。此时林冲不但想修屋长住，而且小心谨慎，生怕有失，所以发现草屋被压倒，"恐怕火盆内有火炭延烧起来"，还探了半个身子进去摸摸火盆。这一切说明他忠于职守，毫无反抗之意，充分反映出他那安分守己的性格。说其假，是要读者明确地意识到，草料场起火不是林冲失火，而是他人放火，这就自然而然与陆谦的到来勾连在一起。在这一节里，这火忽小、忽大，忽盖、忽灭，正是林冲心潮起伏的写照。这里的火是制造气氛的火，是将读者引入扑朔迷离境界之火。

草料场火起，"才是真正本题火字"（金圣叹语）。文中又写了林冲打算"救火"，陆谦、富安、差拨三人立在山神庙屋檐下"观火"，一人道出自己如何"点火"。这才是火烧草料场的"真火""明火"。草料场火起，陆谦等人的恶毒阴谋得逞了；"便逃得性命时，烧了大军草料场，也得个死罪！"林冲亲耳听到陆谦一番恶语，哪能无火！草料场那"必必剥剥地爆响""刮刮杂杂的烧着"，写的都是"明火""真火"，都是燃烧时的实景。但是这都又是林冲心中复杂的"暗火"在发作、在升腾。此时的林冲，在铁的事实面前，真正地清醒了！心中的"暗火""心火"才迸发成"明火"、"怒火"；性格上的"假火"变成了"真火"，最终才喊出"杀人可恕，情理难容"这句郁积心中多时的满腔仇恨之语，最后杀人上山，完成了他性格上的质的飞跃。

这火，前前后后提到十多次，有"真火""假火""明火""暗火""心火"之分。这火由星星之火，烧成漫天大火，由林冲胸中的"心火"燃成反抗、复仇的怒火、烈火。这火由小到大，由假到真，由暗到明，正是林冲内心世界变化的真实写照。林冲性格也由逆来顺受、安分守己到杀人报仇、造反上山。这情融入了景，这景中又融化了情，令人读后回味无穷。

## 79. "风雪山神庙"中的巧合

巧合是中国古典小说中常用的一种写作手法，俗话说："无巧不成书"，

"书"者，小说也；"巧"者，巧合也。编不出凑巧的故事情节，也就难以创作出引人入胜的小说来。这句话，既是小说创作取材上的特点，也是艺术表现手法上的特点。太巧了，会使人感到荒诞可笑，不可相信；太不巧了，又叫人觉得平淡无奇，读之乏味。只有正确运用"巧"，在各种因素的交互作用中，巧才会给作品带来动人的艺术魅力。那么，怎么正确运用呢？"巧"是出人意料，是情节发展的偶然性；"合"是在人的意料之中，合情合理，是情节发展的必然性。巧合，都是把偶然性建立在必然性的基础上，偶然性经常是必然性的表现形式。《林教头风雪山神庙》中，这样的巧合很多，写得相当精彩。

高俅为了达到其护子霸妻的目的，野猪林杀林冲不成，又派陆谦、富安赶到沧州，伙同差拨、管营密谋陷害林冲。他们自以为行动隐秘：陆谦、富安明明同伴而来，却一前一后"闪"入李小二酒店。这"闪"字用得妙，说明动作迅速、怪异，一前一后说明行动诡秘，这是第一怪；吩咐的奇怪，交出酒茶钱后，又要李小二"不必多问"，这是第二怪；请管营、差拨"商议些事务"不在牢城，而在李小二酒店，这是第三怪；请了管营、差拨喝酒，他们又"素不相识"，当管营动问其高姓大名时，对方又避而不答，说"有书在此，少刻便知"，这是第四怪；喝了一阵子酒，又吩咐李小二"我等自要说话，不叫，你休来"，这是第五怪。而这五件怪事又偏偏落在李小二酒店里，看在李小二的眼里，听在李小二的耳中，这是第一巧。李小二在东京时，因偷了店主家财被捉，得到林冲搭救免吃官司，又因在京城安身不得，多亏林冲送给盘缠，让他远走他乡，在异乡巧遇林冲后，又多次得到林冲的资助才有今日。他明知林冲得罪了显贵高太尉发配至此是个囚犯，他不避讳、不忘旧恩，以礼相待、尽力相报。当他发现来人行动鬼鬼祟祟，说话神神秘秘，与差拨、管营素不相识，却诱之以酒菜，贿之以金银，口中吐出"高太尉"，操东京口音，又说出"好歹要结果他性命"这吓人之语等等，自然而然引起怀疑，出于对恩人林冲性命的关心，他有意偷听，虽说收获不大，内情不详，事后还是立即向林冲转告，这是第一合。

陆谦等决计火烧草料场，以此置林冲于死地，阴谋一切进展顺利，而林冲却蒙在鼓里，任其调动。单单在陆谦等人下手火烧草料场的当天，老天纷纷扬扬下了一场大雪，巧；大雪又偏偏压塌林冲居住的破草屋，巧中之必然；火盆里的火种因此被雪水浸灭，巧；迫使林冲暂离草料场外出过夜，避免烧死在烈火之中，这又是巧中之必然。林冲为御寒，到二三里外的小市井沽酒，途中发现了山神庙，巧。这一切是第二巧。草料场破草屋压塌后，他就自然而然地想起了暂时过夜的住处而搬进山神庙，这就是第二合。

山神庙内，林冲听到外面传来必必剥剥地爆响声，从门缝中发现草料场火起，正待开门去救火，又听到门外陆谦、富安、差拨三人的自供：这火是他们放的，有意置林冲于死地，或烧死、或烧了草料场判死罪，这是第三巧。明白了事实真相，忍无可忍，仇人见面分外眼红，怒火喷发，冲出山神庙，毅然杀死这三个贼子，报仇雪恨，这是第三合。

山神庙内，林冲怕风吹入庙殿而寒冷难当，随手用大石头顶住庙门，这一偶然细节的处理，又是一巧。因门被顶住，推不开门，陆谦等人只得立在门外论功，谈出陷害林冲的经过，这正好被门里的林冲听见，这是第四合。

这四巧四合中，人物的安排、山神庙的设置、大雪的纷飞、用石块顶门的细节无一不巧，又无一不合情理。正是运用了这些巧合，推动了故事情节的跌宕发展，使林冲造反的勇气得到升华，得以最终完成。读之既精彩、又可信。

## 80. 一刀一境界，一枪一精神

"解腕尖刀"和"花枪"在《林教头风雪山神庙》中，是两件极平常的道具。"骤看之，有如无物"，细念之，刀有刀踪，枪有枪澜，真乃"一刀一境界，一枪一精神"。

林冲发配沧州后，原打算安分守己，待朝廷赦罪，挣扎回京与家人团聚，毫无杀人之念，所以身边也无刀枪之类的复仇武器。虽说他武艺高强，仗义助人，富有正义感，但由于俸禄优厚，夫妻和睦恩爱，小日子过得美美的，满足于现状。为了维护这幸福美好的生活，他绝不惹是生非，得过且过，养成了这种逆来顺受、忍辱负重的性格。娘子在岳庙被人调戏，他忍了；娘子被骗至陆谦处受辱，他还是忍了；白虎堂被抓，他明知自己是中计遭陷害，他也忍了。然而高俅一伙还是不让他"立地成佛"，磨刀霍霍在暗算他。发配路上，董超、薛霸两公人千方百计地整治他，用开水烫伤他的双脚，又让他满是燎泡的双脚穿上新草鞋，燎泡打破，鲜血淋漓，他毫无反抗。就是两公人要结果他的性命，被鲁智深营救，他依然还是妥协忍让，求鲁智深放过公人，还是没有放弃"挣扎着回来"的幻想。可是他的对手却不是这样做的，野猪林行凶不成，高俅又派陆谦追杀到沧州。林冲毕竟是条好汉，当李小二向他报信时，他立刻意识到是"来这里害我"，怒火顿生，发誓要将陆谦"骨肉如泥"。于是不顾李小二的劝阻，买下这解腕尖刀。这是因恨而买刀，意味着随事态的发展，恨之加深，用刀必狠，这就为后文刀刃陆谦做暗示、铺垫。

事与愿违，带刀寻仇人复仇又寻不着，"也自心下慢了"，刚刚燃起的复仇之火又将熄了。林冲毕竟是个逆来顺受惯了的人，此时此地，他巴望的是有出头之日，能与家人团聚之时，不想铤而走险。三天找不着仇人，火气自消，也较之合理。如果他一直是怒火冲天，杀气腾腾，那他就不是林冲，而是武松或李逵了。调往草料场"带了尖刀"，又添花枪，这说明复仇之火没完全熄灭，警惕性尚存。此后写到交割、沽酒、避雪，处处点到花枪，但这刀却藏之未见，加上山神庙前的乞求，好像林冲完全放弃警惕。其实刀一直在身边，这"解腕尖刀"是报仇雪恨之利器，因恨而买，怀恨而藏，为恨而用，藏而不露正是为以后恨而用障目。

最后在山神庙内，听得陆谦等人自供内幕，怒气复生，恨之加深，藏刀复出，冲出山神庙，先用枪搠倒差拨、富安，回身将陆谦丢倒在雪地，花枪却搠在一边，从身边取出那由仇恨浇铸的刀来，往陆谦脸上搁着，使陆谦无法逃脱。痛骂一阵过后，一扯、一剜、一提、一割，将仇人刀剐刃杀。加上前面的一提、一丢、一搠、一踏、一取几个动作，生动地表现了林冲觉醒后，

●豹子头林冲

对助纣为虐、凶残歹毒的陆谦的极大义愤。用刀之残，则表明了林冲挣断了忍辱求生的枷锁，与旧林冲决裂的决心。有枪在手不用，偏要从身边抽刀，从虐杀陆谦那一系列动作看，好像林冲早已设计好，只有如此这般才能泄恨。这用刀之狠，正说明恨极之情。

买刀、带刀、藏刀、用刀是刀踪；挑酒葫芦之枪变杀人之枪是枪澜。有了这两件道具，才出现了对三个仇人的不同杀法。正如容与堂眉批在此写道："杀的快活，杀的快活，若如那两人也一枪搠死，便没趣了。"有了这一刀一枪，才产生"以一个人杀三个人，凡三四个回身，有节次，有间架，有方法，有波折，不慌不忙，不疏不密，不缺不漏，不一片，不烦琐，真鬼于文、圣于文也"（金圣叹语）的艺术效果。有了这一刀一枪，才看出几经波折后，林冲性格的质的变化，才看到刀刃、枪尖上体现出来的林冲的感情。

## 81. "智取生辰纲"前的准备工作

"智取生辰纲"是《水浒》中极为精彩的章回之一。其精彩不仅表现在"智取"这部分,就是故事开始部分的"报信""撞筹",也值得一书。这亦是整个故事极精彩的一个组成部分。

"报信""撞筹"这部分情节的设置可说是环环相扣,波澜迭起。赤发鬼刘唐为"生辰纲"不辞劳苦到东溪村报信,因天晚,又多喝了几杯,怕见到晁盖时给人留下醉鬼的坏印象,于是在离晁盖家不远的灵官庙权且住一夜。因衣冠不整,又有些破烂,赤条条地睡在供桌上;加上一身黑肉,黑魆魆两条毛腿,一双赤脚,鬓边一搭朱砂记,上面还生一片黑黄毛。俗话说:"三分长相,七分打扮。"刘唐这副德行,没个长相,更谈不上打扮。在人们习惯于"以貌取人"的传统定势中,一看到刘唐,就不像个好人,理所当然地会被前来查巡的雷横当贼给抓了。晁盖出于好奇,故意来看看这个"贼"。刘唐说出了找晁盖的目的。晁盖以刘唐是其外甥为由救下了他。这一环刚刚解开,另一环又扣上了。刘唐为报雷横吊绑一夜之恨,拿着朴刀找雷横算账。两人斗了五十回合不分胜负。如果众士兵一起拥上,刘唐再度被捕,那岂不是坏了大事?就在这个节骨眼上,吴用赶到解危、解扣,才使得刘唐"报信"的任务顺利完成。

吴用与石碣村三阮虽是旧交,但也有两年未见面,人心难测。此去邀他们入伙来抢劫生辰纲,不能不说有点风险。吴用先以买鱼为由,步步紧逼,逼出了三阮的怨气:因梁山强人占住水泊,不容打鱼。三阮以打鱼为生,打不成鱼,生活就没有着落。正因为生活没有着落,才穷得叮当响。吴用又以官军不来剿匪为由,引出了三阮对官军的不满——官军比强人更可恨。吴用再以试探的口气询问强人的生活状况,又引出了三阮对他们生活的羡慕。三阮认为:"他们不怕天,不怕地,不怕官司;论秤分金银,异样穿锦;成瓮吃酒，大块吃肉。如何不快活？我们弟兄三个空有一身本事，怎地学得他们！""'人生一世，草生一秋！'我们只管打鱼营生，学得他们过一日也好！"同时三阮表示："若是有识我们的，水里水里去，火里火里去！若能彀见用一日，便死了开眉展眼！"吴用就是这样由三阮穷困，引到对官军的憎恨，进而引到三阮对强人生活的向往，最后到愿意入伙为盗，自愿加入晁盖的队伍，"撞筹"的工作就这样一步步推进到顺利完成。

公孙胜来报信，刚与晁盖说到义取生辰纲，就被吴用闯入劈胸揪住。虽说是一场虚惊，也使读者心头一跳。七星聚义，吴用说出妙计，为"智取"埋下了特大悬念。"报信""撞筹"就是这样一张一弛，一起一伏，扣人心弦，引人入胜。又为"智取"留下了疑团，做了有力的铺垫。

"报信""撞筹"这部分的人物塑造可以说采用了不同的表述方式，来表现不同的性格特点。刘唐为生辰纲而来，与晁盖又素不相识，但一见晁盖便直言相告，毫无隐瞒；晁盖与吴用是故交，介绍刘唐时也是如此，无所顾忌；而吴用邀请阮氏三雄则不同，先是以买鱼为诱饵旁敲侧击，再是察言观色，随机应变，最后才亮出底牌。公孙胜以化斋为幌子，吵着要见晁盖，甚至以动手打人来达到目的，待晁盖与之相见后，他又提出要与晁盖密谈，结果反让晁盖揭开其秘密。同是通报义取生辰纲的事，所表达的方式截然不同。之所以会如此，正是个人不同的性格所致。刘唐"小人自幼飘荡江湖，多走途路，专好结识好汉"，打听到生辰纲事，又能结识闻名江湖的晁盖，不免高兴过头而贪杯，待其巧遇晁盖后，见晁盖所为，故敢直言相告。言语不多，但他那豪爽性格跃然纸上。晁盖一见吴用也能直言，无所顾忌，正如吴用所言，他们"自幼结交"，"但有些事，便和我相议计较"。劫生辰纲，虽是掉脑袋的事，他也认定吴用不会告官，所以敢于直言。这里，晁盖无须思索，对朋友信任，率直、果敢的性格就反映出来了。吴用是个教书先生，颇有心计，劝说、引诱三阮入伙，去干这"大逆不道"的事情，当然要特别小心，说三阮"撞筹"，更体现了吴用的胆略和心计。公孙胜是个云游道人，道家子弟本不应该参与此事，但他又是个义士，故行事就显得小心谨慎。同是一事，因人而异。

"报信""撞筹"这一部分，就情节而言不是平铺直叙，而是有起有伏、波澜跌宕、有张有弛；就人物而言，着墨不多，不但是自然而然地引出一系列主角，而且还初步揭示了人物性格，同时还为以后的故事做了铺垫。一箭双雕，怎能不精彩！

## 82. "智取生辰纲"中的山歌

金圣叹在评点《水浒》中的诗词、山歌时说："此书每每横插诗歌，如五里亭里、瓦官寺前、黄泥冈上、鸳鸯楼下，皆妙不可言。"的确如此，就拿"智取生辰纲"中白胜唱的山歌来说，就是道不尽其妙。

白胜的山歌出现在杨志与众军健矛盾公开化、白热化之际，出现在杨志、晁盖双方剑拔弩张的紧张气氛之前。白胜挑着一担酒，悠然自乐地唱上冈来：

赤日炎炎似火烧，野田禾稻半枯焦。

农夫心内如汤煮，楼上王孙把扇摇！

说其妙，首先妙在行文上富有变化，又渲染出一种轻松祥和的气氛，缓和了紧张的空气，就像一丝凉风吹进人们燥热的心田。它是矛盾激发前的宁静，是高潮发生前的小插曲，但是它又是矛盾爆发时的导火索。杨志在出发前就对梁中书提及："此去东京，又无水路，都是旱路。经过的是紫金山、二龙山、桃花山、伞盖山、黄泥冈、白沙坞、野云渡、赤松林，这几处都是强人出没的去处。"到了黄泥冈，他更是小心翼翼，发现那十四个军健都放下担子在树荫下躺着，他很是着急："苦也！这里是甚么去处，你们却在这里歇凉！起来快走！""这里是强人出没的去处，地名叫做黄泥冈，闲常太平时节，白日里兀自出来劫人，休道是这般光景。谁敢在这里停脚！"杨志不说不要紧，这一说，读者根据此处地形也紧张起来，觉得强人就在身边，时时会出现。就在这高度紧张的时候，偏偏出现了挑酒人，悠哉，悠哉，唱着山歌来到众人面前，制造出一副安宁、和平的景象，大家悬着的心放下了。这无疑对解除杨志的警惕和众军健的疑虑起到了麻痹作用。

其次，这首山歌又妙在紧紧扣住了当时的环境气氛。当时正值阴历六月上旬，红日当空，又没半点云彩，热不可耐，连石头都热得发烫，烫得脚痛走不得，用军健的话说是："这般天气热，兀的不晒杀了！"而这一切，"智取生辰纲"中都未做更多的正面描写，而是通过人物的感觉来表现。军健们通过抗争好不容易找到这块阴凉地儿歇脚，白胜的山歌此时出现，对炎热又给予了具体生动的描写，无形中起到热上添火、火上加油作用，为以后军健们买酒喝又做了合理铺垫。再次是这首山歌还妙在紧紧抓住人物此时的心理。白胜这首山歌是唱给众军健听的。这些军健大多来自农村，对赤日炎炎、禾苗半焦的情景，他们是深有体会的。联想眼下，他们肩挑重担，冒着酷暑，热累欲死却不得休息，而杨志却是空手行走，又骂又打，这痛楚比当农夫还痛苦百倍。对此，军健们早已老大不满。这种情绪未到黄泥冈前已经表现出来了，他们向老都管诉过苦。到了黄泥冈，这不满的情绪已经到达了顶点，他们不再是暗地里向老都管诉苦，而是转向公开地抗争。当杨志欲拿起藤条抽打他们时，他们说话了："提辖，我们挑着百十斤担子，须不比你空手走的。你端的不把人当人！便是留守相公自来监押时，也容我们说一句。你好不知疼痒，只顾逞办！"这矛盾就已由暗藏变成公开化了。"农夫心内如汤煮，楼上王孙把扇摇！"这样的歌词传入他们耳中，就更有煽动力了。这样又无形中进一步加深了杨志一伙内部矛盾的裂痕，故此以后众军健凑钱买酒，杨志不允，他们也不再理会，而是理直气壮地反驳："没事又来扰乱！我们自凑钱买酒吃，干你甚事？"

最后，这首山歌妙在不但尖锐地指出了当时贫富悬殊的生活和阶级对立的情况，而且还写出了作者对于这种情况和生活的愤恨及对贫苦百姓的同情。这首山歌还集中而又概括地表现出宋末社会动荡的典型环境。歌词浅显易懂，形象生动，对比强烈，具有说服力，真是"妙不可言"。

## 83. 吴用与杨志斗智

《水浒》里的吴用,是一个足智多谋、善于用计的人。"智取生辰纲"就是他用计的代表之作。"智取生辰纲"整回书大致可以分为两个部分。第一部分是写杨志押送生辰纲出发前的准备、人员选择、配备及护送方法,这里表现了杨志奉命押送的小心翼翼、精明强悍的性格,突出了他的"智送"。在人员配备上,梁中书夫人派老都管及两个虞候同行,又为以后的矛盾产生埋下了伏笔。第二部分即"智取",这部分是这回书的中心、高潮。"智取生辰纲"这回书,在结构上的特征可用十二个字概括:一个中心、两条线索、多种矛盾。

这一个中心是:"智送"及"智取"生辰纲,突出在一个"智"字上;两条线索是一明一暗:明线是杨志一伙采用伪装、严密防范,以期完成生辰纲的"智送";暗线是晁盖、吴用一伙巧妙装扮,设下圈套,决意"智取"生辰纲。明线是文章的重点,用了大量的篇幅来写。暗线一直被隐去,但一直又在暗中针对情况的变化在调整。明线突出了杨志的精明、狡猾的个性,并渲染了杨志同众人之间的矛盾。暗线则表现了吴用的聪明才智、计策缜密,说明了晁盖等七人紧密团结、同心协力。这两条线索在黄泥冈上交织,形成了故事的精彩高潮。

多种矛盾则体现在多方面:就"智送"与"智取"而言,"智取"是主要矛盾,即以晁盖、吴用等七人为一方与梁中书为主、杨志为附庸的另一方的对立矛盾,或曰阶级矛盾。"智送"是次要矛盾,即押送人员的内部矛盾。对于这价值连城的生辰纲,一方严防,一方夺取,双方又狭路相逢于偏僻的黄泥冈,一般应是"力取",一场你死我活的拼杀在所难免。然而作者不让我们看到这些,而用的是"智取"。这"智取"该如何取法呢?作者又故意吊读者的胃口,只让我们从晁盖的嘴里知道是"好妙计,不枉了算你做智多星"。读者根本无法知道吴用所说的"如此、如此"的具体内容。作者笔锋一转,却大书特书杨志的"智送"。按常规,主要矛盾是作品着力之处,晁盖、吴用等七条好汉是这场斗争的主角,理应放在突出的位置上,用较多的篇幅来写。然而,作者在这里却一反常态,把次要矛盾当作主要矛盾来写,而且写得具体、生动、错综复杂,但对主要矛盾的刻画却惜墨如金,只是作暗线处理。看上去似乎喧宾夺主,但读完之后,读者便能立即悟出这其中的无穷奥妙:明写、详写杨志的精明能干,正是反衬出吴用的足智多谋;明写杨志一伙的重重矛盾,愈暗示押送的艰难、智取的成功;明写天气酷热,则预示计谋的高超。先写次要矛盾是为后来写主要矛盾服务的。全文是由次要矛盾引出主要矛盾,次要矛盾因主要矛盾而发生、发展,以至激化。而主要矛盾又为此提供了解决的条件,两者既是对立又是统一的。写明线正是为了写暗线,写次要矛盾正是为了写主要矛盾。如先写吴用如何用计、事态又如何按照预料发展,以致计策如何实施成功的话,不但索然无味,而且不利于突出吴用随机应变的本领。正因写明线,结果才让读者顿悟吴用妙计之妙,意趣横生;既出乎意料,又在情理之中。

对次要矛盾的描写,作者又采取了多层次的方法。这里既有人与天气的矛盾,又有人与人之间的矛盾。人与天气的矛盾,又是导致人与人之间矛盾的重要因素。正因为杨志要避开强人的作息时间,所以选择天热时赶路,而军健们因天热、劳累需要休息,酷暑难行,这怎么不产生矛盾呢?杨志与军健之间的矛盾,又是这次要矛盾中的主要矛盾。因为杨志的"智送"主要是通过众军健来完成的。军健们不送了,杨志的计划就泡汤了,计划一泡汤,杨志想通过押送成功而实现光宗耀祖、仕途辉煌的美梦也就破灭了。因跟不上队伍,屡遭杨志辱骂,这就形成了两个虞候与杨志的矛盾。军健们诉苦、两个虞候调唆,又得到老都管的同情,这样一来,他们之间无形中建立了"统一战线",这既助长了军健们的反抗,又预示了老都管与杨志的矛盾。这三组矛盾纠合在一起,产生、发展,在黄泥冈到达顶点。"智送"的失败也就成定局了。这三组矛盾连环紧扣、曲折惟妙,促进了"智送"队伍的瓦解。杨志与众人之间离心离德,这就给吴用的"智取"创造了有利的条件。

"智取"的成功,也正是建立在"智送"的基础上的。

## 84. 生辰纲为何被劫

杨志押送的生辰纲为何被劫?一直以来,人们认为是吴用的计妙,借此说明吴用足智多谋、胆大艺高。

吴用的妙计固然是生辰纲被劫的原因之一,但不是主要原因,主要原因乃是梁中书用人不当,用错了杨志,更派错了谢都管。杨志作为一个杀人犯充军到梁中书门下,梁世杰仅凭杨志的口述及过去的印象,便"大喜,当厅就开了枷,留在厅前听用",其实他对杨志并不了解。梁中书爱的是杨志的武艺,特别是杨志在梁中书的东郭门教场中演武试艺,出尽了风头,打败了周谨,战平了急先锋索超,梁中书一喜再喜,当场就任命杨志做了管军提辖使。比武之后,梁中书十分爱惜杨志,早晚与他并不相离,爱的就是杨志的武艺。有趣的是,当岳丈蔡京寿辰将至,派何人押送生辰纲时,他反提出:"今年叫谁人去好。"临到押送生辰纲出发前夕他还为押送人选一直踌躇未决。起用杨志押送生辰纲,不是其夫人提醒,他还记不起杨志,这更证明其不了解杨志,之所以派杨志也是因为杨志武艺高超,押送保险,至于杨志的为人等诸多方面的问题他一概不问,其实他也一概不知。正因为他仅知人知面而不知心,这就难免不出问题。而杨志呢,他出身将门之后,又当过殿司制使,满脑子"封妻荫子,与祖宗争口气"的思想。在东京耗尽钱财,买上告下,要求再补个殿司府制使不成,反沦为囚犯。今日梁中书重用,他也尝到了甜头,仅凭东郭教场比试一场就升为提辖,他也想通过安全押送生辰纲达到自己向上爬的私欲。也正因此,在接受任务时,他一会儿同意去,一会儿又说去不得,反反复复,虽是精明,但更多的是通过这讨价还价之间来表示自己的忠心,说明路途艰险,如押送成功,更能说明他的能耐。这无形中又加重了梁中书要嘉奖他的筹码,要梁中书实现他"重重保举"的承诺。当他听说夫人有一担礼物要送，并派谢都管并两个虞候一同前往时，杨志又一次提出"去不得"，为什么呢？这无非是要与谢都管争押送生辰纲的绝对领导权，以使押送成功后更显才能。杨志虽是精明，但"智者千虑，必有一失"，他不像林冲当了囚犯后，处处小心谨慎，不忘自己是个囚犯，事事提醒自己安分守己，而杨志则不然，他得意得很，以为梁中书的话是上方宝剑，权力至高无比。他忘了自己是囚犯，自己从此忘了谢都管是何人，他也没考虑他在梁中书面前的一番话，虽博得梁中书一句赞许，但无形中却得罪了谢都管、两个虞候，他的这个争权的行动正是他与都管、虞候矛盾的开始，也是他失败的开始。取得领导权后，他那世家子弟的架子就摆出来了，押送途中，他"只要早行便早行，要晚行便晚行，要住便住，要歇便歇"，也不管天气炎热如何，他毫不体恤军健，"轻则痛骂，重则藤条便打"，"不把人当人"，这势必引起军健的强烈不满和反抗，这就失去了人心。对谢都管虽不敢训斥，但也老大不满，虞候他也不放在眼里，这些人在梁中书府里享惯了福，今日出门与军健一样被逼着赶路，哪吃得这样的苦，气喘得不行，也遭到杨志辱骂。这个行进的队伍中，人人与他离心离德，他成了真正的孤家寡人，这就使内部多种矛盾加剧、加深，对抗白炽化。金圣叹看到此时，一针见血地指出："观杨志苦打众军，正是散众人之心，致陷身之由"，"杨志处处使性，即不外劫，亦有内变"。这可说是一语道破生辰纲被劫的重要原因。难怪生辰纲被劫后，老都管及众军健明知实情，却把罪责全部推到杨志身上。由生辰纲被劫后杨志逃之夭夭，也可见梁中书用人不当。

谢都管"是夫人行的人，又是太师府门下奶公"，虽说也是个奴才，但在杨志面前，他又高出一头，用他的话说："在东京太师府里做奶公时，门下官军见了无千无万，都向着我喏喏连声。"他哪会把杨志这囚犯放在眼里？加之他又吃不得押送途中的辛苦，又有虞候、军健在他面前抱怨，到后来杨志一而再、再而三的抽打军健，老都管终于爆发了，很不客气地喝道："量你是个遭死的军人，相公可怜，抬举你做个提辖，比得草芥子大小的官职，直得恁地逞能。"他们之间的矛盾终于达到了顶点，押送生辰纲本来就凶多吉少，内部矛盾又如此尖锐，生辰纲哪有不失之理？

俗话说："疑人不用，用人不疑。"梁中书恰恰反其道而行之，他派老都管协助杨志押送生辰纲，其实是他对杨志不很放心，他情急之下选中杨志，杨志是否能完成任务，他没有底，只得派老都管去监督杨志的行动。他临行前吩咐了都管等人要服从杨志领导，那是宽杨志的心，让他能押送并圆满完成任务，但没考虑到老都管是否服杨志的管教，鉴于老都管在府里的地位，又喜欢倚老卖老，派他去接这门苦差，他是有苦说不出，加上杨志在眼前的劣迹，虞候的唆使，梁中书派他去不但没监督好，反而制造矛盾，加速了生辰纲丢失。如果调一个小点儿的人物去协助，可能还不会如此；如果杨志关心军健旅途之苦，事事走群众路线，处处与谢都管商量，上下齐心，步调一致，吴用的计谋再妙也难智取。

## 85. 劫取生辰纲的动机何在

"智取生辰纲"是《水浒》中的几个精彩篇章之一。人们对它的分析往往偏重于人物性格和艺术手法这两个方面，却很少考究晁盖、吴用等劫夺生辰纲的动机是什么。有些人虽也略带了几句，但又不是实事求是，而是进行了过分的拔高。说什么晁盖领导的黄泥冈暴动，才是梁山农民起义的真正开始，在此之前，小说所描写的只能看作整个故事的铺垫，是梁山农民起义的背景，有了这次暴动，才有晁盖等人的上山；有了晁盖等人的上山，才有梁山根据地的建立。还有人说："智取生辰纲"是晁盖等人造反，与统治者直接对抗的起点，并把这次劫夺生辰纲称之为"聚众造反"等等。

笔者认为："智取生辰纲"不是意在推翻暴政、为被压迫人民求幸福的"聚众造反""暴动"，而是利己主义的表现。劫夺生辰纲根本就没有让被压迫人民得到好处，相反给他们带来更大的痛苦，官府为搜捕凶犯，从而趁机大肆迫害人民。劫夺生辰纲根本谈不上所谓动摇统治者的统治，仅仅是使得个别贪官污吏受到损失。梁中书去年的十万贯金珠宝贝被劫，今年又照旧刮来了十万贯生辰纲的民脂民膏，倒霉的还是下层民众。当然劫夺生辰纲倒不是没有一点进步意义，至少解释了北宋社会的黑暗，对贪官污吏也是一次打击。除此之外，体现不出有"起义""暴动"之意。为了把问题说清楚，笔者试从下面几个方面来一申拙见。

劫夺生辰纲这个想法，大家是一致的，认为这是一套"不义之财"，是梁中书搜刮的民脂民膏，是百姓的血汗，所以"半路上取之，天理知之，也不为罪"。再说这"不义之财"也不是一笔小数目，而是"十万贯金珠、宝贝、玩器等物"，故此，郓城县东溪村的富户、保正晁盖也为之动心。当他听完刘唐的叙述后，第一句话就是"壮哉"二字，认为这的确是一套数目可观而又难得的"富贵"，对刘唐的提议表示赞同。第二句话是"且再计较"，这不是他的犹豫，而是说明他下决心劫取后，在思索劫取的良策。吴用、公孙胜对此态度明确。对劫取，一个认为是："此一事却好。"另一个认为是："此一套富贵，不可错过！古人云：'当取不取，过后莫悔。'"阮氏三兄弟贫困潦倒，虽说"在泊子里做私商勾当"，但从其生活看，这"私商勾当"对他们来说也是赔本买卖。赌博又老是输，打鱼又不成，就越发羡慕王伦等人"论秤分金银，异样穿锦；成瓮吃酒，大块吃肉"的生活，抱怨自己"空有一身本事"，认为"学得他们过一日也好"。对劫夺生辰纲，他们则认为"正是搔着我痒处"，是"一世的指望，今天还了愿心"。吴用则说得更明确，"大家图个一世快活"。他们有这个想法很自然，他们七人除晁盖外，吴用乃一教书先生，刘唐是个自幼飘荡江湖的无业游民，公孙胜乃一穷酸道士，三阮是渔民，都是些穷弟兄。大家都认定是"不义之财"，故"取之何碍"，何况还能"图个一世快活"。由此观之，他们劫夺生辰纲的目的，完全是以图自身，毫无"聚义暴动"之意。

其次，从他们劫夺生辰纲的做法看，刘唐提了一个初步设想："商议个道理，去半路上取了。"怎么取，他又没有办法。还是吴用出主意，他认为："人多不得，人少又做不得；宅上空有许多庄客，一个也用不得。如今只有保正、刘兄、小生三人，这件事如何团弄？便是保正与刘兄十分了得，也担负不下。这段事，须得七八个好汉方可，多也无用。"吴用这番话再清楚不过了。"人多"不能保密，易出纰漏；"人少"无力夺取，晁盖宅上庄客虽多，都是无能之辈。"多也无用"四字就道出是劫取，而不是聚众造反。所以吴用最后说："聚几个好汉向山坳僻静去处取此一套不义之财。"为了保密，智取前几人还在晁盖庄对天发誓，这一切说明是拦路抢劫。

再次，正因为他们劫夺生辰纲是为了"大家图个一世快活"，所以用蒙汗药在黄泥冈智取生辰纲后，他们并没有其他打算，以为只少数几人干的，大家又曾对天发誓，已做到天知、地知、你知、我知，他人一概不知的地步，故此夺得生辰纲后，大家分得财宝散伙，各自回家去图个一世快活。如果不是白胜被捕，供出晁盖等人，使事情败露，他们哪会上梁山落草为寇呢？直到宋江担着血海似的干系，飞奔到晁盖家里通风报信，劝他们"走为上计"时，晁盖还没有想到要造反。吴用也只是说："若是赶得紧，我们一发入了伙"！言下之意是如果官府追捕的不急，他们还不愿入伙。就是到何涛领兵围剿，逼得他们为求生路，不得不以武力抵抗，痛杀一顿上梁山时，晁盖想到的还是自己"造下弥天大罪"，"只指望逃灾避难，投托王伦帐下，为一小头目"，根本不是领头造反。而为人们视为最为彻底的革命派——阮氏三雄，一个是"酷吏赃官都杀尽，忠心报答赵官家"，一个是"老爷生长石碣村，秉性生来要杀人。先斩何涛巡检首，京师献于赵王君"，另一个也只是"休道你是一个小小府尹，也莫说蔡太师差干人来要拿我们，便是蔡京亲自来时，我也搠他三二十个透明的窟窿"！矛盾都是指的贪官污吏，毫无造反之意。吴用虽未明显流露出这种情绪，但也未有造反要求，为了逃避官府的追捕，他虽早已选定了避难之处，先奔石碣村三阮家里，"石碣村那里一步步进去便是梁山泊。如今山寨里好生兴旺，官军捕盗，不敢正眼儿看他。若是赶得紧，我们一发入了伙"！而且入伙的方式，他曾一再提到过：先奔朱贵酒店，"将些人情送与他引进"，然后是"我等有的是金银，送献些与他，便入伙了"。这完全是用行贿入伙，用金钱买个避难处，哪能是"暴动""造反"呢？

综上所述，劫夺生辰纲，不是"造反""暴动"，而是一场彻头彻尾的抢劫！其目的根本就不是动摇统治根基和国家政权，而是用打劫来的贪官污吏的不义之财，"图个一世快活"！

## 86. 施耐庵笔下的老虎

《水浒》作者施耐庵不仅是个写人的行家，而且是个画虎的高手。《水浒》里有四处写到虎，虽说都是吊睛白额锦毛大虫，但虎姿、虎态又各不相同，真可谓是同中有大异，异中有小同，读之趣味盎然。

洪太尉在龙虎山所遇之虎是吓人之虎。你看它出现在洪太尉孤独一人、脚穿麻鞋、揽葛攀藤、脚酸腿软、"掇肩气喘"、心中抱怨之时，突然间山坳里起一阵风，虎借风势，风助虎威，接着是奔雷似的一声吼。此时虎虽未出，但这眼见之风势、耳闻之吼声，已使人丧胆。待猛虎扑地跳出，跃在洪太尉前面，洪太尉哪能不大吃一惊，"扑地望后便倒"！此虎吓人之处还在于"那大虫望着洪太尉左盘右旋"，使读者为之战栗，叫人三魂悠悠，七魂荡荡。此虎戏人还在于咆哮了一阵，往后山坡下跳了去，就不见踪影了。虎虽去，洪太尉吓得"浑身却如中风麻木，两腿一似斗败公鸡"，可见其害怕之极。此虎虽"睛如闪电尾如鞭，口似血盆牙似戟。伸腰展臂势狰狞，摆尾摇头声霹雳"。委实吓掉人命，但它并不吃人，只是吓吓人、寻人开心而已。

武松在景阳冈所遇之虎才是吃人之饿虎。因官府贴出榜文，要求过往客商成群结队在规定的时间里过冈，那虎数日未食，是只寻人的饿虎。但在写作上，作者并不是将饿虎与武松马上接触，而且让武松打虎之前，通过"三碗不过冈"的酒店小二及榜文，三番两次渲染，说明此虎凶猛，使读者为之捏汗。武松毕竟是条好汉，为了展现好汉的风采，作者接下来写他豪饮。首先是说明酒之烈，喝三碗出门便倒。而武松连喝十八碗不曾醉倒，这不是简单地说明武松有超人的海量，而是在暗示其勇力过人，且又让读者为之宽心。老虎出现时是"发起一阵狂风"，而且"乱树背后扑地一声响，跳出一只吊睛白额大虫来"，说明此虎又饥又渴，早就发现了武松，于是一上来便是一扑，从半空里蹿下来咬人，接着使出看家本领一扑、一掀、一剪三下子。老虎抓武松不着，才气极败坏地大吼一声，"震的那山冈也动"。这扑、蹿、掀、剪、吼的动作完成于瞬间，说明老虎饿极、气极，急于要吃人。俗话说："饿汉无长力。"饿虎也如此，折腾了一阵，体力消耗竭尽，而武松此时酒劲上来，但饿虎要吃他，为了活命，他不得不使出全身解数来对待老虎。这"饿虎"对"神人"一场好戏就这样演绎了。

李逵在沂岭所遇之虎是饱虎。此虎刚刚饱食了一顿，吃了李逵老母，正从外面饮水归来。见小虎死于洞口，虽也张牙舞爪，但想到洞内虎子，又不见人，也就用不着咆哮，更不用扑、掀、剪的动作，故斯斯文文"先把尾去窝里一剪"，然后才将半截身躯坐将进去，完全是饱虎归窝的动作。李逵虽是粗人、莽汉，却是个孝子。好不容易接到老娘，想带回梁山去享福，千辛万苦将老娘背到沂岭，谁知却被老虎吃了，目睹此惨状，李逵哪能不"心头火起，赤黄须竖立起来"，连杀四虎，勇猛无比、痛快利索，也算是报仇雪恨了。

解宝、解珍是"当官受了甘限文书"。限期之内捕不到老虎就要受官府责打。只得到山上捕虎，先是尝尽等虎之苦，得虎之难。皇天不负苦心人，终于见到老虎。而解珍、解宝在登州山所见之虎，是受伤之虎。此虎虽然中箭，在地上翻滚，企图挣脱身上之箭，箭未挣脱，又见解珍、解宝兄弟持叉奔来，身上疼痛难忍，那虎威早无。一个力竭，一个力旺，老虎自知敌人不过，带箭便逃。箭上又有毒，大虫奔命，血液循环加快，毒汁攻心，"那大虫挡不住，吼了一声，骨碌碌滚将下山去了"，一命呜呼。

《水浒》里的四虎，虽作者笔下所画，但有的"以神见形"，有的"绘形托神"，读来却似逼真，可见施耐庵写作手法之高绝。

## 87. 武松的防身武器

"武松打虎"的故事，在我们中国可以说是无人不知、无人不晓的事情，凡读过《水浒》的人无不为之击节叫好，好在哪里呢？读者大多把注意力集中在打虎的过程中，为之担心、为之捏汗、为之叫绝、为之欢呼。但作者对武松所拿的防身武器——哨棒的艺术处理却未引起大多数读者的注意。武松的哨棒在《景阳冈武松打虎》一回书里，是作者着力描写的一件兵器。短短的一回书，作者不但反反复复十八次点到了这根棒，还写了不同的拿棒动作，如出发时是"拴了哨棒"，行走时是"提了哨棒""拿了哨棒"，坐下来是"倚了哨棒"，特别是"三碗不过冈"酒店喝下了十八碗酒后，武松是"绰了哨棒"立起身就走，是"横拖着哨棒"上冈来，酒涌上来时是"将哨棒绾在肋下"，酒发作时是"一只手提哨棒，一只手把胸膛前袒开，踉踉跄跄"，直奔树林，一个似醉非醉的好汉形象出现在读者眼里。一条哨棒，这么多拿法，既显示了作者用字功力，也让读者从不同拿棒姿势来品味武松的英雄形象。

这回书题是《景阳冈武松打虎》，作者这样让哨棒反复出现，一时一刻都没有忘记这根棒，就给读者造成了一种错觉，以为武松是靠这根棒来打猛虎的。结果在景阳冈遇虎，当吊睛白额猛虎扑来，要让这条棒发挥作用时，慌忙之中，又将棒打在枯树上，虎未打着，棒反折断。作者反复写棒，至此看来多余，其实不然。十八次写棒，各有妙用，产生三种不同的艺术效果。前十三次写棒，正是为了突出这根棒，要读者注意这根棒。特别是上了景阳冈，看到官府榜文，武松这根棒还拿在手中，武松有了打虎的武器，读者就更为放心。遇虎时"拿棒在手""抡棒打虎""棒折两截"，三次写棒，正好是使有用之棒变无用之棒，使读者由放心转变成瞠目、禁口，为之担心。最后两次写棒是在打死猛虎之后，这是棒的余波，读者又由担心转为宽心。综观打虎的全过程，这根哨棒一折、一丢、一拾三个动作，使文章产生了腾挪跌宕、婉转曲折的艺术效果。这一折、一丢正显出武松徒手打虎的异样神威来，武松在江湖上也由此闻名，使人折服。

有人可能会说武松徒手打虎，的确英雄。武松这条好汉，使用的棒为何一打就折呢？原因有二：

一是如书上所云：武松见虎扑来，尽平生气力，将棒从半空中劈下来，打急了，打在枯树上折断，说明当时心慌，这也是事实。武松是人不是神，面对这来势汹汹的猛虎，他不可能没有慌张之情，武松见到猛虎，首先是惊叫一声，"酒都作冷汗出了"，一会"闪在大虫背后"，接着"躲在一边""闪在一边"。这"闪""躲"正是武松惊慌时毫无对策的表现，手中之哨棒也完全变成了摆设，好不容易抓住机会"双手抡起哨棒，尽平生气力，只一棒，从半空劈将下来"，结果是顾虎不顾树，打折棒也在理。

二是哨棒打虎根本就无济于事。哨棒顾名思义，一头实心，一头空心，可以吹出声音。一可用来挑小包袱，二可当拐杖，三是吹出声音惊吓豺狼。这么根空心棒，碰着枯树连枝带叶都打落，别说是一头空的，就是全是实心的，也难有不断之理。这根棒断也有断的好处，不断它也打不死老虎，即使用哨棒打死了老虎，也显不出武松的英雄本色。武松之所以英雄了得，传诵千古，正是因为他不借用任何武器，凭赤手空拳打死一只吊睛白额猛虎，"哨棒折了，方显出徒手打虎异样神威来"（金圣叹语）。

## 88. 哨棒有多长

武松的哨棒，在《景阳冈武松打虎》一回里是作者精心设计、重点描绘的一件小道具，据清代文学批评大家金圣叹统计，短短一回书中前后出现了十八次。这里不想说哨棒的艺术效果，却想研究一下哨棒的长短。

旧日看京戏或连环画，凡看到"武松打虎"一节，经常看见演员、画家们让武松手拿一根齐人高的木棍，觉得很顺眼，没什么异议。《水浒》看多了，特别是作者对武松持棒的不同用词，就可发现演员们、画家们有错。书中提到的十八次哨棒，用了五个"提"、五个"拿"、三个"倚"，及"拴""绰""横拖""绾""抡起"等八个词。"提""倚""拿""绰""抡起"等五个词看不出哨棒到底有多长。"横拖"一词，出现在武松上景阳冈之时，因走的是上坡路，哨棒"提""拿""绰"在手中，可能会撞碰山路或路边的树木，行走不便，故作者特用"横拖着哨棒"来表现其上山的动作。由此可见哨棒有一定的长度，是否如京剧或连环画里所拿有一人高呢？尚难确定。

"拴",《辞海》里解释为"缚住""绑住",《现代汉语词典》说得更清楚,是"用绳子等绕在物体上,再打上结"。《水浒》里"武松缚了包裹,拴了哨棒,要行",包裹缚在哪里?哨棒拴在何方?交代不清,但从紧接着"提了哨棒"看,包裹应是缚在背上,哨棒不是拴在手上,就是拴在腰间。如果是像京剧里或小人书上画的这条木棍有一人高的话,这长棒拴在身上就不方便,形象也不美。加之背上又缚了包裹,再把这根长棍缚在身上也不好绑,所以笔者认为这根哨棒是根短棒。何以见得呢?一是武术兵器里,短棒称棒,长棒称棍,齐眉高的称齐眉棍,虽是哨棒就必定是根短的棒;二是武松走到山神庙前看过印信榜文后,酒正涌上,"便把毡笠掀在脊梁上,将哨棒绾在肋下,一步步上冈子来",请注意"绾"这个动作,"绾"是"系盘结"的意思(见《辞海》),这就说明这哨棒的一头还有绳子,放开绳子才可以系在肋下,"绾在肋下",就是将棒头上的绳子打一个绳圈,套在肩上。既然可系在肋下,就充分说明了这根棒的长短,如像京剧里的那么长,肯定不会系在肋下,即使系上了也在地上拖着,难看得很。

武松的哨棒既然可"绾在肋下",顶多是根一米左右的棒,最长不超过一米二三,不然拴在腰间、拴在手上走路时就多有不便了。哨棒,顾名思义,它一头是空心,应有眼,可吹响报警。也正因一头是空心的,它只能做出行时的一件辅助工具,吓吓野兽,挑挑东西,累时当手杖用,做武器就不太顶用了,所以武松打虎时,一抡起它,就打断了。但不管怎么说,它比京剧里、连环画上的齐眉棒要短多了。话又说回来,京剧里、连环画上让武松拿着齐眉棒出现就显得得体、舒服,表演起来更好看,演员也自如,如果让武松拿上一根短棒上场表演,既难看又不伦不类。再说《水浒》里所写的八种拿棒方式并不要求去表演,看戏或看连环画时,一般人主要看情节,看艺术效果,谁又会去管哨棒的长短呢?

## 89. 李逵斗张顺：平手

　　一个是陆上猛虎，一个是水中蛟龙；一个是"黑熊般一身粗肉，铁牛似偏体顽皮。交加一字赤黄眉，双眼赤丝乱系。怒发浑如铁刷，狰狞好似狻猊。天蓬要杀下云梯"，一个是"六尺五六身材，三十二三年纪，三柳掩口里髯"，"一身雪练也似白肉"；一个绰号黑旋风，一个诨名浪里白跳；一个手使两把大斧，有万夫不当之勇，打起仗来冲锋陷阵，势不可挡，一个是踏着水浪，如行平地，"水底下伏得七日七夜，水里行似一条白条"。这看似一粗一细、一武一"文"，一黑一白，要打起来那真是黑白相映，针尖对麦芒，一定好看。作者在《黑旋风斗浪里白跳》中就安排了这么一场好戏，让我们和浔阳江边的看客一样：喝彩叫好！

　　事情的经过是这样的：一日，宋江、戴宗、李逵在江州琵琶亭喝酒，宋江想喝鲜鱼做的鱼辣汤，李逵便主动到江边渔船上去要鱼。按渔行规矩：渔牙主人不在是不能开市的。李逵根本不理会这些，要鱼不着，便撒起野来抢。他又不懂船上的事，渔民为了鱼儿鲜活，舱里的水与江水用竹笆篾隔着，鱼就养在舱里。李逵哪晓得这些，上船就拉起了竹笆篾，结果把一船鱼统统放跑了。放跑了这一船鱼，他又跳到另一船去拔竹笆篾，又将另一船鱼给放跑了。这一下激怒了众渔民，渔民们拿起竹篙围打李逵。李逵拿不到鱼，酬谢不了宋江，又遭围打，顿时焦躁起来，脱掉衣衫，抢过竹篙，见人便打。正在此时，渔牙主人张顺到来，见李逵追打众人，搅了他的生意，心中十分恼怒，便和李逵厮打起来。这张顺哪里是李逵的对手，被李逵抓住头发，按下头去，提起铁拳一顿狠揍，若不是宋江等人及时赶到，定吃大亏。

　　张顺在岸上被李逵一顿痛打，很失面子，特别是在自己的地盘上，在众渔民面前，他吃了亏很不甘心。于是独自撑一只船过来大骂李逵，并用竹篙搠李逵的脚，撩的李逵火起，不管三七二十一，跳上渔船要打张顺。那张顺

●浪里白跳张顺

不等李逵站稳,双脚一蹬,船便到了江心,没等李逵缓过神来,又一晃,船底朝天,两人翻到江里,这张顺也不打他,也不骂他,抓住李逵的胳膊,把他按在水里,一会提起,一会按下,足足几十遭,把李逵浸得眼发白,肚发胀,遭了大罪还全无还手之力。宋江见李逵吃亏,便叫戴宗央人求救,张顺这才罢手。关于这水上蛟龙斗猛虎,《水浒》第三十八回有具体描述,读者一读便知精彩。

这一段故事的确有趣,同是这两个人,又几乎是在同一时间内,一会儿这个把那个打得够呛,一会那个又把这个淹得半死,为什么会这样呢?很明显,李逵是地上英雄,张顺是水中好汉,各人可以根据自身的长处,来发挥其优势,来以己之长攻彼之短。李逵之所以能打败张顺是因为地点在岸上,这是他优势所在,而输给张顺是在水里,这是他的弱势。条件、地点变了,优势又失去了,就必败无疑。所以我们做任何事情,都要权衡一下自己的条件和优势,三思而后行,这样才能取得主动权,赢得成功。李逵是个粗人,又好强,他哪懂如此之道理呢?以为张顺被自己打败,到哪里都是自己的手下败将。却不知虎落平阳被犬欺,更何况是水里呢!

这个故事有趣还在于,这两场厮斗是相互照应,缺一不可的。李逵斗张顺,一是陆地搏斗,一是水中激战。单有"陆"战,无法体现张顺浪里白条高强的水上功夫及富有心计的个性;单有"水"战,也难以看出李逵有勇无谋、头脑简单、容易上当的性格。他们俩,一个以力胜人,一个是以智制人。有了这两次厮打,两人的性格得到充分展示,也为故事增添了无穷的喜剧效果。虽是厮斗,实则是场游戏,看似紧张,时而叫人揪心,时而令人发笑,时而觉得滑稽,时而又觉得幽默,使人物栩栩如生,又叫读者赏心悦目。

## 90. 题字暗藏玄机

《水浒》里曾有五个人在墙壁上题词、作诗。这五人都是梁山好汉,他们题词、做诗的情况不一,含义也迥异。

仗义是林冲,为人最朴忠。

江湖驰闻望,慷慨聚英雄。

身世悲浮梗,功名类转蓬。

他年若得志,威镇泰山东!

这是林冲风雪山神庙之后,在朱贵酒店墙上写下的一首诗。此时的林冲不再是"屈沉在小人之下"、委曲求全、逆来顺受的人了,而是从血泊恨海中醒悟过来、将要踏上造反道路的林冲了。前两句是写他为人"仗义",写他的性格"朴忠";再两句是写他因"仗义""朴忠"而得到江湖好汉的敬重;再两句是写他不幸的遭遇,由一个中产幸福的家庭变成家破人亡、自己沦为囚犯;最后两句是写他立志造反、义无反顾走上反叛之路。在他的诗里,既有自己对有家难归、有国难投的坎坷遭遇的感慨,又有慷慨激昂、立志造反的豪情。

宋江充军江州后，在浔阳楼上独酌自饮，感恨伤怀，也写下一诗一词。这一诗一词有对功不成名不就反成阶下囚、落得漂泊江湖的自嗟自叹，也有对今后报仇雪恨的坚定信念。但诗词里有令人不解之处，有人说这是酒后吐真言，笔者认为所谓的"真言"只不过是在发牢骚，抱怨不得志。这一诗一词可说是酒后胡言，它所涉及的内容，在《水浒》中找不到一点蛛丝马迹，可以说在诗词里写的与他的言行没有一点能对上号的。特别是词《西江月》最后报仇的两句更是好笑，真不知是宋江喝醉了，还是施耐庵糊涂了，才写下了这两句。

武松大闹飞云浦后，他得知置他于死地的是张都监、蒋门神一伙时，一不做二不休，摸进张都监家，从马厩一直杀到鸳鸯楼上，杀了个痛快，然后蘸血在白粉墙上写下八个大字："杀人者打虎武松也。"这八字写尽了武松的仇恨，反映了武松敢作敢为、光明磊落的大无畏精神。景阳冈打死猛虎是武松的招牌，是武松最靓、最酷的地方，正因为打死老虎，武松的英雄形象才威震江湖，才流芳百世。这八字正是他引以为自豪之处。再说武松这个人多少有点名利观点，打死老虎，生怕别人不知道，处处显摆自己。鸳鸯楼杀人后，留下这八个字，也正是这种自我炒作的自然流露。

杀人后在白粉墙上留名的，还有浪里白条张顺。因宋江患背疮，张顺冒死到建康请安道全。谁知安道全与娼妓李巧奴打得火热，安道全不愿离开，李巧奴又不舍得安道全离去，加上扬子江上谋害张顺的强人又在眼前，仇人见面分外眼红。张顺拿起菜刀杀了李巧奴一家四口，也学着武松蘸血留名。可是他留下的不是自己的名字，而是大书"杀人者安道全也"，把罪名全转嫁到安道全头上，这是不得已而为之。宋江危在旦夕，急等着神医去救命，而安道全又迷恋娼妓李巧奴，难舍难分，怎么办呢？张顺只得下此狠招，杀了李巧奴一家，留下安道全的名字，逼得他有口难辩，只有服服帖帖随张顺上梁山。

还有一个题诗者是吴用。为了骗取卢俊义上梁山，吴用化装成算命先生，先是给卢俊义算命一惊一乍地编出了有血光之灾的谎言，接着又说出要到

"东南方巽地一千里之外，可以免此大难"。吴用又怕卢俊义不上钩，最后留下所谓四句卦歌："芦花滩上有扁舟，俊杰黄昏独自游。义到尽头原是命，反躬逃难必无忧。"这首藏头诗写在卢家墙上，逼得卢俊义中计上山。从诗中可见吴用具有智师之才，但也反映出题诗的作用。从这首诗中还看出，卢俊义头脑简单、有勇无谋，又固执己见，故此才会中计上当。五人题诗作词，真可谓异曲同工，各臻其妙。

## 91. 全诗都是荒唐言

宋江杀阎婆惜后，被刺配到江州。一天，他寻戴宗、李逵、张顺不着，独自一人，闷闷不已，信步走上江州浔阳楼。他凭栏举目，喝彩不绝，开怀畅饮，不觉沉醉，多少往事"猛然蓦上心来"：年华虚度、名利不就，反被刺配江州，理想付诸东流，不觉潸然泪下。乘酒兴，磨的墨浓，蘸的笔饱，在墙壁上题诗两首，"以记岁月，想今日之苦"。就这样，宋江在江州浔阳楼写下"反诗"。这"反诗"，历来为论者重视：有人称其是造反声明；有人说反诗不反，意在投降。但他们都忽视了宋江自己对诗的评价："酒后狂言。"

何以是"狂言"呢？我们先来看看第一首《西江月》词：

自幼曾攻经史，长成亦有权谋。恰如猛虎卧荒丘，潜伏爪牙忍受。

不幸刺文双颊，那堪配在江州！他年若得报冤仇，血染浔阳江口！

其二为诗一首：

心在山东身在吴，飘蓬江海谩嗟吁。

他时若遂凌云志，敢笑黄巢不丈夫！

首先看看"自幼曾攻经史，长成亦有权谋"这两句是说自己有才干，有权谋。这还算是实话，但也是牢骚怪话。心想自己这么有本事，又名震江湖，号称"及时雨"。可是仅仅做了个郓城的小小押司，真是埋没人才，是对处境的不满。

"恰如猛虎卧荒丘，潜伏爪牙忍受"这两句的意思就明显是在自吹自擂了。从他上梁山之前的行动看，他的确"猛虎"了一回，这就是私放劫取生辰纲的晁盖等人。但是，对于晁盖等人的行为，他首先认为是"犯了弥天大罪"，事后当他得知晁盖等人杀了追捕官兵，上梁山为"寇"去了，他又认为晁盖等人干的"是灭九族的勾当，虽是被人逼迫，事非得已，于法度上却饶不得"。这"猛虎"还是维护法度的。其"忍受"，不是为了伺机造反而"忍受"，而是"忍受"眼下的困境。好汉们请他上山，他宁死不从，叫他造反，他没这个胆量，他"潜伏"什么？他"忍受"什么？不是显而易见，只是吹吹牛而已吗？

再看看诗："他时若遂凌云志，敢笑黄巢不丈夫！"宋江有"凌云志"吗？如果有的话，充其量也只是"功名富贵，封妻荫子"而已。当了梁山寨主，手下兵多将广，也只是"权时避罪水泊，只待赦罪招安"，从无改朝换代之念头。李逵敢喊出"杀去东京，夺了鸟位""晁盖哥哥便做大宋皇帝，宋江哥哥便做小宋皇帝"的豪言壮语，而宋江敢吗？他一生从未说过造反这样要掉脑袋的话，人家说造反，也屡遭其斥责。所以说，宋江的"凌云志"充其量是"功名富贵，封妻荫子"，上梁山则是盼招安。这些能算是"凌云志"吗？再说题反诗时身为"配军"，敢笑黄巢，岂不狂而荒谬吗？"他年若得报冤仇，血染浔阳江口！"这两句更是荒谬。宋江有什么"冤仇"？他私放晁盖，又接受梁山的馈赠，本身就犯有"通匪罪"，拿他自己的话来说，"于法度上却饶不得"。既然是"饶不得"的，阎婆惜以揭发相威胁，结果他反而把阎婆惜杀了。俗话说："杀人偿命，欠债还钱。"这是天经地义的事。哪朝哪代都如此办理，这怎么反说是"冤"是"仇"呢？退一步说，搞得他如此下场的，无非是阎婆惜和张文远。就算是冤仇，也无非与他们有仇，阎婆惜被宋江亲手杀了，仇也报了，也无须等"他年"。张文远的仇虽然未报，就是等到他年报仇，血也染不到"浔阳江口"。因为张文远家住山东郓城，也不会到江州来送死。这首词的内容就很荒唐，大概因醉酒，思维不清，一派胡言。

再看题诗的情态：宋江题诗前是"不觉酒涌上来，潸然泪下，临风触目，感恨伤怀"，已有醉意；题完《西江月》后是"自看了大喜大笑；一面又饮了数杯酒，不觉欢喜，自狂荡起来，手舞足蹈"，已是酩酊大醉、自制力已经完全失控的状态。题完诗已"踉踉跄跄，取路回营里来。开了房门，便倒在床上，一觉直睡到五更"，不但失去理智，连行动都有所不便。酒醒后"全然不记得昨日在浔阳江楼上题诗一节"。可见诗完全是酒醉后神智不清时所题，是大脑皮层在强烈的情绪中失去主导作用后的心理反应，心理学上称之为"激情"。伍棠棣先生《心理学》中书："激情是由对人具有重大意义的强烈刺激所引起，它往往发生于当事人的意料之外。在知情状态下，伴随着内部器官、腺体、外部表情等高度显著变化，如过度兴奋时的手舞足蹈和大笑大哭。人的一切心理过程和全部行动会随之产生显著变化，人的理智力和自制力也会显著降低。在情绪激动时，有时会失去理智，忘记了自己。"宋江题诗正是如此，并非是他的造反声明。

## 92. 韵文、诗词、山歌的妙用

《水浒》每回书的开头、结尾以及正文中，常常插有或诗、或词、或山歌、或韵文之类。很多读者在看书时，嫌它麻烦而经常跳过去不看，这实在可惜。这些韵文、诗词、山歌的设置并非多余，它也不仅仅是使作品行文活泼、富有变化，而且还有其他很多好处，它是整个作品有机的、不可缺少的一个组成部分。

据统计，《水浒》中的韵文、诗词、山歌，用在篇首的有一百多篇，篇尾有一百四十多篇，用在正文中的有七百三十多篇。它们往往以"诗曰""正是""但见""怎见得""有诗（词）为证""常言道""古人云""怎生打扮""有分教"等话来标明。这些韵文、诗词、山歌，或点明主题、概括大意，或造成意境、烘托环境，或抒发感慨、劝诫读者，或刻画人物、写景状物等等。总之，都有明确的目的性。

白胜在黄泥冈上唱的山歌不但紧扣环境，还尖锐地指出了当时阶级对立的情况，对比出两个不同阶级的生活、心态。这对比之中，不难看出作者的愤怒，对统治者的蔑视，对劳动人民的同情。它不仅宣告生辰纲是不义之财，同时表明夺取是正义之举。同时这首山歌还抓住了人物思想，对推动故事情节的发展及人物思想的变化都起到了促进作用。阮小七在石碣村的两首山歌，语言直白、粗而不俗，既说明了自己的职业、本性及这次行动的目的，甚至还透出唱山歌者虽不反皇帝，但要杀尽"赃官"的人格。"引首"末尾的："不因此事，为何教三十六员天罡下临凡世，七十二座地煞降在人间，轰动宋国乾坤，闹遍赵家社稷。"再加上后面的诗，正是全书故事内容及其主旨的高度浓缩。它总领全文，又引出下文，正是这误走的"妖魔"，闹动赵氏天下。还有这"引首"引用的诗，作者是通过这首感叹五代残唐天下干戈不息的诗，来说明古代人民渴望过和平安乐生活，可是社会黑暗，奸佞当道，偏不让人民安居乐业，只得造反，这就点出"官逼民反"的主题及社会现实。又如排座次后，那首"单道梁山的好处"的诗词，它不但介绍了这支队伍人员的出身、职业、性格，同时还道出了他们之间情同兄弟的骨肉深情，既是对梁山斗争历史的高度概括，对英雄的赞美，同时又寄托了作者对梁山社会的美好思想。

《水浒》有四百一十多篇韵文、诗词、山歌是用来刻画人物的。瓦罐寺流氓道士邱小乙唱的是黄色歌曲，四句歌词粗俗无聊，道出了这伙披着道袍的人的肮脏灵魂。吴用装扮算命先生唱的就是江湖相士的歌儿，张横在浔阳江上打劫时唱的"湖州歌"，宋江等一听就"酥软了"，都与他张横的身份相吻合，一听就知其人。又如第十八回宋江出场时，所用的一韵文及一词，韵文是用静态描写手法，先写年龄"年及三旬"，次写形体"身躯五尺"，再写风度气质"有养济万人之度量"，"怀扫四海之心机"，再用古代名士"萧相国""孟尝君"作比，使其品质得到初步展示，《临江仙》一词更是着重对其义士风度品格进行渲染，使其形象更高大。

写景状物的韵文、诗词，在《水浒》里更是比比皆是。野猪林的阴森恐怖，是对黑暗社会"不知天日何年照"的控诉，这景已抹上了政治色彩；孟州东门外卖村醪小酒店的幽静给人一种馨新之感，武松怎能不开怀痛饮，这景中已有人情；浔阳江上黑旋风斗浪里白条，一组色彩分明的诗句描写，又怎不引来五百人"喝彩不已"，这景又具有强大的号召力。

书中的韵文、诗词、山歌，正是这样言简意赅，省去了很多笔墨，又达到如此之效果，跳过去不看，这势必减弱小说的艺术力量，对我们理解人物、掌握主题都有不利。

## 93. 卢俊义的专横

语言是文学作品塑造人物的重要表现手段之一，成功的文学语言，不但三两笔就能勾画出人物的性格，摹形传神，而且还能从侧面反映出他人的面貌、人物间复杂的关系及感情。比如《吴用智赚玉麒麟》一回书中就有这么个典型的例子，卢俊义中计后"寸心如割，坐立不安"。于是便叫当值的去叫众主管来商议事务，打算去山东泰山烧香拜佛，消灾了祸，另外也做做买卖，观观景致。最后决定让内务总管李固随行，留心腹燕青在家看家。决定一宣布，先是李固，后是燕青，最后是卢俊义之妻，一一劝阻，李固认为占卜卖卦的是胡言乱语不可信；燕青认为此去泰山，路经梁山泊，不安全；贾氏以出去辛苦为由劝卢俊义勿行。卢俊义一概不听，并予以反驳，决计要行。无奈，燕青请求随行，卢俊义以燕青做买卖不如李固而否决。而李固又以有脚气走不得为由推脱。想去的不要，要去的不肯，这当然使卢俊义火冒三丈，当时便大喝道："'养兵千日，用在一朝'，我要你跟去走一遭，你便有许多推故。若是那一个再阻我的，教他知我拳头的滋味。"说完此话，书上接着写道"李固吓得只看娘子，娘子便怏怏地走进去；燕青亦更不再说。各自散了。"这卢俊义一席话及书上这段描写，正如清代金圣叹在书上评点所说："如画，三句写三个人，便活画出三个神理来，妙笔，妙笔。"

金圣叹对这段文字为何如此赞评呢？就因为它"活画出三个神理来"。卢俊义平日里只顾习武，做生意，不近女色，大概也经常不在家过夜，而妻

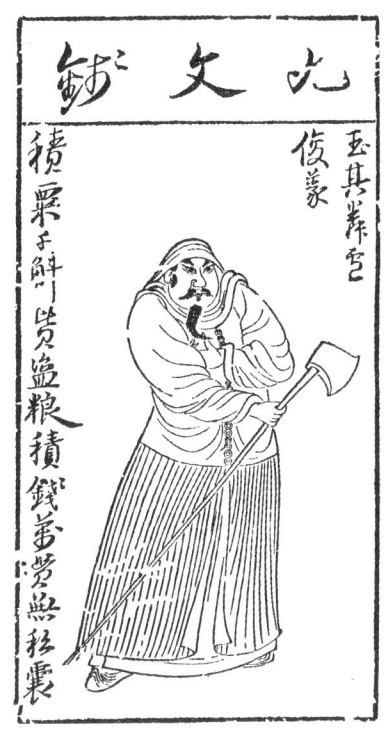

●玉麒麟卢俊义

子贾氏年方二十五,青春年少,哪熬得了经常独守空房,于是便与李固有染。卢俊义说了,这次出门"多便三个月,少只四五十日",俗话说"在家千日好,出外一时难",出门又担惊受怕、受苦受累,哪有在家好。再说李固与贾氏有那么层关系,当然是极不愿意离家外出,故借口推辞,挨了卢俊义一顿骂后,是"吓得只看娘子"。"吓"是真正怕,虽说他是总管,但毕竟是个下人,好不容易爬到了现在这个位置,别因私情丢了饭碗划不来,东家发了脾气不由他不怕。"看娘子"是求救于贾氏,希望她能出面帮他说上话。这里既表现李固借故落空的神情,又微妙地反映出他与娘子之间的私密关系。娘子见卢俊义发怒,"便快快地走进去",这是因为她先前劝说已遭到斥责,说她"妇人家省得什么",这时丈夫发怒,她深知难以挽回,此时李固还只看她,她只得一走了之。这里既说明她了解卢俊义的脾气,又表明她对李固只看她极不满意。因"只看"会坏事,最能暴露出她与李固私情的马脚,一走了之就避免了一切。再说这"怏怏"两字正形容她对李固看她所表现出来的不满神情。而燕青的"亦更不再说"更有道理。他对李固与卢妻贾氏的不正当关系早有察觉，这点在卢俊义从梁山回家途中，燕青已交代。李固劝止卢俊义及借故推却，其原因燕青心里是最有数的。他原来随行是怕路上不测，可助卢俊义一臂之力，既然卢俊义说出自己买卖上不省的，要带李固去是因为他会经营，会计算，省得自己费心费力，也不无有理。卢俊义既决意要李固随行，他当然情愿留下，"更不再说"这也说明燕青对卢俊义知根知底，也反映两人之间关系的密切及对彼此性格之了解，明为东家与伙计的关系，实为兄弟、铁哥们儿，不然卢俊义就不会称燕青是"我那一个人"了。

这里不但写出了李固、卢妻贾氏及燕青三人的神理，而且写出三人神理的动因，这就是卢俊义发怒时的话。从卢俊义这一怒一言中，其专横性格跃然纸上。寥寥一语，牵出三人，写出四个人的不同特征，可见施耐庵使用语言刻画人物这一手段之高明。

## 94. 精彩的第一笔

人物的首次出场，可说是作者塑造形象的第一笔，这一笔的成败，常常关系到读者的好恶及审美兴趣，以及对人物的理解。夏衍先生在《写电影文学剧本的几个问题》一书中谈到人物出场时就说得好："我们对任何事物都有第一印象，第一印象留下的印象总是比较深刻。所以人物一出场，也必须做到准确、鲜明、生动。"《水浒》作者就很注重这第一笔。

比如吴用的出场，是在刘唐与雷横斗得难解难分之时。他先用铜链隔开二人，接着要了解二人争斗的缘由。刘唐不满他多管闲事，雷横却向他介绍前后事由，吴用一听便听出了问题：晁盖与这个外甥"年甲也不相登"，觉得"必有些蹊跷"。故此他想极力劝阻这场斗争，刘唐又不听。正在没办法之时，晁盖赶到，待他听完晁盖介绍后，才亮出自己的想法。吴用出场文字不多，但他与众不同的见识和料事如神的才干，他的精明、善思等特点，一开始就给读者留下难忘的印象。

又比如武松的出场，便是宋江顺便"带"出来的。在柴进庄，宋江借口解手去躲酒，此时"宋江已有八分酒，脚步趄了，只顾踏去"，无意中踏翻了火锨，火锨上的炭火，都掀到正在烤火的武松脸上，武松吃了一惊，立刻揪住宋江胸部，大喝道："你是什么鸟人，敢来消遣我。"宋江也吃了一惊，正分说不得，那个提灯笼的庄客慌忙叫道："不得无礼！这位是大官人最相待的客官。"武松道："'客官、客官'，我初来时，也是'客官'，也曾最相待过。如今却听庄客搬口，便疏慢了我，正是'人无千日好，花无摘下红'。"武松这个出场就充满火药味，表现了武松粗鲁的一面，话语中又透出其对柴进厚此薄彼的不满。而这粗鲁行为正是这不满的具体体现，这粗鲁行为又包含着不愿屈人之下，不受羁绊的豪气。

对配角的出现，《水浒》作者也不放松这第一笔。比如《鲁提辖拳打镇关西》里郑屠的出现，也是精彩无比的。不但"写形"，而且还"造像"，给读者留下极深刻的印象。郑屠未出场前，作者通过金老简介了郑屠其人，但只是空印象，其好其坏尚难分辨，郑屠是否仗势欺人，读者还要看个仔细。为了满足读者的这个要求，作者让鲁达去"消遣"郑屠，郑屠这才正式登场，书中这样写道："郑屠正在门前柜身内坐定，看那十来刀手卖肉。（一个"坐"字、"看"字，活画出大官人身份——笔者评注，下同。）鲁达走到面前，叫声：'郑屠！'（这里虽未描述鲁达叫人时的神态、语气，但结合前文看，势必是如怒龙肆擭，令人耳目震骇，一声"郑屠"，写尽鲁达的蔑视、愤怒。）郑屠看时，见是鲁提辖，慌忙出柜身来喝诺道：'提辖恕罪！'便叫副手掇条凳子来：'提辖请坐。'（这一声"郑屠"，使郑屠感到来者不善，便出现了一系列"慌忙""喝诺""恕罪""请坐"的惊恐动作。这些动作，又使读者可见其媚官、圆滑的性格。）"

当鲁达故意捉弄他，要十斤不见半点肥的精肉，并要郑屠亲自动手时，郑屠先是"使得"，后是"小人自切便了"。这两句答话，又刻画出其鉴貌辨色的小人形象。郑屠出场的一言一行，不但使我们看到其媚官的一举一动，而且也显出"大官人"的架子,比如"看那十来刀手卖肉","叫副手掇条凳子",吩咐副手"快选好的切十斤肉末",等等,又充分体现其平日做"大官人",那骄横傲慢的神态。有了这精彩的第一笔,回过头来再体会一下开场金老对郑屠的简单介绍,这一媚上欺下、逞强凌弱的恶霸形象就跃然眼前了。

## 95. 《水浒》中的同与异

看服装展览时,目不暇接的各式服装,使人特别赞叹缝纫师们的高超技艺。同是一种衣料,在他们手下能裁剪出多样款式、深受顾客欢迎的服装来。看文艺作品,同一类型的人在作家笔下又显示出性格上的差异,使人不觉雷同,更添趣味。《水浒》的作者可以说是写同中见异方面的高手,书中相同的情节特多,比如,两个杀嫂,动因、方法、目的都不同;三个打虎又各个相异;三个淫妇同是偷人,性格、做法又有差异;两个跳楼都为救人,都是舍生忘死,义胆包天,而石秀是危中不乱、有勇有谋,李逵是鲁莽蛮干、缺乏计谋;都是林中救人,情境又似相识,鲁智深大闹野猪林,表现出他那"杀人须见血,救人须救彻"的性格,而燕青放冷箭救主,意在表现燕青对主人的耿耿忠心。就是一母所生的阮氏三雄,他们都是渔民,都穷得叮当响,又都结交江湖好汉,又都武艺超群,然而他们性格上又有差异:阮小二成熟老练、镇静沉着,阮小五精明果敢、干脆利落,阮小七又心直口快、莽撞大胆。

《水浒》里的粗鲁汉特多,动不动就舞枪弄棒,杀人放火。但细读之,他们的确又有不同,"鲁达粗鲁是性急,史进粗鲁是少年狂气,李逵粗鲁是蛮,武松粗鲁是豪杰不受羁绊,阮小七粗鲁是悲愤无说处,焦挺粗鲁是气质不好"(金圣叹《读第五才子书法》)。这里,鲁智深和李逵似乎又很相近,但也有差别,比如《水浒》第三回和第三十九回,都写了他们在酒楼饮酒,与知己谈得正兴浓时,都被妇女所干扰,这两个粗鲁汉表现就不一样:鲁智深是气得先摔盘掷碟,这气是因为性急而产生的,当问清妇女啼哭的缘由后,立即拿出银两资助她做盘缠回乡，回家后还气得饭都吃不下。这气是对郑屠胆敢如此欺凌人而产生，第二天一早就护送金氏父女上路，拳打镇关西。而李逵却不一样，当他正要向宋江、张顺卖弄胸中许多豪杰事务时，却被卖唱歌女打断。他是怒从心头起，不问青红皂白，跳将起来，把两个指头，去那女子额上一点，就把那女子点昏倒在地，事后也毫无歉意。李逵这火别无他，正是他的蛮，才产生如此粗鲁的行为。对同一件事的不同处理，虽然都是粗鲁汉，鲁智深就是鲁智深，李逵就是李逵，谁都易分清，难混同。

又比如打虎，武松打虎与李逵全然不同。武松打虎是"明知山有虎，偏向虎山行"，体现了他那豪杰不受羁绊的英雄气概。武松他不是猎户，没有非要打虎的义务，武松是路人，只是路过而已，迟早过冈也无所谓，再说酒家再三说明，景阳冈有猛虎，官府已张榜，限路人在规定时间内结伴而行。要是普通人，听酒家一说，肯定按官府说的办，按时通过，免得去送死。而武松毕竟是条汉子，是个英雄，又是个敢硬碰硬的人，又喜欢逞强，又好胜，又不信邪，你越说有虎，他越发好奇。这酒店不是"三碗不过冈"吗？喝了三碗便醉了，就过不得前面的山冈，武松喝了十八碗也没醉，这无形中就产生了对"三碗"便醉的不信。"三碗不过冈"我现在喝了十八碗就要过这冈子给你看看。这就是在酒精作用下，武松的心理，店家越阻止，越说冈上有虎，武松就越逆反，越不肯信，他首先认为这是店家瞎话来吓他。武松还有个特点是没酒没本事，喝了几分酒，就有几分本事，此时已经喝得七八分了，也有七八分本事了，俗话说"酒壮英雄胆"，所以武松一口一个"我不怕"。等他上得冈来，发现山神庙前的榜文时，不由不信，山上有虎，是前进还是后退，思想斗争片刻，最终以自己是条好汉，后退就要让人耻笑，选择了前进，便演绎了打虎一场好戏。这前前后后写得曲折、精细，符合此景此情，符合人物的性格。而李逵杀虎，是不知山有虎，才粗心大意将老母亲一人留在荒山野岭，自己为娘找水去了。待他找水回来，不见了老娘，只发现地上的鲜血，等寻到洞口发现两只小老虎在舐着一条人腿，按他自己的话说"千辛万苦把老娘背到这里，却把来了你吃了"，你说他气不气，火不火。别看李逵是个粗人，野蛮得很，他却是个孝子，上梁山后自己过着大碗喝酒、大块吃肉的生活，立即想到要将老娘接来享福，好不容易快背到梁山了，老娘却让老虎吃了，他岂肯罢休，他哪管得上老虎的凶猛，他不会去想人虎相斗的后果，一定要杀死老虎，为老娘报仇，是他的目的。他的蛮劲就在这里，四只老虎哪有不死之理。两个杀虎，一个杀得仔细，一个杀得简单；一个突出打虎前后的心理变化，一个写杀虎的气势，两个粗鲁人，干出了不同情景的事，各有特色。

《水浒》中这种性格、情节相同的地方很多，然而作者却写出两样文字来，达到突出人物个性差异的特色，作者"故意把题目犯了，却有本事出落得无一点一画相借，以为快活也，真是浑身都是方法"（金圣叹《读第五才子书法》），真是妙在同中见异。

## 96. 意境不凡的《水浒》

《水浒》的开头常遭人责难，说是摆脱不了歌功颂德的俗套，其实不然，笔者认为《水浒》的开头可用八个字来概括，这就是：起意不凡，主旨明确。

《水浒》开头写了两件事：一是写请张天师祈禳瘟疫，洪太尉又误走妖魔；二是介绍宋徽宗及高俅的发迹史。

一部大书，以瘟疫流行开头，不能不说是颇有用心。书中写道："嘉祐三年春间，天下瘟疫盛行，自江南直至两京，无一处人民不染此疫。""天下各州各府雪片似申奏将来。东京城里城外军民无其大半。"这"天下""盛行"四字道出了瘟疫流行之广、流行之快。"无一处人民不染此疫"概括了当时民不聊生、疫尸遍野的悲惨情景。"天下各州各府雪片似申奏将来"，表面上看，好像是官府关注，实际上是反映各州各府官员腐败无能、束手无策。笔者以为《水浒》是以瘟疫隐喻朝廷及贪官污吏。以"瘟疫盛行"来痛斥朝廷的昏庸及贪官污吏残害人民。这样的开头，就充分有力地说明了水浒英雄造反的社会原因：官逼民反。至于洪太尉误走妖魔，那更是巧具匠心。宋徽宗笃信神灵，自号"教主道君皇帝"，对道教天师张继先又是加封，又是拨赐大米万余斛在龙虎山建"上清宫"，目的是求神明保护其社稷，保佑其长生不老，永坐江山。结果是洪太尉登龙虎山，闯"伏魔之殿"，不听真人劝阻，以势逼人，强行用铁锤打开大锁，令众人掀开大青石板，放出了宛子城中"猛虎"，蓼儿洼内"蛟龙"，"自来无事生有事，本为禳灾却惹灾，社稷从今云扰扰，兵戈到处闹垓垓"。作者正是以这明贬暗褒的曲笔，以开篇的"妖魔"掩人耳目，来颂扬水浒英雄的造反精神，来弘扬梁山的伟业。可笑的是，恰恰就是这个道教圣地，不但没有保护其社稷，反而放出许多"妖魔"扰乱其统治。洪太尉奉旨请张天师禳天灾，又恰恰是这个洪太尉带来了"人祸"，真是莫大的嘲讽。洪太尉的放走，实际上就是隐喻统治者逼成。

所谓歌功颂德，无非是美化统治者。《水浒》的开头是怎样"美化"统治者的呢？作者笔下的最高统治者——皇帝是一个怎样的人呢？书中写道：是一个"浮浪子弟门风帮闲之事，无一般不晓，无一般不会，更无一般不爱"，偷鸡摸狗，嫖娼玩妓的人，而他重用的宠臣高俅，却是个无赖，"仁义礼智、信行忠良却是不会"的浮浪破落户子弟。他的劣迹连他生父都恨之入骨，一纸文状，将他告发，"被官府迭配出界发放"。遇赦归来，东京城里人民不许他在家宿食，是一个无人愿意留的"劳改释放犯"。俗话说："人以群分，物以类聚。"他无德无行，就因为踢得一脚好球，被当今皇帝看中（因为宋徽宗与他是同一类人），委以殿帅府太尉的要职。这些人凑合在一起，组成堂堂帝国的最高统治集团，他们又牵亲带故，安插亲信、爪牙，占据各地方要职，形成了这么一张全国性的、贪官污吏编成的黑网，连王进、林冲这等教头都惨遭迫害，下层人民的命运就可想而知了。

宋徽宗的简史、高俅的发迹史，正是宋朝腐败生活的写照。作者把这两件事放在作品的开头，绝不是偶然的。正如金圣叹在批语中说："一部大书……将写一百八人者，乃开书未写一百八人，而先写高俅者。盖不写高俅，便写一百八人，则是乱自下生也；不写一百八人，先写高俅，则是乱自上作也。"这就清楚地说明作者这样开头，是暴露封建统治者的昏庸腐朽，概括出水浒英雄产生的时代背景，一句话，主旨明确，起意不凡。

## 97.《水浒》的人物语言

《水浒》人物语言的最大特点是个性化,主角如此,配角也如此。这些个性化的语言不能借用,掩上姓名,也能闻其声而知其人。

宋江是《水浒》中的核心人物,是众好汉们心中的偶像,江湖上这些小阿弟们早就盼望能见到这位名震寰宇的大哥了。我们就以好汉初见宋江为例,来看看各位小弟们不同的语言特色所展示出来的个性特征。李逵与鲁智深两人性格相仿,但由于出身、经历不一,两人的语言风格也不同。就拿他们初会而言吧,李逵在江州初见宋江,一口一个"黑汉子""黑宋江"。当他闹清站在他面前的,果真是他日夜思念的宋江时,他改口叫道:"我那爷,你何不早说些个,也教铁牛欢喜。"正如戴宗所说:"全不识些高低。"也正是这不识高低的话,才把他那粗鲁、憨直、没文化、没教养、没礼貌的性格表露得充分,才生动深刻地表现了他对宋江的敬重、思念之情。而鲁智深初会宋江是在三山聚义打青州之时,在此之前为救孔明、孔宾,杨志提出要孔亮去梁山请宋江来助阵,鲁智深便说:"我只见今日也有人说宋三郎好,明日也有人说宋三郎好。可惜洒家不曾相会。众人说他的名字,聒得洒家耳朵也聋了。想必其人是个真男子,以致天下闻名,前番和花知寨在清风山时,洒家有心要去和他厮会。及至洒家去时,又听得说道去了,以此无缘,不得相见。"鲁智深这一番话至少说明了这几方面的问题,宋江天下闻名,鲁智深有心要结识他,并为在花荣处未见到他而感到遗憾。他的语言没有李逵那么放肆,只说了:"久闻阿哥大名,无缘不曾拜会,今日且喜认得阿哥。"这句话是为前面一番话做的总结,表现了鲁智深与宋江相见恨晚的心情。"拜会"两字表尽鲁智深对宋江的崇敬,心情和李逵一样:喜,但又有分寸,切合出家人的口吻,连叫两个"阿哥",更显得他对宋江敬重亲切之情,无形中拉近了两人的关系。他毕竟比李逵有教养、有见识,说出话来不像李逵那样粗俗。

柴进与花荣两人性格、教养较相似，他们都认得宋江，与宋江都有交往，只不过是久日未见，再次相见时语言又各不相同。柴进见到宋江，口称道："端的想杀柴进，天幸今日甚风吹得到此，大慰平生渴仰之念，多幸！多幸！"前六字"有喜极泪零之致"，表达其对宋江的敬慕及欢迎，但有失体统，因此很快说出后几句文绉绉的见面话，显示自己王侯之后的教养、身份。而花荣初见宋江却不然，他不分场合"拖住宋江"，请宋江正厅"凉床上坐了，纳头便拜"，接着如连珠炮般道出与宋江别后"常常念想"，听说宋江杀阎婆惜后被官府追捕，自己"如坐针毡"，为了解宋江下落，连去"十数封书去贵庄问讯"，最后是天赐相见，才"大慰平生"。这里没有客套，字字句句反映花荣对宋江敬慕之意，也显示出他们间的异样交情。还有混江龙李俊初见宋江又是另一番风情，李俊初会宋江是在揭阳岭李立的黑店里。李俊听说宋江发配江州，而此处正是到江州的必经之道，李俊在揭阳岭下等了数日，不见宋江踪影。无意中到李立酒店，听李立说用药麻倒了两个公人及一个囚犯，便急心去查看一番，见到人又不认识，无奈解开公文袋，看了批文，才知囚犯正是宋江。众人深感惭愧，拿出解药为宋江解酒，宋江酒醒，李俊叫两个兄弟扶住宋江，纳头便拜，一口一个"小弟"，称宋江一口一个"哥哥""义士哥哥"。这些话既符合李俊这类江湖人的口吻，又表达出对宋江无以言表的爱戴及尊敬。这种言语柴进、花荣绝对是说不出来的，李逵、鲁智深说得出来，也不是这个口气及用词。

再看配角语言，如沧州牢营的差拨见林冲不拿钱来孝敬，便变脸大骂林冲"满脸都是饿纹"，拿到银两后，转怒为喜，又恭维林冲"端的是好男子"。前后两段对白，就把这作威作福的市侩小人的面孔刻画出来了。阳谷县的何九叔，验尸装病归来对妻子的一席话，也把他精明、强干、圆滑、怯懦、痛苦的复杂个性写得栩栩如生。沧州城的李小二，对林冲一口一个"恩人"，当发现东京来人，妻子提出要林冲来认人时，他又说："林教头是个性急的人，摸不着便要杀人放火……做出事来，须连累了我和你。"这一席话既写出他心地善良、为人忠厚，又写出他安分守己、胆小怕事的小市民个性。金圣叹在评点中说："水浒一百八人，人有其性情，人有其气质，人有其形状，人有其声口。"此话的确不假。

## 98. 写状写声之妙

反复是写作中常用的一种修辞手法。作者为了表达一种思想感情，或强调某种意思来加深读者的印象，往往有意识地重复使用某些词语或句子。看起来语言似乎重复，但是，正是这种重复收到了画龙点睛、传神之效果。比如《林冲棒打洪教头》一回里，林冲发配途中路过柴进庄，因久闻柴进大名，便与之相会。而柴进听说东京八十万禁军教头林冲来投，更是喜出望外，设酒款待。正喝到兴头上，柴进的教师洪教头来了，林冲急急躬身唱喏道："林冲谨参。"很有礼貌，很谦卑，符合此时人物的身份。而洪教头自以为是柴进的师父，目中无人，对林冲不理睬。当柴进介绍林冲时，林冲再拜，他还把柴进、林冲撇在一边，自己坐在主人的上座上，傲慢无比。当柴进再次指示林冲非一般凡人，别小看他时，他便跳起身来，头脑一时发热，忘乎所以，提出要与林冲比棒。这正中柴进下怀，为什么这么说呢？因为洪教头来后的一系列言行，柴进很不满意，他也想看看林冲的本事，借此灭灭洪教头的傲气。于是柴进很高兴地说："也好，也好。"这里就用了反复的修辞。这两个"也好"含意是不同的，第一个"也好"是表示同意，同意他俩比武；第二个"也好"有巴不得他们比武、鼓励比武的意思，两人一比武，高下必然见分晓，如洪教头赢了证明他不是草囊饭袋，如输了，他自己提出要比武，既可灭其傲气，又起到羞辱他的目的。比武开始前夕，洪教头连续三次叫道："来，来，来。"这三个"来，来，来"的重复，表现了洪教头比棒时三种不同的心理状态。第一个"来，来，来"，是在洪教头要求与林冲比棒，又得到柴进支持之时，活现出洪教头那妄自尊大，骄横一世的神态。第二个"来，来，来"，是在众人哄出到后堂空地上，洪教头拿了条棒，使了个旗鼓后喊出来的，这里除保留了第一个"来，来，来"时的情绪外，更多的是虚张声势，以势压人，来为自己的无能壮胆。为什么这么说呢？一则是因为洪教头来柴进庄后，人们认为他是柴进请来的师父，本领一定高超，也不敢与之比试，结果正如柴进所言："此位洪教头也到此不多时，此间又无对手。"因此也助长了洪教头的气焰，自以为了不起；二则是林冲是囚犯，即使有真本事也不敢放肆，加上洪教头又是柴进的师父，林冲也不好意思放开手脚与他一搏。当两人交手斗了四五个回合后，林冲因戴了刑枷，行动不便而跳出圈外认输，此时洪教头错误地估计了对手，以为林冲真敌他不过，又见柴进拿出一锭重二十五两的银子做利物，他那贪婪嫉妒、妄想至极的心理，就通过这第三个"来，来，来"表现了出来。这三个"来，来，来"，把洪教头妄自尊大、目中无人、浅薄贪婪的性格刻画得惟妙惟肖。

《还道村受三卷天书，宋公明遇九天玄女》一回里，也有一段精彩的反复修辞。宋江在还道村被赵能、赵得追得无处可藏，最后不得不躲入神龛。当公人们拿着火把搜到神龛边来时，宋江连声叨念："我今番走了死路，望神明庇佑则个，神明庇佑！神明庇佑！"加上他那颤抖的动作，他那绝望、惊吓、狼狈的表情，就把宋江当时的惊恐形态凸现出来了。这第一个"神明庇佑"是乞求，乞求神明出来真正地保佑他不被抓；第二、第三个"神明庇佑"是祈祷自己的乞求能真正实现，也反映出他惊恐万状后语无伦次的状态。这"神明庇佑"的反复，正是他绝路求生心愿，惊吓、狼狈心理的自然流露。当赵能、赵得搜了神龛而没有发现宋江，众人离开后，宋江又说了两个"神明护佑""阴灵保佑"，字句虽不一样，意思相同，这个重复正表达出宋江对"神明保佑"的谢意，是绝路逢生后的快意。

《水浒》中反复修辞的运用，明代评论家袁无涯曾有四字赞语，叫作"写状写声"，我看正是如此之妙。

## 99.《水浒》心理描写四法

心理描写是刻画人物、展示人物精神世界的有力手段之一,心理活动是人物内心的无声的语言,是人物在言语行动中没有表露出来的内心活动。人物的言语行动在表现时,有时不是真的,是为了敷衍眼前所发生的事件或人物,这就是平时所说的言不由衷,也就是人们生活中所指的"心口不一"。而心理活动却是人物最为真实的反映,是人物决定下一步行动或言论的动力和基础,所以说,好的心理描写不仅要写出人物当时在想什么,怎么想的,而且还要让读者从作者的描写中看出是否合情合理,想象出人物想这一切之时的神情动态。

《水浒》的心理描写有其自己的特色,有动态的、静态的,还有从人物对话中表现出来的,多种多样。比如小霸王周通在桃花庄逼亲,被鲁智深痛打一顿后,《水浒》有段精彩的描写:

> 打闹里,那大王扒出房门,奔到门前,摸着空马,树上折枝柳条,托地跳在马背上,把柳条便打那马,却跑不去。大王道:"苦也!畜生也来欺负我!"再看时,原来心慌,不曾解得缰绳,连忙扯断了,骑着撅马,飞走出得庄门。

这里通过"扒出""奔到""摸着""托地""扯断""飞走"等一系列动作,把周通突然遭打的狼狈及惊慌心理十分传神地表达了出来。特别是打马不去、扯断缰绳的细节,更把他惊慌失措的神态活画。这里没有静态的心灵剖析,只是通过周通的行动,生动地揭示出他内心的惶恐、慌乱。再比如,鲁提辖三拳将郑屠打倒在地,发现情况有变,郑屠面皮渐渐变了时,心里才有些慌张。他寻思的不是吃官司,唯一的顾虑是"没人送饭"。为了免得被人拖住,他又机警地指着郑屠尸体骂道:"你诈死!洒家和你慢慢理会!"说毕,就"大踏步去了",然后再"一溜烟似的跑掉"。这段情节,既写出了鲁达从众目所视的情况下从容脱身的机敏,又突出了他粗中有细、憨厚、朴实。同时一个"假意道""寻思道",又勾勒出他当时的心理变化,一个"大踏步""一溜烟似的跑掉",也形象地写出其内心之急之慌。这就是从行动中描写人物的心理,让行动代替心灵说话,这就更富有动画感,使人更易于通过人物丰富的行动来把握其内在性格。

  静态的心理描写,《水浒》也是有的,但不是冗长漫叙,而是白描。如石秀协助潘公开肉铺,生意做得红火,石秀里外添了新衣。一日石秀赶猪归来,见店门关了,肉案、家伙收了,书上有段石秀的内心独白,此段心理描写文字本人在《石秀的"精细"》中已抄录,这里就不再重复。这段内心的剖析,既有他对事态的分析,又有他的打算,不但写出了石秀的精细,也反映出石秀的多疑。还有在《林冲棒打洪教头》一回书中,自洪教头进门开始就静态地写出林冲、柴进、洪教头三个人不同的心理状态。林冲的寻思、参拜、不敢抬头、不做声,符合他此时的身份,又反映出他小心谨慎、忍辱负重的性格。柴进心中不快又不喜欢,反映出他对洪教头的不满,而洪教头不理睬、不还礼、坐上座、出言不逊,处处表现出他那傲慢骄横的心理,特别是比试前三人不同的心理描写更为精彩。柴进要两人比试,征求林冲的意见,林冲答曰:"小人却是不敢。"林冲此时是犯人,要比武确实不当,再说又是与柴进师父比,就更为不好。这"不敢"二字用得特准。听林冲如此回答,洪教头心中忖量道:"那人必是不会,心中先怯了。"因此"越来惹林冲使棒"。武是非比不可,林冲踌躇不定,肚里寻思道:"这洪教头必是柴大官人师父,不争我一棒打翻了他,须不好看。"而柴进又要看二位教头本事,又拿出二十五两银子作奖金,而且故意丢在地上,洪教头见钱眼开,要争银子,抢先使出了架势,恨不得一口吞了林冲,战了四五回合,林冲因戴了囚枷,行动当然不便,自动认输。教头更得意,"使个旗鼓,吐了门户,唤做把火烧天势"。从这个棒势就可看出洪教头此时的心态。故金圣叹在此批道:"棒势亦骄愤之极。"而此时林冲迎战的棒势,叫作拨草寻蛇势。拨草寻蛇轻手轻脚必小心谨慎,拨重了则打草惊蛇,故金圣叹批道:"棒式亦敏慎之至。"你若仔细品味一下这前前后后的文字,必然得出这样的结论:柴进礼贤友好,林冲谦恭谨慎，而洪教头则骄横无礼。这三个人的这些特点，又恰恰是通过三人静态的心理描写揭示出来的。

《水浒》里还有不少通过环境、景物的衬托来反映人物内心活动的，比如《林教头风雪山神庙》中，那呼啸的寒风，纷纷扬扬的大雪，那草料场烧得毕毕剥剥爆响的烈火，不是正映衬着林冲性格的变化、英雄复仇的愤怒、勇武的神威吗？鲁迅先生在《大雪纷飞》一文中称，这段文字有"神韵"，说明其充分衬托了人物内心活动。又比如《燕青秋林渡射雁》中，宋江消灭王庆回京途中，在秋林渡突然发现空中数行大雁，不依次序高低乱飞，都有惊鸣之意。宋江见了，心疑作怪，又听到前面有喝彩声，派人打听，原来是燕青初学弓箭，箭箭不空，瞬间已射下十几只大雁，此情此景，又触动了宋江的伤感神经，由燕青射下几只大雁，联想到战斗中失去几个兄弟，心中感慨，接着随口作诗二首，表面上是为大雁失去伙伴而哀怜，实际上是他由大雁的射落，景色的凄凉所感，是他内心悲戚心理的反映。

通过人物对话来表现人物内心世界，更是《水浒》常用之法。林冲充军前别妻一段是最为典型的例子，它正是通过对话来表现林冲复杂的心理状态的。这里没有写林冲的表情，也没有静态的内心独白，但对话表现出儿女情长和对妻子的情爱。这里有忍痛休妻的辛酸之泪，有隐藏在心灵深处的感情，有挣扎回来与妻团聚的希望。一篇文字儿女情深，英雄气短，一字一泪，令人悲愤。

## 100.《水浒》里的夸张

夸张是古典小说常用的一种写作手法，它不仅可以"传难言之意，省不急之文，摹难传之状，得言外之情"（黄侃《文心雕龙札记·夸饰篇》），而且能"发蕴而飞滞，披瞽而骇聋"（刘勰《文心雕龙·夸饰篇》），使作品鲜明生动，意显情足，收到强烈的艺术效果。《水浒》里运用此手法之处比比皆是。

　　《水浒》里的夸张有两种写法：一是用在每回书的末尾；一是用在每回书的情节发展之中。前者往往造成一种惊人效果，迫使读者手不释卷地读下去，如第二十二回，宋江借解手躲酒，无意中踏着火锨，烫着武松。武松火起欲打宋江。柴进赶来介绍，武松纳头便拜。当宋江向柴进询问武松时，书中写道："柴进指着那汉，说出他姓名，叫甚讳字。有分教：山中猛虎，见时魄散魂离；林下强人，撞着心惊胆裂。正是：说开星月无光彩，道破江山水倒流。"这显然是夸张，武松为何能有如此威力，读者迫不及待想读下去了解。回末的夸张，还造成一种悬念，使读者读至此心都提到嗓子眼上，紧张得透不过气来。如第三十一回蜈蚣岭武松斗杀王道人，书上写道："两个斗了十数合，只听得山岭傍边一声响亮，两个里倒了一个。但见月光影里，纷纷红雨喷人腥，杀气丛中，一颗人头从地滚。"到底谁被杀，便是个悬念。武松与王道人两人单打独斗，倒下一个也不会一声响亮，"月光影里红雨纷纷"，明显就是夸张。

　　具体到每回书中的夸张又有两种形式，一是正面夸张；一是侧面夸张。正面夸张又有两种情况，一是情节发展螺旋式上升，如《没遮拦追赶及时雨》一回，揭阳岭上宋江及两个押送公人被李立用蒙汗药麻倒，拖到作坊，差一点丢命，揭阳镇内得罪了地头蛇穆春兄弟遭追杀，逃到浔阳江上又遇到了劫匪张横，好不容易逃出了狼窝，又进了虎穴，这张横更凶恶，不但劫财，而且还要命。这一路来险情迭起，几死回生，矛盾螺旋式上升，正是情节上的夸张。金圣叹在回评中说："此篇节节生奇，层层追险。节节生奇，奇不尽不止；层层追险，险不绝必追。真令读者到此心路都休，目光都灭，有死之心，无生之望也。"这最后一句正是夸张所产生的艺术效果。这里作者把许多险事都集中在一起写显然是夸张，但又合事理，它既抓住了读者心理，又引出一批英雄，自然得很。二是情节发展一起一落，呈波浪式前进。如第四十二回还道村一节，这里几起几落，真奇绝也。宋江在众公人追捕之下，无奈走进了玄女之庙"前殿后殿，相了一回，安不得身。心里越慌"。耳边又听到赵能的声音："多管只走在这庙里。"宋江急得像热锅上的蚂蚁，只见殿上有一神龛，一头便钻进这神龛躲将起来。赵能等四五人拿着火把到处照，看着照上殿来，这是一起；此时宋江吓得"气也不敢喘，屁也不敢放"，而这几十个公人"一个个都走过了，没人看着神龛里"，这是一落；赵得将火把来神龛内照一照，"又用刀杆挑起神帐上下把火只一照"，这又是一起；火烟冲下灰尘落入赵眼这又是一落；士兵发现庙门上两个尘手迹重搜大殿是一起，恶风吹灭火把是一落；此落欲落未落，因赵氏兄弟用枪去掀神龛又起惊澜，殿后起怪风又一大落。这几起几落波浪式前进的写法，金圣叹评述曰："读者本在外，却不知何故，一时便若打併一片，心魂共受若干惊吓者。"效果正好在此。

侧面夸张，则是用烘托或渲染的手法来表现的，如武松打虎前，用大量篇幅写酒招、酒名、酒烈、武松赞酒、喝酒、店小二惊酒等等。这一烘托，使读者感到武松非凡人，这酒名叫透瓶香，又叫"出门倒"，普通人喝三碗便醉了，过不了景阳冈，而武松喝了十八碗居然不醉，真神人也，赤手空拳打死猛虎亦可信。

# 随笔杂说

## 101. 金圣叹批改《水浒》功大于过

关于一百二十回本《水浒》的主题思想,鲁迅先生说得很清楚:"一部《水浒》说得很分明,因为不反对天子,所以大军一到,便受招安,替国家打别的强盗……不'替天行道'的强盗去了,终于是奴才。"(《流氓的变迁》)到了1975年,毛泽东对一百二十回本《水浒》也作了一段论述:"《水浒》这部书,好就好在投降。做反面教材,使人民都知道投降派。""水浒只反贪官,不反皇帝。屏晁盖于一百〇八人之外。宋江投降搞修正主义,把晁的聚义厅改为忠义堂,让人招安了……宋江投降了,就去打方腊。"鲁迅和毛泽东的分析,都揭示了一百二十回本《水浒》投降主义的真面目,可谓英雄所见略同。而远在几百年前的金圣叹,早就看出了这一点。他在批改《水浒》时,恰恰删去了描写招安的后五十回内容,使作品的反抗性、斗争性和官逼民反的主题思想更加突出、鲜明,使之成为一部纯粹反抗腐朽统治、歌颂农民起义的作品,大大加强了作品的主题思想。

金圣叹对删改后的《水浒》喜爱非凡,对它的推崇已到无以复加的程度。比如他把《水浒》列为才子书,与《老子》《史记》等并列,认为《水浒》"有益于世",具有"讽刺之旨",觉得"天下之文章,无有出《水浒》右者","《水浒》真为文章之总持","读书之乐,第一莫若读《水浒》"。这无疑对宣传《水浒》、提高《水浒》的知名度、扩大《水浒》的影响都起到了极重要的作用。

金圣叹在《水浒》第三十五回总评中说:"一部书中写一百七人最易,写宋江最难;故读此一部书者,亦读一百七人传最易,读宋江传最难也。"这段话不仅是提醒读者要注意宋江这个人物,同时还要注意对他的评述。为什么这么说呢?《水浒》里的宋江,是一个性格十分复杂的人物,他既仗义、扶危,又善用权术;既对当时的社会不满,又忠君孝亲。这些特点、毛病当然都会引起读者的不满。对于这些毛病,金圣叹批语中是在真骂。宋江谈忠说义,排斥晁盖,常怀野心,但表面上又处处装着不介意。对这些,金圣叹骂得最狠,毫不放过。另外,在很多批语中,金圣叹又针对宋江所为,称之为"人中俊杰"(第十七回),甚至把宋江抬到侯王之列,"一百八人中,独于宋江用此大书者,盖一百七人皆依列传列,于宋江特依世家列"。在茶馆与何涛交谈时,宋江是"肚里寻思"如何救晁盖,口里却大骂晁盖。金圣叹则大赞:"宋江权术可爱!"第四十回在黄门山对欧鹏一席话后,金圣叹批语道:"不刚不柔,又悲又响,辞令至此无人不哭!"这正是对宋江以牺牲自我、保护他人的崇高品质的赞美。第三十八回赞宋江是"非常之人,负非常之才,抱非常之志"等等。正是这些批语,使我们认识了宋江这个人物,帮助读者正确理解宋江这一艺术形象,从而更好地掌握作品的思想性。

金圣叹对《水浒》最大的贡献,还在于为《水浒》写下了极为精彩而又准确的眉批及总评。比如在谈到《水浒》人物个性化时,他认为:"《水浒》所叙,叙一百八人,人有其性格,人有其气质,人有其形状,人有其声口。"同时他概括的"鲁达之阔,林冲之毒,杨志之正,柴进之良,阮七之快,李逵之真,吴用之捷,花荣之雅,卢俊义之大,石秀之警",极为简捷地道出了这些人性格上的最大特征。这就便于读者阅读,有利于读者掌握。又比如《及时雨会神行太保》一回书里写李逵出场,戴宗"引着一个黑凛凛大汉上楼来。宋江看见,吃了一惊",在此金圣叹批道:"黑凛凛三字不惟画出李逵形状,兼画出李逵顾盼、李逵性格、李逵心地来,下便紧接宋江吃惊句,盖深表李逵旁若无人,不晓阿谀,不可以威胁,不可以名服,不可以利动,不可以智取,宋江吃一惊,真吃一惊也。"这段批语不但写出李逵形象吓人,还写出李逵上楼来的神态和性格。又比如《景阳冈武松打虎》中,金圣叹不厌其烦地在夹评中写到"哨棒一""哨棒二"……"哨棒十五""哨棒十六";在《林教头风雪山神庙》中一而再,再而三地批到"火";在《王婆贪贿说风情》中多次批到王婆的"笑"等。正因此,绝大多数《水浒》的研究者及爱好者在撰写《水浒》文章时,都很注重引用金圣叹的这些评注文字来说明问题。金圣叹的这些评论对我们更好地阅读、欣赏《水浒》这部古典名著,无疑起到了很好的指导作用。

当然，金圣叹批改《水浒》也有不足之处。如在评点中对农民起义既有热情颂扬，也有恶毒咒骂之处，腰斩《水浒》的动机和效果之间也有矛盾，但是这些都不影响批改的巨大成就。总之，金圣叹批改《水浒》，是功大于过。

## 102.《水浒》与《红楼梦》

《水浒》和《红楼梦》是我国古典文学中的两部名著。前者写农民起义，后者写爱情故事；前者取材于历史传说，后者取材于作者经历；前者反映的是宋代，后者写的是清代；前者作者是元末明初人，后者是清朝人，两者好像无共同之点，然而仔细看看，这两部名著又有惊人相似之处。

这两本书都各有两个作者，《水浒》是施耐庵、罗贯中，《红楼梦》是曹雪芹、高鹗。一般认为，施、曹是原作者或主要作者，罗、高是续作者或润色者。有趣的是，大家都公认续作远不及正文，甚至斥之为狗尾续貂。近几年来，随着研究的深入，学者们对两本书的作者产生了怀疑，认为历史上无施耐庵其人，他可能是一托名；无独有偶，也有人认为《红楼梦》作者也不是曹雪芹，而是石兄。

两本书的版本也极为复杂。《水浒》除有简、繁本之分外，繁本中又有七十回本、百回本、百一十五回本、百二十回本及百二十四回本，后者有庚辰本、甲辰本、乙卯本，有正本等等，至于谁先谁后，谁真谁伪，学术界争论不休，尚无定论。而这两本书都是章回本，都有个百二十回本。

这两本书问世后续书颇多。前者有陈忱的《水浒后传》、俞万春的《荡寇志》、介石逸叟的《宣和谱》（《翻水浒》）、青莲室主人的《后水浒》等等，后者有秦子忱的《续红楼梦》、小和山樵的《红楼复梦》、临鹤山人的《红楼园梦》、归锄子的《红楼梦补》等等。有趣的是，时至今日，还有人作续书，前者如褚同庆花费四十年改写、续写的《水浒新传》，后者如张之续作的《红楼梦新补》等。

这两本书问世后，评点批改者多。《水浒》有李卓吾、杨定见、袁无涯、王望如、余象斗及金圣叹等人，《红楼梦》有脂砚斋、王希廉、姚梅伯等。金圣叹和脂砚斋都因评书而闻名，金批《第五才子书》及脂批《石头记》都成为研究这两部书的重要参考资料。

这两本书问世后不久就传到国外，译本颇多。《水浒》是 17 世纪后半叶传到日本，19 世纪后半叶传到欧洲，至今已翻译成 12 种文字在世界各地发行；《红楼梦》传日本晚于《水浒》，时间大概是 18 世纪末，1892 年由英国驻澳门领事裘里将其翻译成英文，才开始传至欧洲，但其部分内容，如第三回中的两首诗，却早在 1830 年就选刊出版，早于《水浒》。这两本书都成为一专门学科，如"红学""水学"，国际上也很重视，"红学"曾召开过国际讨论会，"水学"也被越来越多的外国学者研究。

这两本书的结尾相同，都是悲剧结局；这两本书里都写了不少梦，有很多梦的形式、内容、结局都很相似；这两本书的内容丰富，都可称之为"中国封建社会的百科全书"等，这里就不一一介绍了。

## 103. 水浒英雄并非都是逼上梁山的

说起水浒英雄造反，通常人们都认为是"逼上梁山"的，并借此来说明北宋社会的黑暗，官逼民反。当然，"逼上梁山"是他们造反的主要原因之一，但这"逼上梁山"的形式有多种。

一是官逼。比如林冲，好端端的一个东京八十万禁军教头，就因为妻子被高衙内看中，屡遭迫害，一再忍让，最后还是走投无路，只得奋起反抗，奔上梁山。这样类型的人物还有柴进。柴进是"后周柴世宗嫡派子孙，因祖上有陈桥让位之功，太祖伍德皇帝敕赐他誓书铁券"，可以说他是先朝的凤子龙孙，又有"誓书铁券"这样高级的护身符，按说是宦官不敢碰、凡人不敢惹的。可是偏偏就有那殷天锡,依仗自己是高唐州知府的妻弟,强占柴皇叔花园,打伤、气死皇叔。柴进与之理论,也被殷天锡派人抓进高廉公厅挨了打,还差一点送命,终于被逼上梁山。

另外一类是民逼,这个类型的人最多。比如说卢俊义就是被宋江、吴用硬逼上梁山的。卢俊义本是河北大名府富户,就因为他"一身好武艺,棍棒天下无对",是"河北三绝",一次闲聊中宋江突然想到他,就想把他弄上山。后来是吴用假扮算命先生装神弄鬼地编出了所谓"百日之灾"的谎话,又在其家粉墙上留下"卢俊义反"的藏头诗,硬是把卢俊义逼上梁山。安道全是被张顺逼的,史进是被李吉逼的,解珍、解宝兄弟是被毛太公父子逼的,孙立、孙新是被顾大嫂逼的,徐宁是被汤隆逼的,萧让、金大坚、李应、朱仝是被吴用用计逼上山的,秦明是被宋江逼的,等等。

第三种是先犯法,后又遭官府迫害被逼上梁山的。如鲁达、宋江、雷横都是因为杀人后逃避江湖,后又遭人陷害而不得不上梁山的。

还有一种也是先犯法,因为担心官府的追捕上梁山的。如杨雄、石秀、吴用、公孙胜、阮氏三雄等。晁盖等八人劫取生辰纲分得财宝后,都各自回家过着幸福生活了,并没有打算上梁山,后来事情败露,官府四处缉捕,这才被迫上山。这些都可列入逼上梁山之列。

不过,还有一些水浒英雄就完全不是逼上梁山的,而是自觉自愿上山的。比如皇甫端就无人逼迫,是张清上梁山时推荐他自动上山的;杨林、邓飞、孟康、裴宣等人是在饮马川前巧遇,后随戴宗上山的;时迁是在翠屏山挖墓时目睹杨雄、石秀杀潘巧云后,跟随两人上山的;汤隆、焦挺、鲍旭是跟随李逵上山的;清风山的燕顺、王英,对影山的吕方、郭盛是在争夺地盘的过程中,偶识宋江,而被带上山的;江州的张顺兄弟、揭阳岭上的穆弘兄弟、浔阳江边的童威兄弟、李俊和李立等等,都是打了无为军后随宋江上山的。

最后一类是被梁山英雄活捉上山的。如扈三娘、关胜、索超、董平、张清等等。扈三娘是在宋江三打祝家庄时被林冲俘获的,后来被宋江派人送上梁山的;关胜是攻打梁山时因中呼延灼的诈降之计被俘的;索超是在宋江攻打大名府时被吴用设计捉上山的;董平、张清也都是中吴用之计被俘上山的。

正因为这些梁山好汉上山的形式各种各样，也就决定了各人对于"落草为寇"的认识不尽相同，也才会出现了在是否接受招安这个大是大非问题上的不统一。关于这一点，有另文详述，这里也就不再啰唆了。

## 104.《水浒》的隐退思想

《水浒》是一部思想内容异常丰富复杂的古典长篇小说，它一方面深刻地暴露了宋代社会腐败的黑暗现实，揭示产生农民起义的社会根源，歌颂了农民阶级的反抗和斗争；另一方面，却又把这种反抗和斗争局限在不推翻赵宋封建王朝的框架之内，而对敢于造反，企图改年建号的其他农民起义军深恶痛绝。它一面以赞美的调子描写了梁山义军的招安；另一方面，又对接受招安的后果写得十分悲惨，客观上形成了对招安的一种批判。正因为如此，作品本身存在着复杂纷纭的，甚至相互矛盾的现象，所以后世研究者对很多问题看法不一，争论不休。例如对其主题思想的看法就有多种分歧意见："文革"前，普遍认为《水浒》是一部"歌颂农民起义的伟大史诗，是封建时代农民起义的教科书"；"四人帮"横行时，却又恰恰相反，斥责它是一部"歌颂投降主义路线、瓦解农民起义的小说"。近几年来，后一种观点的论者虽不多，但依然存在。此外，有人认为忠奸斗争是《水浒》的主题，有人认为《水浒》是为"市井市民写心"，有人提出"游民"说，也有人认为《水浒》的思想是"官逼民反"等等。这些看法都各有自己的充分根据，也都有一定的道理，但是，我认为，他们都忽视了《水浒》的另一重要思想——隐退思想。

《水浒》里的隐退思想是贯穿作品始终的，在后半部尤为突出、明显。特别是结尾，作品的隐退思想更是达到了高潮，歌颂什么，反对什么，泾渭分明。"结尾——是问题中最难的一个"（阿·托尔斯泰语）。这"最难"就难在，不但要收束好作品中所展开的矛盾，使作品结构完整、统一，更重要的是要表明作者的态度，深刻地显示作品的思想意义，激发读者深思。《水浒》的结尾完成了这个"最难"的问题。作者不迎合国人所喜欢的富贵荣华、光宗耀祖的大团圆结局的习惯，而是呕心沥血，精心设计，另辟蹊径，制造了一个悲剧的结局让人深思。这个悲剧的结局，不只表现在英雄们之死上，而且表现在出走上。这一死一走，告诉了人们："招安"并不能使"招安"者封妻荫子、光宗耀祖、衣锦还乡，只能是被杀的悲剧结局；而隐退者，轻视功名富贵，退居山野，却自由自在，善终天年。作者的态度、作品所要表达的思想不是再明显不过了吗？

《水浒》中的隐退思想，作者又是怎样精心安排的呢？

首先是残酷现实的逼使。水浒英雄们由零散的复仇火星发展到两败童贯、三败高俅，大有席卷天下之势。如果按照李逵的奋斗目标，"打到东京，夺了鸟位"，这在当时，真不失为良机，但是，以宋江为首的一大帮义军将领不去考虑如何领导起义军进一步推翻赵宋王朝，却加紧准备接受招安的活动，结果使得这一场轰轰烈烈的农民起义夭折。接受朝廷招安，本是梁山义军大多数头领盼望已久的，能实现"去边上一刀一枪""保国安民""封妻荫子"的愿望，但招安后的残酷现实表明，他们这些美好的愿望不过是一场黄粱美梦。

招安后，义军头领们一腔报国的热血，既不被统治者理解，加上奸佞的谗言，反备受怀疑、仇视和排挤。招安伊始，梁山的凤敌童贯就启奏皇上"这厮们虽降，其心不改，终贻大患。以臣愚意，不若陛下传旨，赚入京城，将此一百八人，尽数剿除，然后分散他的军马，以绝国家之患"，企图将这支军队消灭干净。征辽战斗打响后，梁山义军的确在"边上一刀一枪""保国安民"，眼看辽邦将要倾覆，蔡、童、高、杨四大奸贼因接受了辽邦重金贿赂，战争很快停止而议和，梁山义军获得的功劳化为乌有。在平定田虎、王庆之后，背信弃义的统治者，不但一再违背"早奏凯歌""必将重用"的诺言，反而纷纷具本上奏"新降之人"，"不可辄便加爵"，给义军"顺天""护国"当头一棒。非但如此，还对义军行动处处禁约："非奉上司明文呼唤，不许擅自入城，如违，定依军令拟罪施行。"可见，招安后的义军，不管如何忠心耿耿，在统治者眼里，仍不过是投降了的"反贼"，必欲置之死地而后快。就是梁山义军，以死伤病残"十损其八"的惨重代价，为统治者立下奇功大勋之时，统治者更是变本加厉地残害义军：阮小七因围剿方腊时，在邦源洞穿过方腊的"衮龙袍"戏耍，朝廷大将王禀、赵谭"怀狭邦源洞辱骂旧恨"，妄奏阮小七"必致造反"，于是昏君竟下旨"追夺阮小七的官诰，变为庶民"；卢俊义被骗至京师，天子当面将放有水银的"御膳"赐予他致死，宋江则被天子所谓安抚赏赐的"御酒"所毒死。

这残酷的现实、血的教训，使梁山众兄弟看清统治者的狰狞面目，认识到"封妻荫子""光宗耀祖"只能是一种幻想。明智之士急流勇退，纷纷主动纳还官诰，以免"受玩辱"。

其次是借用历史的教训。其实，这样一个"熬曜罡星今已矣，谗臣贼子尚依然"的结局并不是偶然的。在我国历史上，历代都有排挤残杀功臣良将的事发生。封建统治阶级在争夺政权时，他们需要忠臣良将为之卖命；夺取政权之后，他们又必然以种种借口残杀功臣。早在春秋战国时，吴国的范蠡就以"蜚（飞）鸟尽，良弓藏；狡兔死，走狗烹"的论断，对功臣在成功之后遭受残害的必然性做了概括，深刻地指出，功臣与统治者之间存在着的是"可与共患难，不可与共安乐"的关系，并向文种提出功成隐退的忠告。统治者在夺取政权之后，要千方百计残杀功臣，这是统治阶级本性所决定的，《水浒》作者深知这一点。故在作品中，作者多次借用历史的教训来宣传他这一隐退思想。如《水浒》第九十回"双林镇燕青遇故"中，当燕青劝许贯忠到京师讨个出身时，作者借许贯忠之口说："今奸邪当道，妒贤嫉能如鬼如蜮的，都是峨冠博带；忠直良正的，尽被牢笼陷害。小弟的念头久灰。兄长到功成名就之日，也宜寻个退步。自古道：'雕鸟尽，良弓藏。'"燕青心领神会，铭记在心。所以，征讨方腊成功之后，燕青拒绝还朝受封，还对卢俊义讲出"韩信未央宫里斩首；彭越醢为肉酱；英布弓弦药酒"三个历史故事，劝告卢俊义功成身退，不然"祸到临头难走"。

燕青的转变是有典型性的。燕青在争取"招安"的活动中是立过汗马功劳的，是他去李师师处打通关节，向天子面述梁山好汉盼望招安之心思，得到圣上"恩准"的。招安后，他也积极效命于赵宋王朝，又恰恰是他，在成功之后，不愿还朝受封，并借古喻今劝告卢俊义，燕青这一百八十度的大转变，说明他已预感到下场的凶险。

又如《水浒》第一百十四回混江龙李俊太湖小结义后，李俊曾劝费保到朝廷做官，费保回复李俊的一席话也是如此，费保说："小弟虽是个愚卤匹夫，曾闻聪明人道：'世事有成必有败，为人有兴必有衰。'哥哥在梁山泊，勋业到今，已经数十余载，更兼百战百胜。去破大辽时，不曾损折了一个弟兄；今番收方腊，眼见挫动锐气，天数不久。为何小弟不愿为官为将？为因世情不好，有日太平之后，一个个必然来侵害你性命。自古道：'太平本是将军定，不许将军见太平。'此言极妙！今我四人，既已结义了，哥哥三人，何不趁此气数未尽之时，寻个了身达命之处，以终天年，岂不美哉！"李俊听罢，先是感谢"重蒙教导，指引愚迷"，次是肯定费保一席话是"十分全美"，最后表示收服方腊之后，一定偕童威、童猛来相投，"若负今日之言，天实厌之，非为男子也"。李俊的思想能与费保的忠告一拍即合说明什么呢？只能说明作者认为：隐退是梁山好汉唯一的、最好的出路。

再次是局外人的暗示。《水浒》作者还安排了不少局外人，精到地对义军前途的凶险做了暗示，使梁山义军不少头领"点头玩味"，为功成后的隐退埋下伏笔。早在《水浒》开篇不久，鲁智深大闹五台山后，智真长老在鲁智深临别之际，就赠给他"遇林而起，遇山而富。遇水而兴，遇江而止"四句偈言，供他终身享用，为鲁智深安排了一个功成身退的完满结局。第五十四回戴宗奉令去二仙山请公孙胜出山归营前，罗真人也送给公孙胜"逢幽而上，遇汴而还"八个字，要他"记取，休得临期有误"。与其说这是提醒鲁智深、公孙胜等不要迷恋功名，功成身退，不如说是作者早早就在作品中为其宣扬隐退思想做好了充分的准备。第八十五回宋江等拜见罗真人时，罗真人也送给了宋江八句法语："忠心者少，义气者稀。幽燕功毕，明月虚辉。始逢东暮，鸿雁分飞。吴头赵尾，官禄同归。"虽说是天机不可泄漏，无非是借神仙之口，暗示义军前途凶多吉少，鼓吹隐退。还有第八十二回"梁山泊分金大买市，宋公明全伙受招安"时，也有三五千人辞去不愿为朝廷效力。这是"八方共域，异姓一家""交情浑似股肱，义气真同骨肉"的第一次分裂，这辞去的三五千人，就是清醒的功成身退者。如果说二位活神仙及辞去的三五千梁山兄弟的言行还有点"犹抱琵琶半遮面"的话，那么征辽时，辽国使臣欧阳侍郎的一席话："……今日宋朝奸臣们闭塞贤路，有金帛投于门下者，便得高官重用，无贿赂投于门下者，总有大功于国，空被沉埋，不得升赏……今将军统十万精兵，赤心归顺，止得先锋之职，又无升授品爵。众弟兄劬劳报国，俱各白身之士，遂命引兵直抵沙漠，受此劳苦，与国建功，朝廷又无恩赐。此皆奸臣之计……将军纵使赤心报国，建大功勋，回到朝廷，反坐罪犯。"打王庆荆南城时，城中高士萧嘉穗的话："方今谗人高张，贤士无名，虽材怀随和，行若由夷的，终不能达九重。萧某见若干有抱负的英雄，不计生死，赴公家之难者，倘举事一有不当，那些全躯保妻子的，随而媒孽其短，身家性命，都在权奸掌握之中。像萧某今日，无官守之责，却似那闲云野鹤，何天之不可飞耶！"这些忠言暗示，分析得再明显、透彻不过，故宋江以下"无不嗟叹"，静思默想，为前途懊丧，为命运担忧。

再次是宋江悲剧的陪衬。在《水浒》里，宋江是一个性格极其复杂、丰富的艺术形象。他的一生是由不愿意革命到走向革命乃至背叛革命的三部曲组成。他既有起义领袖的英雄气概、组织指挥才能，又有农民阶级的弱点和动摇性；既有对朝廷（皇帝）的"忠"，又有叛逆的"义"。其性格发展的过程中一直存在"忠"和"义"的矛盾，但最后又统一于"忠"。他力排众议，执意招安并获得成功，对朝廷一片忠心；在征辽过程中，他明知辽使欧阳侍郎言之有理，也"忠心不负宋朝"；南征北战，功劳卓著，朝廷不但不加官晋爵，反而"禁约"重重，弟兄们都有反意，而他却"垂泪设誓"，使众弟兄与之同心报国，最后被朝廷"御酒"毒死，死前还喊出"赐死无辜""宁可朝廷负我，我忠心不负朝廷"。就是这样一个不存半点异心、忠心耿耿的忠臣，封建统治者也不放过，这不分明用宋江被害惨死的教训来陪衬作者所要宣扬的隐退思想吗？

最后，作者在《水浒》中多次运用诗句，表达自己功成身退的明确主张。如一百十九回宋江衣锦还乡后写道"衣锦还乡实可夸，承恩又复入京华。戴宗指点迷途破，身退名全遍海涯"；燕青劝卢俊义寻个僻静去处，以终天年后，诗曰"时人苦把功名恋，只怕功名不到头"；全书结束诗中写道"熬曜罡星今已矣,谗臣贼子尚依然。早知鸩毒埋黄壤,学取鸱夷泛蠡船"等等。既流露出对功成身退的赞扬,又对迷恋功名者于怜惜、哀痛之中包含着针砭之意。

历史的教训使得英雄们不得不为自己的前途担忧,再加上一些局外人的暗示,更重要的是残酷的现实,教育了义军将领。所以当宋江招安后,眼见得步步走向"成功",众多兄弟却在走向隐退。

早在处决王庆时,公孙胜就辞别宋江,归于山林。在擒住方腊后,鲁智深也对宋江说:"洒家心已成灰,不愿为官","只得个囫囵尸首,便是强了"。随后在六和寺"圆寂"了。武松是"不愿赴京朝觐",要做"清闲道人"。燕青更"可谓知进退存亡之机",不但自己"隐迹埋名,寻个僻静去处",而且还告诫卢俊义,"只恐主人此去无结果耳"。宋江军至苏州城外,只见混江龙李俊诈中风疾,倒在床上,"宋江只得留下李俊、童威、童猛三人"。这三人后来都做了化外之人。

当义军太平回朝时,"东京百姓看了,只剩得这几个回来,众皆嗟叹不已"。那不愿为官的已退隐山林了,就是那跟着宋江朝觐,封官授职了的头领,虽然他们暂得"光宗耀祖",但是,残酷的现实仍然让他们步隐退者的后尘,纷纷纳还了官诰。在统治阶层的暗夜中,闪耀出第一道清冷光辉的是戴宗,官场的实践教育了他,他终于"陪堂求闲"而去。接着,柴进在朝廷追夺了阮小七官诰后,亦"求闲为农"。柴进的隐退,刮起了一阵隐退的小旋风,李应、宋清、杜兴、邹润、裴宣、杨林、蒋敬、朱武、樊瑞、穆春等都随风隐退了。

作者所热情歌颂的这众多隐退的兄弟中,有自幼受苦,命运多舛的,也有生长在富贵之家的;有的一向学得百伶百俐,也有的是粗鲁汉子。虽禀性各异,却殊途同归。他们的一个共同特点就是,残酷的现实使他们都有这样的认识:"今奸邪当道",功成身退是明智的做法,功成不退,祸到临头就难走了。所以在平方腊后,活着的三十九位头领中,就有二十一人先后隐退了。由于《水浒》作者独具匠心的结局,我们可以看出,《水浒》中英雄人物的隐退是必然的,是作者所要表达的思想。

既然《水浒》中英雄人物的隐退是必然的,是作者所要表达的思想,那么,《水浒》的隐退思想又有何进步意义呢?

首先,《水浒》中的隐退是义军唯一较好的出路。梁山的英雄事业虽说有两败童贯、三败高俅、杀得赵宋王朝官兵"梦里也怕"的鼎盛时期,但是,他们根本没有推翻赵宋王朝的打算,他们所盼望的是"替天行道",说具体点就是:"去边上一枪一刀"地"保国保民",最后达到"封妻荫子""光宗耀祖"的目的。为达到目的,他们唯一的希望是朝廷不要把他们当作"强盗"看,能够"招安",而统治者武装又镇压无方,便使出了他们安抚、招安的一手。宋江等人接受朝廷招安,很快被朝廷利用去征辽、平"寇",去镇压其他农民起义军。结果招安也不是义军的真正归宿,许多英雄不是为统治者战死沙场,就是死于统治者的阴谋之中,最后"陷于失败",只有功成身退者,才保身善终。

其次,《水浒》中的隐退是新形势下的一种反抗。尽管在今天看来,这种反抗有其消极的一面,但它是当时革命处于低潮的条件下唯一能做到的一种理智的反抗。他与那种自命清高、孤芳自赏的隐退不可同日而语,不能笼统视为消极遁世,逃避现实。

招安后,权奸对义军的诽谤、陷害,使英雄们每每再萌异心,也在所不辞,招安后的现实生活和斗争,使他们的头脑越来越清醒,许多头领越来越不能忍受这残酷的现实,李逵多次喊要造反;平王庆后,李俊、张顺兄弟及阮家三昆仲也要反,吴用等人也"都有怨心";平方腊后,情同手足的兄弟,伤的伤,亡的亡,许多兄弟再也不顾与宋江的情义有多么深厚,宋江的"忠义"说教也不能再约束他们的反抗思想了。他们不愿做奴才,不能任统治者宰割,更重要的是在这奸邪当道的社会,他们怎能与统治阶级同流合污呢?他们藐视功名富贵,他们退还朝廷的官诰,一个个离别自己所敬爱的宋大哥而去,因此,说《水浒》中的隐退是"小丈夫自完之计"(李卓吾《忠义水浒序》)是很片面的。

这不与统治者为伍,这藐视功名利禄,不受封诰或退还官诰的行为,在封建社会不能不说是种理智的反抗。试想,义军所有的头领如果都执迷不悟,功成不退，那不被统治者残杀殆尽吗？卢俊义原先曾认为："我闻韩信三齐擅自称王，教陈豨造反；彭越杀身亡家，大梁不朝高祖；英布九江受任，要谋汉帝江山。以此汉高帝诈游云梦，令吕后斩之。我虽不曾受这般重爵，亦不曾有此等罪过。"可是结果怎样呢？我们可以看到，大凡作者安排的有善终的水浒英雄，其善终都是隐退的结果。

再次，《水浒》中的隐退，也是对统治者罪恶的揭露和控诉。招安后的水浒英雄，他们抗辽国、征田虎、擒方腊，出生入死，为统治阶级立下了汗马功劳。可是这样"不计生死，赴公家之难"的英雄为什么就"不能达九重"，而不得不隐退呢？为什么"全躯保妻子的"尽可残害忠良而逍遥法外呢？招安前，统治者对义军残酷镇压，当然表现了统治者的残暴。招安后，统治者采用了更为阴险毒辣的手段来残杀义军。他们或是怀私恨，以莫须有的罪名来剥夺官诰，或者下水银、慢药等毒药来残杀义军头领。很明显，作者这样处理，是对至高无上的封建朝廷的深刻揭露和鞭挞，是对统治者暴行的有力控诉。

最后，《水浒》中的隐退，还寄托了作者对义军东山再起的愿望。早在太湖榆柳庄上结义时，费保就寻思，今后与李俊一起到江海内"聚集几多水手"，干一番事业。李俊在费保的劝说下，也决定"别立化外之基"。这就是显示出义军东山再起的端倪。这对后世也产生了很大的影响。以至陈忱在《水浒后传》中，将隐退的英雄又组织起来，绘声绘色地描写了他们的又一番轰轰烈烈的事业。

当然，在今天看来，在这些隐退了的英雄身上，进取与退却、聪明与糊涂等性质相反的因素是交织在一起的，这就造成了《水浒》中隐退思想一定的局限性，但瑕不掩瑜，这些缺陷不能抹杀《水浒》隐退思想的积极意义。《水浒》的隐退思想是一定时代的产物，我们只有把它放在它产生的那个时代，才能做出科学的评价。我们完全可以说，《水浒》作者对隐退的描写是《水浒》中的又一民主精华，是《水浒》的又一重大思想内容，这在当时的历史条件下，是有其积极意义的。这正是作者对这一问题认识的高明之处，说明作者是一位清醒的现实主义作家。

## 105. 梁山英雄排座次的原则

中国封建社会是一个等级森严的社会，等级观念在人们心目中根深蒂固，在农民起义队伍中也摆脱不了等级观念的影响。特别是在革命成功之后，权利再分配更是起义领袖们棘手的问题，他们往往因权利分配不当致使艰苦奋斗夺得的江山一朝失落，1856年太平天国的杨韦事件就是一例。梁山好汉也是生活在这个等级森严的社会里，等级观念在他们头脑中也必然有所反映。晁盖、吴用上梁山之初，在谈及林冲座次时，吴用不是认为"理合王伦让这第一头领坐，此合天下之公认"，表达对梁山王伦座次排定不当的不满吗？而林冲自己不也表示过，王伦"是个落第腐儒，胸中又没文学，怎做得山寨之主"的愤慨及自己"因犯下大罪"，投奔他处无门，"不得已而坐了第四位"的抱怨吗？然而，这些出身、职业各异，性格、才智有别的好汉们，在晁盖、宋江入主梁山后，多次排座次，虽座次有先后之别、尊卑之异，但居然没有一人对此有异议，这的确是少有之事，也足以说明梁山排座次是大有学问的。

梁山众好汉来自五湖四海，为了一个目标，他们聚居梁山，这就形成了一个人才的群体。如何使这个群体中的每个成员目标一致、同心同德、紧密团结、互相激励、各展其能，这必然是梁山寨大头领所必须及时考虑的问题。梁山山寨中多次排座次，正是大头领们根据这人才群体的不断壮大，所进行的人才重新组合，借此来调整这个群体结构内部的矛盾，使之有序化、合理化。正因为调整的及时、合理，所以在梁山事业发展中，从未因权力分配、人才任用产生矛盾，反而促进了内部的团结。那么，梁山寨是怎样排座次的呢？它所依据的原则又是什么呢？这就值得我们去研究了。要研究这个问题，我认为必须结合原著，对几次排座次进行简要分析，才能了解其轮廓。

水泊梁山第一次座次是王伦排定的，时值林冲上山后，他自己为尊、杜迁第二、宋万第三、林冲第四、朱贵第五。王伦排座次的原则是什么呢？《水浒》第十一回"林冲雪夜上梁山"里,王伦一段内心独白交代得很清楚:这就是以上山先后为序,其余不予考虑。

由于王伦心胸狭窄、嫉贤妒能、忘恩负义,又实行了"关门主义"的错误路线,这对人才的聚集,事业的发展必然不利,理所当然地被反对。晁盖等新人到来,很快就引发了火并王伦,进行了梁山寨第二次排座次。这次座次是众好汉互相磋商、民主排定的,我们只要读读《梁山泊义士尊晁盖》一回书便可知:晁盖、吴用、公孙胜的座次是林冲提名,大家商量同意排定的。林冲提名时,对每个人都有句评语,总括起来,原则是两条:本领及声望。其他人的座次大体也依照这两条,加上资历、年龄而定。

第三次排座次是在打无为军、宋江等上山聚义之后,此时新老头领已增至四十人。这次座次实际上并未排定,只是让宋江坐了第二把交椅,这是晁盖、吴用等七人的意见,依据是:"当初若不是贤弟担那血海般干系,救得我等七人性命上山,如何有今日之众!你正是山寨之恩主。你不坐,谁坐?"这就是贡献或功劳。吴用、公孙胜座次依旧,其他新老头领座次根据宋江意见定:"梁山泊一行旧头领,去左边主位上坐。新到的头领,去右边客位上坐,待日后出力多寡,那时另行定夺。"宋江这个意见实质是两条原则:资历,贡献大小。然而宋江又是把贡献大小放在首位。宋江的这个原则,在"文革"期间评《水浒》时,被说成是"为他提拔投降派和组织黑班底敞开了方便之门",这显然是不对的。宋江的这个意见恰恰显示出其非凡的组织才能,他一句话就轻而易举地解决了农民起义军内部权力和地位再分配这一甚为麻烦的问题,无形中堵住了许多分裂、火并的根源,既摆正了新老头领的主次位置,又激发了新老头领为梁山事业建功立业的积极性,既突出了贡献、本领在排座次中的重要地位,又保持了新老头领的团结,故此深得众英雄赞同。

第四次排座次是在打了东平、东昌府之后,此时梁山已有一百零八位头领。这次排座次是天意,是小说中神道观念和宿命论迷信思想的反映,但不是人为,而是天随人意。我们既不能像"四人帮"评《水浒》时,脱离原著,硬说"石碣天书"是宋江、吴用等精心策划、事先埋好、装神弄鬼来束缚梁山英雄手脚,使之服服帖帖听从自己摆布去搞招安投降的把戏,也不能用今人的观点，认为有什么体系。这次座次的排定，可说是集前几次排座次原则之大成，原则依然是按贡献（或功劳）大小、本领高下、名声高低、年龄及资历这几条来定。但又不是抓住一点，不及其余，而是全面综合考虑排定的。特别是这次排座次后，宋江、吴用又对一百单八将进行了全面分工，各负其责。这样既弥补了排座次中的失误，又使每个好汉各得其所、各随其志、各司其职、各尽所能、各献其功，使众英雄感到座次合理、任用得当。在等级森严的封建社会，能做得如此完美的确不易，也表示出梁山大头领使用人才的本领。

纵观水泊梁山这四次排座次的原则，我们可以看出，王伦的论资排辈原则，是一种安排人才的短视观点。它是人才群体结构合理化的障碍，既调动不了人才的积极性，又妨碍资历浅的真正人才脱颖而出。而晁盖，特别是宋江，他们顺应潮流而动，在排座次问题上随势应变、多方考虑，克服工作中的种种弊端。他们依据衡量人才的贡献、本领、名声、年龄及资历等五条基本原则，灵活运用，但又始终把前三条作为主要条件。这在当时可说是最优选择，就是今天，它也不无意义。水泊梁山众好汉由于出身、教养、能力、性格各有差异，他们的德、才发展也是不平衡的，必然有长有短，宋江正是根据这差异来排定众好汉间的座次前后的。所以，我认为梁山英雄排座次正是以德、才为原则，采取因材施用、择优任用的办法来排定的，这是一种"任人唯贤"的做法，值得研究。

梁山英雄排座次，正反映出小说作者对封建社会权力再分配的构想，它提出了人才科学中诸多值得注意的问题。比如作为领导，当人才群体不断壮大时，就应该注意随势应变，及时调整班子及人才任用，使之各得其所，各显神通。班子如何调整，人才如何任用，其原则作者在四次排座次中又逐步完善，这就是：贡献、本领、声望、年龄及资历等。对待人才，如像王伦，必然为历史所淘汰；如像宋江，事业必然兴旺。作为领导个人，必须智勇兼备、宽宏大量、知人善任。作为人才，除有德、智、才、学、体等基本素质外，还有很重要一条就是为事业出力，即多做贡献。这些问题对今天来说，无疑也是很有参考、借鉴价值的。

## 106. 梁山地区不可能成为宋江义军的根据地

《水浒》是一部反映北宋时期农民斗争的长篇小说。既是小说，就允许虚构。即可虚构，那么对《水浒》里梁山好汉是否以梁山为根据地这个问题，就没有必要去探考，更没有必要为此打笔墨官司。但是有一些研究者认为：梁山地区（或梁山）就是宋江义军的根据地。既是如此，那么，笔者也想就这个问题提出自己的看法，以求教正。

北宋末年的宋江起义，在正史、野史中是有零星记载的。比如《宋史》卷二十二《徽宗本纪》云："（宣和三年二月）淮南盗宋江等犯淮阳军，遣将讨捕，又犯京东、河北，入楚、海州界，命知州张叔夜招降之。"《宋史》卷三百五十三《张叔夜传》云："宋江起河朔，转略十郡，官军莫敢撄其锋。声言将至，叔夜使间者觇所向，贼径趋海濒，劫巨舟十余，载掳获。于是募死士得千人，设伏近城，而出轻兵距海，诱之战。先匿壮卒海旁，伺兵合，举火焚其舟。贼闻之，皆无斗志，伏兵乘之，擒其副贼，江乃降。"《宋史》卷第一百一十《侯蒙传》亦云："（宋）江以三十六人横行齐、魏，官军数万无敢抗者，其才必过人"等等，这是正史的部分记载。宋人所撰野史中也述及宋江起义事。如李埴《皇宋十朝纲要》卷十六载"宣和元年十二月，诏抚山东盗宋江"；李熹《续宋编年资治通鉴》卷十八云"宣和二年十二月，盗宋江犯淮阳及京西、河北，至是入海州界"；方勺《泊宅编》卷五云"宣和二年……天章阁待制歙守曾孝蕴以京东贼宋江等出入青、齐、单、濮间"。另外在《三朝北盟会编》《林泉野记》《青溪寇轨》《东都事略》《王师心墓志铭》及《王登墓志铭》等史料中也都有宋江事记载。史料虽说零零星星，综而观之，我们可以理出这么个头绪：宣和元年（或在此之前），宋江等三十六人起事于河、朔（即黄河以北，今山东徒骇河东南，山东东阿，河南睢县、柘城以东地区及江苏的西北部地区），宣和三年二月，在楚、海州（即今淮南及江苏东海）被海州知府张叔夜派伏兵袭败，宋江投降。宋江义军在这短短的二三年时间内，他们时而在淮南，时而在山东，时而"又犯京东、河北，入楚、海州界"，时而又"出入青、齐、单、濮间"，"转掠十郡"，活动范围在今河北、山东、安徽、江苏、河南等省的广大地区。由此我们就可以得出这么个结论：宋江起义军是一支不曾建立任何根据地的、流动作战的游击部队。如果像《现代汉语词典》的解释"据以长期地进行武装斗争的地方"就叫"根据地"，这就恰恰说明梁山地区不可能成为宋江义军的根据地。因为宋江义军"转掠十郡"，而不是"长期地""据以"这个地方，既不可能"据以长期地进行武装斗争的地方"，又何能称为根据地呢？

既是如此，一些学者又是怎样来论证梁山地区或水泊梁山是宋江义军的根据地的呢？综合起来主要有如下两点：

第一，从地理的角度论述梁山地区的险要地形。有学者先从梁山及附近诸山的形成和概况，论述到梁山泊的形成及其概况；再从丰富的资源、险要的地形，论述到北宋时期的梁山地区是农民起义的理想根据地。指出："北宋时期的梁山地区，水阔山险，地形复杂，位置重要。经济上，具有丰富的生活资料来源；军事上，进便于出击，守利于防卫，退易于转移，是一个具有战略性的军事要地，是起义农民据以同北宋王朝进行武装斗争的理想根据地。正因为梁山地区具有如此优越的地理条件，所以北宋时期借居梁山地区反抗北宋王朝腐朽统治的不计其数。《宋史》上不乏'梁山泊多盗'，'梁山泊素多盗'，'梁山泊渔者习为盗'的记载。虽然没有明确记载宋江据此起义，但当时的史料却提供了'宋江寇京东'，'出青、齐、单、濮间'的活动区域，正是属于京东西路，又恰恰处在青、齐、单、濮州包围之中。在这一地带，再也找不出任何一个像梁山地区这样有利的活动场所。宋江之所以能以少数人坚持同北宋王朝相对抗，使'官军数万无敢抗者'，'官军莫敢撄其锋'，若不是借助梁山地区这样一个优越的地理环境，是根本不可能的。史载宋江'其才必过人'，应具有一定的战略眼光。总之，从北宋时期梁山地区的地理位置环境来看，我们认为宋江据此起义是可能的。"

但是实际情况是这样吗？北宋时期的梁山泊号称"方圆八百里"，实际上它南自今巨野县城北二十余里，北抵梁山县斑店一带，东南达嘉祥县梁宝寺附近，东北到小安山东部，西逾今之黄河二十余里，形状为南北狭长，方圆约四百余里。水泊之中，有占地 3.54 平方公里、海拔高为 197.9 米的梁山，加上附近的凤凰山、龟山、土山，占地总面积仅十余平方公里。据此有人认为："梁山地区的水陆交通也比较便利。向西南可沿五丈河进击北宋的都城东京；向东南可沿南清河进击单州、徐州；向东北可沿北清河进击齐州、青州；向西北可以从陆地进击北京（大名府）。"因之"宋江等人要四方进击，进退可靠，就必然在青、齐、单、濮这片广阔的战场上找一处有险可守，进退自如的根据地。那么，位居四州中心地带的梁山泊，当然是最理想的去处了。况且，在这一带可以凭险而居的也只有梁山泊一处"。这就很清楚地说明梁山泊是宋江义军的根据地，而梁山水泊之中可驻足的又仅有梁山了。

梁山的地形的险要，的确有利于农民起义，但也有不利的另一面。

首先是梁山泊离北宋京城汴京（即今开封）较近，既有进击之利又有被剿之弊。它既构成了对京城的威胁，又加速了朝廷对它的防范和镇压。为了京城的安全，朝廷历来对这一带地区防范甚严，其任命的知府或知州一般要由"两制以上的臣僚"担任，而且有的还由皇帝亲自遴选（见《续宋编年资治通鉴》卷一八一）。朝廷通过这些得力的地方官控制这个地区。而这些地方官一般又兼有京东西路安抚使的头衔。为了显示自己的"才干"，他们又常以残酷镇压农民起义军来报答皇帝的恩宠。所以担任这一带的地方官大多是战绩彪炳、多谋善断之人。《续宋编年资治通鉴》卷四二七载："蒲宗孟以郓多盗，疼诛锄之，所戮不可计。"另外如张奎"数月捕诸盗悉平"，李璋"信尝罚擒捕，盗为衰也"，刘温舒因"用心督捕"，曾受到朝廷的嘉奖。洪迈《夷坚乙志》卷六中载：宣和六年，梁山泊又掀起一次农民起义，很快就被朝廷残酷镇压下去，起义群众一次被杀就有五百余人。官军的严密防范、地方官吏的残酷镇压，就逼使宋江义军无法在此立足。

其次，梁山泊水陆纵横，相互为用，既然"军事上，进便于出击，守利于防卫，退易于转移，是一个具有战略性的军事要地"，那么这个"战略性的军事要地"也就必然为官军所用。因为这些军事上的有利之处，也可以说是官军在军事上的有利之处。"梁山泊多盗"这是历史事实，而累次起义都迅速被镇压下去这也是事实，这就充分说明：梁山泊不是义军理想的依托。如果说梁山泊是理想的根据地的话，史实上的宋江起义就没有必要到处转移了。再说梁山泊沟通黄河、运河，是北宋重要的交通要道，正因为交通方便，就造成易攻难守之势。四位山东作者说梁山泊水势浩大，情况复杂，官兵一般不敢进入，而且又可借助险要的梁山负隅抵抗，但是请不要忘记宋代的造船业是相当发达的。《水浒》里就出现了各种各样的船只，特别是高太尉讨伐梁山时，请叶春设计建造的大海鳅及小海鳅战船，每只只能容百人至数百人，外用竹疤遮护，既可避箭火，又可在船面树立弩机，官兵凭借这些战船在泊中就可畅通无阻，更何况北宋时还专门设立了制造火药的火药局，出现了世界上最早的运载武器——火箭。《水浒》中也有这方面的记述：轰天雷凌振打梁山时就用了三种火炮：风火炮、金轮炮及子母炮。吴用以为"我山寨四面都是水泊，港汊甚多。宛子城离水又远。总有飞天火炮，如何能够打的到城边。"谁知凌振只放了三炮，"两个打到水里，一个直打到鸭嘴滩边小寨上"，使"众头领尽皆失色"，可见其射程之远。从书中"天崩地陷，山倒石裂"八字看，其杀伤力之大可想而知。据有关资料：梁山寨只是个197.9米高、占地3.54平方公里的矮小孤山，朝廷官军利用其巨大战船及其火炮攻击，宋江义军在梁山之上是难以藏身的。

再次是，地形险要之处往往是兵家必争之地，它就难以成为某一方面的根据地，加上交通便利，作为起义军的根据地就难上加难。从古今事实看，某一地区要成为起义军的根据地，先决条件是交通一定闭塞，此乃敌方守备的薄弱环节。江西井冈山根据地如此，陕北延安根据地亦如此。而梁山泊恰恰是北宋王朝防范的重点地区，交通又极为便利，我认为它是绝对不可能成为宋江义军的根据地的。

第二，从历史的角度进行论证。关于这一点，有学者提出"已为人们发现的明确记载宋江起义曾驻扎梁山泊的材料"，并以元初陈泰《所安遗集·补遗·江南曲·序》中的一段记述为依据，然后用推理的形式，从三个方面推导出结论。尽管如此，我认为这个"理"，还是推不出来。我们不妨看看

"已为人们发现的明确记载宋江起义曾驻扎梁山泊的材料"——元初陈泰《所安遗集·补遗·江南曲·序》。此材料曰:"余童卯时,闻长老言宋江事,未究其详,至治癸亥秋九月十六日,舟过梁山泊,遥见一峰,嶻嶪雄跨。问之篙师,曰:'此安山也。昔宋江议事处……'宋之为人,勇悍狂侠,其党如宋江者三十六人,至今山下有分赃台……"请注意文中的"闻"字,闻者,听说也,听说之事怎能信以为真呢?"此安山也。昔宋江议事处……"也是闻"篙师"所言。篙师者,船工也。"篙师渔夫世代生活于此",但其所言又怎能替代史料呢?如果按照这种见解,"流传于他们之中的故事是可信的",那么,今阳谷县城东南三十五华里的景阳冈,立有"武松打虎处"碑,阳谷县十字街首有"狮子楼",我们就能确认武松打虎、斗杀西门庆这样的故事是历史事实了?梁山义军中真有武松其人了?现在梁山黑风口塑起了李逵像,我们是否可以认为李逵是梁山义军将领之一?中国类似的民间传说很多,后人为了纪念它,往往喜欢假事真做,如果我们把这些都当成了可信的材料,那就无所谓历史,更不用考证了。再说陈泰生活的年代虽距宋江起义仅百余年,但陈泰毕竟是词曲家而不是历史学家,他所著的《所安遗集·补遗》是文艺作品,而不是史书。有的学者又当"史"来看待,这不是前后自相矛盾吗?

有学者说:"宋江起义前和起义后均有人在此安营落草。"这并不能说明宋江就在梁山起义,并以此为根据地。当然我们也不排斥宋江可能在此起义或义军到过梁山。或说:"宋代的不少文献曾明确说明宋江等人活动于山东梁山水泊周围。"宋代的不少文献的确是说明宋江等人活动在山东梁山水泊周围,但没有"明确说明"宋江等人活动在梁山。再说梁山周围地域如此之大,如果说其活动过的地方都可称为宋江义军根据地的话,那就无所谓要根据地了。再次是宋江在梁山水泊周围活动的时间并不长,在这不长的时间内,又"出青、齐、单、濮","剽掠山东一路",又怎能说其有根据地呢?"但是,又有一些学者从宣和年间北宋官吏的调动也很能说明自己的观点"。他们在引用了《宋史·侯蒙传》后,明确指出:"这位资政学士的招安建议获皇帝的赞许,接着便派他去东平府(亦称郓州)上任,干什么去呢?显然是完成招抚宋江使命的。东平府在梁山的东岸，宋江等当时在梁山泊为营是无疑的。"这个说法就太武断了。这只是推理，推理是不能代替史实的。说其武断，一是皇上派他去知东平府"显然是完成招抚宋江使命的"，《宋史·侯蒙传》中没有这个意思；二是东平府一度为京东西路安抚使的驻所，东平府曾列入大都督府的级别，辖六县，而东平府一带，又是"多盗贼"地区，为了京都的安全，加强对这一地区的领导，宋代历朝都非常重视此地官吏人选，派侯蒙这个资政学士去知东平府完全符合他的身份，属于正常调动。所以，我们也就不能同意这个说法：因侯蒙调东平府，东平府又在梁山的东岸，"宋江等当时在梁山泊为营是无疑的"。

否定宋江起义把梁山泊作为根据地则完全站得住脚。我们论证历史事实是绝对离不开史料的，不以史料为依据，就犹如无源之水、无根之木，就无法论证。"《宋史》中没有专门记载过宋江等人的活动"，这是事实。如有这方面的专门记载，我们今天也就无须商讨了。但是我们从《侯蒙传》《张叔夜传》和《徽宗本纪》及其他史料中，还是可以间接找到宋江起义大概的轮廓：宋江起义，自始至终没有建立名号；而其战略方针是流动作战，不曾建立根据地，也不曾有过较为固定的临时战略驻地，随战事情况而四处奔走，故而被官军污蔑为某一地区的"盗""贼"。宣和元年，活跃在京东西路，先被称为"河北贼"（《王师心墓志铭》），后又称为"京东贼"（《王登墓志铭》）、"山东盗"（《皇宋十朝纲要》），宣和二年又向东流动到京东东路，《青溪寇轨》《泊宅编》中又称其为"京东盗"。由于宋江等人用游击战术，对付强大却又十分分散的官军，取得了节节胜利，造成"官军数万无敢抗者"这样的影响，朝廷于是派曾孝蕴镇压，逼使宋江义军向沂州运动，又遭到沂州知州蒋园的围剿，宣和三年初，宋江义军又从沂州转向淮阳军（今江苏邳州北），又被称为"淮南盗"（《宋史》《京都事略》），后来又向东挺进沭阳，又遭县尉王师心的阻击，最后在海州为张叔夜所擒。从以上大概轮廓看，宋江义军经常转移，这就充分说明他们没有能够建立一个巩固的根据地，如果梁山泊"可以凭险而居"，那又何必要经常转移呢？《宋史》等史料，没有一处提到宋江义军占据梁山泊，这就是铁证。

## 107. 梁山英雄全伙受招安责任在谁

提起梁山英雄招安，论者总喜欢把这笔账一股脑算到宋江头上，斥之为"典型的投降派""瓦解农民革命的蛀虫""断送梁山好汉前途、生命的罪魁祸首"，等等。当然，作为水泊梁山大头领的宋江，在两赢童贯、三败高俅的大好形势下，积极推行招安是要负一定的责任的。但是，梁山好汉最后毕竟是全伙接受招安，故此我认为责任也要大家来承担。为什么这么说呢？梁山好汉最后为什么会全伙受招安呢？理由、原因有多方面，综合起来大概有如下几个方面：

首先，在梁山众好汉中有一个愿意投降、接受招安的班底子。这个班底子由战败投降的朝廷官吏、贵族及地主豪绅组成。他们当中的大多数人，未上梁山之前本身就是统治阶级中的一员。他们有的人历来受恩宠，祖辈封王封侯，自己也享受着同样荣誉，官位也不低，身受朝廷重用。比如关胜任蒲东巡检，呼延灼当汝宁郡都统制，进剿梁山时都为率军主将，态度都十分顽固、恶劣。呼延灼出征前曾得皇帝亲赐踢雪乌骓马，受宠若惊，当即在高俅面前表示："若是误举，干当重罪。"青州兵败，全军覆灭，呼延灼首先想的是借军报仇，借军报仇惨败，投降梁山后表白一番："非是呼延灼不忠于国。"关胜呢，听罢朝廷宣他进剿梁山文书后，先是"大喜"，有报国之机，然后是在蔡京面前献计剿"匪"。捉住前来袭营的张横，笑骂一阵后，表示"直等捉了宋江，一并解上京师"请功。交战中，一再怒骂宋江等背叛朝廷，以示自己忠于朝廷。中计被俘，认为"无面还京"，"愿早赐一死"，投降后，还表示了"有家难奔、有国难报"的感慨。这些战败投降的军官，原留梁山并非真心，而是"无面还京"，败责难逃，只好暂住水泊避难。再说宋江在他们面前一再表白："小可宋江怎敢背负朝廷？盖为官吏污滥，威逼得紧，误犯大罪，因此权借水泊里随时避难，只待朝廷赦罪招安。"宋江这一席话，又正好与这些"有家难奔、有国难投"的败将们一拍即合,所以,他们败降并非真的上山为寇,而是"只待朝廷赦罪招安",只要有这个机会,他们怎么不投赞同之票呢!

再说卢俊义、李应等一般地主豪绅。卢俊义是河北大名府的"第一等长者",开着解库(当铺),放高利贷剥削平民,成为"五代在北京"的剥削世家。在经济上属于剥削阶级的上层人物;在思想意识上,他恪遵封建礼教,坚决维护封建正统秩序,对农民起义恨之入骨,立志要梁山泊"人人皆死、个个不留"。路过梁山时,特意带上一袋麻绳,挂上四面小旗,狂妄地表示"一心只要捉强人,那时方表男儿志",直接向梁山义军挑衅。正如吴小如先生在《论水浒人物卢俊义》中所言:反动军官们"不管他们自己的想法如何,他们的职业就是搜捕、镇压农民义军。他们同梁山作战,是奉命完成任务。他们职业的反动性质,决定了他们必须执行封建王朝的命令,与人民为敌。而卢俊义的与梁山为敌,对义军的极端蔑视,却纯粹出于自觉的反动阶级本质。他不在反动政权中担任任何职务,也没有人指挥命令他这样做。促使他与梁山为敌的动力,只是他自己根深蒂固的地主阶级感情"。最后被擒上山,宋江请他做山寨之主,他是"生为大宋人,死为大宋鬼,宁死实难从命",予以坚决拒绝,这就充分反映出他极其顽固的封建正统思想。李应虽说没有卢俊义那样顽固反动,然而本质与卢俊义一样。试看他与祝家庄、扈家庄结成反动联盟,建立地主武装,其目的就是为了对付梁山起义军。因救了当时还不是梁山好汉的时迁,受祝家小子们的侮辱,又有一箭之仇,才使这个反动联盟关系出现裂痕,但他并不因此接见来访的宋江。祝家庄、扈家庄被梁山义军攻破后,冒充知府的梁山好汉前来追询时,他还一再表白"小人是知法度的人"。为何"使不得"呢?卢俊义那"生为大宋人,死为大宋鬼"是最好的注脚。因为"在阶级社会中,每个人都在一定的阶级地位中生活,各种思想无不打上阶级的烙印"(毛泽东《实践论》)。他们的思想,没有不是受其阶级本性所决定的。他们是封建社会的宠儿,封建社会正是由千千万万他们这样的宠儿所组成,最高统治者——皇帝只是他们的总代表,封建王朝是他们利益的保护者。也正因此,才使得卢俊义成为"五代在北京"的富豪，李应才有独龙冈上这个拥有地主武装的独立王国。他们最后上梁山，是逼不得已的。逼他们的不是朝廷，而正是梁山上的这伙"强盗"，是这伙"强盗"破坏了自己的安宁、幸福生活；是他们逼得自己"有家难奔、有国难报"。梁山上虽说过着"大碗喝酒，大秤分金""异样穿绸缎"的生活，但比起他们原先的生活来，那真是小巫见大巫了。他们人虽上了梁山，但心依然留恋过去，阶级本质并没有改变，他们的思想也与宋江一致，是暂避水泊，专等招安，故此也就成为招安派中的支柱。

再来说说柴进这个贵族。柴进是大周柴世宗嫡派后裔，本身就是"累代金枝玉叶，先朝凤子龙孙"，"因为祖上陈桥让位有功，太祖武德皇帝赐予他誓书铁券"。在政治上，他享受着连一般官僚都享受不到的特权；在经济上，他有气派豪华的庄园，这庄园的财富，正是柴进从农民身上"聚敛"起来的。但是，他又是封建统治者中的开明者。他敢于结交天下好汉，救助遭配之人。其目的不是有意与朝廷作对，而是为扩大自己的影响，巩固自己的地位。一旦自己有难，立即会引起社会助援。事实也是如此，当他受殷天锡欺凌时，李逵挺身而出；当他受害时，梁山好汉不惜一切相救。他上梁山，并非是他对封建王朝本质有所认识，而要与之决裂，而是他在统治阶级内部纷争失败后被逼上梁山的。他的政治地位、经济地位比卢俊义、李应等更加优越，盼招安的心情就更加迫切。上梁山后，他不是认为"国家被我们扰乱"而叹息不已吗？

列宁说得好："在分析任何一个问题时，马克思主义的绝对要求，就是要把问题提到一定的历史范围之内。"（列宁《论民族的自决权》）我们在分析梁山招安的责任时，更应持这种历史唯物论的态度。梁山英雄接受招安这个问题的历史范围是什么呢？是在中国的封建社会。这个社会是划分阶级的，封建社会的基本阶级就是农民阶级和地主阶级。而关胜、卢俊义、柴进等等却正是地主阶级中的上层分子。他们不是作为个人，而是作为阶级的成员处于这种社会关系之中的，他们与这个阶级一样，都持有这个阶级的属性；"为了维持自己的统治，都需要有两种社会职能，一种是刽子手的职能，另一种是牧师的职能"（列宁《第二国际的破产》）。不是吗，在协助宋王朝镇压梁山起义军时，他们哪一个不是气势汹汹，不可一世，恨不得一瞬间就把梁山好汉铲除干净，为国家效忠出力；当他们围剿失败后，形势迫使他们不得不更换策略，投降梁山避难，甚至为梁山建功立业，取得信任。当招安气氛一抬头，他们哪个会不推波助澜呢？

本来，利用敌人内部的矛盾，把原来属于敌人营垒里的成员争取到自己的一方来，这也是对敌斗争的一种手段。就是对于这些朝廷命官、显贵、地主豪绅也不例外，可团结他们组成对敌斗争的统一战线。然而这些人只是革命者的同路人，而不是依靠的主要对象。他们是各自持有不同的目的参加革命的。在使用他们时，就要根据他们立场转变情况、表现情况来分别处理。而在梁山之上，宋江却忽视了这一切，统统委以重任，把他们安排在执掌梁山政治、军事、经济大权的重要岗位上。卢俊义坐了第二把交椅，成为梁山寨的副统帅，柴进、李应执掌山寨的财政大权。五虎将中朝廷降将占有四人，而关胜名列榜首。马军八骠骑中，六名朝廷降将、官吏，二员地主阔少。"五大寨""四小寨""三座关隘"等重要部门也都由这些人执掌。宋江曾多次宣称："你看我们众兄弟们，一大半都是朝廷军官。"而梁山的核心中又大多是这些人。而这些人不但身居要职，而且影响大、能量大，很有号召力。有了这么个班底子，宋江就是没有招安思想，耳濡目染也会受影响。更何况宋江还存在着严重的招安思想，宋江的这种招安思想稍一冒头，那招安也就势在必然了。

其次，梁山之上还有一大帮随大流的人马。这班人马是由中小地主、朝廷下级官吏、地主管家、手工艺人及绿林好汉等人组成。这些人由于经济、政治地位的不同，表现也不一样。比如史进、穆弘等，他们出身于地主家庭，生活比较殷富，他们对待农民起义军的态度也和卢俊义、李应一样。比如史进，不用政府指令，他就在家乡自动组织起一支三四百人的地主武装，"拴束衣甲、整顿刀马，提防贼寇"。他认为农民起义军是"犯着迷天大罪，都是该死的人"。但与卢俊义等有不同之处，他们不是主动向农民起义军挑衅，而且有江湖义气，同情起义军的不幸，愿与他们为友。但要他上山参加聚义，同样他也认为这是"把父母遗体来点污了"，是不清白之事。只是最后为寻找师父将家产用尽，走投无路，不得不单身"剪径"为维持生计。最后虽然也加入了农民起义军，也是因义气相投，为生活计，但本质是难以改变的。朱仝出身"富户"，干的是"专管擒贼拿盗"的工作，因私放雷横被刺配沧州牢城，当吴用、雷横赶到沧州城劝其上山时，他先是正言拒绝，"这话休题"，表示"一年半载，挣扎还乡，复为良民"，最后是责怪雷横劝他上山是"陷我为不义"。当吴用用计，命李逵杀了小衙内、逼他上山时，他对李逵恨之入骨，三番五次"要和李逵以性命相博"。表面上看起来是与李逵的矛盾，实际上是对梁山好汉断绝了他的官路，陷他于"不义"的反抗。他上梁山完完全全是梁山好汉所逼，他又怎不盼招安呢？再来说说燕青，"这人是北京土居人氏，自小父母双亡，卢员外家中养得他大"，可见他完全出身于下层的贫苦家庭。正因为他"吹得、弹得、唱得、舞得、拆白道字，顶真续麻，无有不能，无有不会。亦是说得诸路乡谈，省得诸行百艺的市语，更且一身本事，无人比得"，很快成为主人的"心腹"，卢俊义亲昵地称他为"我那一个人"。燕青出身社会下层，按理说他有很强烈的革命性，应是反抗最坚决的造反者。但是由于经济地位的改变，燕青也由卢俊义的家奴，上升为头面人物，故同样称梁山好汉为"歹人"。为了保护主子的安全，他愿"伏待主人走一遭"，与主人一起去"捉强人"。可以设想，如果真要与卢俊义同行，同时被俘上山，他也会与卢俊义一样"生为大宋人，死为大宋鬼"的。他最后上梁山，完全是伴随主人。在宋江推行招安活动中，燕青是相当卖力的，是他凭借自己"百伶百俐""无有不能，无有不会"的特长，博得东京名妓、皇帝姘头李师师的欢心；是他先以"新莺乍啭，清韵悠扬"一曲吸引了赵官家，然后又以一曲哀伤的《减字木兰花》吐出了真情，讨得自身的赦免；又是他向宋徽宗奏出宋江一伙"替天行道"，"单杀赃官污吏谗佞之人，只是早望招安，愿与国家出力"的宗旨，顺利地打通了招安的关节，胜利地、出色地完成了招安的准备工作，为宋江招安铺平了道路。

还有杨志，出身于"三代将门之后，五侯杨令公之孙"，到自己头上，虽做过殿司制使官，但命乖运蹇，运送"花石纲"因"遭风打翻了船，失陷了花石纲，不能回京赴任，逃去他处避难"。仕途坎坷，他仍念念不忘"官运"，听到赦罪消息后，就卖掉家当，"收得一担儿钱物"，用贿赂的办法去乞求买官复职。路过梁山时，他也不曾改变他仇视"泼贼"的阶级本性。到东京买上告下失败，被高俅"赶出殿帅府"，也只是"烦恼了一回"，抱怨了一阵。因杀牛二充军大名府后，受到梁中书青睐，破格被委以重用，杨志是感激涕零，认为自己是"如拨云见日一般"，表示要"效衔环背鞍之报"。在押送不义之财生辰纲时，他是细心谋划，不惜军汉性命，为赃官效力，来换取官运亨通。结果生辰纲被劫，他先是发出"俺有家难奔，有国难投"的叹息，进而是以"死"来报效朝廷，最后才是上二龙山落草。就在梁山部分好汉反招安斗争中，也是绝对找不到杨志的一言一语支持反招安。

史进、朱仝、燕青、杨志这批人，可以说是随大流的好汉中的上层分子。他们的经济地位处于社会中层，对朝廷是忠心耿耿，对贪官污吏有一定的矛盾，对起义军又视之为敌。上梁山后，他们都在天罡星之列，政治地位较高，思想意识也与朝廷降将、地主豪绅相近。"杨志这类人，不过是混迹在革命阵营中的客人而已。有朝一日形势有了变化，他还是要去理会本身的勾当。"（李希凡先生《论中国古典小说的艺术形象》）宋江等要招安，他们也就必然附和这种招安观点。

随大流中的下层分子，如手工匠人金大坚、萧让、安道全之类，原先生活虽不很富裕，也有小康水平。他们胆小怕事，愿做良民，被"抓"上梁山，经济上虽强似过去，但作为"寇"，也始终不安心。其他绿林好汉如陈达、杨春、朱贵、杜迁、宋万等等，他们上梁山，就避免了过去身居小寨，势单力薄，随时有被官军扑灭的危险。他们在梁山生活优于过去，但在梁山这"异姓兄弟"之中，他们又低人一等，可说根本没有发言权，也毫无号召力，大头领们既要招安，就跟他们上梁山一样，也就随大流了。

随大流的这一班人马，很像中国民主革命时期的小资产阶级那样，"他们一般地能够参加和拥护革命，是革命的很好的同盟军，故必须争取和保护之。其缺点是有些人容易受资产阶级的影响"，"其中一部分，到了革命的紧急关头，就会脱离革命队伍，采取消极态度；其中少数人，就会变成革命的敌人"（毛泽东《中国革命和中国共产党》）。在梁山之上，影响他们的，正是那些身居要职，愿意招安的大头领，他们哪会不随大流，形成一股拥护招安的力量呢？

最后是反招安的梁山好汉的妥协、软弱。梁山上的反招安英雄，是那些出身下层的农民、渔民、小知识分子及下级官员。他们的突出代表就是论者经常提到的吴用、阮氏三雄、李逵、武松、鲁智深等等。他们除了双手之外，别无长物，其经济地位低下，又深受封建社会的残酷压榨，故此他们的反抗性也就最强。他们通过艰苦的斗争，改变了低下的社会地位，换得了梁山上"大碗喝酒，大秤分金""异样穿绸缎"的生活，为了保住得来不易的幸福，他们扰散了菊花会、大闹了东京、偷换了御酒、痛打了钦差，一次又一次地与招安派展开了激烈的斗争。但是，由于他们自身的种种原因，加上人数又少，敌不过强大的招安派，最终与招安派一起，接受了招安。

他们自身的种种原因是什么呢？比如说吴用，他是梁山上的军师、宋江的挚友，在协助宋江创建根据地、发展壮大梁山的事业上，都作出了卓越的贡献。他的观点、主张与宋江应该说是相契的。然而在招安这一重大问题上，他与宋江又有分歧。如果说吴用"从直觉出发感到这是一条错误路线"（孙永都《论梁山义军中的智多星吴用》），我看未必；说他"挫败了招安阴谋"（章智明、宋绍元《试论吴用》）更是言过其实。在招安问题上，吴用与宋江的分歧就在于：他反对宋江的草率招安、"廉价"招安，主张有气度的招安。他认为宋江这种乞求招安，朝廷"也看得俺们如草芥"，主张"等这厮引将大军来到，教他们着些毒手，杀得他人亡马倒，梦里也怕，那时方受招安，才有些气度"。故此在宋江乞求招安的过程中，是他一次又一次地设计、煽动众兄弟阻止。可是在两赢童贯、三败高俅的大好形势下，吴用认为"气度"已经有了，时机也到了，是他主动向宋江提出派人去东京"打探消息，就行钻刺关节，把衷情达知今上"，出了个走后门的招安上计。"燕青月夜遇道君"一出戏，虽说由燕青主演，但编剧、导演却正是这位智多星吴用。宿太尉上山招安，又是他再拜称谢。其实，吴用不但盼招安，还是招安活动的积极策划者、执行者。正是有他出谋划策，才使得宋江的招安变成了现实。

阮氏三雄生活在社会底层，生活贫困，受尽压迫和剥削，对封建社会的黑暗有一定的认识，在反击官军围剿中，他们提出了把"酷吏赃官都杀尽"的响亮口号，但是，他们对封建社会的总代表——皇帝却缺少认识，"忠君"在他们看来是天经地义的事。故此他们一面要杀尽贪官污吏，一面又表示要"忠心报答赵官家"。事实也是如此，阮小二在围剿方腊的战斗中战死，阮小五、阮小七却对宋江说："我哥哥今日为国家大事，折了性命，也强似死在梁山泊，埋没了名目。"可见忠君这一传统观念在他们头脑中已经根深蒂固。这一席话，也正是他们对宋江推行招安的肯定。尽管在反招安斗争中，他们斗争坚决，也只是执行吴用之计策罢了，并非是对招安错误有什么明确的认识。鲁智深虽也反对宋江的招安，但他也忠君，在大闹菊花会后，不是他第一个认为"只今满朝文武俱是奸佞，蒙蔽圣聪"吗？如今两赢童贯、三败高俅，奸佞受到打击，圣聪下旨招安，他不也是别无他言，三呼万岁吗？

李逵在反招安英雄中是最坚决的一个，他敢于扯碎皇帝的招安圣旨，揪打来招安的"天使"。是他提出了"杀去东京，夺了鸟位"的口号，要"晁盖哥哥便做了大皇帝，宋江哥哥便做了小皇帝。吴先生做个丞相，公孙道士便做个国师。我们都做个将军。杀去东京，夺了鸟位，在那里快活，却不好？不强似这个鸟水泊里！"由此观之，其实李逵也是不反皇权的，他"杀去东京，夺了鸟位"的目的，也不过是"在那里快活"。他反对宋江招安的目的，也是为了追求"快活"。他认为招安了，受朝廷、贪官污吏管辖，还不如在梁山上逍遥自在。他的这种思想直到招安后还一直存在。《水浒》一百一十回里，宋江朝贺归来闷闷不乐，李逵说道："哥哥，好没寻思！当初在梁山泊里，不受一个的气，却今日也要招安，明日也要招安，讨得招安了，却惹烦恼。放着兄弟们都在这里，再上梁山泊去，却不快活！"这就说明李逵对梁山、对招安不可能有鲜明的认识。李逵是失去了土地的农民，属于游民无产者，"这批人能勇敢奋斗，但有破坏性"（毛泽东《中国社会各阶级分析》）。在梁山起义中，他作战勇敢，也干了不少坏事，如杀死韩伯龙、扈三娘一家，等等。另外，忠义又是李逵另一个致命的弱点。李逵曾经说过："哥哥剐我也不怒，杀我也不恨。除了他，天也不怕。"他的"忠义"与别人还不一样：别人忠于义气，而他忠于宋江一人。他对宋江的钦佩，达到了五体投地、是非不分的程度。他认为宋江就是一切，所以一切唯宋江之意志为转移。他虽然多次反对宋江的招安，但在冲突的关键时刻，往往是宋江一发火，一声"黑厮""黑禽兽"的喝骂，就使他立即失去了反抗性，变得服服帖帖。他连最后被宋江亲手毒死都不怨恨，哪会坚决反对宋江的招安呢？他连上梁山都是稀里糊涂"跟将你（宋江）来"的，宋江的招安他哪会不跟将而去呢？

"忠""义"也是梁山其他反招安英雄一个最大的弱点。他们这些人与宋江、卢俊义等人根本不是一个阶级的人，他们不可能结成一个一致性的同盟，只能是以意气相投为纽带将他们暂时扭结在一起。他们虽然反对招安，但又为"义气"的绳索所牵制，义气是梁山起义军强大、团结的思想基础，它又是造成悲剧的一剂毒药，人人都顺从，这就决定了反招安斗争最后必然要妥协、失败、投降。

最后还想说说武松这个人物。在《水浒》里，武松的确也是反招安的。菊花会上，正是他第一个起来表示不满："今日也要招安，明日也要招安，却冷了弟兄们的心！"当受到宋江的批评后，他也是虚心受教，同众兄弟一样"称谢不已"。武松为何会这样呢？一是"义气"这绳索的牵制。他也非常崇拜宋江，认为"结识得这般弟兄，也不枉了！"因此，即使在招安与反招安的斗争中，他宁愿放弃自己的主张，也不敢违背"义气"这一个关系准则，不愿去破坏这种团结、友好。二是由武松性格所决定的。武松性格的最大特点就是"知恩必报"，而且不分敌友（这一点笔者在《武松性格试议》一文中有详细论述，这里不赘述）。宋江对他有知遇之恩，他又哪会因招安的分歧而与宋江撕破脸呢。三是武松早有招安思想。早在他要去二龙山入伙时，面对宋江，他第一个说出："天可怜见，异日不死，受了招安，那时却来寻访哥哥未迟。"这样的话来。未上梁山就打算接受招安，这不是宋江教的，而是武松头脑中固有的。四是武松"封妻荫子"的思想也很严重。为了实现这一目的，武松甘愿充当统治者的鹰犬。正如马克思所言："虽能做出轰轰烈烈的英雄勋业和自我牺牲，但同时也能干出最卑贱的盗窃和最醒醒的卖身勾当。"（《马克思恩格斯选集》第一卷）这正是对武松这类无业游民两重性的中肯评价。

综上所述，在水泊梁山一百零八条好汉当中，有一个愿意接受招安的班底子，有一大批随大流的人马，有极少数反招安但是不彻底而最终卷入招安不能自拔的梁山好汉。宋江推行招安，怎能不很快就实现呢？所以说，把招安的责任全部推到宋江头上，委实不公。招安的责任应该由梁山好汉大家来负。

# 108.《水浒》改编的得与失

古典文学名著改编成电视剧，改编者往往只注意故事情节、人物形象，而忽视细节。由于改编者对原作细节任意改动或忽视，不是贻笑大方，使人不舒服，就是削弱了人物形象，歪曲了原著。这样，不但影响了名著之"名"，也影响了电视剧的质量。

山东电视台最早将《水浒》搬上屏幕，付出了辛勤劳动，成绩不能抹杀。但改编时对细节的忽视，也为观众不满。我们就以《武松》和《鲁智深》为例，略谈一二。武松怒杀潘金莲、西门庆后，被刺配到孟州牢城，《水浒》中这样写道："取一面七斤半铁叶团头护身枷钉了，脸上免不得刺了两行金印。"关于充军犯人的金印和枷，书中多次交代是一致的，而电视剧中将"铁叶团头护身枷"改为木质方枷；金印明明是刺在两颊，而《武松》剧中，却刺在额头，由两个变成一个。更可笑的是这一个金印，还仅一个镜头有，以后就不见了，这就更不符合历史事实了。《水浒》宋江的金印，安道全花了三年时间才治愈，而《武松》中的金印不但错位，而且一次即消，说明改编者对这一常识缺乏了解。另外，从美学角度讲，团头铁叶枷也比木质方枷好看。

武松大闹飞云浦，《水浒》有段文字介绍："只见前面来到一处，济济荡荡鱼浦，四面都是野港阔河。五个人行至浦边，一条阔板桥，一座牌楼上有牌额……'飞云浦'。"武松乘人不备，一脚一个将公人踢下水，然后夺刀杀人，行动干净利落，合情合理。既显出武松机智果敢，又见其武艺高强。而改编者忘了这"浦"字是三点水，却在"飞云"上做文章，把它搬到山上，居然在山石上标志"飞云浦"三字，又追杀半天，打得热闹，却削弱武松英雄形象，为观众留下笑柄。《鲁智深》一剧也有此通病，拳打镇关西是《水浒》极精彩的章节，为人熟知，像鲁达这么一介武夫三拳两脚打死一郑屠，是很自然之事。然而剧中，偏要让他们大打一番，在中央电视台拍的《水浒》中也存在这方面的问题，这一打看似热闹，打坏了不少道具，也多用了不少摄像带子，但结果是既浪费了不少银子，又落不了个好。不少人在看这场戏时，都说打这么久，看起来郑屠的功夫不错，鲁智深也没什么了不得，这就损害了鲁智深的英雄形象，歪曲了原著。因为央视拍的《水浒》毕竟不是戏说，是改编。改编的原则首先是要尊重原著，戏说就无所谓了。比如央视拍的数字电影《扈三娘》《孙二娘》《杨志》等，《孙二娘》一片中就加入了孙二娘父亲这个角色，这是《水浒》中没有出场的人物，然而在影片中出场了，也就无所谓，因为这些片子都是戏说系列。

　　鲁智深绰号叫"花和尚"，这是因其身上刺有花纹，又当了和尚之故。《鲁智深》一剧中，改编者让他突出"胖和尚"的特点来，忘了身上的花纹。"大闹野猪林"书中明明写到这是座烟笼雾锁的猛恶林子，"鬼魂"都"不断愁"，正是这个特定环境，才便于董超、薛霸等下手。可是电视剧又弄丢了这些，出现在观众眼前的野猪林是光秃秃的，树木寥寥，难怪不少人看过电视剧后还编了句顺口溜"花和尚无花，野猪林无林"，道出观众不满及其不足。

　　文学名著中的人物、情节乃至细节都为人们所熟悉，改编时稍不注意，就会引起观众非议，故此马虎不得。